Susanne Mischke
Röslein stach

In der Reihe X-Thriller ist außerdem erschienen:
Beatrix Gurian: Dann fressen sie die Raben

Weitere Bücher von Susanne Mischke im Arena Verlag:
Zickenjagd
Nixenjagd
Waldesruh
Rosengift
Die schwarze Seele des Engels

Susanne Mischke,
Jahrgang 1960, konnte mit vier »Max und Moritz« auswendig,
mit acht Jahren entschloss sie sich zu publizieren: eine Geschichte
über ihren Hamster für die Vitakraft-Packung. Das Werk wurde
nie gedruckt. Aus Verlegenheit studierte sie BWL.
Ein zweiter Schreib-Anlauf hatte mehr Erfolg. Seit 1993 arbeitet sie
als freie Schriftstellerin und wurde 2001 mit dem Frauen-Krimipreis
der Stadt Wiesbaden ausgezeichnet. Zahlreiche ihrer Romane
sind Bestseller geworden, darunter auch »Zickenjagd«, »Nixenjagd«, »Waldesruh« und »Rosengift«, ihre vier Jugendthriller.

Susanne Mischke

Röslein stach

Arena

1. Auflage 2012
© 2012 Arena Verlag GmbH, Würzburg
Alle Rechte vorbehalten
Covergestaltung: Frauke Schneider
Gesamtherstellung: Westermann Druck Zwickau GmbH
ISBN 978-3-401-06679-0

www.arena-thriller.de
Mitreden unter forum.arena-verlag.de

1.

Bis zu diesem Morgen war Antonias Leben so zäh verlaufen wie ein langweiliger Schwarz-Weiß-Film. Doch nun saß sie am Frühstückstisch und brachte vor Aufregung keinen Bissen hinunter. Gerade verabschiedete ihre Mutter Ralph mit Küsschen rechts, Küsschen links und noch einem Küsschen auf den Mund. Antonia schüttelte sich innerlich bei dem Gedanken, wie man einen Mann wie Ralph – wenig Haar, wenig Kinn, viel Bauch – küssen konnte. Sie wartete, bis sie seinen Wagen wegfahren hörte. Zum Glück würden sie ihn für den Rest der Woche los sein, er reiste zu einer Messe nach Berlin. So musste Antonia es erst einmal nur mit ihrer Mutter aufnehmen. Sie trank einen Schluck Kaffee, nahm ihren ganzen Mut zusammen und sagte: »Mama, ich will ausziehen!«

Noch während sie es aussprach, wurde ihr mulmig zumute. Sie hatte sich auf sehr dünnes Eis gewagt. Aber jetzt gab es kein Zurück mehr.

Ihre Mutter, die gerade Ralphs marmeladenverschmierten Teller abräumte und in die Spülmaschine stellte, richtete sich auf und drehte sich zu ihrer Tochter um, eine tiefe Falte zwischen ihren Augenbrauen. »Wie bitte? Was ist denn das für ein Unsinn?«

Mit einer Reaktion wie dieser hatte Antonia gerechnet, dennoch merkte sie, wie sich ein Kloß in ihrer Kehle bildete. Nicht heulen, beschwor sie sich, jetzt bloß nicht losheulen! Sie hatte sich fest vorgenommen, während des folgenden Gesprächs vernünftig und ruhig zu bleiben, damit ihre Mutter sie ernst nehmen würde. Aber in letzter Zeit fiel es ihr immer schwerer, sich zu beherrschen, egal, ob es um eine neue Klamotte oder die Erlaubnis für eine Party ging, die sie sich erstreiten musste. Ungewollt und überfallartig stiegen beim geringsten Anlass diese verdammten Tränen in ihr hoch. Das Fatale daran war, dass ihre Mutter und Ralph ihr unterstellten, das Weinen wäre eine Masche von ihr, um ihren Willen durchzusetzen. Und natürlich schalteten sie dann erst recht auf stur. Doch obwohl Antonia klar war, dass die Heulerei alles nur verschlimmerte, war sie völlig machtlos dagegen.

Auch jetzt hatte ihre Stimme schon wieder diesen verdächtigen, zittrigen Unterton. »Ich will ausziehen. Ich will nicht jeden Morgen eine Dreiviertelstunde bis zur Schule fahren.«

Nach den Sommerferien würde Antonia in die elfte Klasse kommen. Antonias jetzige Schule besaß jedoch keine Oberstufe. Die meisten ihrer Mitschüler, die das Abitur machen wollten, würden dafür ab August in die nächstgelegene Gesamtschule am Stadtrand Hannovers gehen, was jeden Tag eine umständliche Fahrt mit Bus und S-Bahn bedeutete.

»Was willst du dann? Die Schule schmeißen? Bei deinen guten Noten?«

»Ich möchte die Oberstufe am Helene-Lange-Gymnasium in Hannover-Linden besuchen und dort will ich auch wohnen.« So, jetzt war es raus. Antonia fühlte sich, als hätte man ihr gerade eine schwere Last abgenommen.

Doris Reuter sah ihre Tochter an. In ihrem Blick lag Verwirrung, Zorn und – was war das – Angst? Dann schüttelte sie den Kopf und lachte bitter auf. »Und woher soll ich das Geld nehmen, um dem Fräulein eine Stadtwohnung zu finanzieren? Sehe ich aus wie eine Millionärin?«

Nein, wie eine Millionärin sah ihre Mutter wirklich nicht aus. Ihre Jeans und das T-Shirt hatten schon deutlich bessere Zeiten gesehen und ihr dunkles Haar, dem die Dorffriseurin einen rigorosen Kurzhaarschnitt verpasst hatte, müsste mal wieder nachgefärbt werden. Auch sonst ging es in der Familie nicht luxuriös zu: Die Lebensmittel stammten von Aldi, auch Antonias heiß geliebtes Toastbrot, und das hässliche kleine Haus, in dem sie lebten, gehörte Ralph. Ralph mit *ph*. Ein Name, der klang wie das Geräusch, das entsteht, wenn eine Hängematte reißt. Ralph war der Mann ihrer Mutter. So nannte ihn Antonia in Gedanken: *Der Mann meiner Mutter*. Nicht etwa Papa, was ihm sicher gefallen hätte, zumindest hatte er es ihr angeboten. Aber sie wollte die vertrauliche Anrede für ihren richtigen Vater reservieren, auch wenn sie keine Ahnung hatte, wo dieser sich aufhielt, ob er noch lebte und ob er überhaupt von ihrer Existenz wusste. Antonia war sicher, dass er eines Tages auftauchen würde. Zumindest verging kein Tag, an dem sie nicht an ihn dachte, fiktive Lebensläufe für ihn entwarf und sich den Moment ihrer Begegnung in rosaroten Tönen ausmalte. Ihre Mutter hüllte sich, was das Thema Vaterschaft anging, in Schweigen. Je bohrender Antonias Fragen mit den Jahren geworden waren, desto ablehnender hatte sie reagiert.

Antonia jedoch fühlte sich wie ein Puzzle, bei dem die Hälfte der Teile fehlte. Nicht einmal ein Foto hatte sie von ihrem Erzeuger. Vermutlich hatte sie dessen Haar- und Augenfarbe geerbt, denn in der Familie ihrer Mutter hatte niemand rötliches Haar und blaugrüne Augen. Der Rest aber war wie eine Leinwand, auf die man nach Belieben Bilder malen konnte.

Vor fünf Jahren hatten sich Antonias Mutter Doris und Ralph Reuter kennengelernt und kurz darauf waren Antonia und ihre Mutter zu ihm aufs Dorf gezogen, wo er bei einer Reparaturwerkstatt für Landmaschinen arbeitete. Antonia, die bis dahin ihre Kindheit in der Südstadt von Hannover verbracht hatte, hatte sich mit allen Mitteln dagegen gewehrt. Sie wollte nicht in eine andere Schule, wollte nicht von ihren Freundinnen getrennt werden und schon gar nicht auf dieses langweilige Dorf ziehen. Und am allerwenigsten wollte sie unter einem Dach mit Ralph leben. Sogar in einen Hungerstreik war sie getreten, den sie immerhin vier Tage durchgehalten hatte. Vergeblich.

»Du gewöhnst dich schon an die neue Umgebung, es ist doch schön da draußen, kein Lärm, kein Gestank. Wir werden einen Garten haben, du wirst neue Freunde finden und Ralph hat dich wirklich gern. Gib ihm wenigstens eine Chance«, hatte ihre Mutter sie gebeten. Bald nach dem Umzug hatten Doris und Ralph geheiratet, was Antonia mit gemischten Gefühlen zur Kenntnis genommen hatte. Ralph hatte sogar vorgeschlagen, sie zu adoptieren, damit alle in der Familie einen gemeinsamen Namen tragen würden, aber dagegen hatte Antonia ebenfalls vehement protestiert. Denn wie sollte ihr richtiger Vater sie jemals finden, wenn sie ihren Nachnamen wechselte? Wenigstens in dieser Angelegenheit wurde ihr Protest gehört: Ralph verzichtete auf die Adoption und Antonia durfte ihren Nachnamen Bernward behalten, während ihre Mutter nun Doris Reuter hieß.

Antonia hatte Ralph von Anfang an nicht leiden können und sie war sicher, dass es Ralph umgekehrt genauso ging. Ihre gegenseitige Abneigung war vermutlich das Einzige, das sie gemeinsam hatten, auch wenn Ralph gegenüber Antonias Mutter so tat, als läge ihm Antonias Wohlergehen am Herzen. Es war nicht so, dass Ralph Antonia schlecht behandelte, sie konnte ihm keine konkreten Untaten vorwerfen. Aber Antonia hatte feine Antennen, sie spürte, dass sie für ihn nur das lästige Anhängsel ihrer Mutter war. Also blieb Antonia am Abend meist in ihrem Zimmer, las, chattete oder sah fern. Den Fernseher hatte ihr Ralph geschenkt. Es war ein altes Röhrengerät, das er wahrscheinlich für zehn Euro gebraucht gekauft hatte. Antonia wusste: Das war seine Art, sich seine Stieftochter nach Feierabend vom Hals zu halten. Knickerig war er zu allem hin auch noch. Das einzig brauchbare »Geschenk«, das sie je von ihm erhalten hatte, war sein abgelegtes Fotohandy gewesen, nachdem er seinen Vertrag verlängert und ein neues bekommen hatte. Mit einer leisen Wehmut dachte Antonia an die Zeit zurück, als es noch keinen Ralph gegeben und sie die Abende mit ihrer Mutter auf dem großen Sofa verbracht hatte; lesend oder fernsehend, aber jedenfalls *zusammen.* Doch ihre Beziehung zu ihrer Mutter war seit Ralph deutlich distanzierter geworden. Selbst wenn Ralph auf Reisen war, blieb Antonia in ihrem Zimmer. Wie ein Wellensittich, der sich an seinen Käfig gewöhnt hatte und mit der offenen Tür nichts anzufangen wusste.

Manchmal hörte Antonia spät am Abend von unten herauf laute Stimmen. Sie stritten. Dann hoffte Antonia jedes Mal inständig, dass die zwei sich trennen und sie und ihre Mutter wieder in die Stadt ziehen würden. Vor etwa einem Jahr schienen sich ihre Hoffnungen zu erfüllen, als ihre Mutter am Tag nach einem solchen Streit ihr bläulich verfärbtes Auge unter einer großen Sonnenbrille zu verstecken versuchte. Damals war Antonia überzeugt gewesen, dass ihre Koffer gepackt sein würden, wenn sie aus der Schule zurückkam. Doch nichts dergleichen geschah. So oft und heftig sich Ralph und ihre Mutter auch stritten, schienen sich die beiden doch immer wieder zu versöhnen. Worum sich die Streitereien drehten, wusste Antonia nicht. Sie hatte sich angewöhnt, ihre Kopfhörer aufzusetzen und Musik zu hören, wenn es unten mal wieder rundging. Sie fragte auch nicht nach. Bestimmt stritten sie ihretwegen, denn oft genug nörgelte Ralph, sie sei egoistisch und verzogen, und dann fing ihre Mutter jedes Mal an, sie zu verteidigen, während Antonia dachte: Soll er doch von mir denken, was er will, mir ist es egal.

Entgegen der Prophezeiung ihrer Mutter hatte sich Antonia in ihrem neuen Zuhause nie wohlgefühlt. Hier war es einfach nur öde. Es gab keinerlei Abwechslung, vom Fußballplatz und der dort herumlungernden Dorfjugend mal abgesehen. Aber das waren Gestalten, denen Antonia lieber aus dem Weg ging. Und von wegen »kein Krach und kein Gestank«! Irgendwo knatterte immer ein Trecker, jaulte eine Motorsäge, schnurrte ein Rasenmäher oder bellte ein Köter. Zur Erntezeit umkreisten riesige Mähdrescher nächtelang das Dorf, bei Westwind roch es erbärmlich nach Schweinemist. Der süßlich-dumpfe Geruch kam von einer monströsen Schweinemastanlage außerhalb des Ortes und von der Gülle, die in regelmäßigen Abständen ausgebracht wurde. Dann konnte man sich kaum draußen aufhalten und manchmal glaubte Antonia, dass sogar ihre Kleidung und die Handtücher im Badezimmer nach Schweinescheiße rochen. Was durchaus sein konnte, da ihre Mutter die Wäsche gerne draußen, »an der frischen Luft«, aufhängte. Vermutlich hatte sich der Gestank schon in ihren Poren festgesetzt und sie würde diesen Dorfgeruch nie mehr loswerden.

Es war schwierig gewesen, neue Freunde zu finden. Die Jugendlichen aus dem Dorf kannten sich alle von klein auf und akzeptierten Antonia nicht. Antonia wiederum hatte auch kein großes Interesse an ihnen gezeigt. Inzwischen zwar sie mit zwei, drei Mädchen aus ihrer Schule locker befreundet, aber selbst die wohnten nicht im Ort, sondern in den umliegenden Nachbardörfern. Antonia verbrachte viel Zeit im Netz. Das Internet war ihr Draht zum Rest der Welt. Es vermittelte ihr das tröstliche Gefühl, am Leben der anderen teilhaben zu können, irgendwie dazuzugehören, auch wenn sie an diesem tristen Ort hier festsaß. Ohne Internet, das war ihr klar, würde sie ihr Leben wohl kaum ertragen.

Über Facebook hatte sie seit einigen Monaten wieder Kontakt zu Freundinnen aus ihrer Kinderzeit in der Südstadt aufgenommen. So war Antonia auch auf die Idee auszuziehen gekommen: Katharina Buchmann, Katie genannt, war vor zehn Jahren zusammen mit Antonia eingeschult worden. Sie hatten in der Grundschule nebeneinander gesessen und waren dicke Freundinnen gewesen. Kürzlich hatte Katie beschlossen, die Schule nach der zehnten Klasse zu verlassen, und in den nächsten Tagen würde sie eine Lehre als Tontechnikerin beginnen. Vor zwei Wochen schon hatte ihr Katie voller Begeisterung mitgeteilt, dass sie in eine WG gezogen sei. »Es ist eine alte Villa am Lindener Berg. Bisschen baufällig, aber okay. Und total billig, mit allem Drum und Dran kostet das Zimmer nur zweihundert Euro. Es ist übrigens noch eins frei . . .«

»Das wird meine Mutter nie erlauben!«, war Antonias erste Reaktion gewesen. Aber Katie hatte entgegnet: »Dann frag sie doch gar nicht. Meine Eltern waren auch dagegen, aber was wollen sie groß machen? Sie können mich ja schließlich nicht anbinden. Und inzwischen finden sie es ganz okay.«

»Aber du verdienst bald schon dein eigenes Geld, ich nicht«, hatte Antonia erwidert.

»Du kannst doch jobben«, hatte Katie vorgeschlagen. »Und du kriegst bestimmt Schüler-BAföG. Überleg es dir. Dann wären wir zu viert, es wohnen noch zwei Jungs im Haus.«

Katies Worte waren Antonia nicht mehr aus dem Kopf gegangen. *Ausziehen! Jetzt!* Sie war völlig fasziniert von diesem Gedanken.

Als sie in Ralphs Haus gezogen waren, hatte Antonia im Stillen beschlossen, noch am Tag ihres achtzehnten Geburtstags wieder zurück in die Stadt zu ziehen. An diesem Gedanken hatte sie sich festgehalten, wie ein Häftling, der die Tage bis zu seiner Entlassung herunterzählt. Doch auf einmal schien der lang gehegte Traum zum Greifen nah. Sie musste lediglich ein paar Hürden überwinden . . .

Gleich nach dem Gespräch mit Katie hatte Antonia im Internet über das Thema Schüler-BAföG recherchiert und herausgefunden, dass die Voraussetzungen, es zu bekommen, gut für sie standen: Das nächste Gymnasium lag so weit von ihrem Dorf entfernt, dass ein Umzug in die Stadt gerechtfertigt war. Auch wenn es ihr im Grunde egal war, ob sie an einer Gesamtschule oder einem Gymnasium ihr Abitur machte oder ob sie einen langen Schulweg hätte: Antonia wollte einfach weg aus diesem Dorf, weg von Ralph, zurück in die Stadt.

Katie mailte Fotos. Antonia war begeistert. Hinter einem romantisch verschnörkelten Eisenzaun stand eine prächtige Villa aus der vorigen Jahrhundertwende. Was machte es schon aus, dass der Putz stellenweise schon ein wenig abbröckelte und das freie Zimmer ein recht enger Schlauch zu sein schien. Egal! Wenn man das Ganze hübsch einrichtete, könnte es ein kleines Paradies sein. Ihr Paradies. Schließlich hatte sie Katie angerufen und sie gebeten, das Zimmer für sie freizuhalten. Sie würde noch diese Woche mit ihrer Mutter sprechen.

»Aber beeil dich, wir kriegen ständig Nachfragen«, hatte Katie gedrängt und dann gesagt: »Mensch, Toni, zieh das durch, das wäre so cool!«

Cool. Das sagt sich so leicht, dachte Antonia nun, unter dem erbosten Blick ihrer Mutter. Sie holte tief Luft und hörte sich dann sagen: »Du musst mir keine Stadtwohnung bezahlen. Ich will kein Geld von euch.« Das *euch* hatte abfälliger geklungen als beabsichtigt und sie bemerkte, wie ihre Mutter dabei zusammenzuckte. Etwas gemäßigter fuhr sie fort: »Ich werde einen BAföG-Antrag stellen und jobben. Und wohnen werde ich bei Katie in ihrer WG, das ist nicht teuer.«

Zwar hatte ihre Stimme zuletzt brüchig wie Zwieback geklungen, aber sie hatte es geschafft, ihre Argumente vorzubringen, ohne in Tränen auszubrechen. Sie war stolz auf sich – ganz egal, was nun passieren würde.

»Das alles hast du hinter meinem Rücken angezettelt?« Die Fassungslosigkeit war ihrer Mutter deutlich anzuhören.

»Was heißt ›angezettelt‹? Ich habe mich nur informiert, im Internet. Katie hat mir das Zimmer reserviert, ich soll mich noch diese Woche entscheiden. Ich muss mich ja auch rechtzeitig bei der Schule anmelden.«

»Wer ist Katie?«

»Katharina Buchmann, sie ging früher in meine Klasse. Sie hat uns doch früher ganz oft besucht, sag bloß, du weißt das nicht mehr?«

Hatte ihre Mutter ihr früheres Leben schon so sehr aus ihrem Gedächtnis getilgt, dass sie sich nicht einmal mehr an die beste Freundin ihrer Tochter erinnerte? Antonia schluckte ihren Ärger darüber hinunter und erklärte: »Sie fängt jetzt eine Lehre an, ihre Eltern haben auch nichts dagegen, dass sie in eine WG zieht.« Dass Katie fast ein Jahr älter war als Antonia, ließ sie bewusst unter den Tisch fallen. Aber ihre Mutter ging ohnehin

14

nicht darauf ein, sondern ereiferte sich jetzt: »Auszie-hen? Wie stellst du dir das vor? Das werde ich auf gar keinen Fall erlauben!«

»Wieso denn nicht? Wenn ich statt des Abiturs eine Lehre machen würde, müsste ich ja auch in die Stadt ziehen, hier gibt es ja nichts.« Unwillkürlich wurde nun auch Antonias Stimme laut: »Und schließlich bin ich auch nicht gefragt worden, ob ich in dieses Scheißdorf ziehen will, zu deinem Macker ...«

Klatsch! Die Ohrfeige traf Antonia an der linken Wan-ge. Vor Schreck stieß sie ihre Tasse um, der Kaffee lief über die Tischplatte und tropfte auf die gelblichen Bo-denfliesen.

Antonia sprang auf, rannte hinauf in ihr Zimmer und schloss die Tür hinter sich ab. Ihre Wange brannte, Trä-nen liefen ihr übers Gesicht. Sie fühlte sich gedemütigt, aber gleichzeitig war ihr klar, dass diese Ohrfeige den Schlusspunkt hinter ihr bisheriges Leben gesetzt hatte. In einem Haus, in dem sie geschlagen wurde, würde sie nicht länger bleiben.

»Entschuldige, ich ... das wollte ich nicht«, hörte An-tonia ihre Mutter durch die Tür rufen. »Antonia, mach bitte auf! Es tut mir leid.«

Antonia versuchte, ihre Mutter, die gegen die Tür hämmerte, zu ignorieren. Mit zitternden Händen nahm sie ihr Handy aus der Schultasche und tippte eine SMS an Katie: *Ich nehme das Zimmer.* Als sie auf Senden drückte, war ihr erneut ein wenig flau im Magen, doch sie spürte auch, wie der fest um sie geschlossene Kokon der vergangenen Jahre von ihr abfiel und sich eine völ-lig neue Perspektive auftat. Ja, sie würde ein neues Leben anfangen. Ein selbstbestimmtes, neues Leben in der Stadt, in einer angenehmen Atmosphäre, ohne kleinliche Vorschriften, ohne Ralph . . .

»Antonia, lass uns miteinander reden!«

Reden? *Jetzt* wollte sie reden? All die Jahre hatte sich alles nur um Ralph gedreht, es war ihr egal gewesen, wie einsam Antonia sich hier gefühlt hatte, und jetzt also wollte sie reden. Antonia fand, dass alles gesagt war. Die Arme um die Knie geschlungen, setzte sie sich auf ihr Bett und wartete, bis ihre Mutter das Klopfen und Rufen aufgab. Dann raffte sie ihre Schulsachen zusammen und lief die Treppe hinunter, vorbei an der Küche. Als sie Antonia hörte, drehte sich ihre Mutter nach ihr um.

»Antonia, warte!«

Sie hatte geweint, das sah Antonia, und es versetzte ihr wider Erwarten einen Stich.

»Du kannst mich doch hier nicht allein lassen!« Ihre Stimme klang flehend, so hatte sie ihre Mutter noch nie reden hören. Jedenfalls nicht mit ihr.

Was sollte das denn nun wieder bedeuten, *sie allein lassen?* Soll sie doch froh sein, kann sie ihren Ralph endlich ungestört genießen – und so viel würde sich für ihre Mutter doch gar nicht ändern, sie hatte Antonia doch während der letzten Jahre ohnehin kaum wahrgenommen. Sie antwortete nicht und blieb auch nicht stehen. Ohne ein Wort des Abschieds ging sie zur Haustür, schloss ihr Fahrrad auf und fuhr davon. Sie würde zu spät zur Schule kommen, aber was machte das jetzt noch aus, wo die Schule in drei Tagen zu Ende war? An der ersten Kreuzung piepste es in ihrer Schultasche. Eine SMS von Katie. *Super, ich freu mich!*

Mit schwarzer Tinte setzte Frau Dr. Tiedke ihre Unterschrift unter die Entlassungspapiere des Patienten Leopold Steinhauer. Der Mann war sechzig Jahre alt und hatte die letzten zwanzig Jahre seines Lebens in der forensischen Abteilung des Landeskrankenhauses Wunstorf verbracht. Anfangs hielt sie die Unterbringung in einer Einzelzelle der geschlossenen Abteilung für notwendig, immerhin galt der Mann als gefährlich und unberechenbar. Aber da er sich gut benahm und auch irgendwann zu seiner Tat bekannte, gewährte ihm Frau Dr. Tiedke mit der Zeit immer mehr Lockerungen. Steinhauer war ihr stets höflich begegnet, er hatte nie eine Sitzung verweigert, hatte klaglos alle verordneten Medikamente geschluckt und sich auch sonst geradezu mustergültig verhalten. Er betreute einen Teil des Patientengartens. Von Frühling bis Herbst fand man ihn fast nur dort. Alle Gartenbesucher waren sich einig, dass seine Parzelle mit Abstand der schönste Teil des Gartens war, ein kleines Paradies. Im Winter malte er und hörte dazu klassische Musik.

In seinem vorigen Leben war er Professor für zeitgenössische Malerei an der Fachhochschule Hannover gewesen. Nachdem er in der Klinik wieder zu malen begonnen hatte, waren seine Bilder regelmäßig von seinem Galeristen abgeholt worden. Sie verkauften sich noch besser und vor allen Dingen teurer als vor seiner Verurteilung. Besonders die »rote Serie«. Steinhauer würde die Klinik nicht als armer Mann verlassen.

Mit der Zeit hatte sich zwischen Leopold Steinhauer und Frau Dr. Tiedke eine Art Freundschaft entwickelt – natürlich mit der notwendigen Distanz, die die

Beziehung zwischen Psychiater und Patient erforderte. Niemals hatte die Therapeutin ihm etwas über ihr Privatleben erzählt. Dennoch wurde sie das Gefühl nicht los, dass er vieles über sie wusste. Steinhauer war einfühlsam, klug und charmant, dabei aber niemals anzüglich. Sie hatten oft über Pflanzen gesprochen, aber auch über Malerei, Literatur und Politik. Da er die Tageszeitungen und Magazine, die im Aufenthaltsraum auslagen, regelrecht verschlang, wusste er stets über das Weltgeschehen Bescheid. Er war ihr stets ein angenehmer Gesprächspartner gewesen und ganz im Geheimen musste sich Frau Dr. Tiedke eingestehen, dass sie ihren Lieblingspatienten wohl vermissen würde.

Vor zwanzig Jahren hatte Leopold Steinhauer ein Mädchen ermordet.

Aufgrund der Umstände der Tat hatte sein Anwalt vor dem Landgericht Hannover auf vorübergehende Schuldunfähigkeit plädiert und war damit durchgekommen. Somit war Steinhauer eine Haftstrafe erspart worden und er war stattdessen hier, in der Psychiatrie, gelandet.

Frau Dr. Tiedke seufzte, als sie die Akte zuklappte. Sie hatte schon einige Patienten wie Steinhauer therapiert und schließlich, nach zahlreichen Begutachtungen über Jahre hinweg, in die Freiheit entlassen. Die meisten dieser ehemaligen Straftäter waren sauber geblieben und führten ein unauffälliges, normales Leben. Aber eben nicht alle. Trotz guter Prognose wurden manche doch rückfällig, mitunter erst nach Jahren. Das war das Restrisiko, mit dem die Gesellschaft leben musste.

Steinhauers Prognose war jedoch so günstig, wie es selten bei einem Patienten vorkam, darin waren sich die Wunstorfer Ärzte mit dem externen Gutachter einig. Seine Entlassung war eine logische Konsequenz daraus, das Risiko denkbar gering. Und doch, ein geringer Zweifel blieb immer.

2.

Antonias letzte Schultage fühlten sich an wie ein seltsamer Zwischenzustand. Das Alte war in Gedanken schon abgestreift, das Neue noch nicht da. Ihre Freundinnen Sina, Maja und Constanze fanden es schade, dass Antonia sie verließ.

»Verräterin«, sagte Maja und Antonia wusste, dass sie das nicht nur scherzhaft gemeint hatte.

»Wir können uns doch in der Stadt treffen und durch die Klubs ziehen«, sagte Antonia, wohl ahnend, dass sie die drei nicht mehr oft sehen würde. Vielleicht gar nicht mehr.

Immerhin schafften es Antonia und ihre Mutter, am Freitagmorgen versöhnt auseinanderzugehen. Antonia hatte am Abend zuvor ihr Jahreszeugnis auf dem Küchentisch liegen lassen. Daraufhin war ihre Mutter in ihr Zimmer gekommen, hatte sie für ihre guten Noten gelobt und ihr gesagt, dass sie sehr stolz auf sie wäre. Sie hatten sich umarmt und für einen kurzen Augenblick war wieder alles so gewesen wie früher. Außer, dass sie beide geweint hatten.

Jetzt begleitete Frau Reuter ihre Tochter bis zur Bushaltestelle und half ihr, die zwei schweren Sporttaschen zu tragen.

»Du weißt, du kannst jederzeit wiederkommen.«

»Ich muss eh noch mein Fahrrad holen«, sagte Antonia.

»Ich meine später. Wenn es nicht funktioniert oder wenn du nicht zurechtkommst. Versprich mir, dass du das tun wirst, Antonia!«

Sie versprach es und dachte dabei: *Niemals!*

»Was ist mit Ralph?«, fragte sie. Er würde voraussichtlich heute Abend von seinem Messebesuch zurückkommen. Wusste er eigentlich schon von ihrem Auszug, hatte ihre Mutter ihm Bescheid gesagt? Aber interessierte Antonia das eigentlich noch? Nicht wirklich. Ralph würde es bestimmt nicht bedauern, sie los zu sein, genau wie umgekehrt.

Im Grunde war es ihr ganz recht, dass sie sich nicht von ihm verabschieden musste. Er wäre ja doch nur dagegen gewesen, hätte tausend Bedenken geäußert, und sei es nur, um sie zu schikanieren.

Ihre Mutter war plötzlich seltsam verlegen geworden. »Das mit Ralph kläre ich schon. Ich . . . ich werde ihm erst einmal sagen, dass du bei meiner Mutter wohnst. Sonst . . .« Der Satz blieb unvollendet. Antonia sah ihre Mutter verwundert an, doch bevor sie nachfragen konnte, kam schon der Bus. Sie umarmten sich, ihre Mutter weinte und auch Antonia hatte Tränen in den Augen, als der Bus anfuhr. Durch die schmutzige Scheibe sah sie ihre Mutter, die im Wartehäuschen der Haltestelle stand und zaghaft winkte. Wie klein und zerbrechlich sie plötzlich aussah. Irgendwie verloren. Und einsam.

Unsinn, sagte sich Antonia und bekämpfte den aufkommenden Trennungsschmerz mit Sarkasmus: *Sie ist nicht einsam, sie hat doch ihren Ralph und er hat sie nun für sich ganz allein. Und ich werde mein neues Leben genießen.*

Katies Bilder hatten nicht getrogen. Das Haus ließ trotz seiner etwas renovierungsbedürftigen Fassade ahnen, dass es einmal eine stolze, vornehme Villa gewesen war. Efeu wucherte im Vorgarten, durch den ein mit Platten markierter Weg über drei Stufen zur Haustür führte. Eine späte Rose neigte sich anmutig über den rostigen Zaun mit den teilweise abgebrochenen Spitzen. Ein Idyll – rein optisch. Denn als Antonia mit ihren zwei Taschen vor ihrem zukünftigen Zuhause stand, wurde ihr schlagartig klar, warum die Miete hier so günstig war. Als die Villa erbaut worden war – 1892, wie eine in den Putz eingeritzte Zahl im Giebel verriet –, war der Lindener Berg eine noble, großbürgerliche Gegend gewesen. Heute sah es hier jedoch ganz anders aus, auch wenn die Villen geblieben waren – die Eleganz vergangener Zeiten war passé. Denn gleich unterhalb des Berges verlief die B6, die auf dieser Seite der Stadt Westschnellweg hieß. Nur einen Steinwurf entfernt brauste der Verkehr stadtein- und stadtauswärts, sodass ein ständiges Rauschen in der Luft lag, das nahezu alle anderen Geräusche erstickte. Daran änderte auch die hohe Böschung nichts, in die die vierspurige Fahrbahn eingebettet war.

Unwillkürlich musste Antonia an die Worte ihrer Mutter denken, als sie gestern Nachmittag gefragt hatte, ob

Antonia sich das Zimmer denn überhaupt schon mal angesehen hätte.

»Nur Fotos«, hatte Antonia gesagt. Erleichtert darüber, dass das Eis zwischen ihnen geschmolzen war, hatte Antonia ihr die Bilder auf ihrem Laptop gezeigt.

»Und das soll nur zweihundert Euro kosten? Da ist doch bestimmt irgendein Haken dran«, hatte ihre Mutter vermutet.

Und das also war der sprichwörtliche Haken: der Lärm der B6. *Hätte mir Katie ruhig sagen können,* grollte Antonia. Aber hätte sich Antonia davon wirklich abschrecken lassen? Nein! Was ist schon ein bisschen Verkehrsrauschen, verglichen mit dem Schweinemistgestank, dem sie gerade entronnen war – und gegen Ralph! Mit diesem Gedanken stieß Antonia die Gartenpforte auf, die in den Angeln quietschte. Immerhin wurde dieses Geräusch nicht vom Lärm verschluckt. Sie durchquerte den Vorgarten und drückte auf den rostigen Klingelknopf neben der schweren dunklen Holztür. Sie musste dreimal klingeln, ehe ein Schatten hinter der vergitterten Milchglasscheibe auftauchte und die Tür geöffnet wurde. Ein Junge, er war schätzungsweise zwei, drei Jahre älter als Antonia, stand vor ihr. *Das hätte Katie mir auch sagen können,* durchfuhr es Antonia bei seinem Anblick.

»Hi, ich bin Toni, also eigentlich Antonia . . . ich bin . . . ich sollte . . . Katie hat . . .«

Was stottere ich denn so herum?, ärgerte sich Antonia. Kann ich keinen ordentlichen Satz mehr bilden, nur weil mir ein halbwegs . . . nein, ein ziemlich . . . Quatsch!, ein *wahnsinnig* gut aussehender Typ die Tür

23

aufmacht? Seine blaugrauen Augen, beschattet von langen, dichten Wimpern, musterten Antonia, als stünde sie zum Verkauf. Dann lächelte er und sagte: »Ah, das Küken ist da. Komm rein.«

Mit klopfendem Herzen hob Antonia ihre Taschen auf und stellte sie in den Flur. Die Haustür fiel dumpf ins Schloss und es war, als hätte sie eine Gruft betreten: kühl und still. Totenstill. So kam es Antonia zumindest vor, nachdem das Toben des Verkehrs draußen geblieben war. Der Flur war dunkel, sie konnte kaum etwas erkennen, außer einem riesigen, halb blinden Spiegel mit einem breiten Rahmen aus geschnitztem Holz. Es roch ein wenig muffig und abgestanden, vermutlich wurden wegen des Krachs selten die Fenster aufgemacht.

»Ich bin Robert.«

»Toni.«

Er lächelte, wobei zwei Grübchen auf seinen blassen Wangen entstanden. »'tschuldige, dass es so lang gedauert hat, ich habe gerade gepennt.« Er fuhr sich mit seinen langen Fingern durch die dunklen Locken, die ihm sogleich wieder in die Stirn fielen. Antonia blieb dabei fast das Herz stehen. »Macht doch nichts«, hauchte sie, und da ihr beim besten Willen nichts anderes einfiel, fragte sie: »Ist Katie nicht da?«

»Die kommt heute erst spät, die muss bei einer Veranstaltung Stühle schleppen und Kabel legen. Kaffee?«

»Gerne.«

Sie folgte ihm in die Küche. Die Möbel darin sahen aus, als hätte man sie vom Sperrmüll oder aus dem Sozialkaufhaus zusammengesucht. Es gab einen alten Gasherd mit eingebrannten Resten um die Kochstellen herum. Und einen Toaster! Antonia liebte Toastbrot, sie verschlang täglich eine halbe Packung davon. Ein Haufen schmutzigen Geschirrs stand neben der Spüle. Also keine Spülmaschine. Aber das war egal. Im Moment war Antonia alles egal – außer Robert. Robert war mit Abstand der attraktivste Typ, den sie seit Langem gesehen hatte – wenn man einmal von Robert Pattinson aus der *Twilight*-Saga absah, mit dessen Postern ihr Zimmer in Ralphs Haus zugepflastert gewesen war. Aber der war ja irgendwie nicht echt und außerdem völlig unerreichbar. *Dieser* Robert dagegen . . . Irgendwie sah er dem Film-Vampir sogar ähnlich oder bildete sie sich das nur ein? Nein, tatsächlich: diese makellose helle Haut, die dunklen Locken . . . Nur seine Nase war schmaler als die des Schauspielers, ebenso die Augenbrauen. Ein Bartschatten umspielte seine Wangen, was ihm etwas Verwegenes gab. Und auch noch derselbe Vorname! Irre, das alles.

Von der Küche aus konnte man durch eine Glastür in den Garten auf der Rückseite des Hauses blicken. Er schien groß zu sein und ziemlich verwildert. Hohe, viel zu dicht gewachsene Büsche umsäumten Beete voller Unkraut und eine Fläche, die vielleicht einmal ein Rasen gewesen war. In der Mitte stand ein Kirschbaum, an dem reife Früchte hingen. Blühende Strauchrosen verliehen dem Ganzen eine romantische Note. Weit hinten stand ein etwas windschiefer Schuppen, halb verdeckt von einem stattlichen Rhododendron. Ein Zaubergarten, dachte Antonia und wunderte sich, wie sie auf dieses schnulzige Wort gekommen war. Offenbar gingen die Hormone schon mit ihr durch, nach gerade mal zwei

Minuten mit ihrem neuen Mitbewohner – das konnte ja noch spannend werden!

Robert schraubte einen fleckigen Espressokocher auseinander und klopfte das alte Kaffeepulver in den Mülleimer, der in einer Ecke stand und bereits überquoll. Antonia beobachtete ihn dabei. Diese kräftigen Hände mit den langen Fingern! Hat die Welt je schönere Männerhände gesehen? Sie ertappte sich bei dem Wunsch, er möge sie mit diesen Händen berühren, streicheln . . . *Reiß dich zusammen, Toni!*

Er stellte die Kanne auf die Herdplatte. Aus dem babyblauen Schrank über der Spüle, dessen Glasscheibe einen Sprung hatte, nahm er zwei Tassen, was Antonia ausnutzte, um seine Rückansicht in Augenschein zu nehmen. Nein, wirklich nicht übel. Aber bestimmt hatte der längst eine Freundin. Oder mehrere. Ganz gewiss hatte so einer nicht auf ein sechzehnjähriges Landei gewartet. Verdammt, wie sollte sie das nur aushalten, in einer WG mit so einem Jungen zu wohnen? Sie seufzte tief.

»Heimweh?«

»Was?«

»Dieser schwermütige Seufzer eben.«

»Quatsch, Heimweh!«, wehrte Antonia ab. »Ich bin doch kein kleines Kind mehr!«

»Na ja . . .«

»Ich werde bald siebzehn. Und du?«

»Neunzehn.«

»Studierst du?«, forschte Antonia.

»Ich mache gerade ein soziales Jahr. Essen auf Rädern ausfahren und so. Meine Tour ist für heute zu Ende, deshalb hatte ich mich hingelegt. Ist immer recht stressig, die alten Leute quatschen dir die Ohren voll, dabei erzählen sie jeden Tag dasselbe.«

»Ich will dich nicht stören. Zeig mir nur mein Zimmer, dann komm ich schon zurecht.«

»Nur keine Hektik«, meinte Robert. »Erst mal einen Willkommenskaffee.« Er hatte sich hingesetzt und drehte sich eine Zigarette.

»Auch eine?«, fragte er, als er damit fertig war.

Antonia schüttelte den Kopf.

»Es darf übrigens im ganzen Haus geraucht werden, nur nicht im Bad.«

»Ich rauche nicht.«

»Du bist aber hoffentlich keine von diesen radikalen Nichtraucherinnen, oder?«

Antonia beeilte sich, dies zu verneinen. Robert nickte zufrieden und riss ein Streichholz an.

Eine Fliege summte am Fenster, die Gasflamme fauchte leise, der Espressokocher gab schlurfende Geräusche von sich. Ein paar Tropfen fielen auf die Herdplatte, wo sie zischend verdampften. Der Rauch des Tabaks, die verbrannten Tropfen Kaffee – das alles zusammen roch irgendwie nach . . . nach Freiheit! Antonia lehnte für einen Moment den Kopf gegen die zitronengelb gestrichene Wand. Sie lächelte und hatte den Gedanken, dass sie diesen Moment ihr Leben lang nicht vergessen würde.

»Bist du müde?«, fragte Robert.

Sie machte die Augen auf. »Nein. Nur glücklich«, gestand sie und schämte sich schon im nächsten Moment für ihre Offenheit. Nur glücklich, mein Gott, Antonia, so was Uncooles sagt man doch nicht zu einem Typen, den man kaum kennt! »Der ländlichen Hölle entronnen«, setzte sie hinzu.

»Ich weiß, was du meinst«, grinste Robert. »Ich komme aus Isernhagen. Das ist auch ziemlich ländlich.«

Antonia kannte den Ort vom Durchfahren. Ein Nobelvorort; Geländewagen vor schick renovierten Fachwerkgehöften und dahinter, auf den Weiden, Pferde. Das konnte man mit ihrem Schweinedorf nicht einmal annähernd vergleichen, aber sie hütete sich, ihm das zu sagen.

Der Kaffee war fertig. Er goss die rabenschwarze Brühe in die zwei Tassen.

»Milch? Zucker?«

Antonia nickte. Er stellte alles vor sie auf die zerkratzte Tischplatte, die ein klein wenig klebte. Eine Generalreinigung der Küche wäre mal wieder angesagt, erkannte Antonia, und: Lieber Himmel, ich denke schon wie meine Mutter!

Nur mit viel Milch und Zucker war der Kaffee genießbar. Wie konnte Robert dieses fiese Gebräu schwarz trinken?

»Schmeckt er dir?«

»Ausgezeichnet!«

»Ich bin nämlich der Einzige im Haus, der einen annehmbaren Kaffee kochen kann«, verkündete Robert und zog an seiner Zigarette. Stille breitete sich aus, nur eine Wanduhr mit vergilbtem Zifferblatt, die über der Tür hing, tickte die Zeit herunter.

»Es ist so ruhig hier drin – ich meine . . . wenn man bedenkt, wie laut es draußen ist.« Unwillkürlich hatte Antonia geflüstert.

»Der gute Herr Krüger hat schalldichte Fenster einbauen lassen, sonst hätte er den alten Kasten wohl gar nicht vermieten können.«

»Ah«, sagte Antonia nur.

Robert schaute sie abschätzend von der Seite an und grinste, bis Antonia verlegen zurücklächelte. Er nahm einen tiefen Zug, lehnte sich entspannt in seinem Stuhl zurück und blies den Rauch aus. Antonia rührte einen dritten Löffel Zucker in den Kaffee, aber er schmeckte immer noch bitter.

Dann fragte Robert: »Hat Katie dir eigentlich gesagt, dass das hier ein Mörderhaus ist?«

Ein dezenter Gong ertönte, als Leopold Steinhauer die Galerie betrat. Er schaute sich um. Ein paar schlechte Aquarelle von Blumen, wahrscheinlich der Selbstverwirklichungstrip einer gelangweilten Hausfrau, ein Russe, der versuchte, die alten Impressionisten zu imitieren, allerdings mit viel zu grobem Pinselstrich und viel zu grellem Licht auf den Motiven. Es schüttelte ihn.

Von seinen Bildern konnte er nur eines entdecken, er hatte es vor einem halben Jahr gemalt, es war überwiegend in Blautönen gehalten, ein Versuch, wegzukommen von seinen roten Bildern, die in der Kunstszene ein Begriff waren.

»Die roten laufen einfach besser.«

Arnold Krüger war aus dem Kabuff getreten, das er sein Büro nannte. Er kam auf seinen Besucher zu, mit weit ausgebreiteten Armen, eine übertriebene Geste, wie Steinhauer fand. Oder war es inzwischen Mode, dass sich Männer umarmten? Krüger war ursprünglich einer seiner

29

Studenten gewesen, jedoch als Maler völlig untalentiert, was er zum Glück irgendwann eingesehen hatte. Daraufhin war er Galerist geworden. Im Verkaufen von Bildern war er gut, er wusste, wie man die Kundschaft einwickelte. Steinhauer streckte ihm förmlich die Hand entgegen. Die von Krüger fühlte sich an wie ein kalter Fisch.

»Du bist also wieder draußen.« Der Galerist rang sich ein Lächeln ab. »Ganz? Ich meine . . . für immer?«

»Ja, endgültig.«

»Hast du schon eine Wohnung?«

»Ja.«

Ein unrenovierter Altbau, vierter Stock, in Linden-Mitte, aber das geräumige Wohnzimmer besaß drei große Fenster zur Südseite. Ideal zum Malen. Der Vermieter, ein Pole, hatte keine Fragen gestellt.

»Kann ich dir sonst irgendwie helfen?« Krüger fuhr sich verlegen durch sein Haar, das schon etliche kahle Stellen aufwies. Das, was noch vorhanden war, war etwas zu gleichmäßig dunkelbraun, wenn man bedachte, dass Krüger schon Mitte vierzig war. Steinhauers Anwesenheit schien ihn nervös zu machen, er plapperte drauflos: »Deine letzten beiden Bilder habe ich vorige Woche verkauft. Eins ging an einen Landtagsabgeordneten und das andere an einen Arzt. Weißt du, es lohnt sich gar nicht, sie aufzuhängen, ich habe eine Warteliste, die Leute reißen sie mir quasi aus den Händen. Ich wollte dir eigentlich heute noch einen Scheck schicken, aber nun bist du ja da, dann mache ich ihn gleich fertig, dann kannst du ihn . . .«

»Wie viel?«, schnitt Steinhauer den Redeschwall brüsk ab.

»Fünfzehntausend. Für beide. Also . . . nach Abzug der fünfzig Prozent Provision plus Umsatzsteuer. Ich gebe dir selbstverständlich noch eine Quittung.«

»Gut.« Er folgte Krüger in dessen Büro. Der Galerist setzte sich in seinen protzigen Chefsessel und bekritzelte einen Scheck, den er Steinhauer aushändigte.

Er war überzeugt, dass Krüger ihn betrog. Bestimmt verkaufte er seine Bilder seit Jahren für einen weit höheren Preis als den, den er ihm nannte. Aber Geld bedeutete ihm inzwischen nicht mehr allzu viel und trotz der Machenschaften seines Galeristen hatte er genug davon.

»Du wirst doch weitermalen? Sag mir nicht, dass du aufhören willst! Du bist mein bestes Pferd im Stall, ohne dich kann ich zumachen. Das, was hier rumhängt, sind *peanuts* . . .«

»Es ist grauenhaft«, stellte Steinhauer richtig. »Ja, ich male weiter. Ich möchte, dass du im nächsten Frühjahr eine große Vernissage für mich organisierst.«

Krügers massiger Körper entspannte sich sichtlich. »Schön. Das freut mich zu hören. Und das Haus . . .«, begann er.

»Lass alles so, wie es ist«, sagte Steinhauer. Dann hob er die Hand zum Gruß und trat hinaus in die Sonne.

Robert drückte seine Zigarette aus und stand auf. »Schlossführung!«

Antonia war froh, die Küche verlassen zu können, ohne ihren Kaffee austrinken zu müssen. Sie durchquerten den Flur und standen vor zwei geräumigen Zimmern, die durch eine breite Flügeltür miteinander verbunden waren. Im hinteren Raum befanden sich zwei schäbige, durchgesessene Sofas, ein Sessel und ein monströser alter Fernseher. Das vordere Zimmer beherbergte einen langen Tisch, der antik aussah, und einen Mix aus sechs Stühlen, alte und neue, keiner glich dem anderen. Über dem Tisch hing ein Kronleuchter, dessen geschliffene Kristallglassteine bunte Flecken an die Wände warfen. Beide Zimmer hatten große, bogenförmige Fenster, die zur Straße zeigten. Sie wurden eingerahmt von Gardinen aus schwerem weinrotem Samt. Die Decke zierten breite Stuckleisten.

»Der Salon«, erklärte Robert. »Fernsehzimmer, Ess- und Debattierzimmer.«

Trotz der großen Fenster war es in den beiden Räumen düster. Das mochte an den Tapeten liegen: dunkle Farbtöne mit goldbronzen schimmernden Ornamenten. Die Tapeten und die Vorhänge sind bestimmt mehr als hundert Jahre alt, spekulierte Antonia. Und der Kristallüster wahrscheinlich auch. Sie fröstelte ein wenig und musste sich eingestehen, dass die Atmosphäre dieser Räume geradezu einschüchternd auf sie wirkte.

»Cool«, sagte sie schließlich, da Robert offenbar auf einen Kommentar ihrerseits zu warten schien.

Über eine breite Holztreppe gelangten sie hinauf in die erste Etage. Von einem dämmrigen Flur gingen fünf Türen ab. Robert deutete auf die Tür an der Stirnseite. »Mein Domizil.« Er wies nach rechts: »Katies Höhle«, und nach links: »Mathes Bude.« Mathe war Matthias, ein weiteres Mitglied der WG, das wusste Antonia von Katie.

»Und hier: das Bad!«

Es war winzig und bestand nur aus Klo und Dusche,

alles leicht angegammelt und es roch feucht. Neben dem Bad lag das freie Zimmer, das Antonia bewohnen sollte. Es war ungefähr fünf Meter lang, aber nur halb so breit. Auch hier müffelte es etwas. Die Wände bedeckte eine Raufasertapete, die zahlreiche Bohrlöcher aufwies. Irgendjemand hatte sie fliederfarben gestrichen – nicht gerade Antonias Geschmack. Quer über die Decke lief ein Riss im Putz, in den Ecken hingen dicke graue Spinnweben. Die Holzdielen waren teilweise beschädigt und vom ehemals weißen Lack, mit dem man sie versiegelt hatte, war an den viel begangenen Stellen kaum noch etwas zu sehen. Ein hässlicher Kleiderschrank stand an der rechten Wand, an der linken lehnte eine fleckige Matratze.

»Das traute Heim«, witzelte Robert. »Zimmer mit Aussicht auf den Tod.«

Antonia steuerte auf die Glastür am anderen Ende zu, denn als Erstes musste hier mal gelüftet werden. Die Tür führte hinaus auf einen Balkon, von dem aus man den Vorgarten, die Straße und dahinter das ansteigende Gelände des alten Lindener Bergfriedhofs im Blick hatte. Allerdings war »Balkon« etwas übertrieben, es war lediglich ein halbrunder Austritt mit einem verschnörkelten, rostigen Geländer. Ein Klappstuhl würde darauf mit Ach und Krach Platz finden. Sie dachte flüchtig an ihr altes Zimmer, das fast doppelt so groß gewesen war. Aber das hier war etwas Eigenes, hier konnte sie tun und lassen, was sie wollte, und mit ein bisschen Gips und Farbe . . .

»Komm, wir sind noch nicht fertig!«, unterbrach Roberts Stimme ihre Gedanken. Neugierig folgte sie ihm eine schmale Treppe hinauf, die vor einer Tür endete.

»Das Mörderzimmer«, verkündete Robert mit einer weit ausholenden Armbewegung. Er kam Antonia in diesem Moment vor wie ein Butler, der Gäste durch ein Spukschloss führt. Sie standen in einem großen Zimmer mit auf halber Höhe schräg zulaufenden Wänden. Es war dunkel darin und es roch wie auf einem Dachboden im Sommer. Anstatt das Licht anzuknipsen, öffnete Robert das Fenster, das zur Gartenseite zeigte. Ehe er das tun konnte, musste er allerdings noch drei Tontöpfe mit vertrockneten Hanfpflanzen wegräumen. »Das war mal so ein Versuch . . .«, erklärte er. »Aber hier oben vergisst man gerne mal, sie zu gießen.« Er stieß die Fensterläden auf. Sofort strömte das Rauschen des Westschnellwegs ins Zimmer, das nun in ein grünliches, von Blättern gefiltertes Licht getaucht wurde. Antonia erkannte die Schemen von Möbeln: Bett, Stuhl, Schreibtisch, Schrank, Kommode. Sie waren mit weißen Tüchern abgedeckt, was in dem dämmrigen Licht gespenstisch wirkte. Spinnweben hatten sich überall breit gemacht. Es sah aus, als befände sich das Zimmer in einem hundertjährigen Schlaf.

»Wieso ist das das Mörderzimmer?«, fragte sie.

»Hier drin wurde ein Mädchen ermordet.« Sein Ton war ernst geworden.

»Wann war das?«, fragte Antonia und wich unbewusst ein paar Schritte zurück in Richtung Tür.

»Schon ewig her, in den Neunzigern oder so.«

»Hat sie hier drin gewohnt?«

»Ja, wahrscheinlich. Sie war Studentin. Nur ein paar Jahre älter als du.«

»Dann sind das noch ihre Sachen?«

Robert zuckte mit den Achseln. »Vielleicht hat sie es auch möbliert gemietet.«

»Sitzt er im Gefängnis?«

»Wer?«

»Na, der Mörder.«

»Der Mörder . . .« Robert dehnte das Wort mit sichtlichem Genuss. »Wahrscheinlich. Obwohl – vielleicht ist er schon wieder draußen, vorzeitig entlassen, wer weiß? Er könnte praktisch jeden Moment wieder auftauchen.«

Einem Reflex gehorchend schaute Antonia sich um. Robert bemerkte es und musste lachen. Offenbar machte er sich einen Spaß daraus, ihr Angst einzujagen.

»Blödsinn«, murmelte Antonia, und um Robert zu beweisen, wie unbeeindruckt sie war, ging sie auf eines der Möbelstücke zu und hob das Tuch an. Eine Staubwolke wirbelte auf. Es war ein zierlicher Sekretär aus dunklem rötlichem Holz mit Einlegearbeiten und gedrechselten Beinen. Antonias Großmutter besaß ein ähnliches Möbel, daher wusste sie, dass das Holz Mahagoni war. Eigentlich ein schönes Stück, vielleicht sogar eine Antiquität. Sie zog die mittlere der drei Schubladen auf.

»Was willst du darin finden? Ein blutiges Messer?« Ein spöttisches Lächeln zuckte um seine Mundwinkel.

Die Schublade war natürlich leer, ebenso wie die anderen beiden. Antonia verzichtete darauf, sich die restlichen Möbel näher anzusehen, legte das Tuch wieder über den Schreibtisch und meinte: »Es ist ein schönes Zimmer. Warum wohnt hier keiner von euch?«

Robert stieß ein kurzes Lachen aus. »Na, weil es das Mörderzimmer ist. Ich jedenfalls möchte nicht in einem Raum schlafen, in dem jemand erstochen wurde. Was heißt ›erstochen‹. Es muss ein übles Gemetzel gewesen sein.«

Antonias Blick wanderte automatisch zum Fußboden, als wollte sie die Holzdielen nach Blutflecken absuchen. »Du verarschst mich doch bloß«, wehrte sie schließlich unwirsch ab.

»Wenn du mir nicht glaubst, dann zieh doch hier ein. Es ist groß, hell – und Möbel sind auch da«, schlug Robert vor. »Du sparst dir IKEA.« Antonia zögerte. Auch wenn sie die Zimmer der anderen drei Bewohner noch nicht gesehen hatte, so war dieses hier bestimmt eines der schönsten im ganzen Haus. Es musste also tatsächlich etwas nicht in Ordnung sein damit, sonst hätte es sich längst einer der anderen unter den Nagel gerissen.

»Ich bleibe lieber unten«, entschied Antonia.

»Ein weiser Entschluss.«

Wenn er lächelte, so schelmisch wie jetzt, war er fast unwiderstehlich. Antonia musste sich zusammennehmen, um ihn nicht dauernd anzustarren.

»Möchtest du noch den Keller sehen?«, fragte er.

Ihr »Nein« kam ein wenig zu hastig, sie merkte es, als sie sah, wie Robert in sich hineinkicherte. Er nahm sie bestimmt nicht ernst. Sie hatte nicht vergessen, dass er sie vorhin »Küken« genannt hatte.

»Ich würde jetzt gerne kurz duschen und dann meine Sachen auspacken.«

»Ja, klar. Gehen wir wieder runter.«

Antonia verspürte eine unerklärliche Erleichterung, als sie das seltsame Zimmer wieder verließ und Robert hinter ihr die Tür zumachte.

Sie war gerade dabei, ein frisches Laken über die nicht

sehr appetitliche Matratze zu ziehen, als sie Katies Stimme hörte.

»Toooniiii!«

Sie ließ alles stehen und liegen und rannte die Treppe hinunter. Im Flur prallten Antonia und Katie aufeinander und umarmten sich eine halbe Minute lang. Dann streckte Katie die Arme aus, wobei sie Antonia noch immer an den Händen hielt, und sie musterten sich gegenseitig von oben bis unten. Katie hatte sich kaum verändert. Sie war noch immer recht klein, fast einen Kopf kleiner als Antonia, aber ihr Körper war muskulös und ihre Bewegungen voller Schwung und Energie. Ihr dichtes dunkles Haar war kurz und fransig geschnitten. Seit Kurzem zierte ein Piercing ihren Nasenflügel, ein kleiner Stein, so hellblau wie ihre Augen. Antonia hatte den Nasenschmuck schon auf Facebook bewundert, aber in natura sah er noch hübscher aus. Das Markanteste an Katie war jedoch ihre Stimme. »Wie eine Blechbüchse«, hatte mal ein Mitschüler gelästert und der Vergleich passte.

»Toni, Toni, das ist ja echt ein Ding!«

»Du siehst toll aus«, sagte Antonia und das stimmte auch. Katie trug einen sehr kurzen Minirock über einer blickdichten schwarzen Strumpfhose, dazu pinkfarbene Sneakers und ein mehrlagiges T-Shirt in Türkistönen. *Verglichen mit ihr sehe ich aus, als käme ich gerade aus dem Stall*, erkannte Antonia und schämte sich für ihre Billig-Jeans. *Aber leider werde ich in nächster Zeit wohl nicht viel Geld übrig haben, um mir neue Klamotten zu kaufen*, realisierte sie im selben Moment.

Sie hatten sich gerade in der Küche hingesetzt und

Katie berichtete von ihren ersten Erfahrungen als Auszubildende, als der vierte WG-Bewohner eintraf. Matthias studierte im ersten Semester Informatik an der Leibniz-Uni. Er war ein ehemaliger Schulkamerad von Robert, wirkte aber im Vergleich zu diesem recht unscheinbar: dünnes blondes Haar, helle Wimpern, Sommersprossen. Sein rundes Gesicht mit den randlosen Brillengläsern bildete einen irritierenden Gegensatz zu seinem hoch aufgeschossenen, knochigen Körperbau. Antonia begrüßte er etwas steif mit den Worten ».Ja, dann – willkommen«. Danach verschwand er in seinem Zimmer. »Voll der Streber und Mädchen gegenüber total schüchtern, aber ganz okay«, flüsterte Katie Antonia zu. Die beiden saßen in der Küche und schnippelten nach Roberts Anweisung Gemüse für eine Spaghettisoße, während sich Robert eine Zigarette drehte. »Du musst wissen, der *maestro* lässt die niederen Arbeiten gerne von anderen verrichten«, lästerte Katie.

»Ihr könnt froh sein, dass hier wenigstens einer kochen kann«, gab Robert zurück. »Du und Mathe, ihr würdet doch nur von Chips und Fertigpizza leben und dabei fett werden.«

Katie winkte ab und sagte zu Antonia: »Er kocht wirklich gut, aber nur ohne Fleisch. Lass dich von Robert nie dabei erwischen, wie du ein Würstchen isst, sonst hält er dir stundenlang eine Standpauke. Er ist nämlich ein eingefleischter Vegetarier.« Sie kicherte. Auch Antonia lachte in sich hinein.

»Sehr witzig!« Robert verdrehte die Augen. »Was ist jetzt, wo bleiben die Zwiebeln?«

»Gleich. Verdammte Hacke, sind die scharf!« Katie

wischte sich eine Träne von der Wange und beugte sich dann wieder über das Schneidebrett, auf dem sie gerade eine Zwiebel in Würfel zerteilte.

»Ich mag Fleisch eh nicht besonders gerne«, sagte Antonia und wunderte sich über sich selbst. Was tat sie da? Sie log, um Robert zu gefallen! In Wirklichkeit mochte sie Döner, Hamburger und Hotdogs sehr. Und wenn Ralph im Sommer den Grill angeworfen hatte, war ihr jedes Mal das Wasser im Mund zusammengelaufen. Sie mochte nur kein Schweinefleisch, weil sie dann den Gestank zu riechen glaubte, der jeden Tag durch das Dorf zog ... Die Erinnerung daran ließ sie schaudern, während Robert einen Vortrag über die tierquälerischen Bedingungen der Massentierhaltung vom Stapel ließ, den Katie spöttisch unterbrach: »Nicht schon wieder, kennen wir doch alles.«

Es war schon nach acht Uhr, als sie alle zusammen an dem großen Tisch Platz nahmen und Antonia merkte, wie hungrig sie war. Robert hatte die Soße mit Kräutern aus dem Garten verfeinert, sie schmeckte richtig gut und die Nudeln waren auf den Punkt gekocht.

»Echt klasse«, lobte sie Roberts Kochkünste und Matthias und Katie stimmten ihr zu.

Robert stand auf, legte die rechte Hand über seine Brust und deutete eine kleine Verbeugung an. »Danke, danke, danke!« Er setzte sich wieder hin. »Aber, Freunde, ich muss euch etwas mitteilen.« Er machte eine kleine Kunstpause, was Katie nutzte, um die Augen in Richtung Decke zu rollen.

»Die Lage ist ernst. Herr Krüger, unser werter Vermieter, hat mich angerufen und gemeckert, dass der Garten

39

aussehen würde wie Sau – womit er, wenn man ehrlich ist, auch echt recht hat. Wir müssen morgen eine verschärfte Gartenaktion durchziehen, sonst gibt's Stress.«

Katie und Matthias brummten unwillig und zogen die Mundwinkel nach unten, nur Antonia nickte, denn auch sie fand: Einen so schönen Garten durfte man nicht verlottern lassen.

Katie wechselte das leidige Thema und wandte sich an Antonia. »Robert hat dir sicherlich schon die Geschichte vom *Mörderzimmer* erzählt, oder?«

»Jemand musste das ahnungslose Geschöpf doch warnen«, verteidigte sich Robert, noch bevor Antonia antworten konnte.

»Das ist alles Quatsch«, erklärte Katie.

»Ist es nicht! Frau Riefenstahl hat es mir erzählt und die ist eine Dame, die lügt nicht«, protestierte Robert.

»Frau Riefenstahl!« Katie tippte sich gegen die Stirn und erklärte ihrer Freundin: »Sie wohnt in der Nachbarschaft, ist älter als Gott und nicht mehr ganz dicht da oben. Sie ist eine von den Alten, die Robert mit Essen auf Rädern beliefert. Sie weiß nicht mal, welcher Tag heute ist, wenn du sie fragen würdest, die lebt in ihrer eigenen Matrix.«

»Das macht nichts. Alzheimerpatienten haben zwar ein miserables Kurzzeitgedächtnis, aber sie erinnern sich umso genauer an das, was früher war«, erklärte Matthias, der bis jetzt geschwiegen und sich nur auf das Essen konzentriert hatte.

»Aber die Frau hat doch gar kein Alzheimer. Sie ist einfach nur alt«, stellte Robert klar.

»Und warum wohnst du dann nicht da oben?«, wandte sich Antonia nun an Katie. »Das Zimmer ist doch toll.«

»Ich bin doch nicht bescheuert«, antwortete Katie. »Da oben ist es an warmen Tagen heiß wie in einer Sauna. Das Dach ist kein bisschen isoliert. Und im Winter friert man sich wahrscheinlich den Arsch ab, der winzige Heizkörper, der da hängt, reicht bestimmt nicht aus.«

Antonia atmete heimlich auf. So war das also. Schlechte Isolierung. Von wegen Mörderzimmer.

»Ach, Katie, du kannst so nüchtern sein«, seufzte Robert. »Wie lässt du mich wieder aussehen? Hättest du nicht sagen können, dass du dich vor dem Geist der Ermordeten fürchtest?«

»Das kommt noch dazu«, grinste Katie.

»Wenn Robert nicht immer so eine Scheiße daherlabern würde, könnte man das Zimmer ja vielleicht wirklich mal vermieten«, meinte Matthias. »Der Krüger müsste ja gar nichts davon erfahren und das Geld könnten wir gut gebrauchen. Vielleicht macht es demjenigen ja nichts aus, wenn es dafür billig ist. Und im Winter muss man eben noch einen Heizlüfter oder so was dazustellen.«

»Oder wir müssen an einen Eskimo vermieten«, meinte Katie.

»Von mir aus«, nickt Robert. »Du kannst ja einen Zettel in die Uni hängen: Zimmer an hitze- und kälteresistentes Wesen zu vermieten.«

Katie ging in die Küche und kam mit einer geöffneten Flasche Rotwein zurück. Sie füllte vier Gläser bis zur Hälfte und sagte feierlich: »Lasst uns auf Tonis Ankunft trinken.«

Sie hoben ihre Gläser und Katie mahnte: »Und ihr wisst ja: Beim Anstoßen in die Augen schauen, sonst drohen sieben Jahre schlechter Sex!«

Antonia nahm ihr Glas und sie prosteten sich der Reihe nach zu, wobei sie einander so übertrieben betont in die Augen blickten, dass am Ende alle kicherten.

»Apropos«, sagte Robert. »Katie, hast du deine Freundin schon über die hiesigen Gebräuche aufgeklärt? Insbesondere über das *Ius primae noctis?*«

»Hä?«, entschlüpfte es Antonia.

Katie konnte nicht antworten, da sie sich gerade ein halbes Pfund Spaghetti auf einmal in den Mund geschoben hatte, also erläuterte Robert: »Es ist nämlich so: Ich bin der Hauptmieter hier, ihr seid sozusagen meine Untermieter. Das ist so was Ähnliches wie Leibeigene, merk dir das. Im Zeitalter des Feudalismus pflegten Fürsten und Gutsherren vom *Recht der ersten Nacht* Gebrauch zu machen, was bedeutete: Wenn ein Mädchen heiratete, durfte zuerst der Fürst mit ihr die Nacht verbringen, erst danach der Ehemann. Wir haben diesen schönen Brauch hier leicht abgewandelt: Jedes Mädchen, das hier einzieht, muss die erste Nacht mit mir verbringen. Nicht wahr, Katie?« Er sah Katie an, die nickte. Robert wandte sich wieder an Antonia. »Ich hoffe, das macht dir nichts aus? Bist du eigentlich noch Jungfrau?«

Antonia, der der letzte Bissen fast im Hals stecken geblieben wäre, blickte verwirrt in die Runde. Das war doch sicher wieder so ein dummer Scherz, oder? Aber Katie und Matthias machten ernste Gesichter und Roberts Blick ruhte erwartungsvoll auf Antonia. Zwei, drei Sekunden verstrichen, in denen man das Hinabfallen einer Nadel hätte hören können. Antonia spürte, wie ihr das Blut ins Gesicht stieg. Dann aber sah sie, wie ihr Matthias hinter seinen Brillengläsern kaum merklich zuzwinkerte. Antonia fing sich wieder und antwortete: »Kein Problem. Wollen wir gleich nach oben gehen oder waschen wir vorher noch ab?«

3.

Sie lagen auf dem breiten Bett in Katies Zimmer und das alte Gefühl der Vertrautheit war sofort wieder da. Beide verspürten das Bedürfnis, sich all die wichtigen, großen Ereignisse der vergangenen Jahre mitzuteilen, die Lücken zu schließen, die durch ihre Trennung entstanden waren. Katie erzählte Antonia unter anderem von einer Blinddarmoperation in letzter Minute und von dem Jungen aus ihrer Schule, in den sie lange unglücklich verliebt gewesen war. Bei Antonia gab es bis auf den Umzug aufs Dorf, die Heirat ihrer Mutter, die fremde Schule und die Langeweile auf dem Dorf nicht viel Nennenswertes zu berichten. Und ihren Stiefvater schilderte sie genüsslich in seiner ganzen Widerwärtigkeit (wobei sie hier durchaus ein wenig übertrieb).

»Warum bist du eigentlich von zu Hause ausgezogen?«, wollte Antonia nun von Katie wissen.

Katie blies sich eine ihrer kurzen Haarsträhnen aus dem Gesicht. »Seit mein Vater vor zwei Jahren arbeitslos wurde, hängt er fast den ganzen Tag zu Hause rum und mischt sich in alles ein. Meine Mutter war nur noch genervt, die Stimmung wurde von Tag zu Tag mieser. Dass er getrunken hat, machte die Sache auch nicht besser. Das habe ich nicht mehr ausgehalten. Ich meine, er kann ja nichts dafür – aber ich schließlich auch nicht. Findest du das gemein von mir?«

Antonia überlegte kurz. »Nein. Wir sind schließlich nicht dazu da, die Probleme unserer Eltern zu lösen«, antwortete sie dann und dachte: *Die lösen unsere ja auch nicht – im Gegenteil.*

»Außerdem hatte ich keinen Bock mehr auf die Schule. Scheiß-Turbo-Abi! Mann, ich hatte zuletzt eine Sechzig-Stunden-Woche! Ich habe total gebüffelt, hatte aber trotzdem keine besonders guten Noten. Ich bin eben nicht so schlau. Dann dachte ich mir: Was kann ich mit einem schlechten Abi denn schon anfangen? Veranstaltungstechnik finde ich echt cool und dazu brauche ich kein Abi und kein Studium. Ich werde mich auf Tontechnik spezialisieren und Soundfrau werden. Ich möchte am Mischpult sitzen, wenn die ganz großen Bands spielen, ich will mit auf die Tourneen . . .«

Während Katie ihren rosaroten Zukunftstraum vor ihrer Freundin ausbreitete, schweiften Antonias Gedanken ab. Verdammt, warum musste sie gerade jetzt an ihre Mutter denken? Als sie so allein und verlassen an der Bushaltestelle gestanden hatte . . . Wie es ihr wohl ging, am ersten Abend ohne ihre Tochter? Aber was machte es für ihre Mutter schon für einen Unterschied, ob Antonia oben in ihrem Zimmer saß, so wie bisher, oder jetzt hier wohnte? Vielleicht war ihre Mutter ja sogar froh, sie los zu sein. Wie Ralph wohl reagiert hatte? Sie musste sie unbedingt anrufen. Aber nicht am Wochenende, sonst hatte sie womöglich Ralph am Apparat. Ein Handy be-

45

saß ihre Mutter leider nicht, Ralph hatte es ihr ausgeredet. Mann, ihre Mutter lebte wirklich wie eine . . . eine Leibeigene. Das war doch auch das Wort, das Robert vorhin benutzt hatte, bei seinem Versuch, sie mit dem *Recht der ersten Nacht* zu schockieren. Ihre coole Reaktion hatte ihn kurzzeitig aus der Fassung gebracht, das hatte man deutlich gesehen, ehe er dann anerkennend gelacht hatte.

Nun fragte Antonia ihre Freundin: »Sag mal, ist Robert immer so, wie er heute Abend war?«

»Ja, am Anfang schon. Er spielt sich gern ein bisschen auf und macht auf dicke Hose. Angeblich will er Schriftsteller werden. Ich glaube, er probiert seine Plots gerne an Leuten aus und dann freut er sich, wenn man ihm auf den Leim geht. Wenn man ihn näher kennt, merkt man, dass er ein ziemliches Sensibelchen ist. Deshalb macht er ja auch einen auf Weltverbesserer.«

»Wieso?«

»Das wirst du schon noch mitkriegen, wenn die hier ihre konspirativen Versammlungen abhalten. Er gehört zu einer ziemlich radikalen Tierschutzgruppe. So was wie PETA, falls dir das was sagt, nur eben im Kleinen. Sie machen echt derbe Aktionen in der Stadt: Sperren sich nackt in Käfige, wie Hühner, beschmieren sich mit künstlichem Blut oder sprühen Pelzmäntel an. Neulich haben sie den Dienstwagen des Landwirtschaftsministers mit Kuhscheiße beschmiert.«

Antonia kicherte.

»Mathe steckt da auch mit drin«, wusste Katie. »Das hätte ich dem erst gar nicht zugetraut. Wahrscheinlich macht er es, weil er scharf ist auf Sarah, die wirst du auch noch zu sehen kriegen, so eine blonde Barbie mit Rehaugen. Aber da läuft nichts. Die steht total auf Robert.«

»Und Robert?«, fragte Antonia ein bisschen zu schnell.

»Sieht nicht so aus.«

»Hat er denn keine Freundin?«

»Keine Ahnung. Ich wohne schließlich auch erst seit knapp drei Wochen hier. In der Zeit hat er noch keine angeschleppt.« Sie senkte ihre Stimme zu einem Flüstern. »Weißt du, was ich glaube?«

»Was denn?«

»Robert ist wahrscheinlich schwul.«

»Hm«, machte Antonia nur.

»Ich meine – er sieht eigentlich zu gut aus, um nicht schwul zu sein, findest du nicht?«

»Na ja . . .« Antonia, die sich gegen diesen Gedanken mit allen Fasern sträubte, fragte: »Hast du Mathe mal danach gefragt?«

»Ja. Der behauptet: Nein. Aber was weiß der schon?«

»Immerhin kennt er ihn seit Jahren«, entgegnete Antonia und setzte hinzu: »Oder ist er etwa auch schwul?«

»Mathe schwul? Nee . . . Der kommt mir eigentlich nur ein bisschen verklemmt vor.«

»Aber ganz nett«, meinte Antonia. Sie war Matthias noch immer dankbar für seinen kleinen Wink von vorhin. *Während mich Katie eiskalt ins offene Messer laufen ließ*, fiel Antonia ein. So viel zum Thema Solidarität unter Frauen.

»Jedenfalls wäre es besser, du verknallst dich nicht in Robert. Das gibt nur Ärger – so oder so. Und es schadet dem WG-Frieden.«

»Ich hab's nicht vor«, hörte sich Antonia sagen.

Als Katie demonstrativ zu gähnen anfing, ging Antonia hinüber in ihr neues Zimmer. Was für ein aufregender Tag. Der Beginn eines neuen Lebens. Und dann dieser Robert . . . Verdammt, ich muss aufhören, über ihn nachzudenken, Katie hat schon recht: Es würde nur Probleme geben, wenn sie sich in ihn verliebte.

Obwohl es schon spät war, war sie noch nicht richtig müde. Sie hatte kein Licht angemacht, nur im Flur brannte es, weil sie ja gleich noch ins Bad musste. Jetzt öffnete sie die Tür zum Balkon. Der Verkehrslärm hatte deutlich nachgelassen. Sie machte einen Schritt hinaus und blickte gedankenverloren nach draußen. Viel war allerdings nicht zu sehen. In den Häusern, die weiter oben an der Straße lagen, brannte schon längst kein Licht mehr. Gegenüber lag der alte Friedhof in tiefer Dunkelheit da, nur die höchsten Bäume hoben sich gegen den leicht erhellten Stadthimmel ab und der Schein der Straßenlaterne erhellte gerade noch das eiserne Eingangstor. Auf dem Land war der Himmel immer tiefdunkel gewesen, erinnerte sich Antonia. Wie hatte *der, an den ich nicht dauernd denken soll,* den Blick hier raus noch gleich genannt? Zimmer mit Aussicht auf den Tod. Sehr treffend und typisch Robert.

Langsam gewöhnten sich Antonias Augen an die Dunkelheit, sie konnte immer mehr Konturen wahrnehmen. Plötzlich zuckte sie zusammen. Stand da nicht jemand neben dem Tor? Dieser kompakte Schatten – das war doch der Umriss eines Menschen. Oder? Sie war nicht sicher, der Lichtkegel der Laterne reichte nicht ganz an den Schatten heran. Und warum, bitte schön, sollte einer nachts um halb zwei vor dem Friedhof herumstehen? Doch sie bezweifelte inzwischen nicht mehr, dass da jemand war. Dieser schemenhafte helle Fleck, das war doch ein Gesicht! Schaute er etwa zu ihr hoch? Unwillkürlich wich sie vom Balkon zurück ins Zimmer, starrte jedoch weiterhin so angestrengt nach draußen, dass sie fast zu blinzeln vergaß. Der Mann – falls es tatsächlich einer war – rührte sich nicht. Zwei, drei Minuten vergingen. Schließlich wurde es Antonia zu dumm. Vielleicht bildete sie sich das alles nur ein. Sie ging ins Bad, putzte sich die Zähne und schaufelte sich kaltes Wasser ins Gesicht.

Zurück im Zimmer konnte sie jedoch nicht widerstehen und schaute sofort wieder hinaus. Der Schatten vor dem Tor war verschwunden. Hatte da wirklich jemand gestanden? Oder hatte Robert sie mit seinen Gruselgeschichten schon so weit gebracht, dass sie Gespenster sah? Robert, Robert, schon wieder Robert! Aufseufzend machte sie das Fenster zu, ließ sich auf die Matratze fallen und schlüpfte unter die Decke. Das muss aufhören, Toni, das geht so nicht weiter!

4.

Am nächsten Morgen wurde Antonia von Katies Blechstimme geweckt, die irgendetwas brüllte, das sich wie »Garten« und »Mann« anhörte. Sie blinzelte. Wo war sie? Was war das für eine hässliche lila Wand, wieso lag sie auf einer Matratze auf dem Boden? Allmählich kam sie zu sich. Ihr neues Zimmer! Noch recht schäbig und kahl, so ohne Möbel und Bilder, aber ihres. Sie schaute auf die Uhr. Halb neun. Was war heute für ein Tag? Samstag. Der Tag der Gartenarbeit fiel ihr ein. Konnte man das nicht ein, zwei Stunden später erledigen? Sie stand auf, schlüpfte in Jeans und T-Shirt und wollte gerade ins Bad gehen, als sie sah, dass Roberts Tür am Ende des Flurs offen stand. In seinem Zimmer hatten sich Katie, Matthias und Robert versammelt, Katie trug ein langes T-Shirt, die Jungs waren nur mit Boxershorts bekleidet. Alle drei starrten aus dem Fenster.

Antonia näherte sich. »Was ist denn los?«

»Da schleicht ein fremder Typ ums Haus«, erklärte Katie aufgeregt. »Hab ich mich vielleicht erschrocken, wie ich so in die Küche gehe, weil ich was trinken will, und nichts Böses ahnend rausschaue . . .«

Der Mann von gestern Abend!, durchfuhr es Antonia. Zögernd betrat sie Roberts Zimmer. Es war deutlich größer als ihres und nur sparsam möbliert. Eine Platte auf zwei Holzböcken diente als Arbeitstisch, es gab ein Bett, ein Bücherregal und einen Einbauschrank. An einer Wand hing ein Kinoplakat von *Fluch der Karibik*. Das Zimmer von einem, der sich nicht mit unnötigem Ballast abgeben möchte und jederzeit bereit ist, wieder auszuziehen, war Antonias Eindruck. Sie drängelte sich neugierig zwischen die anderen, wobei sie – natürlich nur ganz zufällig – Roberts nackten Oberkörper mit ihrem Arm streifte. *Lass den Quatsch!*, ermahnte sie sich. Jetzt sah sie den Mann auch. Er war schon älter. Fünfzig? Sechzig? Antonia tat sich schwer damit, das Alter von Menschen jenseits der Dreißig zu schätzen. Er trug olivgrüne Hosen und ein braunes Hemd. In der Hand hielt er eine Gartenschere.

»Krass, der klaut unsere Rosen!«, schnaubte Katie empört.

Robert und Matthias tauschten einen Blick, dann sagte Matthias: »Los! Den schnappen wir uns.«

»Aber zieht euch was an, ihr Helden«, rief Katie ihnen hinterher.

Katie und Antonia blieben an Roberts Fenster stehen und beobachteten gespannt, wie die beiden den Garten betraten und auf den Mann zugingen. Der legte die Schere weg und hob seine Hand an die Augen, als würde ihn die Sonne blenden.

Sie sahen, wie erst Robert etwas sagte, dann der Mann, dann wieder Robert.

»Mach doch mal das Fenster auf, damit wir was hören«, schlug Antonia vor. Katie versuchte, so leise wie möglich das Fenster einen Spalt zu öffnen.

».. . hat er uns gar nicht gesagt«, hörten sie durch das Verkehrsrauschen Robert in vorwurfsvollem Ton sagen.

Die Stimme des Fremden: »Es hat schon seine Ordnung, keine Sorge. Ihr könnt gerne den Krüger anrufen und ihn fragen.«

Matthias: »Und was kostet uns das?«

Der Fremde: »Nichts. Die Kosten übernimmt der Hausbesitzer. Und es tut mir leid, wenn ich euch erschreckt habe.«

Robert: »Wie sind Sie denn in den Schuppen gekommen?«

Der Fremde: »Mit dem Schlüssel. Der liegt seit Jahren an derselben Stelle unter der Bank.«

Robert: »Sie waren schon mal hier?«

Der Fremde: »Ja. Das ist aber schon eine Weile her.«

Robert: »Okay, dann . . . alles klar. Wenn Sie was brauchen, sagen Sie Bescheid.«

Der Fremde: »Danke, ich finde mich schon zurecht.«

Robert und Matthias machten kehrt. In diesem Moment blickte der Mann zu den Mädchen hoch. Ein Indianergesicht mit schroffen Linien, wie in Holz geschnitzt. Er erinnerte Antonia an irgendeinen älteren Filmschauspieler, für den ihre Mutter immer geschwärmt hatte. Früher, dachte Antonia, hat der Typ sicher mal recht gut ausgesehen. Jetzt lächelte er, was seinem hageren Gesicht gut bekam, und hob ganz leicht die Hand. Die beiden wichen zurück, sahen sich an und kicherten verlegen. Dann meinte Katie: »Scheint, als hätte uns der Vermieter einen Gärtner spendiert. Cool! Der Samstag ist gerettet. Wollen wir zum Flohmarkt gehen? Vielleicht finden wir was für dein Zimmer.«

Frau Riefenstahl hatte gute und schlechte Tage. Heute war ein guter. Sie fühlte sich munter, ihre Rückenschmerzen hielten sich in Grenzen. Draußen schien die Sonne, aber ein erfrischender Wind sorgte dafür, dass sie nicht brannte. *Wer weiß, ob ich den nächsten Sommer noch erlebe,* dachte Frau Riefenstahl, und da sie vierundneunzig war, war diese Befürchtung nicht ganz von der Hand zu weisen. Sie stützte sich auf den Rollator und beschloss, einen kleinen Spaziergang über den Lindener Bergfriedhof zu machen. Der hundertfünfzig Jahre alte Friedhof war, seit sie denken konnte, nahezu unverändert geblieben; ein denkmalgeschützter Park mit hohen Bäumen. Hier herrschte die intensive, aber seltsam friedliche Stimmung des Verfalls und der Vergänglichkeit. Mächtige, von grünlichem Moos überwachsene Monumente ragten aus dem Gras und manche Familien besaßen sogar Grüfte, um darin ihre Toten zu bestatten. Eigentlich war der Friedhof für neue Bestattungen geschlossen, es wurden jedenfalls keine neuen Gräber mehr ausgehoben, aber es gab Ausnahmen: Einige alteingesessene Familien besaßen noch ein Bestattungsrecht für die sogenannten Erbbegräbnisstätten. Auch Frau Riefenstahl besaß eine solche und so wusste sie jetzt schon, wo sie in nicht allzu ferner Zukunft ihre letzte Ruhe finden würde: in einem der großen Familiengräber, wo bereits zahlreiche Verwandte bis hin zu ihren Urgroßeltern beerdigt worden waren. Es war ein schöner Platz mit einem großen Gedenkstein und es gab

Tage – die weniger guten –, da sehnte sie sich dem Zeitpunkt, an dem sie hierhergebracht werden würde, sogar ein wenig entgegen. Ihre Beerdigung hatte sie jedenfalls bei einem Bestattungsunternehmen bis ins Detail planen lassen und bereits im Voraus bezahlt. *Hoffentlich*, dachte sie, *sterbe ich Anfang April, zum Scilla-Blütenfest.* Jedes Jahr im März blühten zwischen den Gräbern Abermillionen sibirischer Blausterne, Scilla genannt. Es war wunderschön, dieses blaue Blumenmeer, und die Vorstellung, darin in ewiger Ruhe zu versinken, hatte etwas Beruhigendes.

Als sie am unteren Friedhofstor angekommen war, merkte sie, dass der Spaziergang sie doch ziemlich angestrengt hatte. Um Kraft zu schöpfen für den Heimweg, setzte sie sich auf die Sitzfläche ihres Gefährts und verschnaufte eine Weile. Da drüben stand die alte Villa. Noch immer konnte Frau Riefenstahl den Anblick kaum ertragen. Nach der schrecklichen Sache damals hatte das Haus lange leer gestanden. Erst seit zwei oder drei Jahren wurde es wieder vermietet. Wieder wohnten jetzt junge Leute dort. Einen von ihnen kannte sie, es war der hübsche junge Mann, der ihr an den Wochentagen ihr Mittagessen brachte. Wie hieß er noch gleich? Verflixt, immer wieder vergaß sie seinen Namen. Es fiel ihr schwer, Namen zu behalten. Dafür merkte sie sich Gesichter umso besser.

Genug ausgeruht! Wer rastet, der rostet. Sie stand auf.

Im Vorgarten der Villa bewegte sich etwas. Jemand schnitt die Büsche zurecht. Es war jedoch keiner der jungen Mieter, der dem wuchernden Grün zu Leibe rückte, sondern ein großer, kräftiger Mann mit grauem Haar.

Der neue Besitzer? Neugierig geworden blieb Frau Riefenstahl stehen und linste über den Eisenzaun. In dem Augenblick drehte sich der Mann nach seiner Schubkarre um und Frau Riefenstahl blickte mitten in sein Gesicht. Sie erstarrte. Nein, das konnte doch nicht sein! Das durfte einfach nicht sein! Das war *er!* Dieser Teufel in Menschengestalt wagte sich tatsächlich hierher ... Zu Tode erschrocken japste sie nach Luft, ihr Herz begann zu rasen, ihre Beine drohten, den Dienst zu versagen.

Der Mann war näher gekommen, schon war er am Zaun. »Alles in Ordnung? Kann ich Ihnen helfen?«

Ein eisiger Schauer glitt ihr über den Rücken. Sie hielt den Kopf gesenkt, um nur ja nicht dem Bannstrahl dieser Augen zu begegnen, die blau wie die Scillas waren, geradezu unheimlich. Ihre Hände umkrallten die Griffe ihrer Gehhilfe, konzentriert setzte sie Fuß vor Fuß, so schnell sie konnte. Nur fort hier, dachte sie, nichts wie fort, jetzt nur nicht stolpern. Und durchhalten! Erst fünfzig Meter weiter, völlig außer Atem, wagte sie es, stehen zu bleiben. Ein angstvoller Blick zurück. Es war niemand zu sehen.

Ich muss ihn warnen!, beschloss Frau Riefenstahl. *Wenn der nette junge Mann am Montag das Essen bringt, muss ich ihn unbedingt warnen, ich darf es auf keinen Fall vergessen!*

5.

Sie gingen zu Fuß in die Stadt, denn Antonias Fahrrad stand noch in Ralphs Garage. Der Weg zum Flohmarkt führte wundersamerweise bei H & M vorbei. Antonia hatte das Geld, das sie vor zwei Jahren zur Konfirmation von ihrer Tante und ihrer Oma geschenkt bekommen hatte, eigentlich für die Einrichtung ihres Zimmers ausgeben wollen. Aber wenn sie Katie so ansah, wurde ihr klar, dass sie noch dringender als Möbel neue Klamotten brauchte. Robert würde sie niemals anziehend finden, wenn sie herumlief wie ein Altkleidersack. Katies Verdacht, dass Robert schwul sein könnte, hatte Antonia quasi über Nacht erfolgreich verdrängt.

Sie kaufte zwei Tops, eine Sommerjacke, eine dreiviertellange Jeans mit Gürtel und ein sehr kurzes Kleid. Katie stand ihr beratend zur Seite. Danach fiel ihr ein, dass sie auch noch Schminksachen brauchte. Ihre Mutter und Ralph hatten ihr stets verboten, »angemalt«, wie sie es nannten, zur Schule zu gehen, deshalb besaß Antonia kaum Make-up. Zum neuen Kleid mussten es dann noch unbedingt ein Paar Sandaletten mit höheren Absätzen sein. So ausgerüstet fühlte sich Antonia bereit für ihr neues Leben. Auch Katie prophezeite: »Die Jungs werden reihenweise auf dich abfahren!«

Als die beiden ihre Tour beendet hatten, hatte der Flohmarkt längst geschlossen. Darüber war Antonia nicht unglücklich, denn ihr Power-Shopping hatte ein ziemliches Loch in die Kasse gerissen. Doch das bekümmerte sie nicht wirklich. Im Zweifelsfall würde sie lieber auf einer Matratze schlafen, aber dafür gut aussehen.

»Trinken wir noch einen Kaffee bei Balzac?«, fragte Katie. »Ich lade dich ein.«

»Musst du nicht«, wehrt Antonia ab.

»Doch. Ich hab jetzt einen Job. Zweimal in der Woche bediene ich in einer Szenekneipe in Linden-Mitte.«

»Cool.«

»Die brauchen immer wieder mal jemand. Ich kann ja ein gutes Wort für dich einlegen«, bot Katie an.

»Das wäre super.«

Sie quetschten sich mit ihren Getränken an den letzten freien Tisch, als Antonias Handy klingelte. Das Display zeigte die Festnetznummer von Ralphs Haus. Bestimmt wollte ihre Mutter wissen, wie es ihr ging.

»Hallo, Mum.«

»Ich möchte, dass du sofort wieder nach Hause kommst.« Antonia hatte fast schon verdrängt, wie schneidend und kalt Ralphs Stimme klingen konnte, besonders wenn er jedes Wort einzeln betonte, so wie jetzt. Antonia war erschrocken und wusste nicht, was sie antworten sollte, aber Ralph redete bereits weiter: »Deine Mutter und ich machen uns große Sorgen und ich glaube nicht, dass wir dir einen Anlass gegeben haben, einfach abzuhauen . . .«

57

»Ich bin nicht einfach abgehauen. Ich werde hier aufs Gymnasium gehen«, antwortete Antonia. »Und Mama war einverstanden.« *Und überhaupt geht es dich ab sofort nichts mehr an, wie und wo ich lebe!*

»Da habe ich ja wohl auch noch ein Wörtchen mitzureden. Ich bin zwar nicht dein Vater, aber immerhin hast du dein halbes Leben in meinem Haus verbracht. Hast du schon einmal das Wort Dankbarkeit gehört? Du kommst noch heute . . .«

Einem Reflex nachgebend drückte Antonia das Gespräch weg. Oh Gott, dachte sie danach, jetzt wird er erst recht wütend sein. Vorsichtshalber schaltete sie ihr Handy gleich ganz aus.

»Was ist?«, fragte Katie »Du siehst aus, als hättest du ein Gespenst gesehen.«

»Der Mann meiner Mutter macht Stress, weil ich weg bin. Er ist ein Arsch.«

»Was ist eigentlich mit deinem richtigen Vater?«, wollte Katie wissen und Antonia erklärte ihr die Sachlage.

»Muss doof sein«, erkannte Katie. »Aber warum sagt dir deine Mutter nicht, wer er ist?«

Antonia war felsenfest überzeugt davon, dass ihr ihre Mutter Informationen über ihren leiblichen Vater vorenthielt. Sämtliche Erklärungen und Ausflüchte erschienen Antonia allzu fadenscheinig: Er sei eine Zufallsbekanntschaft gewesen, eine flüchtige Affäre, die vorbei gewesen wäre, ehe sie ihre Schwangerschaft bemerkt hätte. Ein Student, der durch Europa gereist war, nicht einmal seinen richtigen Namen habe sie damals gekannt, nur seinen Spitznamen: *Gandhi* – weil er so dünn gewesen war. Sie habe sich damals nicht die Mühe

58

gemacht, über seinen Verbleib nachzuforschen, weil es ihr aussichtslos erschien und sie außerdem nicht wollte, dass sich ein fast Fremder in die Erziehung ihres Kindes einmischte. Und überdies seien es eben damals ganz andere Zeiten gewesen: Handys und Internet waren noch kein Allgemeingut und natürlich gab es auch noch kein Facebook. Man traf sich und verlor sich wieder aus den Augen.

»Verdammt, ich weiß es nicht.« Das Thema gefiel Antonia nicht sonderlich und Katie machte es nicht besser, indem sie nun sagte: »Vielleicht hat er was Schlimmes gemacht. Sitzt im Knast oder so.«

Als Antonia nicht antwortete, setzte sie noch einen drauf: »Oder er hat deine Mutter vergewaltigt und du bist . . .«

»Jetzt hör aber auf«, unterbrach Antonia, der bei diesen Worten ganz übel wurde. Nicht, dass sie nicht auch schon an solche Möglichkeiten gedacht hätte. Sie hatte diese Gedanken nur immer ganz rasch und ganz weit von sich geschoben und es gefiel ihr nicht, dass Katie ihre geheimsten Befürchtungen so unbekümmert aussprach.

»Vielleicht weiß sie es ja selbst nicht so genau«, meinte Katie nun mit einem frivolen Lächeln.

»Halt den Mund«, raunzte Antonia ihre Freundin an.

»Ist ja schon gut«, meinte Katie und klang eingeschnappt. Beide schwiegen. Antonia trank von ihrem Latte macchiato, der nur noch lauwarm war und fade schmeckte. Überhaupt lag seit Ralphs Anruf ein Schatten über ihrem Ausflug in die Stadt, der so schön begonnen hatte.

»Du hast ja gar nichts eingekauft«, sagte Antonia nach einer Weile. Es war ein Test, ob Katie immer noch verärgert war. Offenbar war sie es nicht, denn sie rückte mitsamt ihrem Stuhl an Antonias Seite und öffnete ihre Handtasche. Darin lag ein sündteures Parfum von *Gaultier*.

»Wann hast du das denn gekauft«, rutschte es Antonia von den Lippen, ehe sie kapierte: »Du hast es geklaut!«

»Geht's vielleicht noch lauter?«, wisperte Katie.

»Wow. Davor hätte ich echt Schiss«, gestand Antonia. Katie grinste nur und stellte fest: »Willkommen im Leben. In unserer WG hat jeder so seine Abgründe.«

»Wie meint du das?«, fragte Antonia neugierig, aber Katie sagte nur: »Komm heute Abend in mein Zimmer, dann wirst du es erleben.«

Irgendwie wunderte es ihn, dass der Schlüssel immer noch passte, aber warum auch nicht? Langsam öffnete er die Tür. Er hob die Nase, witterte wie ein Tier. Obwohl Jahre vergangen waren, erkannte er den spezifischen Geruch des Hauses sofort wieder: ein wenig dumpf, nach schweren Stoffen, alten Steinen, feuchtem Putz, poliertem Holz, Staub. In dieser Hinsicht waren Häuser wie Menschen, ein jedes hatte seinen Eigengeruch.

Die Mädchen waren in die Stadt gegangen, er hatte sie darüber reden hören, die Jungs waren kurz darauf mit einem klapprigen Kleinwagen weggefahren, vorher hatten sie noch jede Menge leerer Flaschen in den Kofferraum geladen. Er hatte also genug Zeit. Andächtig streifte er durch die Räume. Der große Tisch im vorderen Salon war noch immer da. Wie oft war an diesem

Tisch gefeiert worden, wie viele hitzige Diskussionen waren hier geführt und wie viele Anekdoten und Witze zum Besten gegeben worden! Auch einige Küchenmöbel erkannte er wieder. Der Sprung in der Scheibe des Schränkchens über der Spüle war entstanden, als Sonja eine Tasse nach ihm geworfen hatte. Warum, wusste er nicht mehr, aber es hatte nie viel gebraucht und sie konnte so herrlich wütend werden. Er hatte das geliebt, dieses Temperament. Er stieg die Treppe hinauf, das Holz abgetreten von Hunderten von Schuhsohlen.

Damals, als sein Vater gestorben und seiner Mutter das Haus zu groß geworden war, war die erste Studentengeneration hier eingezogen . . .

Von den Möbeln des Schlafzimmers seiner Eltern war nichts mehr vorhanden. Die waren schon weg gewesen, als er vor jetzt mehr als zwanzig Jahren wieder in sein Elternhaus zurückgekehrt war. Nicht aus nostalgischen Gründen, er brauchte Leben um sich, junge Menschen, Musik, Gespräche . . . Er hatte sich seinen deutlich jüngeren Mitbewohnern angepasst und sich mit Billy-Regalen umgeben, ähnlich wie der junge Mann, der den Raum jetzt bewohnte. Er schien sich für die Probleme der Welt zu interessieren, unter seinen Büchern befand sich viel Philosophisches und Weltverbesserungsliteratur. Ein großer Bildschirm stand auf dem Schreibtisch. Faszinierend, diese Kommunikationsmöglichkeiten heutzutage! Er und Sonja hatten sich noch Zettelchen geschrieben.

Das Zimmer des anderen Jungen sah ähnlich aus. Ein paar Modellflugzeuge standen im Regal, sonst viele Fachbücher. Er betrachtete es nur kurz und eher gleichgültig. Sein Kinderzimmer. Nein, es waren keine »unbeschwerten Kindertage« gewesen, wie es das abgenutzte Klischee wollte. Der überaus komplizierte, problembehaftete Lebensabschnitt des Heranwachsens wurde von der Erinnerung allzu gern in ein verklärendes Licht gerückt und erschien einem immer erst aus der Sicht des Erwachsenen unbeschwert. Aber eines war in seiner Kindheit wirklich schöner gewesen: Hier, am Fuß des Berges, hatte noch Ruhe geherrscht. Er war zehn gewesen, als 1961 der Westschnellweg gebaut wurde. Vorher hatte man zu jeder Zeit die Amseln singen gehört und die Nachtigallen.

Im Zimmer des dunkelhaarigen Mädchens betrachtete er wenig später milde lächelnd die jungen Machos mit den Sixpacks und den Kindergesichtern, die ihn von den Wänden herab dümmlich-arrogant anblickten. Eine Bluse hing über der Bettlade. Vorsichtig, fast zärtlich, nahm er sie hoch und vergrub seine Nase darin.

Das Mädchen mit den rötlichen Haaren roch sogar noch besser, das erkannte er wenig später, als er sich in deren Zimmer umsah. Der Duft, der ihrem T-Shirt förmlich entströmte, erinnerte ihn ein ganz klein wenig an Sonja. Aber vielleicht bildete er sich das auch nur ein.

Als Antonia und Katie nach Hause kamen, standen Robert und der fremde Mann im Garten.

»Herr Petri wird das Beet wieder bepflanzen«, verkündete Robert strahlend. Er war im Frühjahr auf die Idee gekommen, auf Selbstversorgung umzusteigen und Gemüse und Salat anzubauen. Doch Unkraut, Ungeziefer, Schnecken, ein trockener April und vermutlich auch Roberts Mangel an Wissen und Einsatz bei der Pflege des

Beetes hatten dazu geführt, dass die vor ihnen liegende Fläche eher einem überdimensionierten Katzenklo glich als einem Gemüsebeet. Herr Petri, der einen Spaten in der Hand hielt, warnte ihn: »Erwarte nicht zu viel. Die Saat- und Pflanzzeit ist schon lange vorbei.«

»Katie und Antonia«, stellte Robert die Mädchen vor. Der Gärtner nickte ihnen zu. Das Auffälligste in seinem Gesicht waren die Augen: ein tiefes Blau und ein Blick, so intensiv wie ein Röntgenstrahl.

»Hallo«, sagten Katie und Antonia wie aus einem Mund. Sie sahen sich an und fingen an zu kichern. Noch immer kichernd wandten sie sich um und trugen Antonias Einkäufe ins Haus.

»Hühner«, bemerkte Robert und sein Gegenüber lächelte nachsichtig.

6.

Antonia probierte ihre neuen Sachen alle noch einmal an und betrachtete sich dabei in dem Spiegel, der an der Innenseite der Kleiderschranktür klebte. Sie hätte wirklich nicht so zuschlagen dürfen beim Shopping. Sie musste noch Schulbücher kaufen und ein paar Möbel wären auch nicht schlecht. Man konnte zwar gut auf einer Matratze schlafen, aber einen Schreibtisch würde sie schon brauchen, und vielleicht ein Regal. Am Montag musste sie unbedingt zu ihrer Mutter fahren, damit sie den BAföG-Antrag unterschrieb. Hoffentlich dauerte es bis zur ersten Zahlung dann nicht allzu lange.

Die Tür zu ihrem kleinen Balkon stand offen. Jetzt, am Abend, hatte das Rauschen der B6 etwas nachgelassen. Zumindest gab es ruhige Momente und in einem solchen hörte sie, wie die Gartenpforte quietschte. Neugierig schaute sie hinaus. Ein Mädchen mit einem orange gefärbten Igelhaarschnitt und etlichen Piercings im Gesicht schlurfte auf die Haustür zu. Ihr folgte ein großer, sehr dünner Typ mit strähnigen langen Haaren, der einen Rucksack unter dem Arm trug.

Sie unterbrach ihre Anprobe und setzte sich so auf die

Matratze, dass sie den Eingang im Blick behalten konnte. Minuten später traf ein blonder Junge ein, das krasse Gegenstück zum ersten. Der hier sah aus, als wäre er ein Animateur im *Club Med*. *Nicht mein Typ,* dachte Antonia und taufte ihn in Gedanken »Poser« und seine beiden Vorgänger »Blechlippe« und »Nerd«. Eine Viertelstunde später kettete ein blondes Mädchen ihr Fahrrad an den Eisenzaun. Das musste diese Sarah sein, von der Katie gesprochen hatte. Ihr Anblick versetzte Antonia einen Stich. Jeder Junge, der nicht schwul oder blind ist, *muss* sich in sie verlieben, erkannte Antonia. Ihre Chancen bei Robert erschienen ihr immer geringer. Die Konkurrenz war einfach zu übermächtig und es war ihr auch nicht entgangen, wie Robert sie und Katie vorhin »Hühner« genannt hatte. Sie warf einen Blick auf ihre im ganzen Zimmer verstreuten neuen Sachen. *Rausgeschmissenes Geld! Wäre ich doch bloß schon zwei oder drei Jahre älter und dazu noch so hübsch wie diese Sarah.*

Ein weiteres Mal quietschte die Pforte, aber es war kein neuer Gast, sondern Herr Petri, der das Grundstück verließ und um die Ecke verschwand. Hatte er etwa bis jetzt im Garten gearbeitet? Ganz schön fleißig, der Mann.

Als Antonia sich in der Küche einen Tee machen wollte, stellte sie fest, dass die Versammlung im »Salon« hinter geschlossenen Türen stattfand. Auch die große Flügeltür zum Fernsehzimmer war zu. Wieder oben auf dem Treppenabsatz angekommen, stand wie aus dem Boden gewachsen Katie vor Antonia und zischelte: »Wo bleibst du denn?« Erschrocken zuckte Antonia zurück, heißer Tee schwappte auf ihre nackten Füße. »Au, verdammt!«

65

»Los, komm in mein Zimmer. Die Versammlung der Weltverbesserer hat schon angefangen.«

»Ja, gleich«, jammerte Antonia und eilte erst einmal ins Bad.

»Müssen wir den Notarzt rufen?« Katie streckte den Kopf durch die Tür.

»Sehr witzig! Ich hab die Typen schon gesehen«, sagte sie, während sie ihren Fuß ins Waschbecken hielt und ihn mit kaltem Wasser kühlte. »Eine mit Blechlippe, ein Nerd und so ein Poser, der aussieht, als wäre er gerade vom Surfbrett gesprungen. Und die dazu passende Blonde.«

Katie grinste. »Lynn, Jan und Malte. Und natürlich *Miss Perfect* – Sarah.«

Katies Zimmer lag genau über dem Esszimmer und besaß einen alten Kaminofen. Das Ofenrohr hatte auf der Vorderseite eine runde Klappe, die Katie an einer Stelle losgeschraubt und zur Seite gedreht hatte. Aus der so entstandenen Öffnung führte ein Kabel zum Verstärker ihrer Stereoanlage. Aus den zwei angeschlossenen Lautsprecherboxen drangen Stimmen wie von Geistern. Es waren aber keine Geister, denn nun hörte Antonia Robert sprechen. Er klang wütend.

». . . ganze Aktion hat überhaupt keine Presse gegeben, nichts, null!«

»Sag ich doch«, antwortete eine männliche Stimme.

»Jan, der Nerd«, flüsterte Katie.

Eine etwas rauchige, weibliche Stimme sagte: »Deshalb müssen wir uns was einfallen lassen, was diese verdammten Journalisten vom Hocker reißt.«

Ein Junge antwortete: »Lynn hat recht. Dieses neue

Schweine-KZ abzufackeln, halte ich für keine schlechte Idee.«

»Malte«, hauchte Katie. »Der Poser.«

»Da sind aber doch noch keine Tiere drin, oder?« Sarah, glockenhell. Katie und Antonia sahen sich an und rümpften die Nase.

»Nein, noch nicht«, bestätigte Lynn.

»Deshalb müssen wir schnell sein. Wir müssen diesen Tierquälern einen möglichst großen wirtschaftlichen Schaden zufügen. Das kommt dann garantiert in die Presse und verursacht eine öffentliche Diskussion über die Bedingungen der Massentierhaltung. So wie nach dem Dioxin-Skandal.«

»Und? Hat sich dadurch etwas geändert?« Es war Matthias, der diese kritische Frage stellte.

Lynn: »Meine Mutter hat auf vegetarische Küche umgestellt. Zumindest vorübergehend.«

»Wir müssen dafür sorgen, dass diese Mistkerle, die solche Massenställe betreiben, nachts nicht mehr schlafen können vor lauter Angst. denen soll es gehen wie ihren Schweinen, wenn sie den Schlachthof riechen!«, drang Roberts leidenschaftliche Rede aus dem Ofenrohr.

»Wie wollt ihr denn das machen?«, fragte Sarah.

Malte: »Sag ich doch: denen die Bude abfackeln.«

»Und wie soll das gehen?«, fragte Sarah etwas höhnisch. »Mit 'nem Streichholz und 'nem Reservekanister?«

Jan: »Sie hat recht. Dieser neue Stall ist riesig. Da ist es mit ein, zwei Kanistern Benzin nicht getan. Da brauchen wir schon größere Mengen.«

Lynn: »Und Beton brennt auch nicht sonderlich gut.«

»Wir bräuchten Sprengstoff«, sagte Robert.

»Du hörst dich an wie ein Terrorist.« Sarah, empört.

»Vielleicht bin ich ja einer«, gab Robert zurück. »Vielleicht hab ich jetzt endlich die Schnauze voll davon, mich als Huhn oder Schwein verkleidet in die Fußgängerzone zu stellen und Flugblätter zu verteilen. Die Leute sehen sie sich an und gehen dann seelenruhig einen Döner essen.«

Sarah: »Jetzt mach doch nicht alles schlecht, was wir bisher unternommen haben. Das mit der Kuhscheiße auf dem Auto des Ministers war doch cool – und das gab Presse! Und du weißt doch gar nicht, wie viele Leute wegen unseren Aktionen schon aufgehört haben, Tierleichen zu essen.«

Malte: »Stimmt schon, Sarah. Aber Robert hat auch recht. Demos und Flugblätter erreichen zu wenig Leute. Und offenbar beeindrucken auch die Fotos und Videos aus den Tierquäler-Ställen auf Facebook und YouTube niemanden so richtig. Es muss wieder eine breite Diskussion in den Medien her, das Thema muss in die Talkshows, sie müssen im Fernsehen die Bilder zeigen von den nackten Hühnern in den Legefabriken und den Schweinen in Dunkelhaft. Aber diese Art der Aufmerksamkeit bekommt man nur durch einen Lebensmittelskandal oder durch drastische Protestmaßnahmen.«

Lynn: »Wenn du die Leute fragst, sind sie natürlich alle gegen Massentierhaltung. Aber andererseits können ihnen die Milch und das Fleisch bei Aldi und Lidl, und wie sie alle heißen, nicht billig genug sein. Es gibt eben keine artgerechte Tierhaltung zu Discountpreisen, das müssen die Verbraucher doch endlich kapieren, verdammte Hacke!«

»Ich wette, viele Kinder wissen nicht einmal, dass ihre Chicken McNuggets mal ein lebendiges Tier waren«, pflichtete ihr Jan bei.

Malte: »Und spätestens dann, wenn der nächste Grillabend ansteht, ist es ihnen auch wieder scheißegal, wie das arme Schwein oder Huhn krepiert ist und dass es sein Leben unter qualvollen Bedingungen verbracht hat.«

»Dann wäre es doch aber viel sinnvoller, einen Discounter in die Luft zu jagen«, schlussfolgerte nun Sarah.

»Ohne die entsprechende Nachfrage gäbe es auch keine Discounter«, spann Matthias den Faden weiter. »Also müsste man im Grunde die billigfleischfressende Kundschaft killen.«

Jemand kicherte.

Lynn: »Im Prinzip ist das richtig. Nur, die Botschaft wäre nicht deutlich genug. Aber wenn so ein riesiges Schweine-KZ in die Luft fliegen würde . . . das wäre ein klares Signal.«

Robert: »Das würde dem Konzern, der dahintersteckt, auch einen herben finanziellen Verlust bescheren.«

Jan: »Die sind doch versichert.«

Malte: »Ja, den Schaden verkraften die. Es geht um die Außenwirkung. Und die Frage ist, ob sie sich dann noch trauen, das Ding wieder aufzustellen.«

»Dann bauen sie es eben woanders, wem nützt das dann was? Den Anwohnern, okay. Den Tieren aber nicht. Für die ist es egal, ob sie in Niedersachsen oder in Bayern oder in Holland turbogemästet werden«, meinte Sarah resigniert. »Das bringt doch nichts – außer, dass wir in den Knast gehen, wenn es rauskommt.«

69

»Da bin ich anderer Meinung«, protestierte Lynn und Jan sagte rasch: »Ich auch.«

Sarah: »Hab ich irgendwas nicht mitgekriegt? Ich dachte, wir treffen uns heute, um über die Plakataktion in zwei Wochen zu reden . . .«

Malte: »Das eine schließt das andere ja wohl nicht aus. Oder gibt es hier schon ein Denkverbot?«

»Okay, Leute«, unterbrach Robert. »Die Frage ist doch: »Wollen wir so ein Ding wirklich durchziehen? Wenn ja, wie stellen wir es an?«

Kurzes Schweigen.

Antonia und Katie blickten einander mit großen Augen an. Antonia setzte gerade zu einer Bemerkung an, da hörten sie Matthias mit ruhiger Stimme sagen: »Ich hab mal ein bisschen über Sprengstoff recherchiert. Über die Herstellung. Das geht zum Beispiel mit Kunstdünger und einer bestimmten Sorte Unkrautvernichter. Aber die Sache ist nicht ganz ungefährlich.«

Jan: »Und der Verfassungsschutz ist auch nicht doof. Die kriegen das raus, wenn jemand, der kein Landwirt ist, größere Mengen davon kauft. Die sind da in letzter Zeit hellwach, wegen der Terrorgefahr.«

Sarah, zynisch: »Dann fragt doch einfach mal bei der al-Qaida nach. Oder bei den Neonazis. Die verkaufen euch vielleicht ein bisschen was.«

Lynn: »Du musst ja nicht mitmachen, Sarah.«

»Nett, dass ich das noch selbst entscheiden darf.«

Robert: »Leute, hört auf zu streiten. Sarah hat recht. Lasst uns über die Plakataktion reden. Das andere . . . das sind noch ungelegte Eier.«

»Sarah hat recht«, äffte Lynn ihn nach. »Hast du nicht

vorhin selbst gesagt, diese Aktionen würden allesamt viel zu wenig bringen?«

Die Diskussion drehte sich erneut im Kreis, bis Sarah drohte, sofort nach Hause zu gehen, wenn man jetzt nicht damit aufhörte. Dagegen protestierten die anderen, nur Lynn murmelte: »Ja, dann Tschüss!«

Schließlich wurde entschieden, das Gespräch über diese Angelegenheit zu vertagen, und man wandte sich endlich der ursprünglich geplanten Aufgabe zu: dem Layout der Plakate.

An dieser Unterhaltung hatte Katie offenbar kein Interesse mehr. Sie ging zur Ofenklappe und zog vorsichtig an dem Kabel, bis ein Mikrofon zum Vorschein kam. Sie säuberte es von Staub und Ruß, dann schob sie die Klappe wieder vor die Öffnung, drehte die Schraube fest und feixte: »Meine ganz private Abhörstation.«

Antonia war sprachlos. Wo in aller Welt war sie hier hineingeraten? Katie klaute und belauschte ihre Mitbewohner, welche wiederum hochkriminelle Aktionen planten oder doch zumindest mit dem Gedanken spielten. Spielten? Nein, Robert und Matthias schienen das wirklich ernst zu meinen.

Plötzlich fiel Antonia etwas ein. Oh ja, damit würde sie bei Robert gehörig punkten können, auf jeden Fall. Und sagte nicht das Sprichwort: Im Krieg und in der Liebe ist alles erlaubt?

7.

Die Gelegenheit, mit Robert alleine zu reden, ergab sich am Sonntagabend, als er in der Küche stand und sich einen Kaffee zubereitete. Katie war mit dem Rad losgefahren, um in der Kneipe zu arbeiten, und Matthias hatte sich in seinem Zimmer verschanzt und lernte für eine Klausur. Er hätte zwar durchaus hören können, was sie zu sagen hatte, aber sie wollte die Angelegenheit lieber zuerst nur mit Robert besprechen.

»Sag mal, meinst du, der Vermieter hätte etwas dagegen, wenn ich mir den Schreibtisch aus dem Dachzimmer für eine Weile ausleihe? Ich bin im Moment ein wenig knapp bei Kasse, ich kann mir keinen neuen kaufen.«

»Keine Ahnung. Wir fragen ihn am besten gar nicht. Nimm ihn dir einfach . . . wenn es dich nicht gruselt«, meinte er grinsend.

»Mich gruselt es weder vor deinen Geschichten noch vor einem harmlosen Möbelstück«, stellte Antonia richtig.

»Dann ist es ja gut. Ich trinke noch meinen Kaffee aus und rauche eine, dann können wir ihn von mir aus runterschleppen. Oder soll ich Mathe fragen, ob er uns hilft?«

»Nein, das geht schon. Krieg ich auch eine Tasse?«

»Klaro.«

Dieses Mal war Antonia auf den bitteren Geschmack vorbereitet und hatte drei Löffel Zucker in ihre Tasse geschaufelt.

»Eure Tierschutzgruppe – was macht ihr da eigentlich?«, fragte sie unschuldig. Das war ein Thema, über das sich Robert gerne verbreitete. Ausführlich schilderte er Antonia die zurückliegenden und die geplanten Aktionen – von letzteren allerdings nur die harmlosen.

»Find ich toll«, sagte Antonia, als Robert dann doch einmal Luft holte. »Ich finde vor allen Dingen diese Massenställe, von denen es jetzt immer mehr geben soll, echt zum Kotzen.«

»Wem sagst du das?«, murmelte Robert.

»Dort, wo ich bisher gewohnt habe, steht auch so ein stinkender Schweinestall. Aber der ist noch klein gegen den, den sie ein paar Kilometer weiter bauen wollen. Ein Riesending für zwanzigtausend Schweine. Das muss man sich mal vorstellen!«

»Ich weiß.«

»Stimmt, klar. Du bist über solche Vorhaben ja sicher gut informiert.«

Roberts Zigarette war schon fast aufgeraucht.

»Man sollte das Ding einfach die Luft jagen«, bemerkte Antonia mit gespielter Wut und behielt Robert bei diesen Worten im Auge. Aber er hatte sich im Griff, seufzte lediglich: »Wenn das mal so einfach wäre.«

»Habt ihr noch nie an so eine Aktion gedacht? Das wäre mal echt cool.«

Robert blickte sie ein wenig irritiert an und meinte

73

dann missgelaunt. »Sehr cool, ja. Aber zufällig kann man Sprengstoff nicht im Baumarkt kaufen. Was sicher auch ein Glück ist, sonst sähe die Welt wohl anders aus.« Er drückte seine Zigarette aus und stand auf. »Wollen wir jetzt den Schreibtisch runterholen?«

Antonia tat, als hätte sie die letzte Frage nicht gehört, und plapperte scheinbar beiläufig drauflos: »Es gibt da im Wald einen Steinbruch. Der ist schon lange nicht mehr in Betrieb, weil die Gegend irgendwann zum Naturschutzgebiet erklärt wurde. Aber früher haben sie da immer die Steine mit Dynamit weggesprengt.«

»Das macht man so. Oder hast du gedacht, die Arbeiter klopfen jeden Stein einzeln mit der Spitzhacke weg?« Robert klang etwas von oben herab, aber Antonia ließ sich nicht beirren.

»Ich kenne da ein paar Jungs aus dem Ort . . .«, Antonia vermied absichtlich das Wort Dorf, das in ihren Augen ganz furchtbar klang, ». . . die sind alle bei der freiwilligen Feuerwehr. Einer von ihnen hat mir mal erzählt, dass da noch ganz viel Dynamit lagert.«

Nun wurde Robert doch hellhörig. Er versuchte zwar, es sich nicht anmerken zu lassen, aber Antonia hatte sehr wohl bemerkt, wie seine Augen bei ihren Worten kurz aufgeleuchtet hatten. Er grinste. »Die Dorfjugend, soso. Wahrscheinlich war der Typ besoffen und wollte dich abschleppen. Hat's funktioniert?«

»Es stimmt wirklich.«

»Dynamit«, wiederholte Robert spöttisch. »Schon klar.«

»Natürlich habe ich dem Typen zuerst auch nicht geglaubt, aber dann hat er sie mir gezeigt. Zwei große Holzkisten mit der Aufschrift *Dynamit Nobel*.«

Antonia schwindelte nur ein klein wenig. Sie selbst hatte die Kisten nicht gesehen, sondern ihre Freundin Constanze, die mit einem der Jungs mal zusammen gewesen war. Aber es war ohnehin ein offenes Geheimnis unter den Mitgliedern der freiwilligen Feuerwehr, dass in der alten Feldscheune von Bauer Lodemann, die als provisorischer Abstellplatz für ausrangierte Gerätschaften diente, der Sprengstoff lagerte, der nach der Schließung des Steinbruchs übrig geblieben war. Sobald das neue Feuerwehrgerätehaus fertig sein würde, wollte man die Kisten dort einschließen. Aber letzte Woche hatte sich das Bauwerk noch im Rohbau befunden.

»Wo soll denn das sein?« Robert wirkte äußerlich noch immer ganz gelassen, aber damit konnte er Antonia nicht täuschen.

»Ich kann dich hinbringen«, schlug sie vor. »Meinetwegen morgen. Ich muss eh noch zu meiner Mutter, sie muss mir was für die Schule unterschreiben und ich brauche mein Fahrrad.« Eigentlich keine schlechte Idee, nicht alleine dort aufzukreuzen, überlegte Antonia. Nur für den Fall, dass Ralph auch da sein und Theater machen würde. Ob ihm ihre Mutter tatsächlich erzählt hatte, sie wäre zu ihrer Großmutter gezogen? Wahrscheinlich hatte Ralph ihre Lüge durchschaut und war deshalb am Telefon so wütend gewesen. Was ist das für eine beschissene Ehe, dachte Antonia, in der man den Partner aus Angst belügen muss? Sie konzentrierte sich wieder auf ihr Gegenüber.

»Du meinst wirklich, das Zeug liegt da einfach so rum?« Robert versuchte nun nicht mehr, sein Interesse zu verbergen.

»Man könnte ja einfach mal nachsehen.«

»Okay«, meinte Robert. »Klingt gut.«

»Aber dann möchte ich in Zukunft dabei sein, bei eurer Gruppe«, platzte Antonia heraus.

Robert sah sie an. »Das habe nicht nur ich zu bestimmen.«

Antonia stand auf. »Hm. Schade. Na, egal, lass uns mal den Schreibtisch holen.«

Antonia blieb so ruhig, weil sie absolut sicher war, dass Robert früher oder später wieder auf das Thema zurückkommen würde. Dennoch wunderte sie sich über sich selbst: Seit wann war sie so cool? Hätte sie doch früher mal mit Mama oder mit Ralph so umgehen können!

Hintereinander erklommen sie die Stufen, die zum Dachzimmer führten.

»Warst du seit Freitag noch einmal hier? Vielleicht die Möbel anschauen?«, fragte Robert, nachdem er die Tür geöffnet hatte.

»Nein«, antwortete Antonia wahrheitsgemäß und fügte lächelnd hinzu: »Ich würde doch niemals alleine das Mörderzimmer betreten. Wieso?«

»Komisch, ich hätte schwören können, dass beim letzten Mal alle Möbel zugedeckt waren.«

»Ich auch«, antwortete Antonia. Beide blickten auf das Bett, dessen Verhüllung zerknüllt über der Bettlade hing und den nackten, hölzernen Lattenrost des französischen Bettes sehen ließ. Für einen Augenblick streifte Antonia der Gedanke, dass die Matratze in ihrem Zimmer von diesem Bett stammen könnte. Aber nein, die ihre war schmaler, erkannte sie nach einer Schrecksekunde.

»Hm«, machte Robert und grinste. »Würde mich nicht wundern, wenn es hier auch noch spukt.«

Dieses Mal ging Antonia auf sein Gerede erst gar nicht ein. Sie zog das Tuch vom Schreibtisch. Staub wirbelte auf.

Es war keine leichte Angelegenheit, den alten Sekretär die enge, steile Treppe hinunterzutragen, ohne ihn zu beschädigen. Aber schließlich stand das elegante Möbelstück unversehrt neben der Tür zu Antonias Balkon. Etwas außer Atem bedankte sie sich bei Robert für die Hilfe.

»Keine Ursache.« Eigentlich hätte er jetzt gehen können. Stattdessen durchquerte er das Zimmer, stellte sich ans Balkongeländer und schaute hinaus, als gäbe es dort drüben, auf dem Friedhof, etwas besonders Interessantes zu beobachten. *Was steht er hier herum wie ein Denkmal und sagt keinen Ton?* Antonia war verunsichert. Sie überlegte, ob sie ihm von dem Mann erzählen sollte, den sie in ihrer ersten Nacht vor dem Tor gesehen hatte. Aber sie war sich ja nicht ganz sicher, ob da wirklich jemand gestanden hatte, und so, wie sie Robert inzwischen kannte, würde er sich sicher nur darüber lustig machen.

Nach einer gefühlten Ewigkeit wandte er sich zu ihr um und sagte: »Okay, ich kann ja mal mit den anderen reden – wenn du unbedingt bei uns dabei sein willst.«

Antonias Herz machte einen kleinen Sprung. »Cool.«

Robert gönnte ihr ein Lächeln. Dann wandte er sich zum Gehen und Antonia dachte kurz, dass es schön wäre, wenn er bliebe. In der Tür drehte er sich aber noch einmal um und sagte: »Ich bin im Fernsehzimmer. Kannst ja runterkommen, wenn du möchtest.«

»Mal sehen«, antwortete Antonia, obwohl alles in ihr begeistert Jajaja! schrie.

Er zwinkerte ihr schelmisch zu. »Allein fürchte ich mich immer bei Krimis.«

Antonia ließ sich Zeit, um ins Wohnzimmer zu gehen. Es fiel ihr ausgesprochen schwer, jede Sekunde dehnte sich wie Kaugummi, aber sie brachte es immerhin fertig, eine Viertelstunde zu warten, in der sie den Schreibtisch abstaubte, die Schubladen auswischte und sich die Wimpern tuschte. Sollte sie etwas von dem Parfum benutzen, das Katie am Samstag geklaut hatte? Nein, nur nicht übertreiben! Nichts wäre schlimmer als eine spöttische Frage von Robert, wieso sie parfümiert zum Fernsehabend erschien.

Als sie das Zimmer betrat, lümmelten Matthias und Robert mit einer Flasche Rotwein und einer Tüte Chips auf den beiden Sofas und Antonia hatte Mühe, sich ihre kleine Enttäuschung nicht anmerken zu lassen. Sie nahm das angebotene Glas Wein, kuschelte sich in den noch freien Sessel und amüsierte sich über die Bemerkungen, mit denen Robert und Matthias das Geschehen auf dem Bildschirm kommentierten. *Meine neue Familie,* dachte Antonia und fühlte sich dabei pudelwohl. Trotzdem musste sie sich auf einmal heimlich eine Träne aus dem Gesicht wischen – für die sie keine Erklärung hatte.

Kurz vor Mitternacht hatte sich die Kneipe so weit geleert, dass der Wirt Katie nach Hause schickte. Das ließ sie sich nicht zweimal sagen. Der Sonntagabend war keine beliebte Schicht, denn an diesem Abend herrschte fast immer Totentanz im Lokal. Wenigstens hatte bis zehn Uhr noch eine Gruppe Radfahrer im Garten gesessen, was den Umsatz einigermaßen gerettet hatte. Katies Lohn setzte sich aus fünf Euro Stundenlohn, einer zehnprozentigen Umsatzbeteiligung und dem Trinkgeld zusammen. Der Besitzer hatte ihr zum Abschied versprochen, dass sie zum Ausgleich am Donnerstag oder Freitag wiederkommen dürfte, den umsatzstärksten Tagen der Woche.

Sie kettete ihr Fahrrad los und trat müde in die Pedale. Aber was war denn mit ihrem Rad los? Sie stieg ab und fluchte. Ein Platten. Auch das noch! Wütend machte sie kehrt und schloss das Rad gleich wieder am Fahrradständer vor der Kneipe an. Es machte wenig Sinn, das kaputte Rad jetzt auch noch nach Hause zu schieben. Um die Ecke gab es eine Fahrradwerkstatt, dort könnte sie es morgen nach Feierabend hinbringen. Noch immer leise vor sich hin schimpfend, hängte sie sich ihren Rucksack um und machte sich auf den Heimweg. Die Straße war wie ausgestorben. Selbst im sonst recht lebendigen Stadtteil Linden verbrachte man die Nacht von Sonntag auf Montag offenbar lieber in den eigenen vier Wänden. In den meisten Fenstern der umstehenden Häuser brannte schon kein Licht mehr. Und jetzt fing es auch noch an zu nieseln!

Wenige Meter später war Katie nicht mehr sicher, ob sie wirklich alleine auf dieser Straße unterwegs war, denn von den dunklen Backsteinfassaden hallten Schritte wider. Beunruhigt fuhr sie herum. Niemand war zu sehen. *Ich bin hysterisch,* dachte sie und ging weiter, allerdings etwas schneller als vorhin, und das, obwohl die Straße hier, am Fuß des Lindener Berges, bereits deutlich anstieg. Bestimmt war es nur das Echo ihrer eigenen Schritte gewesen, das sie gehört hatte. Aber ihre Sneakers machten doch eigentlich fast gar kein Geräusch, oder? Trotz ihrer schnellen Gangart bemühte sie sich jetzt, ganz leise aufzutreten. Doch, da war etwas. Da waren Schritte. Fremde Schritte. Sie warf einen Blick über die Schulter. War da nicht gerade ein Mann in eine Einfahrt gehuscht? *Ganz ruhig, Katie. Da ist ein Mann langgegangen und nun ist er in einem Haus verschwunden. Alles ist gut, beruhige dich.* Und überhaupt: Man durfte nach außen keine Angst ausstrahlen, sonst war man ein potenzielles Opfer, das hatte sie schon öfter gehört. Also die Schultern straffen und mit entschlossenen Schritten weitergehen, zügig, aber nicht hektisch.

Sie konnte sich so gut zureden, wie sie wollte, aber so langsam bekam sie panische Angst. Denn da waren sie schon wieder, diese Schritte im Dunkeln. Zu allem Überfluss führte sie ihr Weg nun auch noch an einem Schulgelände vorbei, das von unübersichtlichen Sträuchern und Bäumen umgeben war. Hier boten sich zig Verstecke, hinter jeder Hecke, hinter jedem Busch konnte jemand lauern. Unsinn, sagte sie sich, die Schritte waren doch *hinter* ihr gewesen! Sie blieb abrupt stehen. Deutlich hörte sie nun das Aufklatschen von Sohlen auf nassem Asphalt. Und dann sah sie ihn. Er war ebenfalls stehen geblieben, sein Umriss verschmolz mit dem Schatten eines hohen Strauchs. Starrte er sie an? Keine Chance, sein Gesicht zu erkennen, und Katie wollte es auch gar nicht erst so weit kommen lassen. Sie wechselte die Straßenseite. Weg von dem Gebüsch, von den Schatten. Sie fing an zu rennen, so schnell sie konnte.

Hatte sie bis jetzt noch an die Möglichkeit geglaubt, sich das alles nur einzubilden, so bestand jetzt kein Zweifel mehr: Der Mann folgte ihr mit weit ausgreifenden Schritten. Katie schlug einen Haken und duckte sich rasch hinter einen Verschlag, in dem Mülltonnen untergebracht waren. Es war riskant. Offenbar war hier kein Mensch. Sie blickte an der Fassade hoch, vor der sie kauerte. Kein Licht mehr. Niemand würde ihr zu Hilfe kommen, wenn er sie hier entdeckte und auf das Schulgelände hinter einen Busch zerrte. Aber wenn sie jetzt weiterging, war sie auch nicht sicher. Sie war auf ihrem ganzen Weg noch keinem Menschen begegnet, nur ein Radfahrer hatte sie überholt. Und der Nieselregen machte die Sache nicht besser.

An die stinkende Biotonne gelehnt, versuchte sie, möglichst leise zu atmen, nein, nicht nur leise, sie durfte gar nicht mehr atmen.

Tapp, tapp, tapp. Es waren schwerfällige Männerschritte und sie kamen immer näher. Plötzlich vernahm sie laute Stimmen, ein meckerndes Lachen, ein Rülpsen, dann das Splittern von Glas und den Ausruf »Hey, du Arsch! Mein Bier!«. Vorsichtig lugte Katie aus ihrem Versteck. Drei Jungs näherten sich, sie gingen mitten auf der Straße. Katie hatte die Typen schon ein paar Mal gesehen, sie wohnten in einem der Blocks, an denen sie vorhin vorbeigegangen war. Es war offensichtlich, dass sie nicht mehr ganz nüchtern waren. Zwei von ihnen hatten Bierflaschen in den Händen, die dritte war wohl soeben runtergeknallt. Es war nicht die Sorte Jungs, denen man als Mädchen gerne nachts begegnen wollte, und Katie hätte jede Wette gemacht, dass die drei zu

81

dem Personenkreis gehörten, der bei der Polizei unter dem Begriff »jugendliche Intensivtäter« geführt wurde. Sie erinnerte sich, wie sie ihr vor einer Woche Wörter in verschiedenen Sprachen nachgerufen hatten, als sie mit dem Rad an ihnen vorbeigefahren war. Das waren sicher nicht nur Komplimente gewesen.

Na großartig, dachte Katie in einem Anflug von Sarkasmus. *Ich habe also die Wahl zwischen Pest und Cholera.*

Viel Zeit, diese Wahl zu treffen, blieb ihr allerdings nicht. Doch alles erschien ihr besser, als hier auszuharren und auf das Näherkommen dieses unheimlichen Mannes zu warten. Wer weiß, ob sie in dieser Nacht überhaupt noch jemandem begegnen würde, der ihr helfen konnte – also: jetzt oder nie. Sie schoss aus ihrem Versteck hervor und stand so urplötzlich vor den dreien, dass es diesen glatt die Sprache verschlug. Katie nutzte deren Schrecksekunde und rief: »Hey, Männer, ihr müsst mir helfen! Da ist so ein Scheißtyp hinter mir her!«

Die drei blickten Katie noch immer verblüfft an. Offenbar hatten sie mit allem gerechnet, nur nicht damit, dass man sie »Männer« nannte und um ihre Hilfe bat. Man konnte förmlich sehen, wie es unter ihren Basecaps und Kapuzen arbeitete.

Der Mann, der Katie verfolgt hatte, war inzwischen stehen geblieben. Nun wechselte er rasch die Straßenseite, wobei er bewusst in eine andere Richtung schaute.

»Da! Da ist das Schwein! Los, macht ihn alle oder habt ihr vielleicht Schiss?«, zischte Katie.

Diese Unterstellung wollten die drei selbstverständlich nicht auf sich sitzen lassen. »Los, Jungs, den greifen wir uns«, sagte der mit dem Bärtchen unterm Kinn, offenbar der Anführer. Die anderen zwei Bierflaschen knallten auf das Pflaster und schon spurteten sie los. Aber auch Katies Verfolger hatte begriffen, was Sache war. Er floh in die Grünanlage der Schule, die drei Typen hinterher.

Katie verlor nun keine Zeit mehr. Es war ihr egal, ob sie den Kerl erwischten. Nein, eigentlich war es ihr nicht egal, sie wünschte sich inständig, dass sie ihn erwischten, ihm alle Rippen brachen und gründlich die Fresse polierten. Mindestens. Aber sie wollte die Rückkehr der drei Helden lieber nicht abwarten, sondern rannte jetzt ebenfalls, aber in die andere Richtung, nach Hause. Das Adrenalin verlieh ihr Kräfte, schnell wie noch nie zuvor sprintete sie die Straße hinauf, passierte die Brücke über den Schnellweg und dann war sie auch schon fast da. Die letzten Meter! Keuchend erreichte sie die Pforte, den Vorgarten, die Haustür. Das Haus war dunkel, die anderen mussten schon im Bett sein. Mit hektisch zitternden Fingern wühlte sie in ihrem kleinen Rucksack herum. Verdammt, wo war denn nur der Schlüssel? Sie hatte ihn endlich gefunden, als sie hinter sich eine Stimme hörte: »Kann ich helfen?«

8.

Robert war für diesen Montag fertig mit seiner Tour. Nur die alte Frau Riefenstahl stand noch auf dem Programm. Während die ersten Senioren ihr Mittagessen oft schon kurz nach elf Uhr bekamen, war Frau Riefenstahl meist erst gegen vierzehn Uhr an der Reihe. Dabei könnte Robert die Tour auch schneller hinter sich bringen, wenn er sich mit seinen Kunden nicht immer noch ein paar Minuten unterhalten würde. Es waren immer dieselben Gespräche, sie drehten sich um das Wetter, diverse Krankheiten und die Verwandten, die verstorbenen und die lebenden. Über letztere wurde stets geklagt, dass sie viel zu selten vorbeischauten. Nicht, dass Robert das alles im Entferntesten interessiert hätte, aber er ahnte, dass sein Kommen für viele der alten Leute den Höhepunkt des Tages darstellte und er wahrscheinlich der einzige Mensch war, mit dem sie heute reden würden. Also gönnte er ihnen diesen kleinen Lichtblick in ihrem gleichförmigen Leben. Manchmal tat er den alten Leuten auch noch kleine Gefallen: die Post raufholen, den Müll runterbringen, eine Weinflasche öffnen, das Schreiben einer Behörde lesen und den Inhalt erklären.

Das gab sogar oft ein extra Trinkgeld. Mit der Zeit kannte er nicht nur die Namen der Essensempfänger, sondern auch die ihrer Angehörigen und Haustiere. Geduldig beantwortete er ihre Fragen: Wo er herkäme, wie alt er wäre, was er denn später mal machen wollte . . . Einige stellten dieselben Fragen täglich wieder und inzwischen erlaubte sich Robert den kleinen Spaß, ihnen jedes Mal etwas anderes zu erzählen. So wurden seine Lebensläufe immer abenteuerlicher und seine Berufswünsche immer exotischer. Er betrachtete das als kleine Übung zur Förderung seiner Kreativität. Denn er konnte sicher sein: Schon am nächsten Tag – oder vielleicht sogar schon in der nächsten Viertelstunde – hatten die alten Leute seine Antwort vergessen. Die meisten hätten es wohl auch gar nicht gemerkt, wenn er ihnen jeden Tag dasselbe Essen vorbeigebracht hätte.

Frau Riefenstahl war seine älteste Kundin und es machte ihr nichts aus, die letzte Adresse seiner Runde zu sein, im Gegenteil: So konnten sie ein Schwätzchen halten, ohne dass Robert die Zeit im Nacken saß. Er unterhielt sich gern mit der alten Dame, sie besaß einen sarkastischen Humor und war auch noch relativ klar im Kopf – von kleinen Ausfällen des Kurzzeitgedächtnisses mal abgesehen.

Ihre Wohnung lag im Erdgeschoss eines gepflegten Altbaus für sechs Parteien, das sich auf der etwas ruhigeren Seite des Lindener Bergs befand.

Der Besuch bei Frau Riefenstahl war immer ein angenehmer Abschluss seiner Tour und er freute sich darauf, die alte Dame zu sehen. Es imponierte ihm, dass sie sich trotz ihres hohen Alters und etlicher Gebrechen nicht gehen ließ. Sie empfing ihn stets ordentlich gekleidet, sorgfältig frisiert und nach Lavendelseife duftend. Auch ihre Wohnung war immer aufgeräumt und müffelte nicht. Da gab es ganz andere . . . Heute würde er sich allerdings nicht lange mit ihr unterhalten können, dachte Robert, als er nun schon zum dritten Mal klingelte. Er wollte ja noch mit Antonia aufs Land fahren, um zu sehen, was an der Geschichte mit dem Dynamit dran war.

»Nun mach schon, komm in die Gänge«, murmelte er ungeduldig. Er war es gewohnt, dass seine Kundschaft manchmal lange brauchte, um ihm die Tür zu öffnen, aber jetzt stand er schon mindestens seit zwei Minuten da, in der Hand den Styroporkarton mit den Putenbrustfilets auf Lauchgemüse. Ein ungutes Gefühl beschlich ihn. Er drückte auf die anderen Klingeln, der Türöffner schnurrte, er betrat den Hausflur und klingelte Sturm an Frau Riefenstahls Wohnungstür. Keine Reaktion. Vielleicht war sie eingeschlafen? Was, wenn sie tot war? Sollte er jetzt die Feuerwehr rufen, damit die die Tür aufbrach? Aber vielleicht lebte sie noch, vielleicht brauchte sie dringend Hilfe . . . Es war eine schöne alte Tür, mit Schnitzereien und einem bunten Glasfenster im oberen Teil, typisch für Altbauten aus der vorigen Jahrhundertwende. Solche Türen hatten oft nur lausige Schlösser, das müsste zu schaffen sein.

Er stellte den Essensbehälter auf der Treppe ab, nahm drei Schritte Anlauf, für mehr war kein Platz, und rannte mit der linken Schulter voran gegen die Tür. Das Schloss sprang tatsächlich auf und Robert schlidderte in den Flur.

Frau Riefenstahl saß im Wohnzimmer in ihrem Sessel

vor dem kleinen Tisch, auf dem sie immer ihr Mittagessen einzunehmen pflegte. Sie war gekämmt und vollständig angekleidet – dunkle Hose, helle Bluse, geblümte Weste. Es sah aus, als wäre sie gestorben, während sie auf ihn gewartet hatte. Sogar das Besteck lag schon bereit. Ihre Arme hingen schlaff neben den Sessellehnen und ihr Unterkiefer war herabgesunken, was ihr einen dämlichen Gesichtsausdruck verlieh und Robert zornig machte: darüber, dass der Tod der alten Dame auf diese Art die Würde raubte. Ihre Augen starrten glasig ins Nichts, die Lesebrille war neben dem Sessel auf den Boden gefallen. Das Ticken der Standuhr war das einzige Geräusch im Zimmer. Robert schluckte. Er hatte noch nie einen toten Menschen gesehen, und obwohl er insgeheim mit Schlimmerem gerechnet hatte, war der Anblick dennoch ein Schock. Oder vielleicht nicht der Anblick, aber die Anwesenheit des Todes, die er förmlich zu spüren glaubte. Er zog sein Handy aus der Hosentasche und wählte den Notruf.

Dann wartete er, denn der Arzt wollte sicher wissen, wie er sie gefunden hatte. Noch einmal näherte er sich der Toten. Er hatte das Gefühl, ihr etwas sagen zu müssen, irgendwelche Abschiedsworte. Aber ihm fiel nichts ein. Er war nicht religiös, eher das Gegenteil. Religion, egal welche, so seine Überzeugung, brachte die Menschheit nicht weiter. Wie viele Kriege gab es wegen unterschiedlicher Religionen, wie viel Hass? Und an einen »lieben Gott« glaubte er nun wirklich nicht. Er wusste auch nicht, ob Frau Riefenstahl gläubig gewesen war. Wenn ja, so hatte sie jedenfalls nie darüber gesprochen. Trotzdem schien ihm ein Gebet irgendwie angebracht.

»Der Herr ist mein Hirte, mir wird nichts mangeln . . .«
Obwohl der Konfirmandenunterricht schon eine Weile
her war, kamen ihm die Worte ganz automatisch über
die Lippen. Danach fühlte er sich besser. Er beschloss,
draußen auf den Notarzt zu warten, und warf einen letzten Blick auf Frau Riefenstahl. Dabei bemerkte er das
Buch, das auf ihrem Schoß lag. Es war kein Roman, eher
so etwas wie ein Notizbuch, schwarz eingebunden und
ungefähr so groß wie ein Schulheft. Ein Fotoalbum? Zögernd näherte sich Robert noch einmal dem Leichnam.
Es kostete ihn große Überwindung, fast fürchtete er, sie
könnte sich plötzlich doch noch bewegen und ihn selbst
zu Tode erschrecken.

Mit allergrößter Vorsicht, als würde er ein riskantes
Manöver bei einem Mikadospiel ausführen, nahm Robert das Buch an sich. Er schlug es auf. Es war eng mit
blauer Tinte beschrieben. Wahrscheinlich ein Tagebuch.
Was sollte er nun damit machen? Was passierte überhaupt mit den ganzen Sachen? Wahrscheinlich gingen
sie an irgendwelche wohltätigen Einrichtungen, und
was nicht mehr zu gebrauchen war, wanderte auf den
Müll. Soviel Robert aus ihren Erzählungen wusste, hatte
die alte Dame keine direkten Erben. Ihre Tochter Ingrid
war vor einem Jahr an Krebs gestorben, das hatte sie
ihm erzählt, ihr Foto stand auf der Anrichte. Und deren
Tochter Sonja, ihre einzige Enkelin, war angeblich ermordet worden – und zwar im Dachzimmer des Hauses,
in dem er jetzt lebte. Dieses Detail der Mörderzimmer-
Geschichte hatte Robert seinen Mitbewohnern bis jetzt
verschwiegen, vor allen Dingen deshalb, weil er selbst
nicht so recht daran glaubte. Die ganze Geschichte war

ihm immer reichlich obskur erschienen und er war bis heute nicht sicher, ob sich die alte Dame da nicht etwas zusammengesponnen hatte.

Er klappte das Buch zu und sah sich um. Es waren keine teuren Kostbarkeiten, mit denen sie sich umgeben hatte, aber dennoch schmerzte Robert der Gedanke, dass die Bilder, die Vasen, das Geschirr, die Kleidung – all die Dinge, die Frau Riefenstahl Tag für Tag angesehen oder benutzt hatte, bald im Sozialkaufhaus oder auf dem Flohmarkt landen würden. Niemand würde mehr wissen, wem sie gehört hatten und welche Erinnerungen an den einzelnen Gegenständen hingen. Sie waren einfach nur noch alter Plunder. Aber wenigstens ihr Tagebuch sollte nicht in fremde Hände gelangen oder womöglich ins Altpapier geworfen werden. Das hat sie nicht verdient, dachte Robert, und als er jetzt Schritte im Hausflur hörte – der Notarzt –, steckte er das Buch schnell in seinen Rucksack.

»Wir können es auch verschieben«, sagte Antonia. Sie saßen in der Küche. Robert, das Gesicht noch bleicher als sonst, rauchte schon die zweite Zigarette zur ersten Tasse Kaffee. Seine Hände zitterten ein wenig. »Nein, geht schon.«

»Man findet ja nicht jeden Tag eine Leiche. Tut mir leid für dich.«

»Muss es nicht«, wehrte Robert ab. »Sie sah gar nicht schlimm aus. Ich hatte noch Glück im Unglück, sie hätte ja auch schon seit Freitag daliegen können und dann wären die Fliegen . . .«

»Ich kann es mir vorstellen«, unterbrach Antonia.

»Immerhin hatte sie ja ein sehr langes Leben und einen schönen Tod.«

»Woher willst du wissen, ob ihr Tod schön war?«

»Zumindest hat sie nicht wochenlang in einer Klinik an Schläuchen gehangen.«

»Auch wieder wahr«, gab Robert zu. »Dann lass uns mal aufs Land fahren. Bisschen Abwechslung schadet jetzt vielleicht nicht.«

Wenig später saßen sie in Matthias' altem Polo und fuhren aus der Stadt hinaus. Die Kornernte hatte begonnen, die ersten Mähdrescher fuhren in riesigen Staubwolken über die Felder.

»Und, wie war das Leben hier so?«, fragte Robert.

»Beschissen«, antwortete Antonia wahrheitsgemäß. »Was glaubst du, warum ich so schnell wie möglich da wegwollte?«

Antonia knetete ihre Hände, sie war nervös. Hoffentlich unterschrieb ihre Mutter den Antrag, ohne Schwierigkeiten zu machen. Nach dem Anruf von Ralph neulich musste sie auf alles Mögliche vorbereitet sein. Sie hatte es heute Morgen nicht gewagt, anzurufen und ihren Besuch anzukündigen.

»Ist diese Sarah eigentlich deine Freundin?«, hörte sie sich plötzlich sagen und fragte sich gleichzeitig, was bloß in sie gefahren wäre.

Robert warf ihr einen kurzen Seitenblick zu. »Wie kommst du darauf?«

»Könnte doch sein. Sie ist hübsch . . .«

»Ich kenne sie schon ewig.« Diese Antwort ließ Antonia innerlich frohlocken, aber die kalte Dusche kam postwendend: »Ich will zurzeit überhaupt keine Freundin. Ich weiß nicht, wo ich in einem Jahr sein werde, also ist das im Moment kein Thema.«

»Aha«, machte Antonia und meinte skeptisch: »Und du denkst, das lässt sich so einfach steuern.«

»Ja, klar«, sagte Robert.

»Aber wenn du dich trotzdem verliebst . . .«, wandte sie ein und befahl sich gleichzeitig, jetzt endlich ihren Mund zu halten.

Robert verdrehte die Augen. »Typisch! Mädchen und ihr Traum von der ewig währenden romantischen Liebe.«

»Ja und? Was ist falsch daran?«

»Sie ist eine Utopie. Die romantische Liebe, von der die meisten Leute träumen, ist etwas, das nur zwischen zwei Buchdeckeln existiert oder in Filmen. Und da gehört sie auch hin. In der Realität funktioniert sie nicht. In der Realität wird Liebe wie eine Ware gehandelt: ›Schau her, ich bin der beste Partner für dich, weil ich dies und jenes habe, was die anderen nicht haben.‹ Bei Kerlen ist das im Allgemeinen ihr Status und ihr Geld, bei den Frauen ihr Aussehen. Und um das zu bekommen, muss man laufend Kompromisse eingehen, sich selbst verleugnen und ist letztendlich zu zweit unglücklich. Nur die Unterhaltungsindustrie suggeriert den Leuten was anderes. Und die sind dann frustriert, wenn sie nicht kriegen, was ihnen die ganzen Schmonzetten jeden Abend versprechen.«

»So habe ich das noch nie gesehen«, gestand Antonia.

»Und außerdem ist dieses Zweisamkeitsglück total egoistisch. Die Beschränkung darauf macht die Menschen gleichgültig gegenüber den ganzen Ungerechtigkeiten der Welt. Sie schauen gar nicht mehr über ihren Gartenzaun, engagieren sich nicht mehr für andere oder für ihre Umwelt. Aber wir brauchen Engagement, sonst sieht die Welt in fünfzig Jahren echt düster aus.«

Antonia schwieg nachdenklich. Sie fand, Robert klang wie ein vom Leben enttäuschter alter Mann. Bestimmt hatte ihn ein Mädchen, in das er verliebt gewesen war, abblitzen lassen und Robert hatte daraufhin der Liebe komplett abgeschworen. So hörte er sich zumindest an. Antonia bekam einen Kloß im Hals, den sie vehement herunterschluckte. Aber vielleicht hatte Robert auch recht. Ihre Eltern jedenfalls waren nicht einmal so lange zusammengeblieben, bis sie geboren war, und wenn sie an ihre Mutter dachte . . . Bis heute nahm Antonia ihrer Mutter übel, dass sie Ralph offenbar lieber mochte als ihre eigene Tochter. Das erschien ihr falsch. Hieß es nicht immer, Mutterliebe stünde über allem? Oder war das auch nur so ein kitschiges Klischee? Je länger Antonia über Roberts Worte nachdachte, desto klarer wurde ihr, was für ein festgefügtes Weltbild sie besaß: Frauen und Männer sollten einander ewig lieben, bis ans Ende ihrer Tage. Gleichzeitig durfte eine Mutter ihren Mann nicht mehr lieben als ihr Kind. Das alles konnte ja nicht funktionieren!

Aber war das überhaupt Liebe, was ihre Mutter mit Ralph verband? War es nicht vielmehr genau das, was Robert als »Kompromiss« bezeichnete? Das und die Unfähigkeit, allein zu sein? Jedenfalls ist es irgendetwas Krankes, was meine Mutter mit Ralph verbindet, dachte Antonia.

Da lenkte Robert ein: »Versteh mich nicht falsch. Natürlich können sich zwei Menschen ineinander verlieben, ganz klar. Das ist aber nur ein hormoneller Ausnahmezustand, der wieder vorbeigeht. Man sollte es nicht gar so ernst nehmen und nicht erwarten, dass es für die Ewigkeit ist.«

Antonia dachte noch über das Gesagte nach, da blickte er sie lächelnd von der Seite an und fragte: »Habe ich dir jetzt ein paar Illusionen geraubt?«

»Wir müssen da vorne rechts abbiegen«, antwortete Antonia.

Sie erreichten das Dorf, das in der Nachmittagssonne döste. *Seltsam,* dachte Antonia, während sie die Hauptstraße entlangfuhren, *ich bin erst ein paar Tage weg und schon kommt mir hier alles so klein und eng vor. Als wäre ich Jahre fort gewesen.*

»Ist ja putzig hier«, bemerkte Robert.

»Halt mal bitte kurz an der Bäckerei an.«

Sie hatte gehofft, dass ihre Mutter im Laden sein würde. Irgendwie scheute sie sich davor, Ralphs Haus noch einmal zu betreten. Aber es stand nur Frau Laumer, die Bäckersfrau, hinter dem Tresen, der um diese Uhrzeit schon fast leer war. Schweren Herzens dirigierte Antonia Robert in die enge Sackgasse, an deren Ende sich, hinter einer Zypressenhecke, das kleine Haus befand. Die Wetterseite hatte man mit Eternitplatten verkleidet, die braune Haustür mit dem scheußlichen Riffelglas saß nicht in der Mitte, was das Haus irgendwie missgestaltet wirken ließ, die Kunststofffenster waren wie tote Augen. Der nachträglich ans Wohnzimmer angeklatschte Wintergarten sah aus, als wollte das Gebäude etwas ausspeien, und Antonia fragte sich zum wiederholten Mal, was ihre Mutter hier festhielt.

Ralphs roter Audi war zum Glück nicht zu sehen. Hoffentlich machte er nicht ausgerechnet heute früher Feierabend. Sie hatten die Sitze umgeklappt, aber Antonia war nicht sicher, ob ihr Fahrrad in den Wagen passen würde.

»Hier hast du also gelebt . . .«

»Von ›leben‹ kann da überhaupt keine Rede sein«, entgegnete Antonia, der es auf einmal peinlich war, das Robert ihr altes Zuhause in seiner ganzen Dürftigkeit und Düsternis zu sehen bekam.

Er hielt auf der Wendeplatte und stellte den Motor ab. »Ich warte hier, okay?«

Das war Antonia recht. »Bin gleich wieder da.«

Er stieg die steile Treppe hinauf, so langsam, als hätte er Blei an den Füßen. Es kostete ihn Überwindung, die Tür zu öffnen, aber er musste es dennoch tun. Der Geruch dieses Dachzimmers traf ihn – wie schon beim letzten Mal – wie eine Faust in den Magen. Sofort waren die Bilder da, die schrecklichen Bilder, die er tief in seinem Inneren vergraben hatte.

Die Fensterläden standen offen, das milde Licht des Sommernachmittags fiel auf die Möbel, die aussahen, als hätte man sie mit Leichentüchern verhüllt. Der Schreibtisch fehlte! Wie immer im Sommer war es hier oben warm wie unter einer stickigen Decke. Eine fette Schmeißfliege flog immer wieder surrend gegen die Scheibe, auf dem Fensterbrett lag bereits ein Dutzend toter Artgenossen. Er öffnete das Fenster und jagte die Fliege davon, ehe sie ihn verrückt machen konnte. Dann hielt er den Kopf ins Freie und atmete gegen einen Anflug von Übelkeit an.

Als es ihm besser ging, schloss er das Fenster wieder und setzte sich auf den blanken Lattenrost. Die Matratze war längst fort, klar, sie war ja voller Blut gewesen. Vermutlich war sie ein Beweismittel und stand jetzt in der Asservatenkammer der Polizei. Er betrachtete die schräge Wand, die dem Bett gegenüberlag. Eine unschuldige weiße Fläche. Man hatte zwischenzeitlich das ganze Zimmer mit Raufaser tapeziert und weiß angestrichen. Ob wohl unter der Tapete . . .?

Er schauderte, als er an den schlimmsten Morgen seines Lebens dachte. Sie hatten seinen vierzigsten Geburtstag gefeiert, eine ganze Meute: Kollegen von der Hochschule, seine Studenten und natürlich Sonja. Seine *Midlifecrisis,* hatten die Kollegen und vor allem ihre sauertöpfischen Ehefrauen gelästert. Das war ihm so was von egal gewesen! Wer weiß, vielleicht hatten sie ja sogar recht gehabt, jetzt, im Nachhinein betrachtet. Aber das machte nun auch keinen Unterschied mehr.

Am Morgen nach dem Fest war er völlig verkatert aufgewacht, hier, in diesem Zimmer, in diesem Bett. In den ersten Sekunden hatte sein Hirn Probleme gehabt, das einzuordnen, was seine Augen sahen. Als Nächstes hatte er an einen Witz geglaubt, an eine dumme Idee von Besoffenen oder Bekifften, wahrscheinlich welche von den vier Meisterschülern, die ihrem sturzbetrunkenen Professor einen Streich gespielt hatten, indem sie eine gar nicht mal schlechte Kopie eines seiner bekanntesten roten Bilder an die Wand gemalt hatten: die *Venus von St. Pauli,* ein stark verfremdeter Frauenakt.

Als Nächstes war ihm aufgefallen, dass die Hälfte der roten Farbe auf den Holzdielen verschüttet worden war.

Erbost darüber hatte er mit heiserer Säuferstimme gerufen: »Diese verdammten Idioten, denen reiße ich den Kopf ab!«

Das Mädchen neben ihm hatte nicht geantwortet. Sie hätte auch gar nicht antworten können, denn sie war tot. Und während er noch in Schockstarre verharrt und auf ihren leblosen Körper gestarrt hatte, hatte er es gerochen: das Blut.

»Erzähl mir bloß nicht, du wärst die Treppe runtergefallen!«

Doris Reuters linke Gesichtshälfte war dick angeschwollen und um das Auge herum wies die Haut Verfärbungen von Hellgelb bis Dunkelviolett auf.

»Nein, ich . . .«, begann sie, wurde aber von Antonia unterbrochen.

»Mama, warum verlässt du ihn nicht?«

»Wo soll ich denn hin?«, antwortete sie matt. Antonia folgte ihr in die Küche, wo sie sich auf einen Stuhl fallen ließ wie eine Marionette, der man die Fäden durchgeschnitten hatte. Noch nie hatte Antonia ihre Mutter so gesehen. Es war nicht nur das blaue Auge, es war die ganze Erscheinung: so schwach, so – ja, erbärmlich. Was hatte dieser verdammte Ralph aus ihrer früher so lebenslustigen Mutter gemacht?

Antonia schwankte zwischen Mitleid und Wut. »Was redest du da? Du hattest doch früher auch eine eigene Wohnung, wir sind doch auch ohne diesen Scheißkerl sehr gut klargekommen! Ich finde, sogar besser. Hast du ihn wenigstens angezeigt?«

»Das ist nicht so einfach, Antonia . . .«

»Doch, das ist es«, widersprach Antonia. »Man geht zur Polizei und tut es. Los, Mama, pack deinen Koffer, sofort! Du kannst erst mal in unserer WG bleiben und dann nimmst du dir wieder eine eigene Wohnung, suchst dir in der Stadt einen Job . . .«

Frau Reuter hob die Hand. »Ist schon gut, Antonia. Es tut ihm ja selbst sehr leid, es wird bestimmt nicht wieder vorkommen. Er war eben sehr wütend, weil du . . . weil wir ihm vorher nichts von deinem Auszug gesagt haben. Das war nicht ganz richtig von . . . von uns, das muss ich schon zugeben.«

»Und das gibt ihm also das Recht, dich zu verprügeln?« Antonias Stimme hörte sich schrill an. Sie war überzeugt, wenn Ralph jetzt zur Tür hereinkommen würde, würde sie auf ihn losgehen. Vielleicht mit dem großen Küchenmesser, das da lag. Sie malte sich diese Szene geradezu genüsslich aus.

»Warum bist du hergekommen?« Antonia entging nicht der verstohlene Blick ihrer Mutter zur Wanduhr. Offenbar befürchtete sie ein Zusammentreffen zwischen ihrem Mann und ihrer Tochter.

»Ich brauche deine Unterschrift auf dem BAföG-Antrag.« Antonia zog das Schriftstück aus ihrem Rucksack. Ohne es zu lesen, setzte Frau Reuter ihre Unterschrift an die vorgegebene Stelle. Dann fragte sie in einem Ton, als ob nichts wäre: »Wie geht es dir, kommst du zurecht, sind die anderen nett zu dir?«

»Mir geht es jedenfalls besser als dir«, versetzte Antonia. Als sie sah, wie ihre Mutter bei diesen Worten in sich zusammensank, sagte sie flehend: »Bitte, Mama, geh weg von diesem Kerl. Wir . . . wir können doch auch wieder zusammenwohnen, du und ich.« Das meinte sie wirklich ernst, auch wenn sie es schade fände, aus der WG wieder auszuziehen – jetzt wo es gerade interessant wurde.

Ihre Mutter versuchte zu lächeln, was angesichts ihrer angeschwollenen Wange grotesk aussah. »Mach dir keine Sorgen. Ich komme schon zurecht. Jetzt hat er sich ja wieder beruhigt.«

»Mama, bitte versprich mir, dass du sofort abhaust und zu mir kommst, wenn er dich noch einmal anrührt.«

Sie nickte. Aber Antonia ahnte: Es würde wieder passieren. Ein Damm war gebrochen. Irgendeinen Anlass würde er finden und wieder zuschlagen und ihre Mutter würde es sich gefallen lassen und sich eine neue Entschuldigung für ihn ausdenken. Und sie, Antonia, würde es nicht einmal erfahren, und selbst wenn – was konnte sie schon dagegen tun?

Plötzlich hielt sie es keine Minute länger in diesem Haus aus. Sie murmelte einen Abschiedsgruß, rannte nach draußen, riss die Beifahrertür auf und keuchte: »Fahr los!«

»Werden wir verfolgt?«, grinste Robert.

»Jetzt fahr schon!«

»Und dein Rad?«

»Vergiss es.«

»Wie Madame befehlen«, meinte Robert und steuerte den Wagen aus der Sackgasse hinaus. Als sie am Ende angekommen waren, sah er Antonia von der Seite an und fragte sanft: »Möchtest du darüber reden?«

»Nein.« Sie kurbelte das Fenster herunter, der Fahrtwind kühlte ihre erhitzten Wangen. »Später vielleicht«,

98

sagte sie in versöhnlicherem Ton. Schließlich konnte Robert ja nichts dafür. Sie war nur froh, dass er nicht mit ins Haus gekommen war und ihre Mutter so gesehen hatte. *Eine Mutter mit einem blauen Auge – wie bei irgendwelchen Assis,* dachte sie beschämt. Es gab Momente, da wünschte sie sich, ein Kerl zu sein. Jetzt war so einer. Dann würde sie direkt zu Ralphs Arbeitsstätte fahren und ihn vor seinen Kollegen so was von vermöbeln . . . Sie hing noch ihren Gewaltfantasien nach, als Robert fragte: »Und wohin jetzt?«

Sie standen an der Kreuzung der Dorfstraße mit der Bundesstraße. »Nach Hause, wohin denn sonst?«, antwortete Antonia.

»Wollten wir nicht die Sache mit dem Sprengstoff klären?«

Das hatte Antonia tatsächlich für einen Moment vergessen. »Ach so. Ja, entschuldige. Ich bin etwas durcheinander. Dann fahr mal links und dann gleich wieder rechts, auf den geteerten Weg dahinten.«

Robert folgte ihren Anweisungen. Es ging auf einer schmalen, holprigen Straße an Getreide- und Rübenfeldern entlang.

»Was macht man eigentlich so, wenn man hier wohnt?«, fragte Robert.

»Man sitzt zu Hause und versucht, mit einem irrsinnig lahmen DSL-Anschluss mit seinen Freunden auf Facebook zu chatten oder YouTube-Videos anzusehen«, antwortete Antonia. »Oder man hängt mit der Dorfjugend an der Bushaltestelle ab.«

»Verstehe«, meinte Robert. »Klingt nicht so, als hättest du große Sehnsucht nach der Heimat.«

»Das war nie meine Heimat«, protestierte Antonia. »Man hat mich gegen meinen Willen hierher verschleppt. Die Scheune dahinten, da ist es.«

Hoffentlich war das Zeug auch wirklich noch da drin. Um das herauszufinden, mussten sie wohl bei Nacht wiederkommen.

Robert hielt vor der kleinen Scheune, die am Rand eines Rübenfeldes stand. Ein rostiger Pflug stand davor, ein paar heruntergefallene Dachziegel lagen zerbrochen vor dem Tor.

»In Bauer Lodemanns Scheune lagert die freiwillige Feuerwehr momentan den Krempel, den sie nicht bei den Einsätzen braucht«, erklärte Antonia. »Alte Geräte, Partyzelte, Biertische und so was. Das neue Gerätehaus wird gerade . . . Wo willst du denn hin?«

Robert hatte irgendwas von »mal die Lage checken« gemurmelt und war ausgestiegen. Er lief um die Scheune herum, während Antonia den Kopf zurücklehnte, die Augen schloss und tief durchatmete. Sie musste dieses Bild wieder aus dem Kopf bekommen, das sich darin festgefressen hatte: das Bild von Ralph, wie er ihre Mutter schlug. Sie zuckte zusammen, als Robert die Hecktür des Wagens öffnete und wieder zuknallte. Was, zum Teufel, tat er? Was hatte er da in der Hand? Dieser Wahnsinnige wird doch nicht am helllichten Tag hier einbrechen? Noch während sich Antonia darüber Gedanken machte, hatte Robert bereits die Tür der Scheune mit einem großen Brecheisen aufgehebelt und war darin verschwunden.

Was jetzt? Sollte sie ihm folgen oder lieber hier draußen Schmiere stehen? Jeden Moment konnte ein Bauer auf seinem Trecker vorbeikommen oder ein Jäger, der ins Revier fuhr, oder jemand, der von hier aus seinen Hund spazieren führen wollte. Auf keinen Fall durfte sie jetzt die Nerven verlieren, sonst ließen sie sie niemals in der Tierschutzgruppe mitmachen. Eine Minute verging, zwei. Vorsichtshalber stieg sie schon einmal aus. In der Scheune klapperte etwas.

Sie steckte den Kopf durch die Tür, deren Schloss aus dem Holz gebrochen war. »Soll ich dir helfen?«, rief sie in das Dunkel der Scheune. »Geht schon, pass lieber auf, falls einer kommt«, hörte sie ihn ächzen und dann: »Mach schon mal hinten die Klappe auf!«

Antonia eilte zum Auto und tat, was Robert gesagt hatte. Sie hörte ein Knattern. Verdammt, ein Trecker. Schon tauchte er am Ende des geteerten Weges auf. Wenn der sie hier sah, würde er sich womöglich an das Auto erinnern . . . Antonia ging auf die Scheunentür zu. Sie musste Robert warnen! Gerade wollte sie seinen Namen rufen, da machte der Trecker einen scharfen Schwenk und bog auf ein Feld ein. Sie atmete auf. Der Bauer würde sich vielleicht an ein kleines rotes Auto vor der Scheune erinnern, aber um die Marke und das Nummernschild zu erkennen, war die Entfernung zu groß. Die Tür der Scheune öffnete sich, Robert fragte: »Alles klar?«

»Ja, mach schnell!«

Er schleppte eine Holzkiste heran und der ganze Polo wippte, als er sie unsanft abstellte. »Schieb sie nach hinten, da ist noch eine«, rief er und schon rannte er wieder zurück. Antonia gehorchte. Leicht wankend unter dem Gewicht der zweiten Kiste kam Robert wenig später wieder heraus. Antonia drückte die Scheunentür hinter ihm, so gut es ging, zu. Je später man den Diebstahl entdeckte, desto besser. Robert wuchtete in der Zwischenzeit die zweite Kiste so schwungvoll ins Heck, dass der Kleinwagen in die Knie ging und ein Außenstehender nicht auf die Idee gekommen wäre, dass hier mit Sprengstoff hantiert wurde. Hatte Robert denn gar keine Angst, dass ihnen das alles um die Ohren flog?

Die Hecktür knallte zu.

»Los, komm!«

Antonia sprang in den Wagen, Robert streifte sich die Arbeitshandschuhe ab und ließ den Motor an. Ohne Hast rollten sie zurück auf den Weg und fuhren wieder in Richtung Bundesstraße. An der Einmündung blieb Robert stehen, sie sahen sich an. Dann lachten sie triumphierend und gaben sich *high five.*

»Lass dich abknutschen, du Landpomeranze!« In seiner Begeisterung legte Robert seine Hände auf Antonias Wangen, zog ihren Kopf zu sich heran und drückte ihr einen Kuss auf den Mund. »Geil! Das war vielleicht 'ne coole Aktion!«, schrie er, nachdem er sie wieder losgelassen hatte, und dann gab er wieder Gas.

Antonia schnallte sich an. Ihr war noch leicht schwindelig von dem Kuss, auch wenn sie wusste, dass man dieser Geste nicht allzu viel Bedeutung beimessen durfte. Und wehe ihm, wenn er sie noch einmal »Landpomeranze« nannte!

»Hast du reingeschaut? Ist auch wirklich Dynamit drin?«, fragte sie.

»Es sind jedenfalls lauter rot verpackte Röllchen mit einem Docht dran. Wie im Comic«, antwortete Robert fröhlich.

»Geht das nicht kaputt? Ich meine – hat das Zeug denn kein Verfallsdatum?«

»Wir werden schon sehen, ob es kracht oder nicht«, antwortete Robert lakonisch.

»Aber ich bin doch dann dabei, oder?«, vergewisserte sich Antonia.

»Du kannst an der nächsten Sitzung teilnehmen«, antwortete Robert.

Antonia hatte eigentlich etwas anderes gemeint, aber sie ließ es dabei bewenden. Sie hatte für den Anfang genug Pluspunkte gesammelt, das war kein schlechter Einstand. Und ob sie bei einer so gefährlichen Mission wie dem Anschlag auf die Schweinemastanlage wirklich dabei sein wollte, wusste sie selbst noch nicht so recht.

»Übrigens solltet ihr eure Versammlungen nicht mehr im Esszimmer abhalten«, sagte sie.

»Wieso nicht?«, fragte Robert irritiert.

»Der Kamin – er geht durch Katies Zimmer. Man kann eure Stimmen hören.«

9.

An den Vormittagen war Antonia allein im Haus, denn sie war die Einzige, die Ferien hatte. Katie musste um neun Uhr bei der Arbeit sein und Matthias besuchte vor den Semesterferien noch ein paar Kurse an der Uni. Nur Robert konnte ebenfalls etwas länger schlafen, er verließ das Haus meist kurz nach zehn, um das Essen für die Senioren bei der Großküche abzuholen.

Antonia hatte sich fest vorgenommen, in den Ferien zu lernen. An ihrer alten Schule hatte sie zwar immer gute Noten geschrieben, aber sie war mangels Abwechslung auch recht fleißig gewesen. Das Gymnasium war jedoch bestimmt anspruchsvoller, jedenfalls wollte sie vorbereitet sein. Keinesfalls würde sie ihrer Mutter und vor allen Dingen Ralph den Triumph ihres Scheiterns gönnen. Nein, sie wollte ein gutes Abitur machen, das hatte sie sich zum Ziel gesetzt. Was danach kommen sollte, wusste sie allerdings noch überhaupt nicht. Aber darüber konnte sie sich auch noch in einem Jahr den Kopf zerbrechen. Jetzt war erst mal Mathe angesagt. Nachdem sie sich eine Stunde mit Integralrechnung herumgeschlagen hatte, fand sie, dass sie eine Pause ver-

104

dient hatte, und fuhr ihren Laptop hoch. Gestern hatte sie ein Foto an ihre virtuelle Pinnwand gepostet, das einen Teil ihres Zimmers zeigte: den alten Schreibtisch und den Balkon mit dem schönen verschnörkelten Geländer. Dazu hatte sie geschrieben: *Mein neues Zimmer, endlich wohne ich wieder in der Stadt, juhu!*

Achtundzwanzig Leute hatten *gefällt mir* angeklickt und Kommentare mit guten Wünschen hinterlassen. Ein Mädchen meinte: *Sieht ja voll edel aus!*

Auch Tante Linda hatte ihr eine Nachricht geschrieben: *Habe ich das richtig interpretiert, bist du zu Hause ausgezogen? Dann herzlichen Glückwunsch! Eine gute Entscheidung.*

Linda lebte auf Mallorca, wo sie Schmuck herstellte und verkaufte. Antonia hatte sie zum letzten Mal bei der Hochzeit ihrer Mutter gesehen. Sie bedauerte es, dass ihre Tante nicht hier in Hannover wohnte, denn sie verstand sich gut mir ihr. Soviel Antonia wusste, hatte ihre Mutter nur noch ganz selten Kontakt zu ihrer vier Jahre jüngeren Schwester. Sie wäre »zu ausgeflippt«, hatte sie Antonia gegenüber mal bemerkt. Wahrscheinlich steckte Ralph dahinter, vermutete Antonia heute. Womöglich hatte er ihrer Mutter sogar den Kontakt mit ihrer Schwester verboten. Mittlerweile traute Antonia ihm alles zu.

Die Nachricht war erst eine halbe Stunde alt und Antonia sah, dass ihre Tante immer noch online war. Sie chattete sie an.

Lass uns skypen, kam die prompte Antwort, und eine Minute später sah Antonia ihre Tante auf dem Bildschirm. Sie war braun gebrannt, hatte ihre blonden

Locken hochgesteckt und an ihren Ohren baumelten Silberreifen, so groß, dass ein Pudel hätte durchspringen können. Sie war das genaue Gegenteil von Antonias Mutter. Sogar über den kleinen Skype-Bildschirm konnte Antonia sehen, wie fröhlich sie strahlte. Antonia selbst besaß keine Webcam, weshalb ihre Tante sie nur hören konnte.

»Hallo, Nichte! Wie geht es dir?«, kam es munter aus dem Kopfhörer. Antonia versicherte, dass es ihr blendend ging, und berichtete von ihrer neuen Wohnung. Linda fragte nach der Adresse, denn sie wollte ihrer Nichte »ein kleines Geschenk« schicken. Bestimmt Schmuck, dachte Antonia erfreut.

»Und wie hat Ralphilein reagiert?«, fragte Linda, nicht ohne eine gewisse Häme. Antonia hatte schon bei der Hochzeit den Eindruck gehabt, dass Linda ihren Schwager nicht besonders gut leiden konnte. Antonia zögerte. Aber schließlich hatte ihre Mutter ihr nicht verboten, mit Linda darüber zu sprechen, also erzählte sie ihrer Tante, wie sie ihre Mutter am Montag vorgefunden hatte.

Lindas Gesicht wurde auf einen Schlag ernst. Sie murmelte einen spanischen Fluch, dann sagte sie: »Danke, dass du es mir erzählt hast. Ich werde sie anrufen.«

»Am besten tagsüber, da ist Ralph bei der Arbeit. Stell dir vor, er erlaubt ihr ja nicht einmal ein eigenes Handy!«

»Man muss auf jeden Fall was unternehmen«, meinte Linda. »Und wenn du ein Problem hast, Antonia, egal was es ist, dann sag Bescheid.«

Antonia versprach es ihr und sie legten auf, nicht ohne einander zu versprechen, von nun an öfter miteinander zu chatten oder zu telefonieren. Das Gespräch hatte Antonia gutgetan. Es war beruhigend zu wissen, dass es wenigstens noch eine vernünftige Person in ihrer Familie gab. Sie hatte zwar auch noch eine Großmutter, pflegte aber keinen intensiven Kontakt zu ihr. Die Frau lebte in ihrer eigenen Welt, die aus der Vergangenheit und ihren zahlreichen Vorurteilen bestand.

Antonias Magen knurrte. Höchste Zeit für einen Toast und einen Kaffee. Sie klappte den Laptop zu und ging hinunter in die Küche. Wenn man nur halb so viel Pulver nahm wie Robert, war das Gebräu, das diese Espressokanne ausspuckte, sogar trinkbar, das hatte sie inzwischen herausbekommen.

Draußen hatte sich der Himmel verdüstert, sie musste das Licht einschalten. Schon prasselte ein heftiger Regenschauer nieder. Sie sah den Gärtner, der vor dem Guss in Richtung Schuppen floh. Antonia öffnete die Hintertür und rief: »Herr Petri!«

Langsam wandte er sich um.

»Sie können auch in der Küche warten, bis es aufhört.«

»Schon gut, der Schuppen tut's auch«, meinte er. »Meine Schuhe sind schmutzig.«

»Ich habe Kaffee gemacht«, sagte Antonia. Er schien zu überlegen, dann nickte er. Bedächtig zog er seine erdverschmierten Schuhe vor der Tür aus und setzte sich auf einen Küchenstuhl. Vorher wusch er sich noch die Hände über der Spüle.

Der Kaffee war noch nicht ganz fertig. Antonia stellte Milch und Zucker auf den Tisch und erkundigte sich nach dem Gemüsebeet. Bereitwillig erklärte Herr Petri, dass er ein Hochbeet anlegen wollte. Das sei bequemer zu bestellen und besser vor Schädlingen geschützt als ein ebenerdiges Beet. Er schilderte, welche Gemüsesorten und Kräuter er darin anbauen wollte. »Und an der Südseite des Schuppens, neben der Bank, werde ich einen Unterstand für Tomaten errichten. Tomaten vertragen nämlich keinen Regen, das mögen die gar nicht.«

Antonia hörte ihm gerne zu. Er sprach von Pflanzen wie von lebendigen Wesen – okay, das waren sie ja auch irgendwie. Offensichtlich standen ihm Pflanzen näher als Menschen, denn gerade sagte er: »Die Natur braucht den Menschen nicht. Danke, das ist sehr freundlich von dir.« Antonia hatte eine Tasse Kaffee vor ihm auf den Tisch gestellt. »Darf ich überhaupt Du sagen?«, fragte er dann.

»Ja, klar.« Antonia lächelte zurück. Der Mann war ihr irgendwie sympathisch. So ähnlich stellte sie sich ihren Vater vor – na ja, vielleicht zwanzig Jahre jünger. Oder ihren Großvater. Ihr richtiger Großvater war vor vier Jahren gestorben, ein griesgrämiger, mit sich selbst und seinen Krankheiten beschäftigter Mann, der ihr immer fremd geblieben war.

»Wie alt bist du, wenn ich fragen darf.«

»Fast siebzehn.«

»Ziemlich jung, um schon in einer WG zu leben«, bemerkte er.

»Es geht nicht anders. Ich möchte nach den Ferien aufs Gymnasium gehen. Meine Mutter wohnt draußen auf dem Land, sie . . . sie kann nicht in die Stadt ziehen, sie ist . . .«

Der Weinkrampf traf sie so überfallartig, dass sie keine Chance hatte, dagegen anzukämpfen. Innerhalb einer

Sekunde schwammen ihre Augen in Tränen, die Nase ging zu, ein Kloß steckte in ihrer Kehle.

»Entschuldigung!« Sie schlug die Hände vors Gesicht. Wie peinlich, vor einem wildfremden Mann zu heulen.

»Du musst dich nicht entschuldigen.« Er stand auf, riss ein Papiertuch von der Küchenrolle und reichte es ihr. »Du hast bestimmt einen guten Grund, um traurig zu sein.«

Antonia schnäuzte sich geräuschvoll.

»Wenn du willst, erzähl es mir. Vielleicht weiß ein alter Mann einen guten Rat. Aber wenn du nicht darüber reden willst, dann lass ich dich jetzt alleine und du kannst sicher sein, dass ich schon in der Tür alles vergessen habe.«

Antonia atmete tief durch. Sie würde nur zu gerne seinem Vorschlag folgen und die letzten paar Minuten ungeschehen machen. Andererseits verspürte sie das Bedürfnis, wenigstens eine Erklärung für ihre blöde Heulerei abzugeben. Und vielleicht wusste er ja wirklich einen Rat.

Antonia berichtete, was gestern vorgefallen war, auch die notwendige Vorgeschichte dazu. Nachdem sie sich ausgesprochen hatte, ging es ihr tatsächlich besser. Ihre Stimme klang wieder ruhig und fest, als sie sagte: »Ich würde dieses Schwein am liebsten umbringen.«

»Das glaube ich dir«, meinte ihr Gegenüber ernst. »Die Möglichkeit zur Bestialität ist nun einmal integraler Bestandteil der Humanität«. Er bemerkte Antonias verwirrten Blick und fasste seine Erkenntnis in einfachere Worte: »In jedem Menschen steckt eine Bestie, sogar in dir.«

109

Antonia brachte ein Lächeln zustande. »Entschuldigen Sie, dass ich Ihnen was vorgeheult habe.«

»Es muss dir nicht peinlich sein, dass du Mitgefühl hast. Aber keine Angst, ich erzähle es keinem.«

»Danke.« Antonia putzte sich noch einmal die Nase, dann meinte sie: »Was ich nicht verstehe: Wieso regt Ralph sich so darüber auf, dass ich ausgezogen bin? Ich war ihm doch immer nur lästig. Ich dachte, er würde froh sein, dass ich weg bin.«

»Es geht um Kontrolle«, antwortete Herr Petri. »Dieser Typ hat wahrscheinlich ein ganz mickriges Ego. Um das zu verbergen, möchte er, dass alles nach seiner Pfeife tanzt. Du hast dich dieser Kontrolle entzogen und ihm gezeigt, dass du von ihm unabhängig bist. In seinen Augen hat auch deine Mutter einen Vertrauensbruch begangen, weil sie dich hinter seinem Rücken gehen ließ und ihn vor vollendete Tatsachen gestellt hat. Das wurmt ihn, nicht, dass du jetzt weg bist. Und deshalb muss er deine Mutter nun erst recht kleinhalten. Damit sie ihm nicht auch noch entgleitet.«

»Er wird sie also wieder schlagen?«

»Höchstwahrscheinlich«, antwortete er. Er sah sie ernst an und fügte hinzu: »Und du kannst ihr nicht helfen. Da muss sie ganz alleine wieder raus. Tut mir leid, ich hätte dir gerne etwas Tröstlicheres gesagt. Aber ich möchte dir ja keinen Sand in die Augen streuen.«

»Schon gut. Ich habe mir so was schon gedacht.«

»Ja, du bist ein kluges Mädchen. Es ist gut für dich, dass du diesem Einfluss entkommen bist. Pass aber auf, dass nicht irgendjemand die Stelle von Ralph einnimmt.«

Wie meint er das denn?, fragte sich Antonia, aber er war

schon bei einem anderen Thema. »Wenn du ein Fahrrad brauchst, im Schuppen steht ein altes. Man müsste ein paar Dinge daran reparieren, aber ich würde es dir wieder herrichten.«

Er bedankte sich für den Kaffee und das Gespräch und stand auf. Antonia begleitete ihn zur Tür, wo er wieder in seine Arbeitsschuhe schlüpfte. Es hatte aufgehört zu regnen, nun kam sogar die Sonne heraus. Tropfen glitzerten an den Blättern wie Diamanten. Der Garten hatte sich seit Samstag verändert wie eine Frau nach dem Besuch eines guten Friseurs. Die Stauden mussten sich nicht mehr durch Unkraut kämpfen, die Fläche wirkte größer und aufgeräumter, aber längst nicht so armselig und steril wie der klägliche Garten vor Ralphs Haus. Darüber nachdenkend bemerkte Antonia ein Mädchen, das an der Gartenpforte stand und etwas unschlüssig zu ihnen herübersah. Sie hielt eine zerfledderte Sporttasche aus Stoff in der linken Hand, trug Jeans und einen Kapuzenpulli, der nass und mindestens zwei Nummern zu groß war. Lange dunkle Locken fielen ihr bis über die Schultern. Was wollte sie hier? War sie eine Bekannte von Matthias oder Robert?

Auch Herr Petri hatte die Besucherin nun bemerkt und sich umgedreht.

Antonia flüsterte ihm zu: »Könnten Sie sie fragen, was sie will? Ich möchte lieber nicht raus, ich sehe so verheult aus.«

»Ja, sicher«, nickte der Gärtner und ging auf das Mädchen zu. Antonia zog sich ins Haus zurück, beobachtete aber vom Fenster des Esszimmers aus, wie sich die beiden an der Pforte unterhielten. Es war ein längeres

Gespräch, bei dem beide gestikulierten. Fast sah es nach einem Streit aus. Am liebsten hätte Antonia das Fenster geöffnet, aber sie wollte nicht beim Lauschen entdeckt werden. Schließlich entfernte sich das Mädchen und auch der Gärtner verschwand wieder aus Antonias Sichtfeld.

Sie hielt es nicht länger aus vor Neugierde und fand Herrn Petri im Schuppen, vor dem Fenster. Davor waren auf einem improvisierten Holzregal etliche Gläser und Töpfe aufgereiht, die mit Erde oder Wasser gefüllt waren. Aus manchen spitzelte etwas Grünes hervor.

»Was wollte die denn?«

»Nichts«, kam es kurz angebunden.

»Für ›nichts‹ haben Sie sich aber ganz schön lange mit ihr unterhalten. Kennen Sie sie?«, forschte Antonia, die sich mit dieser knappen Antwort nicht zufriedengeben wollte. Was sie gesehen hatte, hatte sie gesehen!

»Sie hat gefragt, ob hier noch ein Zimmer frei wäre. Ich habe ihr gesagt, dass keines frei ist, und dann fing sie an, mir ihre Lebensgeschichte zu erzählen und warum sie unbedingt ein Zimmer bräuchte, und ich sagte, alles schön und gut, aber hier ist keines frei, und dann bin ich sie endlich losgeworden.« Herr Petri schien etwas ungehalten.

»Ah so. Danke.« Antonia machte kehrt. Ein Zimmer ... Hatten sie sich nicht neulich darüber unterhalten, dass man das Dachzimmer unter der Hand vermieten könnte? Wenn dieses Mädchen so dringend ein Zimmer brauchte, dann würde ihr die Hitze da oben ja vielleicht nichts ausmachen. Überdies war der Sommer bis jetzt eher kühl gewesen.

Antonia steckte ihren Schlüsselbund ein, schnappte sich kurzerhand Roberts Fahrrad, das wie immer unabgeschlossen an dem Fliederbusch neben der Haustür lehnte, und schob es auf die Straße. Verdammt, der Sattel war viel zu hoch, sie erreichte die Pedale nur mit den Fußspitzen. Aber egal, sie wollte ja keine Radtour machen. Das Mädchen konnte noch nicht allzu weit sein. Antonia fuhr die Straßen ab, aber das Mädchen war wie vom Erdboden verschwunden. Mist! Wieso hatte Herr Petri sie einfach fortgeschickt, er hätte ja mal nachfragen können, ärgerte sich Antonia. Okay, er konnte ja nicht wissen, dass sie das Dachzimmer vermieten wollten, er hatte es sicher nicht böse gemeint.

Sie radelte zurück. Da! Das war sie doch, oder? Sie stand am Eingang zum Bergfriedhof und rauchte eine Zigarette. Dabei schaute sie zum Haus hinüber, als würde sie auf etwas warten.

Antonia fuhr auf sie zu und stieg vom Rad. »Hallo. Hast du gerade nach einem Zimmer gefragt?«

Die Fremde musterte Antonia mit gerunzelter Stirn.

»Ich wohne da drüben, du hast vorhin mit dem Gärtner gesprochen . . . also, wenn du willst, wir hätten noch ein Zimmer. Es ist aber unter dem Dach, etwas heiß im Sommer. Und ich muss natürlich noch die anderen fragen, aber vielleicht möchtest du es dir ansehen? Ach, ich heiße Antonia. Und du?«

Antonia kam sich etwas komisch vor, weil sie so viel redete und die andere noch gar nichts gesagt hatte.

»Selin.«

»Was?«

»Ich heiße Selin.« Sie drückte die Zigarette aus und

113

warf ihre Haarflut zurück. Ihr Gesicht war nicht ge-
schminkt, schräg stehende Augen unter weichen Lidern
verliehen ihr eine orientalische Note. »Was soll es kosten?«

»Das . . . das weiß ich nicht. Ich kann das auch gar
nicht alleine entscheiden, ich wohne selber noch nicht
lange hier, aber . . .«

»Kann ich mal mit reinkommen?«, schnitt ihr Selin
das Wort ab, und obwohl es eine Frage war, klang es
wie ein Befehl.

»Ja, sicher«, hörte sich Antonia sagen und aus irgendeinem unerfindlichen Grund wurde ihr plötzlich unbe-
haglich zumute. Wieso war sie so kopflos vorgeprescht,
ohne zuerst mit den anderen zu reden? Oder lag es an
Selin? Sie hatte so etwas . . . Antonia konnte es nicht
benennen, aber irgendetwas an ihr schüchterte sie ein.

Sie führte ihren Gast in die Küche. »Möchtest du einen
Kaffee?« Eigentlich war Antonias Bedarf an Kaffee ge-
deckt, aber sie musste ja irgendwie die Zeit überbrücken,
bis Robert wiederkommen würde. Und das war frühes-
tens in zwei Stunden.

»Ja, gerne.« Selin setzte sich hin und schaute sich um.
»Nett hier.«

»Einen Toast dazu?«

Sie nickte. Antonia versenkte zwei Scheiben Brot im
Toaster.

»Wie alt bist du?«, fragte Antonia, während sie den
Kaffee aufsetzte.

»Sechzehn.«

Sie sah älter aus, fand Antonia. »Und du suchst dringend ein Zimmer . . .«

Selin schlug ihre seidigen Wimpern nieder. Ihr »Ja«
klang resigniert.

»Warum?«

»Weil ich nicht im Freien schlafen will.«

»Bist du irgendwo rausgeflogen?«, fragte Antonia verwirrt.

»So ähnlich«, sagte Selin. »Ich brauch erst mal etwas,
wo mich niemand findet.«

»Wieso das denn?« Antonias Unbehagen wuchs. Was
war mit diesem Mädchen los, hatte sie ein Verbrechen
begangen, war sie auf der Flucht vor der Polizei?

»Kannst du etwas für dich behalten?« Die schwarzen
Mandelaugen waren prüfend auf Antonia gerichtet.

»Klar.«

»Ich muss mich vor meiner Familie verstecken. Sie
wollen, dass ich mit ihnen in die Türkei reise und dort
einen Mann heirate, den sie vor über zehn Jahren für
mich ausgesucht haben. Ein entfernter Cousin von mir.«

»Aber du bist doch erst sechzehn!«, rief Antonia.

»In der Türkei verheiraten sie Mädchen auch schon
mit vierzehn. Ich habe jetzt erst erfahren, dass ich seit
meinem fünften Lebensjahr verlobt bin.«

»Kennst du diesen Mann denn überhaupt?«

»Ich habe ihn ein einziges Mal gesehen, da war ich
fünf und er zwölf. Ich erinnere mich schwach an ein
Fest, ich dachte damals, irgendjemand hat Geburtstag.
Das war meine Verlobung. Sie haben mir all die Jahre
nichts davon gesagt, kannst du dir das vorstellen?«

Antonia schüttelte den Kopf.

»Weißt du, das Seltsame daran ist: Wir haben nie zu
diesen Kopftuchtürken gehört. Mein Vater war immer

recht liberal. Er hat Wert darauf gelegt, dass ich in der Schule gut bin, ich bin auf die Helene-Lange-Schule . . .«

»Da gehe ich auch hin, nach den Ferien!«, warf Antonia ein. »Wie ist es da so?«

»Okay«, sagte Selin. »Darf man hier rauchen?«

»Ja.«

Selin zündete sich eine Zigarette an und nahm einen tiefen Zug, ehe sie weitererzählte: »Ich durfte fast alles, was die deutschen Mädchen auch durften. Natürlich sollte ich keinen deutschen Jungen als Freund haben, ich sollte überhaupt keinen Freund haben, darin waren sie streng. Wenn ich zu einer Party ging, musste mein Bruder mitkommen. Aber sonst . . .« Sie schüttelte den Kopf. »Noch am Freitag, als wir unsere Koffer packten, sah es so aus, als sollten wir in die Ferien an die Küste fahren. Aber dann hat sich mein Bruder verquatscht. Ich habe erst geglaubt, ich höre nicht richtig, und habe meine Mutter zur Rede gestellt. Die hat es mir bestätigt: Ich soll in zwei Wochen verheiratet werden. Das Brautkleid wartet schon in der Türkei auf mich. Und so bin ich eben abgehauen. Ich war zwei Nächte bei meiner älteren Schwester und deren Mann, aber das war ein Fehler. Mein Schwager hat mich verraten, die Männer halten alle zusammen, besonders, wenn es um so etwas geht. Es beschmutzt die Ehre der Familie, wenn ich die Verlobung nicht einlöse. Sie sind heute Morgen dort aufgetaucht, mein Vater, meine zwei Brüder, ein Onkel und noch zwei Typen, die ich gar nicht kenne.«

»Und dann?«, fragte Antonia gespannt.

»Meine Schwester hat mich in letzter Sekunde ge-

116

warnt, ich konnte gerade noch durchs Klofenster abhauen. «

»Aber . . . kannst du nicht zum Jugendamt gehen oder zur Polizei?«

»Nein. Die stecken mich höchstens ins Frauenhaus und dort finden mich meine Leute garantiert. Wenn die mich erst mal in die Türkei geschafft haben, dann komm ich da nie wieder weg.«

Der Kaffee war fertig. Antonia konnte jetzt doch noch einen vertragen.

Selins Stimme klang nun eindringlich: »Bitte, du musst mit deinen Freunden reden. Ich brauche etwas, wo ich erst mal eine Weile bleiben kann und nicht rausmuss, um Essen zu kaufen oder so.«

»Wie bist du ausgerechnet auf unser Haus gekommen?«

»Ich kannte mal ein Mädchen, das hier gewohnt hat. Ist aber schon länger her. Also dachte ich, ich frag mal. Es ist mir ganz egal, wie gut oder wie schlecht das Zimmer ist, ich würde auch in den Keller ziehen. Aber ich muss abtauchen, bis ich eine Ahnung habe, wie es weitergeht, verstehst du?« Sie blickte Antonia fragend und zugleich bittend an.

»Ja, sicher.«

»Mir wäre lieber, wenn nur du Bescheid wüsstest«, sagte Selin. »Nicht, dass einer irgendwo rumquatscht . . .«

»Nein, mach dir keine Sorgen. Die sind in Ordnung.«

Antonia war felsenfest davon überzeugt, dass ihre Mitbewohner Selin selbstverständlich helfen würden, wenn sie erst einmal von deren Schicksal erfuhren. Ihr Unterschlupf zu bieten, war ja wohl das Mindeste, was man für sie tun konnte.

»Ich kann auch bezahlen. Meine Schwester hat mir Geld gegeben.«

»Das Finanzielle musst du mit Robert regeln«, wich Antonia aus und dachte: Eigentlich dürfte in so einer Notsituation Geld keine Rolle spielen. Aber sie wollte auf keinen Fall Zugeständnisse machen, die die anderen vielleicht nicht mittragen wollten. Außerdem waren sie alle knapp bei Kasse und konnten es sich nicht leisten, jemanden womöglich über Wochen auszuhalten.

»Soll ich dir mal das Zimmer zeigen?«

Sie stiegen die Treppe hinauf. Wie erwartet, war Selin begeistert. Und die Hitze würde ihr nichts ausmachen. »Das ist toll, das ist echt super!« Sie klang, als wäre sie gerade von einer schweren Last befreit worden. »Habt ihr noch irgendwo eine Matratze?«

»Weiß ich nicht. Aber wie gesagt, es ist ja noch nicht entschieden«, versuchte Antonia, Selins Enthusiasmus zu bremsen. Doch tief im Innern wusste sie, dass es jetzt kein Zurück mehr gab.

10.

Ich bin dafür, dass sie morgen wieder verschwindet«, sagte Matthias. »Wir können es nicht riskieren, dass wir wegen ihr die Polizei im Haus haben.« Bei diesen Worten warf er Robert und Antonia einen bedeutungsschweren Blick zu. Beide wussten, worauf er anspielte.

»Ich finde auch, dass sie nicht hierbleiben sollte«, stimmte ihm Katie zu. »Stellt euch bloß mal vor, ihr Clan kriegt raus, wo sie ist. Dann steht hier plötzlich ein Haufen randalierender Türken vor der Tür. Also, auf so was hab ich überhaupt keinen Bock.«

Antonia ahnte den wahren Grund, warum Katie das fremde Mädchen so rasch wie möglich wieder loswerden wollte: Sie war eifersüchtig. Inzwischen war sich Antonia nämlich ziemlich sicher, dass Katie heimlich in Robert verliebt war. Aber auch Antonia hatte die intensiven Blicke bemerkt, mit denen Robert Selin angesehen hatte, als er heute Nachmittag nach Hause gekommen war. Beim gemeinsamen Abendessen vorhin hatte er sie kaum aus den Augen gelassen. Das musste auch Katie mitbekommen haben, sogar ein Blinder hätte das gesehen. Ohne das Ergebnis ihres Gesprächs abzuwarten, war

119

Robert noch vor dem Essen verschwunden und eine gute Stunde später mit dem Lieferwagen seines Sozialdienstes und einer Matratze im Laderaum wiedergekommen.

Antonia gefiel diese Entwicklung der Dinge ebenso wenig wie Katie. Aber da Antonia diejenige gewesen war, die Selin das Zimmer angeboten hatte, musste sie nun wohl oder übel in die Rolle ihrer Fürsprecherin schlüpfen, um nicht unglaubwürdig und launenhaft zu wirken. Außerdem, fand Antonia, wäre es schäbig und egoistisch, wenn sie das Mädchen fortschicken würde, nur weil sie und Katie eifersüchtig waren. Und so hatten sich ziemlich rasch zwei Fronten gebildet: Katie und Matthias waren gegen Selins Beherbergung, wenn auch aus unterschiedlichen Gründen, Antonia und Robert dafür.

Sie saßen in der Küche und hielten Kriegsrat, während sich Selin im Dachzimmer befand. Für heute Nacht, das stand bereits fest, durfte sie auf jeden Fall schon mal bleiben.

»Leute, wir können doch nicht dulden, dass sie in die Türkei verfrachtet und in eine Zwangsehe geschickt wird«, sagte nun Robert. »Das ist doch Wahnsinn. Ich meine, denkt doch mal nach! Wir engagieren uns hier für Tierrechte – außer Katie, die nach wie vor Döner isst ...«

»Das ist nicht wahr«, fuhr Katie mit ihrer blechernen Stimme dazwischen. »Ich esse kaum noch Döner. Und keine Wurst mehr und nur ganz selten einen Big Mac. Ich würde es ja ganz sein lassen, wenn ich bei euch mitmachen dürfte ...«

»Das ist jetzt ein anderes Thema«, unterbrach Robert.

»Wieso? Du hast doch davon angefangen«, widersprach Katie. »Und übrigens braucht ihr auch gar nicht mehr so heimlich zu tun, ich weiß, was ihr unten im Keller liegen habt.«

Die anderen drei blickten sich erschrocken an.

»Puff!«, sagte Katie und grinste.

»Weißt du, was, Katie? Du bist eine ganz üble Schnüfflerin . . .«, begann Robert.

»Wieso? Ich habe doch nur nach einer Luftpumpe gesucht.«

»Unter den Briketts, ja?«, giftete Matthias.

Ein besseres Versteck war ihnen nicht eingefallen und bei dieser Gelegenheit hatte Antonia das erste Mal den Keller betreten. Es war wirklich ein Keller, kein ordentlich gefliestes Untergeschoss wie in Ralphs Haus. Eine steile Holztreppe führte von der Küche aus hinab, die Mauern bestanden aus unverputzten roten Backsteinen, der Boden aus festgestampfter Erde, über die rohe Bretter gelegt worden waren, die als Laufstege dienten. Die niedrigen Fenster waren teilweise zerbrochen und von dicken grauen Spinnweben verhangen. Garantiert war dort unten seit Jahrzehnten nicht mehr sauber gemacht oder aufgeräumt worden. Ein paar rostige Werkzeuge hingen an einem Brett an der Wand, uralte Farbdosen und ein Kohleneimer samt Kohlenschaufel lagen davor. Es roch moderig. Im rückwärtigen Teil gab es eine hölzerne Tür, auf der *Schutzraum geeignet für 19 Personen* stand. Robert hatte sie für Antonia geöffnet. Dahinter lag ein zwei Meter langer Gang, der vor einer Mauer endete. Die Mauer sah aus, als hätte man sie in neuerer Zeit hochgezogen. »Was ist dahinter?«, hatte Antonia gefragt.

»Vermutlich ein weiterer Keller.«

»Und warum ist er zugemauert?«

»Keine Ahnung«, hatte Robert gegrinst. »Besser, man weiß nicht alles. Alte Häuser haben manchmal sehr dunkle Geheimnisse.«

Nachdem sie die Kiste abgestellt und nachlässig mit Briketts umstellt hatten, hatte Antonia beschlossen, dass sie dort unten wirklich nichts verloren hatte. Gegen den Keller war das Mörderzimmer geradezu harmlos. Wenn sie sich seitdem allein in der Küche aufhielt, vergewisserte sie sich, dass die Kellertür verschlossen war.

»Jetzt kriegt euch wieder ein«, sagte Katie beschwichtigend. »Ich würde euch niemals verraten. Ich finde es nur gemein, dass ich nicht mitmachen darf, wo jetzt sogar Toni . . .«

»Schluss jetzt!« Robert schlug dabei mit der Faust auf den Tisch. »Darüber reden wir ein andermal, das hat nichts mit Selin zu tun.«

»Hat es doch«, erwiderte Matthias. »Was, wenn sie mitkriegt, was hier abgeht? Ich habe keine Lust, wegen ihr in den Knast zu wandern Ein Anschlag mit geklautem Dynamit – ist euch klar, wie gefährlich das für uns werden kann? Bei so was versteht die Polizei überhaupt keinen Spaß.«

»Selin wäre wohl die Letzte, die uns bei der Polizei hinhängen würde«, hielt Robert dagegen. »Die hat wirklich andere Sorgen.«

»Aber sie könnte es jemandem erzählen. Wenn nicht jetzt, dann später.«

»Das gilt auch für Katie«, grollte Robert.

»Ich bin verschwiegen wie ein Grab!« Katie presste ihren Zeigefinger auf die Lippen.

Antonia hatte eine Idee: »Was haltet ihr davon: Wir könnten ihr doch anbieten, dass sie ein, zwei Wochen hierbleiben kann, wenn sie verspricht, dass sie mit niemandem aus ihrer Familie telefoniert oder so. Nicht, dass wir wirklich noch in Schwierigkeiten kommen.«

»Sie wird es versprechen und es trotzdem tun. Die sind so, die hängen dermaßen an ihrem Clan, das glaubst du nicht«, meinte Katie.

»Wer die?«, fragte Robert lauernd.

»Türken und so«, murmelte Katie.

Wie erwartet ging Robert in die Defensive: »Erstens kann man nicht alle Türken über einen Kamm scheren, wir Deutschen sind ja auch nicht alle gleich, und zweitens wird Selin sich hüten, mit ihrer Familie Kontakt aufzunehmen. Schließlich sind die doch diejenigen, die sie verschleppen wollen. Und drittens sehe ich jeden Tag schrecklich einsame alte Menschen und da frage ich mich, ob der Familienzusammenhalt, so wie ihn Türken pflegen, nicht doch auch seine Vorteile hat. Aber was ich vorhin sagen wollte: Auf der einen Seite engagieren wir uns für den Tierschutz und auf der anderen Seite würden wir einen Menschen, der in Not ist, im Stich lassen. Ich könnte mich morgens nicht mehr im Spiegel ansehen, wenn ich das zulassen würde.«

»Dann ist es ja schon entschieden«, seufzte Katie und setzte hinzu: »Robert, der Ritter auf dem weißen Pferd . . .«

»Woher wissen wir denn, ob Selin die Wahrheit sagt?«, gab Matthias zu bedenken. »Vielleicht arbeitet sie für den Verfassungsschutz und ist nur da, um uns auszuhorchen. Zu RAF-Zeiten war es gang und gäbe, dass man V-Leute in die einschlägigen WGs geschmuggelt hat.«

Robert blickte Matthias an, wie ein Erwachsener ein kleines Kind anschaut, das etwas sehr Dummes gesagt hat. »Mensch, Mathe! RAF! Verfassungsschutz! Entschuldige, aber das klingt für mich paranoid. Ich denke, der Verfassungsschutz hat zurzeit andere Probleme.«

»Ja, jetzt vielleicht noch«, antwortete Matthias. »Aber wenn wir unsere Aktion durchziehen . . . Ich hab einfach keine Lust drauf, dass die uns verpfeift. Ich bin nicht gern Leuten ausgeliefert, die ich gar nicht kenne.«

»Wir müssen eben darauf achten, dass sie davon nichts mitbekommt. Wenn wir unser nächstes Treffen hier abhalten, dann sorgt Katie dafür, dass Selin nicht vor der Tür steht und horcht. Das wäre mal eine vernünftige Aufgabe und eine Bewährungsprobe für dich«, grinste Robert in Katies Richtung.

»Das hieße ja, den Bock zum Gärtner zu machen«, erkannte Matthias.

Katie runzelte verärgert die Stirn, sagte aber nichts dazu, sondern lenkte ein: »Ich finde Tonis Idee gar nicht so schlecht. Wir haben jetzt Mitte Juli. Wir könnten ihr doch sagen, dass wir das Zimmer ab dem ersten August schon fest vermietet haben. Solange darf sie bleiben – unter gewissen Voraussetzungen. Danach muss sie sich was anderes suchen. Meinetwegen können wir ihr ja dabei helfen.«

»Das muss sie sowieso«, ergänzte Antonia. »Entweder ihre Familie kommt zur Vernunft oder sie muss ein ganz neues Leben in einer anderen Stadt anfangen. In Hannover kann sie sich ja nicht auf die Straße wagen.«

»Und hier in Multikulti-Linden schon gar nicht«, ergänzte Matthias. »In welchem Stadtteil hat sie eigentlich bisher gewohnt?«

»Keine Ahnung«, sagte Antonia. »Hab ich vergessen zu fragen.«

»Ist doch auch egal«, befand Robert. »Ich halte Tonis Vorschlag für akzeptabel. Das sind noch über zwei Wochen, in der Zeit kann viel passieren.«

»Allerdings«, knurrte Matthias. »Ich sehe schon die Schlagzeile: Ehrenmord in Studenten-WG. Tierrecht-Terroristen unter den Opfern.«

»Oder: Massaker im Mörderhaus«, kicherte Katie.

»Du musst gerade reden«, meinte Robert zu Katie. »Wer ist denn am Sonntagabend zu Tode erschrocken, nur weil ich im Dunkeln aus dem Garten kam? Du hast gekreischt wie ein Möwe!«

»Du hast doch keine Ahnung«, fauchte Katie, der noch immer die Knie zitterten, wenn sie nur daran dachte. Um zu einem Ende der Diskussion zu kommen, meinte sie dann: »Ich finde, wir sollten über Tonis Vorschlag abstimmen.«

Antonia lächelte stolz. Sie kam sich sehr erwachsen vor. Wann hatte man sie zuletzt so ernst genommen?

»Also: Selin darf den Rest des Monats bleiben und muss sich bis dahin etwas anderes suchen oder eine Lösung für ihr Problem finden. Wer ist dafür?« Robert blickte fragend in die Runde. Außer ihm selbst hoben Antonia und Katie die Hand.

»Okay, das ist die Mehrheit. Was ist mit dir, Mathe?«, fragte Robert.

»Ich bin dagegen, aus bekannten Gründen, aber als

125

Demokrat beuge ich mich dem Mehrheitswillen«, meinte der seufzend.

»Was ist mit Herrn Petri?«, fiel Katie ein.

»Was soll mit dem sein?«, fragte Robert zurück.

»Na, der kriegt sie ja vielleicht auch mal zu Gesicht. Sie kann schließlich nicht den ganzen Tag in der stickigen Bude da oben hocken, sie wird auch mal in den Garten gehen wollen. Dort kann sie ja von der Straße aus keiner sehen. Müssen wir den Gärtner einweihen?«

»Er hat sie doch schon gesehen«, erinnerte sich Antonia. »Es ist wohl besser, wir sagen ihm Bescheid. Ich denke, wir können uns darauf verlassen, dass er nichts sagen wird. Er ist ziemlich cool.«

Matthias stand auf. »Macht, was ihr wollt. Ich verzieh mich, ich muss noch lernen.«

Auch Robert erhob sich. »Gut. Dann sag ich Selin mal Bescheid, was wir beschlossen haben.«

»Und gib ihr noch ein Gutenachtküsschen«, schickte ihm Katie, triefend vor Sarkasmus, hinterher, als Robert bereits die Treppe hinaufpolterte. Sie und Antonia sahen sich an. Katies Mundwinkel suchten Bodenberührung, aber dann siegte die Optimistin in ihr: »Na ja. Es hätte schlimmer kommen können. Die zwei Wochen gehen auch vorbei. Besser, ein Ende mit Schrecken als ein Schrecken ohne Ende.«

11.

Antonia hatte eine Routine entwickelt, um ihre Vormittage zu strukturieren: aufstehen gegen neun Uhr, duschen, frühstücken – manchmal noch mit Robert –, dann eine oder zwei Stunden lernen, zur Entspannung ein wenig im Netz herumsurfen, ein zweites Frühstück, noch ein wenig lernen.

Im Augenblick war gerade eine kleine Erholungsphase am Laptop angesagt. Sina, Maja und Constanze, bis vor Kurzem ihre Schulfreundinnen, hatten in mehreren Facebook-Kommentaren bekannt, sie wären furchtbar neidisch auf Antonias Stadt-WG und sie wünschten ihr viel Glück und fette Partys mit leckeren Jungs. *Und wir müssen uns hier mit den Provinzmachos rumschlagen *seufz!*,* hatte Sina geschrieben. Antonia beschloss, demnächst möglichst beiläufig mal ein Foto von Robert einzustellen. Vielleicht mit dem lässigen Kommentar *Einer meiner Mitbewohner.* Den dreien würden bei seinem Anblick die Augen ausfallen. Diese Vorstellung ließ sie leise vor sich hin kichern und wie durch Gedankenübertragung ging auf dem Bildschirm des Laptops ein Chatfenster auf.

127

Sina: *Hi, Toni, auch mal wieder online!*

Antonia lächelte. Sina hatte recht, verglichen mit früher hatten sich ihre Internet-Aktivitäten in den letzten Tagen auf ein Minimum reduziert. Das wahre Leben findet eben doch offline statt, erkannte sie nun und es kam ihr so vor, als hätte sie in der vergangenen Woche mehr erlebt als die ganzen letzten Jahre zusammengenommen. Sie antwortete rasch: *Sorry, viel zu tun gehabt.*

Sina: *Schon gehört, was bei uns los ist?*

Antonia: *Wo, was?*

Sina: *In deiner alten Heimat. Jemand hat Lodemanns Scheune aufgebrochen und angeblich Sprengstoff geklaut.*

Antonias Herzschlag setzte für eine Sekunde aus. Dann tippte sie atemlos: *Wann war das?*

Sina: *Wissen sie nicht. Gestern früh hat Lodemann es entdeckt.*

Antonia: *Menno! Kaum bin ich weg, passiert was. Haben sie den Täter?*

Sina: *Bis jetzt nicht. Aber das war voll der krasse Aufstand hier! Polizei, Spurensicherung und sogar das LKA waren am Start. In der Zeitung stand, die Polizei findet es unverantwortlich, Sprengstoff in so großen Mengen an einem so schlecht gesicherten Ort zu lagern, und das in Zeiten islamistischer Terrorgefahr.*

Antonia: *Stimmt ja auch.*

Sina: *Jetzt gibt jeder jedem die Schuld. Hinterher ist man ja immer schlauer.*

Antonias Wangen glühten, sie war heilfroh, dass Sina sie nicht sehen konnte. Spurensicherung, LKA, Terrorismus! Du lieber Himmel, was hatten sie bloß angestellt?

Antonia: *Ist ja cool. Halt mich auf dem Laufenden.*
Sina: *Mach ich.*
Antonia: *Kommt ihr am WE mal in die Stadt?*
Sina: *Weiß nicht, ich melde mich, cu.*
Antonia: *cu*

Antonia blies sich eine Haarsträhne aus der Stirn. Das musste sie unbedingt Robert erzählen, sobald er nach Hause kam. Was, wenn man seine Fingerabdrücke fand? Aber nein, er hatte doch Handschuhe getragen, erinnerte sie sich. Wie ein Profi. Wie einer, der das nicht zum ersten Mal macht, ging es Antonia durch den Kopf. Auch dieses Werkzeug . . . welcher normale Mensch hatte Brechstangen und Bolzenschneider im Auto liegen?

Antonia verspürte Durst. Sie ging nach unten, trank ein Glas Wasser, toastete sich eine Scheibe Brot und setzte Kaffee auf. Elf Uhr. Von Selin war bis jetzt noch nichts zu sehen gewesen. Sie trat auf den Flur, horchte. Kein Laut drang von oben herab. Vielleicht schlief sie sich mal gründlich aus, sie hatte ja die letzten Tage sehr viel durchstehen müssen. Antonia fühlte sich nicht ganz wohl. Lieber wäre sie alleine im Haus gewesen oder zusammen mit Katie, Robert oder Mathe – nur nicht mit dieser rätselhaften Selin. Sie konnte es noch immer nicht benennen, aber irgendetwas an ihr war unheimlich.

Mit der Tasse in der einen und dem Toast in der anderen Hand ging sie in den Garten. Es war ein sonniger Tag, aber nicht zu heiß. Durch das allgegenwärtige Verkehrsrauschen hindurch hörte Antonia Vogelgezwitscher – und Stimmen. Sie kamen aus Richtung des

129

Schuppens. Auf dessen Südseite stand eine wackelige Bank, eingerahmt von zwei Holunderbüschen, und von dort kamen die Laute. Antonia pirschte sich heran. Sie erkannte die Stimme von Selin. ». . . mir helfen . . . soll ich denn sonst gehen?«

Sie redete mit Herrn Petri, dem Gärtner. Wegen des Straßenlärms konnte Antonia jedoch nur Wortfetzen von dem hören, was er antwortete.

». . . diese jungen Leute mit reinziehen . . . fair von dir.«

Selins Entgegnung war beim besten Willen nicht zu verstehen, sie sprach zu leise. Petris Bass dagegen war kurz darauf wieder deutlicher. ». . . das Beste für dich, wenn du zurückgehst.«

Danach drangen nur Teile von Selins Antwort an Antonias Ohr, allerdings redete die nun in gehobener Lautstärke. ». . . wollen nur . . . vollstopfen . . . richtig irre . . . hasse sie . . .«

Herr Petri: ». . . dir helfen . . . Lösung.«

»Die? Mir helfen?«, kreischte Selin, ehe sie wieder leiser wurde. ». . . nie mehr . . . auch nicht!«

So plötzlich, dass Antonia nicht mehr reagieren konnte, kam Selin um die Ecke gefegt. Sie hielt kurz inne, als sie Antonia sah, die noch immer ihr zweites Frühstück in der Hand hielt und ihr Gegenüber erschrocken anstarrte. Antonia fühlte sich ertappt. Ich bin schon wie Katie, dachte sie. Fehlt nur noch, dass ich Mikrofone durch Schornsteine schleuse. Wortlos lief Selin an ihr vorbei, auf den Kücheneingang zu und verschwand im Haus. In einem Comic hätte man jetzt über ihrem Kopf eine Rauchwolke gesehen, dachte Antonia, so wütend

130

hatte sie das Gespräch mit dem Gärtner gemacht. Soviel Antonia aus den erlauschten Bruchstücken schlussfolgern konnte, hatte Petri ihr wohl geraten, zu ihrer Familie zurückzugehen. Wie konnte er das nur von ihr verlangen?

Noch etwas gab Antonia zu denken. Gestern Abend hatten sie zwar beschlossen, Herrn Petri einzuweihen – es war sogar ihr Vorschlag gewesen –, aber wer hatte es eigentlich gemacht? Es musste bereits heute Morgen geschehen sein. Robert? Er war ja sehr engagiert, was Selin anging, bestimmt hatte er gleich bei dessen Eintreffen mit dem Gärtner gesprochen. Gestern Nachmittag war er ja auch sofort losgerannt, um eine Matratze für sie zu organisieren, fiel Antonia mit leisem Groll ein.

Hoffentlich würde Herr Petri Selin nicht verraten. Vielleicht glaubte er, die Bewohner dieses Hauses vor Selins Familie schützen zu müssen. Sie musste unbedingt mit ihm sprechen. Sie lief um den Schuppen herum. Er stand vor der Bank, mit einer Hand auf den Rechen gestützt, und beobachtete eine Amsel, die an einem Regenwurm zerrte. Er wirkte nachdenklich. Antonia räusperte sich.

»Guten Morgen, Antonia«, begrüßte er sie.

»Hallo«, sagte Antonia. »Herr Petri . . . das Mädchen, das eben im Garten war . . . wir haben beschlossen, dass wir sie für zwei Wochen hier aufnehmen. Sie muss sich nämlich vor ihrer Familie verstecken, die sie zu einer Ehe mit einem wildfremden Mann zwingen möchte. Bitte, verraten Sie sie nicht! Wir . . . wir wissen schon, dass das ein bisschen gefährlich ist. Aber man muss ihr doch helfen. Also, wir wären Ihnen dankbar, wenn Sie zu niemandem was sagen, auch nicht zu unserem Vermieter.«

»Ein bisschen gefährlich«, wiederholte er. »Soso.«

»Na ja, eigentlich nicht wirklich«, meinte Antonia beschwichtigend. »Es weiß ja niemand, dass sie hier ist. Und sie hat versprochen, nicht zu telefonieren oder sonst irgendwie mit der Außenwelt in Kontakt zu treten, solange sie hier ist.«

Hat sie das wirklich?, fragte sich Antonia im selben Moment. Wenn, dann müsste Robert es wissen, er hat ja mit ihr geredet, gestern Abend. Und zwar über zwei Stunden! Erst gegen elf Uhr war er wieder heruntergekommen und in sein Zimmer gegangen, sie hatte ihn gehört. Beim Gedanken an Roberts offensichtlichem Interesse an Selin bereute sie aufs Neue, das Mädchen ins Haus gebeten zu haben. Das hatte sie nun von ihrer Gutmütigkeit und ihrem Übereifer! Fast wünschte sie sich nun, Selin würde gegen die Abmachung verstoßen und auf diese Weise selbst dafür sorgen, dass sie bald wieder verschwand. Ja, sie wusste, es war gemein von ihr, so etwas zu denken. Aber sie konnte nun mal nichts für ihre Gefühle.

Der Gärtner lächelte, aber es war kein fröhliches Lächeln. »Soso, das hat sie versprochen«, wiederholte er nur. »Na, dann bin ich ja mal gespannt.«

»Was meinen Sie damit?«

»Was macht ihr, wenn sie in zwei Wochen einfach nicht verschwindet?«

»Dann wird uns schon was einfallen. Wo . . . wo gehen Sie denn hin?«

Petri hatte seine Gartenschuhe abgestreift und gegen sauberes Schuhwerk getauscht. Jetzt nahm er seine Jacke von der Bank und steuerte auf die Pforte zu.

»Ich muss was erledigen«, sagte er. »Hat nichts mit euch zu tun, keine Sorge. Schönen Tag noch.«

Seit der Unterhaltung mit Herrn Petri war Selin nicht mehr aus ihrem Zimmer gekommen. Antonia war nicht traurig darüber. Das diffuse Gefühl des Misstrauens, das sie ihr gegenüber empfand, war durch das belauschte Gespräch noch verstärkt worden. Vielleicht hatte es aber auch mit Robert zu tun, vielleicht war sie schlicht eifersüchtig. Aber auch ohne Robert im Hinterkopf – Antonia ahnte, dass mit Selin irgendetwas nicht stimmte. Sie musste nur noch herausfinden, was.

Sie saß nun wieder an ihrem Schreibtisch, hatte sich in das neue Englischbuch vertieft und zuckte zusammen, als jemand heftig an ihre Tür klopfte. Sie hatte noch nicht einmal Ja gerufen, da flog die Tür auch schon auf.

»Was ist denn los?«, fragte Antonia, denn Selin sah sie mit schreckgeweiteten Augen an. »Da . . . da ist ein Mann. Ein fremder Mann . . .«

Antonia musste an die Gestalt denken, die sie in der ersten Nacht in der Villa vor dem Friedhofstor zu sehen geglaubt hatte. Jeden Abend hatte sie seitdem beim Zubettgehen noch einmal hinausgeschaut, aber der Schatten war nicht wieder aufgetaucht, sodass Antonia zu dem Schluss gekommen war, dass sie sich den Mann vor dem Tor nur eingebildet hatte.

»Wo ist der Mann?«, fragte sie jetzt.

»Hinten, im Garten«, flüsterte Selin. »Ich habe ihn von meinem Zimmer aus gesehen.«

Antonia stand auf. Herr Petri konnte es nicht sein, den kannte Selin ja nun schon. »Warte!« Obwohl es keinerlei Sinn machte, hatte Antonia unwillkürlich geflüstert. Sie überquerte den Flur und öffnete die Tür zu Roberts Zimmer, von dessen Fenster aus man die beste Aussicht auf den rückwärtigen Teil des Grundstücks hatte. Tatsächlich, da stand ein fremder Mann, dunkelhaarig, jünger als der Gärtner und von untersetzter Gestalt. Jetzt schirmte er seine Augen mit der Hand ab und blickte an der Fassade hoch. Antonia wich reflexartig zurück. Hatte er sie gesehen? Sie wagte nicht mehr, zurück ans Fenster zu gehen.

»Was ist?«, flüsterte Selin, die in der Tür stehen geblieben war.

»Keine Ahnung, ich kenne den auch nicht«, antwortete Antonia. Auch in ihr wuchs die Furcht von Sekunde zu Sekunde und ihre Gedanken überschlugen sich: ein Polizist, von der Kripo oder dem LKA, der nach Terroristen suchte? Hatte am Ende doch jemand ihren Wagen vor der Scheune bemerkt? Ein Jäger womöglich, der sie von einem Hochsitz aus durch ein Fernglas beobachtet hatte. Und hatten sie auf dem Weg zur Scheune wirklich keinen Spaziergänger oder Radfahrer überholt? Antonia konnte es nicht mehr mit Bestimmtheit sagen. Aber es könnte sich auch die Inhaberin der Bäckerei, bei der sie nach ihrer Mutter gefragt hatte, an das fremde Auto vor dem Laden erinnert haben. Oder die Nachbarn, als Antonia bei ihrer Mutter war und Robert im Wagen gewartet hatte . . . Oder es hatte tatsächlich etwas mit Selin zu tun.

Die war aschfahl und zitterte immer noch, als sie nun sagte: »Vielleicht haben sie mir einen Detektiv auf den Hals gehetzt.«

»Einen Detektiv?«, wiederholte Antonia ungläubig. »Wie kommst du denn auf die Idee?«

Es klingelte. Beide fuhren zusammen. Antonia überlegte. Sollte sie öffnen? Was, wenn sie es nicht tat? Was, wenn sie es tat?

Sie standen beide da wie Wachsfiguren und warteten, eine endlose Minute lang. Nichts geschah, es klingelte kein zweites Mal. Nach einer Weile schlich Antonia noch einmal an Roberts Fenster. Der Mann war nicht mehr im Garten. Klar, wie auch, der stand jetzt sicher vor der Haustür. »Schau doch mal vorsichtig vorne raus«, flüsterte Antonia. Doch als sie sich nach Selin umdrehte, war diese nicht mehr da. Offenbar war sie, ohne ein Wort zu sagen, wieder in ihr Zimmer hinaufgegangen.

»Danke, Antonia, und entschuldige, dass ich dich beim Lernen gestört habe«, murmelte Antonia missgelaunt vor sich hin. Ein Detektiv! Was für eine blühende Fantasie. Andererseits – warum eigentlich nicht? Warum sollte ihre Familie keinen Profi engagieren, wenn sie selbst nicht weiterkamen. Vielleicht sollte ich mal einen Detektiv beauftragen, meinen Vater zu finden, dachte Antonia und sah zu, dass sie rasch wieder aus Roberts Zimmer kam. Wie würde das sonst aussehen, wenn er jetzt nach Hause käme? Etwas polterte hinter ihr. Ein schwarz eingebundenes Buch, das auf einem Stapel Flugblätter gelegen hatte, war heruntergefallen. Wahrscheinlich hatte Antonia es gestreift, als sie hastig um den Arbeitstisch herumgegangen war. Sie hob es

135

auf. *Diary* stand in geschwungener Schrift auf dem weißen Etikett. Führte Robert etwa ein Tagebuch, so ganz altmodisch? Würde ja irgendwie zu ihm passen, dachte Antonia. Für einen, der Schriftsteller werden wollte, war Tagebuchführen bestimmt wichtig.

Die Neugierde übermannte sie, sie öffnete es irgendwo in der Mitte.

. . . mich total in ihn verknallt, schon vom ersten Moment an. Es ist mir scheißegal, dass er fast zwanzig Jahre älter ist, was sind schon Jahre? Wenn ich in seine Augen sehe, dann haben Zeit und Raum keine Bedeutung . . .

Unten fiel die Haustür zu. Mist! Antonia legte das Buch zurück und huschte auf leisen Sohlen aus Roberts Zimmer hinaus, über den Flur und zurück in ihr eigenes. Keine Sekunde zu früh, schon hörte sie seine Schritte auf der Treppe.

Sie ließ sich auf ihre Matratze fallen und vergrub das Gesicht in ihrem Kopfkissen. Das soeben Gelesene hatte die Wirkung einer kalten Faust, die sich um ihren Magen schloss. Vor Enttäuschung und Wut auf sich selbst – wie hatte sie nur so komplett verliebt und verblendet sein können! – war sie nah am Heulen. Hatte Katie also doch recht gehabt: Robert war schwul. Na ja. Brauchte sie wenigstens nicht eifersüchtig zu sein wegen Selin. Ein schwacher Trost.

»Ist jemand da?«, hörte sie Robert durchs Haus rufen.

Sie stand auf, atmete tief durch, wischte sich über die Wangen und ging hinaus auf den Flur: »Hi, Robert.« Ihrer Stimme hörte man den Kloß im Hals zum Glück nicht an.

»Hi.«

»Wo ist Selin?«

Selin, Selin . . . Was interessierte ihn denn so sehr an Selin? Oder stand er etwa auf beide Geschlechter, machte er Ausnahmen? »Lungert da noch dieser Typ im Garten herum?«, fragte sie zurück.

»Meinst du den Krüger? Der ist mir gerade an der Pforte entgegengekommen. Er hat nach dem Gärtner gefragt, ich sagte, ich habe keine Ahnung, wo der steckt.«

Antonia fiel ein Stein vom Herzen. Kein Polizist, kein Detektiv, nur ihr Vermieter. »Selin hat ihn gesehen und geglaubt, ihre Familie hätte ihr einen Detektiv hintergeschickt«, sagte sie in einem abfälligen Ton und tippte sich dabei an die Stirn.

Robert registrierte es mit einem Ausdruck der Missbilligung. »Ist ja wohl auch kein Wunder, dass sie Angst hat, oder? Ist sie oben?«

Antonia nickte. Eigentlich hatte sie gar nicht so spöttisch über Selin reden wollen, es war ihr einfach so herausgerutscht.

»Komm mal kurz mit rein«, wisperte sie und winkte ihn heran.

Er trat zögernd in ihr Zimmer und sie machte die Tür zu.

»Was ist?«, fragte er mit einem Hauch Ungeduld.

»Hast du heute Morgen dem Petri von Selin erzählt?«

»Nein, Mist! Das habe ich ganz vergessen.«

»Du hast ihm nichts gesagt?«, wunderte sich Antonia.

»Sag ich doch.«

»Aber . . . als ich vorhin in den Garten kam, hat sie mit

ihm gesprochen. Und es hörte sich so an, als hätte er ihr geraten, wieder zu ihrer Familie zurückzugehen.«

»Du hast gelauscht?«, fragte Robert. Antonia wurde rot, sie stammelte. »Ja . . . nein . . . mehr so aus Versehen. Aber das hieße doch, dass Selin es ihm selbst gesagt hat.«

»Ja, und?«, fragte Robert.

»Aber das ist doch eigenartig«, beharrte Antonia.

Robert gab ein genervtes Stöhnen von sich. »Ich habe ihr gestern Abend erzählt, dass ab und zu ein Gärtner kommt, damit sie sich nicht erschreckt. Nur heute früh habe ich vergessen, es auch Petri zu erzählen. Ich glaube, der war auch noch gar nicht da, als ich weg bin.«

Antonia war nicht zufrieden mit dieser Erklärung. Man vertraute einem wildfremden Mann doch nicht gleich so ein brisantes Geheimnis an, oder? Das hast du doch selbst auch getan!, fiel ihr siedend heiß ein. Sie hatte dem Mann doch auch ihr Herz ausgeschüttet, am Dienstagmorgen, in der Küche. Hatte mit ihm über Dinge gesprochen, die sie nicht einmal Katie erzählen würde. Und auch sie hatte ihn doch kaum gekannt. Herr Petri hatte irgendwie etwas Vertrauenerweckendes an sich. Vielleicht war es Selin einfach nur genauso gegangen wie ihr.

»War's das?«, fragte Robert unwillig.

»Nein.« *Außerdem wüsste ich gerne, wer der alte Kerl ist, auf den du stehst.* Sie berichtete ihm im Flüsterton von ihrem Chat mit Sina.

Robert tat einen tiefen Atemzug. »Das ging ja schneller, als ich dachte. Terrorgefahr!« Er grinste. »Ich wollte immer schon mal ein ganz Böser sein.«

»Und was, wenn sie uns auf die Spur kommen?«, fragte Antonia, die das gar nicht so lustig fand.

»Keine Angst. Sie tappen doch offenbar völlig im Dunkeln, wie es so schön heißt.«

12.

Was kann ich für Sie tun, Herr . . .«

»Steinhauer.« Er betrachtete die junge Oberkommissarin, die sich ihm als Petra Gerres vorgestellt hat. Mitte dreißig, blond, wache Augen, verhaltenes Lächeln. Konnte er sich ihr anvertrauen? Es blieb ihm keine Wahl.

»Leopold Steinhauer. Sagt Ihnen der Name etwas?«

»Sollte er?«

Er überwand sich und sagte. »Vielleicht hilft Ihnen das Stichwort Blutmaler? Diesen Begriff hat die Boulevardpresse damals verwendet.«

Ihr Gesicht wurde lebhaft. »Ja, daran erinnere ich mich. Ist aber schon ewig her. Damals war ich noch in der Schule.«

»Ich weiß. Deshalb komme ich ja zu Ihnen. Sie sind unvoreingenommen – das hoffe ich wenigstens.«

Die Kommissarin runzelte die Stirn und fragte dann vorsichtig: »Sind Sie der . . .«

»Ja, der bin ich. Ich wurde letzte Woche aus der Psychiatrie entlassen.«

Sie zog die Augenbrauen hoch und machte keinen Hehl aus ihrer Überraschung. »Und was führt Sie hierher?«

»Ich möchte, dass der Fall neu untersucht wird. Und zwar von jemandem, der damals nicht bei den äußerst dilettantischen Ermittlungen dabei war.«

»Wenn ich mich richtig erinnere, haben Sie die Tat gestanden, wurden verurteilt beziehungsweise für nicht schuldfähig erklärt und sind nun entlassen worden. Was für einen Grund sollte es also geben, den Fall wieder aufzurollen?«

»Zu dem Geständnis hat mir damals mein Anwalt geraten«, erklärte Steinhauer. »In Wirklichkeit weiß ich nicht, ob ich es war.«

»Ach.«

Steinhauers Blick wurde nachdenklich. Das Problem war: Ihm fehlte ein wichtiges Stück Erinnerung an jene Nacht. Vom späteren Abend an waren nur noch Bruchstücke da, von der Nacht in Sonjas Zimmer gar nichts mehr. All die Jahre in der psychiatrischen Klinik hatte er versucht, diese Lücke zu schließen, jeden Tag, jede Stunde. Deshalb hatte er nach wie vor seine roten Bilder gemalt – nicht aus einer perversen Lust am eigenen Verbrechen, wie man ihm zeitweilig unterstellt hatte. Jedes Bild war ein Kampf gewesen, ein vergebliches Ringen um einen Fetzen Erinnerung.

Dass sich ausgerechnet diese Werke so gut verkauften, war nur ein makaberer Nebeneffekt. Dadurch hatte er nun genug Geld und konnte es sich leisten zu leben, wie er wollte.

Was die Ereignisse jener Nacht betraf, so gab es Steinhauers Überlegungen nach drei Möglichkeiten. Die eine war: Der Täter hatte ihm starke Drogen verabreicht und dann, während er bewusstlos dalag, seine grausame Tat verübt. Aber wer? Jahr um Jahr war er nächtelang im Geist die Partygäste durchgegangen. Vier seiner Meisterschüler waren da gewesen und etliche seiner anderen Studenten. Dazu drei Kollegen und ihre Partnerinnen. Und natürlich die beiden anderen Mitbewohner, Andreas und Volker, zwei BWL-Studenten. Gegen die Meisterschüler sprach, dass die vier gemeinsam die Party verlassen hatten. Einer der anderen Studenten? Rache für schlechte Noten? Schwer vorstellbar. Außerdem waren die schlechten Studenten gar nicht eingeladen worden, wer wollte sich schon mit Untalentierten umgeben? Allerdings hätte sich auch jemand, der nicht Gast der Party war, unbemerkt ins Haus schleichen können. Gegen Morgen, als sich auch die letzten Betrunkenen schlafen gelegt hatten, hatte bestimmt niemand darauf geachtet, die Hintertür zur Küche abzuschließen. Nächtelang war er die Liste betrogener Ehemänner und eifersüchtiger Kerle, denen er die Frau ausgespannt hatte, durchgegangen. Er war ein erfolgreicher Maler und Dozent gewesen und anscheinend mit einem gewissen Charisma ausgestattet, denn seine jungen Studentinnen hatten förmlich an seinen Lippen gehangen. Und was die Frauen betraf: Er hatte nichts anbrennen lassen, wozu auch? Ja, es gab bestimmt einige Menschen, die ihn nicht leiden konnten, aber er konnte sich bis heute nicht vorstellen, dass ihn jemand so sehr hasste, um seinetwegen eine unschuldige junge Frau zu töten.

Vielleicht hatte es aber auch gar nichts mit ihm zu tun. Vielleicht – Möglichkeit Nummer zwei – hatte es der Täter auf Sonja abgesehen und war anschließend so raffiniert gewesen, ihn wie den Mörder aussehen zu lassen. Aber wer sollte Sonja töten wollen, warum? Er hatte nicht die leiseste Ahnung.

Die dritte Theorie war: Er hatte es selbst getan und wusste es nicht mehr.

Als Kind war er Schlafwandler gewesen. Natürlich gab es dafür keine Zeugen, seine Eltern waren ja tot. Seine geschiedene Frau hatte in den dreizehn Jahren ihrer Ehe nie etwas Derartiges bei ihm bemerkt und auch keine ihrer Vorgängerinnen und Nachfolgerinnen hatte ihn jemals schlafwandeln gesehen.

Aber er erinnerte sich, wie man ihn als Kind am Morgen manchmal fürchterlich ausgescholten hatte. Dafür, dass er nachts den Kühlschrank leer gegessen und die Milch auf dem Boden ausgekippt hatte, dafür, dass er nachts mit Vaters elektrischer Eisenbahn gespielt und alle Waggons hatte ineinanderkrachen lassen, dafür, dass er nachts einen der Stallhasen geschlachtet hatte. Der tote Hase hatte ihn besonders entsetzt. Es war sein Lieblingshase gewesen, der eigentlich nicht zum Schlachten bestimmt gewesen war. Außerdem hätte er niemals einen Hasen schlachten können, das tat immer nur seine Mutter. Er selbst hatte sich davor immer geekelt und nie hatte er ein Stück des Hasenbratens gegessen. Aber schon als Kind hatte er sich am nächsten Tag an nichts erinnert und er hatte sich gefragt, ob er so eine Art Werwolf war.

Für diese Vorfälle hatte auch seine Psychiaterin, Frau Dr. Tiedke, keine Erklärung gehabt. Stattdessen hatte sie gebetsmühlenartig von ihm verlangt, dass er sich zu seiner Tat bekenne, sich ihr »stelle«, wie sie es ausgedrückt hatte. Anderenfalls wäre jede Therapie sinnlos. Die ersten Jahre hatte er sich strikt geweigert. Doch aus Angst, sonst sein Leben lang nicht mehr aus dem Landeskrankcnhaus entlassen zu werden, hatte er seiner Therapeutin gegenüber schließlich zugegeben, Sonja getötet zu haben.

Dies alles versuchte er nun der jungen Kommissarin zu erklären. Lediglich die Sache mit seiner Gärtnertätigkeit ließ er weg. Diese Art der Erinnerungsarbeit hätte die Kommissarin sicherlich nicht verstanden und erst recht nicht gebilligt.

Nach einer langen, weitschweifigen Rede kam er schließlich zum Grund seines Hierseins: »Damals, 1991, steckte die DNA-Technik noch in den Kinderschuhen. Jedenfalls wurde sie bei der Untersuchung meines Falles noch nicht angewendet. Die Beweismittel befinden sich doch sicher noch in der Asservatenkammer. Ich möchte, dass man sie auf DNA-Spuren untersucht und diese Spuren dann mit meiner DNA vergleicht. Das würde endlich meine Unschuld beweisen. Oder auch meine Schuld. Egal, ich will es wissen.« Bei diesen Worten zog er eine kleine, durchsichtige Plastiktüte hervor, in der sich ein paar graue, offenbar samt der Wurzel ausgerissene Haare und ein leicht aufgeweichtes Wattestäbchen befanden. Er legte es mit großer Geste auf Petras Schreibtisch.

»Reicht das?«

Petra Gerres tat einen tiefen Atemzug. »Herr Steinhauer, das ist nicht so einfach, wie Sie sich das vorstellen. Ich kann nicht mal eben in die Asservatenkammer gehen und das Beweismaterial einer neuen Untersuchung unterziehen.«

»Wieso denn nicht? Man liest doch immer wieder in der Zeitung, dass Altfälle noch einmal mit modernen Untersuchungsmethoden aufgerollt werden. Erst neulich hat man den Mörder eines Kindes gefunden, nach mehr als achtzehn Jahren . . .«

Die Kommissarin unterbrach ihn: »Das waren aber ungeklärte Fälle, Herr Steinhauer. Bei Ihnen ist das Ermittlungsverfahren abgeschlossen. Sie haben die Tat gestanden, es gab eine Verhandlung. Solche Fälle werden nur dann wieder untersucht, wenn es neue Fakten gibt. Neue Zeugen, neue Beweismittel . . . Gibt es die?«

Steinhauer starrte sie an. »Nein . . . nein . . .«, stammelte er. »Es gibt noch keine neuen Beweismittel, aber es gibt die DNA-Analyse, die damals noch nicht zur Verfügung stand. Daraus könnten sich doch neue Beweismittel ergeben. Deswegen bin ich hier.« Seine Stimme klang verzweifelt, als er sagte: »Wenn es am Geld liegt – ich zahle für die Untersuchungen, egal, was es kostet.«

Petra Gerres hob beschwichtigend die Hand. »Herr Steinhauer, ich rate Ihnen, zu einem Anwalt zu gehen. Ich bin keine Juristin, ich kann Ihnen nicht sagen, was in Ihrem Fall möglich ist. Ich bin für akute Tötungsdelikte zuständig, nicht für alte Verbrechen.«

Steinhauer nickte nachdenklich. Dann sagte er: »Eine Frage möchte ich Ihnen noch gerne stellen, wenn ich darf.«

»Ja?« Sie sah ihn aufmerksam an.

»Während der letzten zwanzig Jahre, in denen ich in U-Haft und im Landeskrankenhaus war . . . wie viele junge Frauen oder Mädchen sind da verschwunden?«

»Es verschwinden täglich Menschen. Auch junge

Frauen«, antwortete sie. »Meinen Sie in Hannover, in Niedersachsen oder bundesweit?«

»In Hannover und Umgebung«, präzisierte er. »Frauen zwischen . . . sagen wir mal: zwischen siebzehn und fünfundzwanzig.«

»Das kann ich aus dem Stegreif nicht beantworten.«

»Und Ihr Computer?«

»Herr Steinhauer, worauf wollen Sie hinaus?«

»Wenn ich es nicht war, vielleicht war es dann einer, dem dieser eine Mord an Sonja nicht reichte.«

»Ein Serienkiller? Nein, davon ist mir nichts bekannt. Und wie Sie vielleicht aus einschlägigen Filmen und Büchern wissen, bevorzugen Serienkiller ein Muster. Und es ist bis jetzt nirgendwo ein Fall aufgetaucht, bei dem einem Mädchen die Kehle durchgeschnitten wurde und der Täter mit dem Blut des Opfers ein Bild an die Wand gemalt hätte.« Beim letzten Satz hatte ihr Ton an Schärfe zugenommen und man sah ihr deutlich an, wie abstoßend sie dieses Detail seiner Tat fand.

Steinhauer schluckte. Es war noch immer schwer zu begreifen. Ein Bild aus Sonjas Blut als Schlussakt ihres Daseins. Kaum jemand sprach heute noch von dem Mädchen, ihr ganzes Leben war reduziert worden auf dieses Bild. Er blieb beharrlich. »Deshalb fragte ich ja nach verschwundenen Mädchen«, erklärte er. »Möglicherweise war Sonja so eine Art Initialzündung, eine spontane, ungeplante Tat, und das mit dem Bild war nur ein Ablenkungsmanöver, um mich zu belasten. So einer verbessert doch seine Methode. Vielleicht hat er danach dafür gesorgt, dass die Opfer niemals gefunden werden.«

Sie schien kurz zu überlegen, dann sagte sie: »Eine

146

spontane Tat eines Außenstehenden halte ich für unwahrscheinlich. Um das Bild – Ihr Bild – einigermaßen authentisch hinzubekommen, muss man vorher geübt haben oder zumindest eine Vorlage dabeihaben. Der Einzige, der das spontan malen könnte, sind Sie, Herr Steinhauer.«

»Aber ich hätte es besser hingekriegt – selbst im Schlaf oder im Drogenrausch würde ich nicht so stümperhaft malen!«

Die Kommissarin schüttelte den Kopf. »Herr Steinhauer, ich möchte das Gespräch jetzt gerne beenden. Wie gesagt, lassen Sie sich juristisch beraten. Ich sehe mir Ihre Akte an und rede mal mit einem Kollegen vom LKA, okay? Vielleicht weiß der einen Rat, was man tun kann.«

Er stand auf. »Danke.«

»Wo erreiche ich Sie?«

Er nannte ihr seine Adresse. »Telefon hab ich noch nicht. Das dauert anscheinend immer noch so lange wie vor zwanzig Jahren.«

»Handy?«

»Will ich nicht«, sagte er und verließ das Büro. Vor der Tür lehnte er sich für einen Moment gegen die Wand des Flurs. An der Wand gegenüber hingen Plakate mit Fotos und Phantomzeichnungen. Vermisste Personen, Täter, nach denen gefahndet wurde. Sein Blick verharrte auf dem Porträt eines Mädchens mit langen dunklen Locken. Ein Lächeln stahl sich auf sein Gesicht.

13.

Heute Nachmittag, wenn Mathe nach Hause kommt, machen wir einen kleinen Ausflug. Sag aber nichts zu Katie«, eröffnete Robert Antonia, als sie sich am nächsten Morgen beim Frühstück trafen.

»Ihr wollt das Dynamit ausprobieren?«

»Genau.«

»Ist das jetzt nicht viel zu riskant?«

»Wir fahren wohin, wo keiner den Knall hört.«

Eigentlich war Antonia die Lust auf Ausflüge mit Robert aus mehreren Gründen vergangen und am liebsten hätte sie eine Ausrede erfunden, um hierbleiben zu können. Sollten sie ihre kriminellen Machenschaften doch ohne sie durchziehen! Aber ihr fiel spontan nichts Glaubhaftes ein, schließlich konnte sie ihm ja schlecht sagen: »Ich habe in deinem Tagebuch gelesen, dass du auf Männer stehst, das hat meine Einstellung zum Tierschutz ziemlich verändert.«

Robert hatte ihr Zögern bemerkt und fragte: »Was ist? Hast du jetzt Schiss, weil die Bullen ermitteln?«

Für einen Angsthasen wollte Antonia dann doch nicht gehalten werden und im Grunde fand sie das Anliegen

148

der Tierschutz-Aktivisten ja auch ganz in Ordnung. Irgendjemand musste dieser Tierquälerbande schließlich einmal die Stirn bieten, also antwortete sie mit gespielter Begeisterung: »Quatsch. Klar komm ich mit. Alles okay.«

Nachdem Robert gegangen war, versuchte Antonia zu lernen, wurde aber immer wieder durch polternde Geräusche unter ihr aus dem Konzept gebracht. Schließlich ging sie nachsehen, woher der Krach kam. Selin war in der Küche, bei deren Betreten Antonia fast über den Staubsauger gestolpert wäre, der vor der Tür lauerte. Ein ungewohntes Bild präsentierte sich ihr: Die Stühle waren hochgestellt, der Boden glänzte feucht, kein Krümel lag mehr auf der Arbeitsplatte, alles, was vorher irgendwo im Weg herumgestanden hatte, war fort – vermutlich in den Schränken. Der Wasserhahn blinkte vor Sauberkeit, ebenso die Spüle, der Herd und der Toaster, der Aschenbecher war sauber, der Mülleimer sah aus wie neu und selbst von Roberts ewig verkleckerter Espressokanne waren die eingebrannten Flecken verschwunden. Im Gewürzbord standen die Döschen blitzblank in Reih und Glied mit den Etiketten nach vorne. Selin hatte ein Tuch um ihr Haar gebunden, turnte auf einer Trittleiter herum und rieb gerade mit einem Putzschwamm am Schirm der Lampe herum, die über dem Küchentisch hing.

»Das . . . das musst du doch nicht machen«, sagte Antonia fassungslos.

»Es war schmutzig«, antwortete Selin nur.

»Na ja, ein bisschen schon«, räumte Antonia ein, die Selins Aktion für ziemlich übertrieben hielt. Saugen und mal Durchfeudeln hätte doch vollkommen gereicht. Es gab so etwas wie einen Putzplan, der an einer Pinnwand

149

neben dem Kühlschrank hing. Demnach wäre diese Woche Katie dran, davor war es Matthias gewesen. Aber das mit dem Putzdienst wurde offenbar eher nachlässig gehandhabt. »Soll ich dir helfen?«, fragte Antonia lustlos.

Selin schüttelte den Kopf. Sie stieg von der Leiter, leerte das rabenschwarze Putzwasser in den Ausguss und wischte anschließend noch den Eimer aus. Dann schleuste sie sich wortlos an Antonia vorbei in den Flur und wenig später jaulte der Staubsauger auf.

Antonia nahm einen Joghurt aus dem Kühlschrank. Auch hier drin war alles sauber und geordnet und es roch nach Essig. Den Kühlschrank zu reinigen, war allerdings wirklich kein Luxus gewesen, das sah auch Antonia ein. An manchen Stellen hatte sich da drin schon intelligentes Leben gebildet. Sie verzog sich wieder in ihr Zimmer. Das konnte ja noch ein gemütlicher Vormittag werden. Diese Selin musste von einem Putzteufel besessen sein!

Irgendwie hatte Antonia jetzt ein schlechtes Gewissen. Also stand sie seufzend auf, ging nach nebenan und begann, das Bad zu schrubben. Sie wusste zwar nicht, ob ihre Arbeit Selins hohen Ansprüchen genügen würde, aber nach einer halben Stunde hatte sie die Nase voll und hörte auf. Sie fand, dass es schon sehr gut aussah, wahrscheinlich sauberer als je zuvor. Antonia war im Begriff wieder in ihr Zimmer zu gehen, als sie vor der Treppe, die zum Dachzimmer führte, stehen blieb. Von unten war noch immer – oder schon wieder – der Staubsauger zu hören. Was Antonia dann tat, konnte sie sich hinterher selbst nicht erklären. Spontan zog sie ihre

Flipflops aus, warf sie vor ihre Zimmertür und huschte barfüßig die Treppe hinauf. Die Tür zu Selins Zimmer war zu, aber nicht verschlossen. Wahrscheinlich gab es gar keinen Schlüssel mehr, jedenfalls steckte keiner im Schloss, das registrierte Antonia, nachdem sie die Tür langsam geöffnet hatte. Das Bett war gemacht: das Kissen aufgeschüttelt, die Zudecke einmal gefaltet, das Laken straff. Wie in einem Hotel, dachte Antonia. Sie öffnete den Kleiderschrank. Ein einsames Kleid hing darin, sonst nichts. In der obersten Schublade der Kommode lagen ein paar T-Shirts und das Kapuzensweatshirt, in der mittleren zwei Jeans und etwas Unterwäsche, alles ordentlich zusammengelegt und aufgestapelt. Die unterste Schublade beherbergte die Stofftasche, die Selin am ersten Tag dabeigehabt hatte. Antonia zog sie heraus und warf einen Blick hinein. Die Tasche war leer bis auf zwei Bündel Geld, beide so dick wie ein russischer Roman und mit je einem Haargummi zusammengehalten. Eines mit Fünfzigeuronoten, das andere mit Zwanzigern und Zehnern. Antonia konnte beim besten Willen nicht abschätzen, wie viel Geld das war, aber es waren sicher mehrere Tausend Euro. Die Scheine wirkten nicht neu, aber wieso waren sie so ordentlich gebündelt? Dumme Frage, sagte sich Antonia: weil bei Selin offenbar alles ordentlich sein musste. Ihr blieb keine Zeit, es nachzuzählen, denn im selben Augenblick fiel ihr auf, dass das Heulen des Staubsaugers aufgehört hatte. Hastig schob sie die Tasche wieder in die Schublade zurück, machte sie zu und lief zur Tür. Verdammt, zu spät! Sie hörte das Knarren der Treppe unter Selins Schritten. Antonia hielt den Atem an. Was jetzt? Wie sollte sie Selin ihr Hiersein erklären? Oder sollte sie, anstatt sich zu entschuldigen, gleich zum Angriff übergehen und sie fragen, woher sie das Geld hatte? Schritte auf den Dielen. Selin war jetzt im Flur des ersten Stocks angekommen. Jeden Moment würde sie heraufkommen. Antonia war, als hörte sie ihr eigenes Herz pochen. Sie erwog die Möglichkeit, sich im Kleiderschrank zu verstecken. Aber was, wenn Selin ihr Zimmer stundenlang nicht verlassen würde? Eine Tür fiel zu. Ist sie jetzt in einem der Zimmer verschwunden? Spioniert sie etwa auch herum? Sie schämte sich bei diesem Gedanken für ihr eigenes Tun, welches sie nun in diese heikle Lage gebracht hatte. Da! Wasser rauschte. Selin war im Bad. Sie hatte offenbar ihre Putzaktion beendet und duschte. Antonia fiel ein Stein vom Herzen. Sie schlüpfte durch die Tür, schlich die Treppe hinunter und verschwand in ihrem Zimmer. Zum Fenster hinausstarrend überlegte sie. Was war das für Geld? Hatte Selin eine Bank überfallen? Hatte sie es ihren Eltern gestohlen, ehe sie geflohen war? Hatte sie nicht gesagt, ihre Schwester habe ihr Geld gegeben? Aber gleich bündelweise? Und angeblich war Selin doch in allerletzter Sekunde durchs Klofenster geflüchtet. Das alles passte hinten und vorne nicht zusammen.

Das Dumme war: Antonia konnte niemandem davon erzählen, ohne sich als Schnüfflerin zu entlarven. Robert hätte dafür sicher wenig Verständnis gehabt – zu Recht. Was war nur aus ihr geworden? Gestern hatte sie in Roberts Tagebuch gelesen, heute durchwühlte sie Selins Sachen. Und immer fand sie Dinge, die seltsam und unangenehm waren. Sie könnte mit Matthias darüber reden, fiel ihr ein. Der hatte Selin von Anfang an misstraut. Aber der würde sofort Robert informieren. Und was war mit Katie? Katie hätte die Gelegenheit wahrscheinlich ebenso ergriffen, wie Antonia es getan hatte. Ja, sie würde zuerst Katie heute Abend davon berichten, die würde sie nicht verurteilen. Und garantiert hatte die eine Idee, wie man mit der Entdeckung umgehen sollte.

Auf den schwarz-weißen Tatortfotos sah das Blut pechschwarz aus und es gab viel Schwarz auf den Fotos. Es waren nüchterne Bilder, ohne Rücksicht auf Ästhetik und Effekte, und vielleicht waren sie gerade deshalb so schockierend. Die starren Augen des Mädchens. Das Nachthemd, das Bettzeug, der Fußboden – es war immer wieder erstaunlich zu sehen, wie viel Blut ein Mensch verlieren konnte. Und dann dieses groteske Bild an der Wand . . . Was war hier passiert?

Petra Gerres hatte sich die Akte des Falls Steinhauer aus dem Archiv besorgt. Wenn dieser Mann tatsächlich unschuldig war, wie hatte er dieses Massaker verschlafen können? Schlafmittel oder starke Drogen, lautete die einzige Erklärung dafür. Drogen, die ihn entweder bewusstlos gemacht oder auf einen mörderischen Höllentrip geschickt hatten, sodass er nicht mehr gewusst hatte, was er tat.

Leider hatte man in seinem Blut nichts von solchen Substanzen gefunden, was nicht verwunderlich war, denn Steinhauer war erst drei Tage nach Entdeckung der Tat an der Schweizer Grenze festgenommen worden. Noch etwas, das gegen ihn sprach: diese Flucht, der Versuch, sich ins Ausland abzusetzen. Sein Anwalt hatte dieses Verhalten mit einem Schock erklärt. Die Kommissarin überlegte. Was würde ich tun, wenn ich am Morgen neben meinem toten Geliebten aufwachen würde, der so zugerichtet war, und ich mich an nichts erinnern würde? Falsche Frage, erkannte sie. Erstens war sie Polizistin, sie würde nicht reagieren wie jeder andere Mensch, zweitens – bei diesem Gedanken zog sie eine Grimasse – hatte sie zurzeit keinen Geliebten.

Sie blätterte in der Prozessakte. Das Protokoll der Verhandlung: Der Staatsanwalt hatte vor Gericht gesagt, man hätte nicht erst die blutigen Fingerabdrücke des Angeklagten an der Wand gebraucht, um ihn zu überführen. Allein das Gemälde habe schon dafür ausgereicht: unverkennbar sein Werk, ein typischer Steinhauer.

Daran könne man mal wieder sehen, wie wenig ein Jurist von Kunst verstehe, war als Zwischenruf des Angeklagten vermerkt, der die Fingerabdrücke im Übrigen damit erklärte, dass er das Bild fassungslos betastet habe.

Bemerkenswert, dass der Mann in seiner aussichtslosen Lage noch Humor bewies. Petra Gerres ertappte sich bei dem Wunsch, an seine Unschuld zu glauben.

»So was bringt dich also zum Lachen?«, sagte eine Stimme hinter ihr. »Das lässt ja tief blicken.«

Sie gehörte dem Kollegen Peter Bornholm vom LKA, mit dem sie sich zur Mittagspause im Waterloo-Biergarten verabredet hatte, der gleich neben der Polizeidirektion lag. Er setzte sich neben sie auf die Bierbank und stellte sein Glas ab.

»Weizenbier zu Mittag?«, fragte Petra, die sich eine Apfelschorle geholt hatte.

»Alkoholfrei. Was sind das für grässliche Bilder?«

»Der Fall Steinhauer, erinnerst du dich? Der Blutmaler.«

»Ja, klar. Ich war zwar damals noch nicht dabei, aber den Fall hat ja jeder verfolgt. Was hast du denn mit seiner Akte vor, machst du jetzt einen auf *cold case?*«

Die Kommissarin erklärte es ihm und schloss mit den Worten: »Er verlangt die Wiederaufnahme seines Falles. Ich möchte wissen, was du von der Sache hältst. Du hast dich doch mal intensiver mit Profiling beschäftigt . . .«

Bornholm nickte geschmeichelt und meinte dann: »Wenn du mich fragst, ist der Kerl ein Psychopath.«

»Ich fand ihn eigentlich ganz sympathisch«, gestand Petra Gerres.

»Und der ist wieder draußen, sagst du? Dann können wir uns ja wohl gleich auf den nächsten Mordfall gefasst machen.«

»Der Mann war jahrelang in Therapie, er wurde mit einer sehr guten Sozialprognose entlassen . . .«

Der Kollege trank einen großen Schluck Bier und meinte: »Psychopathen sind und bleiben Psychopathen, Therapie hin, Prognose her. Man hat bei solchen Leuten messbare und irreparable Funktionsdefizite des Frontalhirns nachgewiesen. Die sind sogar erblich.«

»Also ist nicht die schlimme Kindheit schuld, sondern es ist organisch?«, staunte die Kommissarin.

»Das behauptet jedenfalls die moderne Hirnforschung.«

»Das würde ja heißen, dass diese Menschen gar keinen freien Willen haben? Sie müssen töten? Was sie wiederum nicht zu Schuldigen macht . . .«

»Stimmt. Aber der sogenannte ›freie Wille‹ wird ohnehin überschätzt. Wir glauben nur, dass wir frei entscheiden. In Wirklichkeit hat unser Gehirn das längst für uns getan – und zwar aufgrund unserer sozialen und biologischen Wurzeln.«

»Soso«, meinte Petra, nicht ganz überzeugt. »Aber was ist der Unterschied zwischen einem normalen Mörder und einem Psychopathen?«

Bornholm strich sich über sein Haar, dessen Farbe wohl blond war, was man jedoch kaum erkennen konnte, denn er hatte es bis auf drei Millimeter abrasiert. Dieser Chemotherapiepatientenlook war gerade sehr hip unter den Kollegen, aber die Frisur passte zu Bornholms athletischem Körperbau. War er nicht gerade frisch geschieden, überlegte Petra und konzentrierte sich dann wieder auf seine Erläuterung.

»Zum Mörder kann jeder von uns werden, unter bestimmten Umständen. Aber ein Psychopath ist man – von Geburt an. Psychopathen kennen weder Mitgefühl für andere, noch empfinden sie Schuldgefühle. Sie nehmen sich, wovon sie glauben, dass es ihnen zusteht. Sie sind nicht fähig, Beziehungen einzugehen. Sie sind außerdem furchtlos, sie kennen keine Angst vor Strafen. Sie rechnen auch nie damit, erwischt zu werden. Passiert es doch, dann sind sie beim nächsten Mal trotzdem wieder davon überzeugt, dass es gut gehen wird.«

»Und woran erkennt man einen Psychopathen?«, wollte Petra wissen.

Bornholm versuchte ein teuflisches Grinsen, was ihm erschreckend gut gelang. »Gar nicht. Ein intelligenter Psychopath kann seinen Mangel an Gefühlen perfekt verbergen. Meistens sind es sogar sehr einnehmende Personen. Und oft genug täuschen sie sogar ihre Therapeuten. Ein intelligenter Psychopath wird dein Vertrauen gewinnen, du wirst dich in seiner Gegenwart wohl- und sicher fühlen. Und wenn du deinen Irrtum bemerkst, dann ist es zu spät.«

14.

Der Tag hielt noch eine weitere Überraschung für Antonia bereit: Als Matthias kam und sie zu ihrem »Ausflug« aufbrachen, stand plötzlich auch Sarah vor der Pforte. Wieso war sie dabei? Sie war doch bei der letzten Versammlung strikt gegen jegliche Gewaltanwendung gewesen. Aber leider konnte Antonia weder Robert noch Matthias zu Sarahs Meinungsumschwung befragen, ohne von Katies und ihrem Lauschangriff berichten zu müssen. Und das wollte sie vor der ach so perfekten Sarah lieber nicht zugeben. Um sich nicht die Blöße zu geben, spielte sie also die Ahnungslose und setzte sich neben Sarah auf die Rückbank des Polos. Matthias stellte eine große Reisetasche in den Kofferraum und setzte sich ans Steuer. Sie fuhren stadtauswärts und bogen dann auf die A7 in Richtung Hamburg ab. Am Anfang waren alle schweigsam, dann fragte Sarah Antonia nach ihrer neuen Schule und wo sie bisher gewesen war. Es stellte sich heraus, dass sie bald dieselbe Schule besuchen würden, allerdings würde Sarah in die zwölfte Klasse gehen und Antonia in die elfte.

»Kennst du zufällig ein Mädchen namens Selin?«,

fragte Antonia. »Sie ist Türkin. So ungefähr in meinem Alter. Sie geht auch ans Helene-Lange.«

Robert, der anscheinend Ohren wie ein Luchs hatte, wandte sich um und warf Antonia einen finsteren Blick zu. Die tat, als würde sie das gar nicht bemerken.

Sarah verneinte und fragte: »Wie sieht sie aus?«

Antonia beschrieb Selin und Sarah meinte nachdenklich: »Hm. Es gab mal so ein Mädchen, auf das diese Beschreibung gepasst hätte. Aber die hieß nicht Selin. Sie war in der Parallelklasse und hatte so einen arabisch klingenden Namen. Er fällt mir jetzt gerade nicht ein.«

»Wieso war?«, fragte Antonia.

»Die ist nicht mehr da. Sie war irgendwann plötzlich weg. Das war letztes Jahr im Herbst, glaube ich. Es hieß, sie wäre krank. Sie ist nie mehr zurückgekommen. Warum fragst du?«

»Och, nur so. Ich dachte, du kennst sie vielleicht.«

»Man kann doch nicht jeden an seiner Schule kennen«, mischte sich Robert in die Unterhaltung.

»Eigentlich schon«, widersprach ihm Sarah. »Ich bin nämlich Schülervertreterin für die Oberstufe, da kennt man schon die allermeisten.«

»Sie ist so alt wie Antonia, also ging sie im letzten Jahr noch in die Mittelstufe«, hielt Robert dagegen.

»Ich habe doch gleich gesagt, dass mit der was nicht stimmt«, meldete sich nun Matthias zu Wort, woraufhin Sarah neugierig wurde. »Was ist denn mit dem Mädchen?«

»Nichts«, knirschte Robert.

»Los, sag's ihr schon«, forderte Matthias. »Sarah ist ja schließlich keine Klatschtante.«

Robert gab ein unwilliges Schnauben von sich und setzte Sarah in dürren Worten ins Bild, nicht ohne sie vorher zu ermahnen, mit niemandem darüber zu reden.

»Wahnsinn«, meinte sie, als Robert geendet hatte.

»Meine Rede«, knurrte Matthias und nahm über den Rückspiegel Blickkontakt zu Sarah auf. »Kannst du mal nachforschen, wie dieses Mädchen aus deiner Parallelklasse hieß und was aus ihr geworden ist?«

»Klar.«

»Was hast du für einen Grund, Selin so zu misstrauen«, fuhr Robert seinen Freund an.

»Sag mir lieber, welchen Grund ich habe, ihr zu trauen«, gab der zurück. Antonia war nahe daran, ihnen von dem Geld zu erzählen, aber dann hätte sie zugeben müssen, dass sie in Selins Zimmer herumgeschnüffelt hatte. Und das auch noch vor Sarah. Unmöglich, also schwieg sie.

Sie waren jetzt irgendwo hinter Schneverdingen und Matthias war von der Autobahn abgebogen. Auf einer Landstraße ging es durch einen Wald.

»Wo fahren wir hin?«, wollte Sarah wissen.

»Auf den alten Truppenübungsplatz der Briten«, antwortete Matthias. Der Wald hörte auf. Eine schmale, betonierte Straße führte durch die struppige Heide, die stellenweise zartlila blühte. Kein Auto, kein Mensch war zu sehen.

»Das sieht hier aus wie in einer Steppe«, fand Antonia.

»Ja, man erwartet fast, dass hier gleich ein paar Giraffen am Horizont auftauchen«, stimmte Sarah ihr zu.

Eigentlich ist sie ganz nett, dachte Antonia und revidierte ihre negative Einstellung, die sie von Katie einfach übernommen hatte. Schließlich musste nicht jedes Mädchen, das gut aussah, automatisch auch eine Zicke sein. Und außerdem – nach den gestrigen Erkenntnissen über Roberts Liebesleben – musste sie jetzt ja auch nicht mehr eifersüchtig sein.

Matthias bog von der Betonpiste ab und hielt querfeldein auf ein kleines Wäldchen zu. Eine Staubwolke hüllte den Wagen ein.

»Du warst doch erst so dagegen, Sarah, warum willst du jetzt doch mitmachen?«, fragte Matthias.

Antonia spitzte die Ohren.

Sarah erklärte: »Ich habe zufällig im Internet einen Artikel über die englische Tierschützer-Szene gelesen. Die ist ja schon seit Jahren ziemlich militant. Aber sie haben tatsächlich auch schon etwas bewirkt: In England sieht man wieder Kühe auf der Weide stehen und Schweine, die sich draußen auf der Wiese tummeln. Das Fleisch ist dort zwar teurer als bei uns, aber auch viel besser. Die scheinen langsam zu begreifen, dass weniger mehr ist und Geiz nicht geil ist. Es ist zwar traurig, aber es scheint wohl so zu sein: Nur mit drastischen Mitteln bewegt sich etwas.«

Robert drehte sich um und lächelte ihr zu, was Antonia trotz allem einen kleinen Stich versetzte. Sarah lächelte zurück und Antonia dachte: Wenn du wüsstest . . . Oder wusste es Sarah? Die beiden waren doch schon länger miteinander befreundet.

Matthias parkte den Polo hinter dichtem Buschwerk. Er und Robert machten sich am Kofferraum zu schaffen. Die Mädchen stiegen ebenfalls aus.

»Schön hier«, meinte Antonia und Sarah rezitierte:

Es ist so still, die Heide liegt
Im warmen Mittagssonnenstrahle,
Ein rosenroter Schimmer fliegt
Um ihre alten Gräbermale,
Die Kräuter blühn, der Heideduft
Steigt in die blaue Sommerluft.

»Weiter weiß ich nicht«, gestand sie.

»Hermann Löns?«, riet Robert.

»Theodor Storm.«

»Sehr romantisch.«

»Nein, das ist Realismus«, korrigierte Sarah. »In dem Gedicht wird eine erfassbare Welt dargestellt: die Heide, die Mittagssonnenstrahlen, die Grabmale – damit meinte er Hünengräber der Wikinger.«

Klugscheißerin, dachte Antonia. *Höchste Zeit, dass ich auch ans Gymnasium komme.* »Deutsch-Leistungskurs, was?« Robert grinste Sarah an. »Aber kennt ihr das hier?« Er hob die Stimme:

Sah ein Knab' ein Röslein steh'n,
Röslein auf der Heide,
War so jung und war so schön
Lief er schnell, es nah zu seh'n . . .

»Ähm . . .«, zögerte Robert.

Antonia half ihm spontan aus, war ihr Deutschunterricht auf dem Land also doch zu etwas gut gewesen:

. . . Sah's mit vielen Freuden,
Röslein, Röslein, Röslein rot,

Röslein auf der Heide.
Knabe sprach: »Ich breche dich,
Röslein auf der Heide.«
Röslein sprach: »Ich steche dich,
Dass du ewig denkst an mich,
Und ich will's nicht leiden.«
Röslein, Röslein, Röslein rot,
Röslein auf der Heide.
Und der wilde Knabe brach
's Röslein auf der Heide;
Röslein wehrte sich und stach,
Half ihm doch kein Weh und Ach,
Musst es eben leiden.
Röslein, Röslein, Röslein rot,
Röslein auf der Heide.

Matthias verdrehte die Augen. »Habt ihr's dann mal mit eurer Poesie? Na, den getragenen Versen werden wir gleich ein Ende machen . . . Übrigens war das Goethe, das weiß ja sogar ich!« Kopfschüttelnd griff er in die Tasche, zog ein Fernglas heraus und reichte es Antonia. »Hier, behaltet die Umgebung im Auge.«

Antonia lachte und folgte seiner Anweisung. »Habe verstanden, Lyrik wird umgehend eingestellt, Umgebung observiert!«

Nachdem sie festgestellt hatte, dass weit und breit keine Menschenseele zu sehen war, traten die Mädchen näher an Robert und Matthias heran, die sich einige Meter weiter am Boden zu schaffen machten. Sie hatten drei Stangen Dynamit aneinandergebunden und die Dochte mit einer Schnur verbunden.

»Was ist das?«, fragte Antonia.

»Eine Zündschnur«, erklärte Robert. »Von allein brennt das Zeug ja nicht. Oder willst du dich hinstellen und ein Streichholz dranhalten?«

Antonia schüttelte den Kopf und Sarah fragte: »Woher hast du die?«

»Selbst gebastelt«, antwortete Matthias. »Für diesen Test hier habe ich eine einfache Baumwollschnur mehrmals mit konzentrierter Kaliumnitratlösung getränkt. Wenn wir das Zeug für die Sprengung der Mastanlage verwenden, werde ich aber elektrische Zünder basteln, damit es an mehreren Stellen gleichzeitig funkt, das erhöht die Wirkung. Außerdem ist das sicherer, falls der Untergrund nass wird.«

Antonia schluckte. Elektrische Zünder. Wie erschreckend professionell und kriminell sich das anhörte.

»Habt ihr gewusst, dass der Nobelpreis nach Alfred Nobel, dem Erfinder des Dynamits, benannt wurde und das Geld dafür aus seinem Nachlass stammt?«, fragte Sarah, die den Zeitpunkt anscheinend passend hielt für eine Nachhilfestunde in Geschichte.

»Ist ja krass«, fand Robert. »Der muss ja mit seiner Erfindung eine Menge Geld gemacht haben, damit die Nobelpreise so dermaßen gut dotiert sein können. Der Krieg war wohl schon damals ein gutes Geschäft.«

»Nun, man muss ehrlicherweise sagen, dass Dynamit so gut wie nie in einem Krieg verwendet wurde, sondern hauptsächlich im Bergbau«, dozierte Sarah weiter.

»So, Kinder!« Matthias rieb sich die Hände. »Gleich ist es vorbei mit der Stille in der Heide.«

Er nahm die drei roten Stangen in die Hand und lief

damit querfeldein. Nach etwa fünfzig Metern legte er das Päckchen auf den Boden und kam rückwärts gehend auf sie zu, wobei er die Zündschnur abwickelte. Vorsichtshalber stellten sich Antonia und Sarah schon mal hinter einen Baumstamm. Robert blieb mit verschränkten Armen neben ihnen stehen und trat nervös von einem Bein aufs andere. Auf halber Strecke blieb Matthias stehen und rief: »Alle Mann in Deckung!« Dann hielt er ein Streichholz an die Lunte. Als sie brannte, rannte er los. Hoffentlich brennt die Zündschnur nicht zu schnell ab, dachte Antonia gerade, und da passierte es: Matthias stolperte über ein starres Büschel Heidekraut und fiel lang hin. Sarah und Antonia schrien synchron auf, Robert presste die Hände auf den Mund.

»Steh auf!« Sarahs Schrei ging unter in einem ohrenbetäubenden Knall. Dreck spritzte auf und der Wind trieb eine Staubfahne vor sich her.

Eine Sekunde verstrich, noch eine, dann rannten alle drei los. Matthias lag am Boden, er hatte die Hände über dem Kopf verschränkt und sein ganzer Körper und das helle Haar waren mit Staub und Erde bedeckt.

»Mathe, was ist? Bist du okay?«, rief Robert und rüttelte ihn an der Schulter.

»Oh, mein Gott«, wimmerte Sarah.

Mathe hob den Kopf, dann rappelte er sich auf, schüttelte sich wie ein nasser Hund und wischte sich den Dreck aus dem Gesicht. »Alles okay.« Er grinste und rief: »Scheint geklappt zu haben.«

»Gott sei Dank«, seufzte Antonia. Alle vier sahen sich an, die Anspannung wich mit einem Schlag und sie fingen an zu lachen.

»Großartig«, jubelte Robert. Er umarmte erst Antonia, dann Sarah und schließlich Matthias, dessen Augen unter seinen staubigen Wimpern heraus stolz leuchteten.

»Es funktioniert«, rief er begeistert und auch Antonia war beeindruckt. »Cool!«

Sie liefen zu der Stelle, an der die Explosion erfolgt war. Ein Krater war im Boden entstanden.

»Und jetzt nichts wie weg hier«, meinte Robert. Sie rannten zum Auto und Matthias legte einen übertrieben rasanten Start mit durchdrehenden Reifen hin. »Ich freu mich schon auf den Anblick, wenn dieses Schweine-KZ in sich zusammenfällt wie ein Kartenhaus«, brüllte er. Auch Antonia konnte sich für diese Vorstellung durchaus begeistern.

»Warum schreist du so?«, fragte Robert.

»WAS?«

»Warum du so schreist«, schrie Robert.

»Ich weiß nicht. Ich hab so ein Summen im Ohr und ich hör dich nur ganz schlecht«, rief Matthias.

»Ein Knalltrauma«, diagnostizierte Sarah. »Du solltest zum Ohrenarzt gehen.«

»WAS?«

»Ohrenarzt!«, brüllte Sarah, und obwohl es eigentlich gar nicht lustig war, mussten alle kichern, sogar Matthias.

Wieder zu Hause versuchten Robert und Antonia, Sarah zu überreden, zum Abendessen zu bleiben. Antonia hatte dabei einen Hintergedanken: Wenn Selin zum Essen kommen würde, würde sich gleich herausstellen, ob sie das Mädchen war, das Sarah aus der Schule kannte. Und falls sie es war, könnte man sie fragen, warum sie sich hier unter falschem Namen einschlich. Aber Sarah lehnte die Einladung ab, ihre Mutter würde mit dem Essen auf sie warten. »Wir sehen uns ja am Samstag«, sagte sie, drückte Robert zum Abschied einen Kuss auf die Wange, stieg auf ihr Rad und fuhr los.

»Ist da Versammlung?«, fragte Antonia.

»Nein. Am Samstag feiere ich meinen neunzehnten Geburtstag. Du bist natürlich auch eingeladen.«

»Danke«, freute sich Antonia.

Sie standen noch an der Gartenpforte. Robert blickte hinüber zum Friedhof. »Morgen Nachmittag wird da drüben Frau Riefenstahl beerdigt.«

»Gehst du hin?«

Robert nickte. »Irgendwie habe ich das Gefühl, dass sie das erwartet hätte. Willst du mitkommen?«

»Ich kannte sie doch gar nicht«, entschlüpfte es Antonia, aber dann fügte sie rasch hinzu. »Aber wenn du willst, komme ich natürlich gerne mit. Ich mag Friedhöfe.«

»Schön. Dann morgen um zwei. Aber verpetz mich nicht, wenn ich heulen muss«, meinte er und ging ins Haus.

Seltsam, dachte Antonia. Sie war trotz dem, was sie seit gestern über ihn wusste, gern mit Robert zusammen und es schmeichelte ihr, dass er offenbar Wert auf ihre Anwesenheit legte. Nun ja, sie konnten ja immer noch befreundet sein. Sie seufzte innerlich. Dieser Gedanke tröstete sie leider kein bisschen.

In der Küche war Selin dabei, Tomaten zu häuten. Nach ihrer Putzorgie, für die Robert sie überschwänglich gelobt hatte, wollte sie nun offenbar auch noch beweisen, wie gut sie kochen konnte. Die will sich wohl mit aller Macht beliebt machen, grollte Antonia und fügte im Stillen boshaft hinzu: Eigentlich ist sie doch die perfekte Haus- und Ehefrau . . .

Während Robert und Selin zusammen Couscous mit Gemüse zubereiteten, wartete Antonia in ihrem Zimmer ungeduldig auf Katies Ankunft, um mit ihr über den Geldfund in Selins Zimmer zu reden. Vergeblich. Wo blieb sie nur so lange? Als Robert zum Essen rief, fiel Antonia ein, dass Katie heute wahrscheinlich wieder in der Kneipe arbeitete und davor gar nicht mehr hierher kam. So ein Mist! Ob sie sie anrufen sollte? Lieber nicht, der Donnerstag war ein beliebter Ausgehtag bei den Studenten, sie hatte sicher viel zu tun. Antonia musste wohl oder übel bis morgen warten. Und so lange würde sie Selin scharf im Auge behalten.

15.

Obwohl Antonia am Freitagmorgen extra früh aufgestanden war, um ihre Freundin noch zu treffen, wurde wieder nichts daraus. Katie, die am Vorabend erst gegen halb zwei nach Hause gekommen war, hatte verschlafen. Fluchend und schimpfend, dass sie schon wieder zu spät zur Berufsschule käme, rannte sie die Treppe hinunter und riss ihre Jacke von der Garderobe. Für ein Frühstück blieb keine Zeit, sie rief Antonia nur verwundert zu: »Du? Schon so früh?« Dann knallte die Haustür zu und wenig später sah Antonia sie wegradeln. Katie tat ihr leid. Zwei Jobs zu haben, war sicher ein ganz schöner Stress. Ob ihr das wohl genauso gehen würde, wenn die Schule wieder anfing? War das überhaupt zu schaffen, ein G8-Stundenplan am Gymnasium und dann noch ein Kneipenjob – falls sie überhaupt einen bekam. Auch danach hatte sie Katie noch unbedingt fragen wollen.

Missgelaunt ging sie wieder in ihr Zimmer. Da war eine Sache, die sie schon tagelang vor sich herschob, aber irgendwann musste sie sich ihr stellen: ihre Finanzen. Sie hatte sich über die Sparkasse einen Online-Zugang für ihr Girokonto einrichten lassen, ihn seit ihrem Einkaufsbummel mit Katie letzten Samstag aber nicht mehr benutzt, aus Angst, was sie da zu sehen bekommen würde. Ob und wann die erste BAföG-Zahlung kam, stand in den Sternen, sie hatte ja gerade erst den Antrag abgeschickt. Zu allem Überfluss musste sie diese Woche auch noch fünfzig Euro in die Haushaltskasse legen. Ich hätte was von Selins rätselhaftem Reichtum abzweigen sollen, dachte sie nun. Aber irgendwie war sie auch froh, es nicht getan zu haben. Eine Schnüfflerin zu sein, war schon schlimm genug, aber eine Diebin – so tief wollte sie dann doch nicht sinken.

Sie wappnete sich also für den kommenden Schock und tippte das Passwort ein. Na, so was! Sie war noch immer mit fast fünfhundert Euro im Plus. Hatten die Geschäfte das Geld noch nicht abgebucht? Doch, alle Läden hatten sich schon geholt, was ihnen zustand, eine erschreckend lange Reihe roter Zahlen mit einem Minus davor. Aber ganz oben sah sie eine schwarze Zahl: Jemand hatte ihr gestern vierhundert Euro überwiesen. Leider war kein Verwendungszweck angegeben und auch kein Name des Überweisers, nur eine rätselhafte zehnstellige Nummer. War das Geld von ihrer Mutter? Wie hatte sie das geschafft, wo Ralph sie doch so kurzhielt? Etwa hinter seinem Rücken? Klar, wie denn sonst? Ralph, dessen war sich Antonia sicher, würde seine Stieftochter garantiert lieber am langen Arm verhungern lassen, als sie zu unterstützen. Nichts würde ihm mehr Freude bereiten, als wenn Antonia wieder zurückkäme, weil sie pleite war. Bei dieser Vorstellung stieß sie ein kriegerisches Schnauben aus. Niemals! Vorher stell ich mich in die Fußgängerzone und singe!

Aber was, wenn Ralph herausbekam, dass seine Frau ihr heimlich Geld überwiesen hatte? Er würde sie . . . Antonia wagte gar nicht, den Satz zu Ende zu denken. Sie musste ihre Mutter unbedingt anrufen. Neun Uhr, Ralph müsste längst aus dem Haus sein. Sie wählte, es läutete und läutete, aber niemand hob ab. Ein ungutes Gefühl beschlich Antonia. Ganz ruhig, sagte sie sich. Sie kann zum Einkaufen gegangen sein, zum Arzt, zum Scheidungsanwalt . . . Sie versuchte es bei der Bäckerei, aber dort verkündete der Anrufbeantworter, dass der Laden für zwei Wochen geschlossen sei, weil man Urlaub mache. Urlaub? War sie mit Ralph in Urlaub gefahren? Nein, dafür war er doch viel zu geizig! Plötzlich hatte Antonia eine andere Idee. Natürlich! Das war des Rätsels Lösung! Das Geld stammte sicher von Tante Linda. Sie hatte ihr doch ein Geschenk angekündigt. Sie hätte ja ruhig eine Bemerkung dazuschreiben können, dachte Antonia, aber dann fiel ihr wieder ein, wie schusselig ihre Tante manchmal sein konnte. Das Schrillen der Haustürklingel riss Antonia aus ihren Überlegungen. Sie ging nachsehen. Ehe Selin da oben wieder durchdreht, dachte sie dabei finster. Es war der Gärtner. Lächelnd präsentierte Herr Petri Antonia ihr »neues« Fahrrad. Es war das alte aus dem Schuppen, das laut Robert niemandem von ihnen gehörte. Es war kaum wiederzuerkennen. Die Felgen blitzten, nirgends war Rost zu sehen und die ehemals bräunliche Farbe war einem intensiven Rot gewichen.

»Geil!«, entfuhr es Antonia. »Und so schön rot!«

»Die Farbe nennt man Karmesinrot«, klärte sie der Gärtner auf. »Ich habe vorsichtshalber die Bremsen erneuert und das Licht geht auch wieder.«

»Super, vielen Dank!«, freute sich Antonia. Endlich war sie wieder mobil. »Und was bekommen Sie dafür?« Bloß gut, dass sie gerade wieder einigermaßen flüssig war!

»Bei Gelegenheit mal wieder einen Kaffee.«

»Aber das geht doch nicht!«, protestierte Antonia. »Das war doch sicher eine Menge Arbeit. Und die Ersatzteile . . .« Da musste ganz schön was zusammengekommen sein, schätzte sie. Erst vor drei Tagen hatte Katie gejammert, dass sie für das Ersetzen eines Reifens, der ihr am Sonntagabend vor der Kneipe »von irgendeinem Riesenarschloch« zerschnitten worden war, dreißig Euro bezahlt hatte.

»Ist schon okay. Ich hab's gern gemacht. Du musst dir nur noch ein Schloss besorgen.« Antonia bedankte sich noch einmal, aber Herr Petri war schon auf dem Weg zu seiner Arbeit.

Das Hochbeet war inzwischen fast fertig. Es bestand aus einer Umrandung aus Holzbrettern, die nun mit Erde und Kompost aufgefüllt werden musste. Danach konnte man die Pflanzen einsetzen, die er am Fenster des Schuppens herangezogen hatte. So hatte er es jedenfalls neulich Robert erklärt, der schon ungeduldig der »eigenen Ernte« entgegensah. Hätte meine Mutter nicht so einen Mann heiraten können, dachte Antonia, als sie Herrn Petri nachschaute.

Bis zur Beerdigung um zwei Uhr war noch Zeit, die Antonia eigentlich mit Lernen verbringen wollte. Aber das rote Fahrrad stand so verführerisch vor der Tür . . . Und außerdem musste sie ja noch ein Schloss dafür besorgen. Sie ging ins Haus, schnappte sich Jacke und

Portemonnaie und schwang sich in den Sattel. Die eingestellte Höhe passte exakt zu ihren Körpermaßen. Gut gelaunt machte sie sich daran, endlich ihre nähere Umgebung zu erkunden. Der Gärtner sah sie losfahren, ließ für einen Moment seinen Spaten ruhen und schaute ihr gedankenverloren nach.

Es war eine kleine Beerdigung. Ein paar Nachbarn waren gekommen und zwei hutzelige Frauen, die annähernd so alt waren, wie Frau Riefenstahl gewesen war. Hinterbliebene im Sinne von Verwandtschaft gab es nicht, Frau Riefenstahl hatte offenbar alle überlebt. Zuerst fand in der Friedhofskapelle eine Andacht statt, dann bewegte sich der kleine Trauerzug, angeführt vom Pfarrer, zur Grabstätte. Das Blätterdach der alten Bäume filterte die Sonnenstrahlen zu einem milchigen Licht, Vögel zwitscherten, ab und zu frischte ein milder Wind auf. Ein schöner Tag und ein schöner Platz für die letzte Ruhe, dachte Antonia und schließlich sagte sie es auch zu Robert, der bisher schweigend neben ihr hergegangen war.

»Ja, ich mag diesen Friedhof auch sehr«, bekannte Robert. »Es ist selten, dass man christliche und jüdische Gräber auf ein und demselben Friedhof hat.«

»Das ist mir noch gar nicht aufgefallen. Aber der Friedhof muss wohl schon ganz schön alt sein, diesen Gruften nach zu urteilen«, erwiderte Antonia, die sich gar nicht sattsehen konnte an den Skulpturen und überwucherten Grabsteinen.

»Ja, er steht unter Denkmalschutz, nur Leute, die schon lange vorher ihr Plätzchen reserviert haben, dürfen hier noch beerdigt werden. Aber wusstest du eigentlich, dass der gesamte Lindener Berg von Höhlen und unterirdischen Gängen durchzogen ist?«

»Nein«, sagte Antonia, die das nicht so ganz glauben mochte. Mittlerweile kannte sie ja Robert und seine Geschichten.

»Bis ins achtzehnte Jahrhundert diente der Lindener Berg als Steinbruch. Die Steine für die Stadtmauer Hannovers stammen zum Beispiel von hier.«

»Heißt deshalb unsere Straße Am Steinbruch?«, warf Antonia dazwischen.

»Genau. Dadurch entstanden bereits mehrere Stollen. Im Siebenjährigen Krieg wurden dann zwei fünfzig Meter lange Stollen in den Berg gegraben ...«

»Wozu?«, unterbrach Antonia.

»Wie – wozu?«

»Wozu brauchte man die Stollen? Es gab doch noch keine Luftangriffe.«

»Das war so«, holte Robert geduldig aus. »Der alte Wehrturm oben auf dem Berg, dort, wo jetzt der Biergarten ist, wurde um das Jahr 1760 herum zu einer Sternschanze ausgebaut, der Georgschanze. Die Stollen darunter dienten zum einen zum Schutz vor den Granaten der Gegner und auch als Versteck und Lager für Munition und dergleichen.«

»Und wer hat in diesem Siebenjährigen Krieg gekämpft?«

»So ziemlich jeder gegen jeden, und das auf der ganzen Welt. Preußen, Großbritannien, das Kurfürstentum Hannover und die Hessen auf der einen Seite gegen Österreich, Russland, Frankreich, Schweden und die Sachsen auf der anderen. Im Grunde hat jeder in ganz Europa irgendwo mitgemischt. Hast wohl in der Geschichtsstunde gefehlt, was?«

»Sieht so aus«, gestand Antonia. »Und worum ging es?«

»Um Territorium, wie immer. Österreich wollte Schlesien zurückhaben, das die Preußen zuvor erobert hatten. Großbritannien und Frankreich ging es um die Herrschaft in den Kolonien in Nordamerika, Afrika und Indien, und Russland wollte sich nach Westen ausdehnen. Eigentlich war es schon ein richtiger Weltkrieg.«

Antonia war neugierig geworden. Roberts kleine Nachhilfestunde war besser, als langweilige Geschichtsbücher zu studieren. »Und was hat das alles nun mit den Höhlen im Lindener Berg zu tun?«, fragte sie.

Sie hatten sich ein wenig zurückfallen lassen, um die anderen Trauergäste mit ihrer Unterhaltung nicht zu stören.

»Also: Neunzig Jahre später ließ die Lindener Brauerei neben den schon vorhandenen Stollen drei fünfzig Meter lange Keller in den Berg graben, um Eis für die Brauerei und für Gaststätten zu lagern. Diese Eiskeller wurden bis in die Dreißigerjahre als Kühlschränke benutzt. Im Winter wurde Eis aus der Ihme geholt und in Strohballen gewickelt, zur Isolierung, und dazwischen standen die Bierfässer. Im Krieg dienten die Stollen als Luftschutzbunker, es gab mehrere Notausgänge. Ab Mitte der Dreißigerjahre wurden die Eiskeller zur Champignonzucht benutzt, bis ins Jahr 2000 hinein. Davon gibt es Fotos, falls du mir nicht glaubst«, sagte Robert, der Antonias zweifelnde Miene bemerkt haben musste.

Antonia grinste. »Ich glaub dir ja.«

Robert deutete nach Osten. »Drüben, auf der anderen Seite vom Berg, wo jetzt OBI und Hornbach sind, liegt ja das ehemalige Hanomag-Industriegelände. Weil die Hanomag auch Rüstungsgüter herstellte und deswegen im Zweiten Weltkrieg sehr oft bombardiert wurde, wurde um 1940 herum unter dem Hanomag-Gelände ein weitläufiges Tiefbunkersystem zum Schutz der Arbeiter und wichtiger Güter angelegt. Es gab mindestens drei Eingänge, in die Bunker passten mehrere Tausend Menschen. Angeblich soll es eine Verbindung von den Hanomag-Stollen zu den viel älteren Eiskellern geben. Würde ja auch Sinn machen – einen Notausgang fernab des Firmengeländes zu haben. Aber das ist, wie gesagt, ein Gerücht. Die Hanomag und deren Nachfolger halten die Unterlagen darüber bis heute unter Verschluss. Deshalb kann auch niemand sagen, was unter unseren Füßen gerade so passiert . . .«, schloss Robert seine Rede mit einem sphinxhaften Lächeln.

»Spannend. Aber schade, dass man sich die Unterwelt nicht wie in Berlin oder in Paris angucken kann«, kommentierte Antonia seine Ausführungen.

Unvermittelt sagte Robert: »Ich habe ihr Tagebuch mitgenommen.«

»Was?«

»Das Tagebuch von Frau Riefenstahl. Sie hatte es auf dem Schoß liegen, als ich sie fand. Ich wollte nicht, dass es jemand womöglich ins Altpapier schmeißt.«

»Das war gut so.« Antonia ging plötzlich ein Licht auf. Wenn das schwarze Buch, das sie in Roberts Zimmer gesehen hatte, Frau Riefenstahls Tagebuch war, dann bedeutete das . . . Also war Frau Riefenstahl als junges

Mädchen in einen älteren Mann verliebt gewesen – nicht Robert! Wie hatte sie nur so blöd sein können? »Hast du es schon gelesen?«, fragte sie und fühlte sich auf einmal so leicht und schwerelos wie eine Seifenblase.

»Nein. Kannst du ja machen, wenn du möchtest.«

»Ob ihr das wohl recht wäre?« fragte Antonia.

»Wenn ganz schlimme Dinge drinstehen, kannst du die Seite ja im Esszimmerkamin verbrennen. – Aber erst, nachdem ich sie gelesen habe!«

16.

Endlich Wochenende! Katie saß auf der Bank hinter dem Schuppen. Sonnenstrahlen kitzelten ihr Gesicht. Sie war erschöpft und gähnte. Fast wäre sie heute in der Berufsschule zweimal während des Unterrichts eingeschlafen. Kein Wunder, die Woche war anstrengend gewesen und gestern Abend war sie erst um zwei Uhr aus der Kneipe gekommen. Aber wenigstens hatte es sich gelohnt. Sie hatte sich sogar für den Heimweg ein Taxi geleistet. Der Schreck vom Sonntagabend saß ihr immer noch in den Gliedern, seitdem hatte sie Angst, nachts allein unterwegs zu sein. Sie hatte niemandem von dem Vorfall erzählt, nicht einmal Antonia und auch Robert nicht, der sie an jenem Abend vor der Haustür noch fast zu Tode erschreckt hatte. Aus irgendeinem Grund fiel es Katie schwer, darüber zu sprechen. Ab und zu machte sie sich Gedanken, ob der aufgeschlitzte Fahrradreifen – der Mechaniker der Fahrradwerkstatt hatte von einem Schnitt mit einem Messer gesprochen – nur ein Zufall war oder ob dieser Mann ganz gezielt ihr Fahrrad ausgesucht hatte, weil er es auf sie abgesehen hatte. Weil er wollte, dass sie zu Fuß nach Hause ging. Vielleicht war es sogar einer, der sie aus der Kneipe kannte. Jedenfalls hatte sie gestern Abend alle älteren männlichen Gäste mit einem gewissen Misstrauen betrachtet. Vielleicht sollte ich mir einen anderen Job suchen, dachte sie. Aber was blieb schon übrig, außer Kneipe, wenn man nur am Abend oder am Wochenende Zeit hatte?

Die drei Jungs, die sie vor ihrem Verfolger gerettet hatten, hatte sie vorhin am Kiosk getroffen. Heute waren sie nüchtern gewesen und gaben sich relativ gesittet. Der Kerl war ihnen leider entwischt, hatte Sascha, der Anführer, zugegeben. Katie hatte sich noch einmal bedankt und Sascha hatte großspurig gemeint, sie könne ihn jederzeit anrufen, wenn sie wieder in Schwierigkeiten stecke. Er hatte darauf bestanden, ihr seine Handynummer zu geben, und um ihn nicht zu beleidigen, hatte Katie sie vor seinen Augen in ihr Handy getippt.

Jetzt drehte sie sich eine Zigarette aus dem Tabak, den sie am Kiosk gekauft hatte. Eigentlich rauchte Katie so gut wie gar nicht, denn Rauchen, das sah man an ihrer Mutter, machte die Haut faltig und schlaff, aber die Jungs in der Firma drehten alle und sie wollte ein bisschen üben, um bei Gelegenheit mit ihrer Fertigkeit zu glänzen. Außerdem hatte Robert sie neulich, als sie es mit seinem Tabak versucht hatte, aufgezogen, ihre Zigarette würde aussehen wie eine Schlange, die ein Schwein verschluckt hat.

Für den Moment genoss sie es, allein zu sein. Der Garten wurde von Tag zu Tag schöner, seit Herr Petri hier zugange war. Vor allem wirkte er auf einmal doppelt so groß wie vorher. Für heute hatte er offenbar schon Feierabend gemacht, er war nirgends zu sehen, nur die große Heckenschere, mit der er dem Buschwerk zu Leibe gerückt war, lehnte noch neben der Bank. Er musste sie vergessen haben, denn sonst war der Mann die Ordnung selbst. Von dieser Selin war auch nichts zu sehen. Als Katie nach Hause gekommen war, hatte sie laut gerufen, ob jemand da wäre, aber keine Antwort erhalten. Saß das Mädchen etwa in ihrem Dachzimmer und starrte die Wände an? Sie hatte ja weder Fernseher noch Computer. Ich würde irre werden, dachte Katie und: Vielleicht ist Selin es schon. Ein normaler Mensch hält so was doch nicht aus.

Ihre Zigarette war gut gelungen, fand Katie und sie wollte sie gerade anzünden, da hörte sie die Pforte am Eingang quietschen. Herr Petri hatte sie erst vor ein paar Tagen geölt, aber seit gestern fingen die rostigen Angeln erneut an zu kreischen. Wer war nach Hause gekommen? Egal. Katie wollte noch ein bisschen hier sitzen und die Sonne genießen. Es war ein schöner Platz, sogar das lästige und allgegenwärtige Verkehrsrauschen war hier hinten nur gedämpft zu hören. Es vergingen ein, zwei Minuten, dann ertönte plötzlich eine Stimme. Eine unbekannte Männerstimme. Katie konnte nicht alles verstehen, was sie rief, aber es hatte sich angehört wie »Aufmachen! Mach auf! Ich weiß, dass du da drin bist!«.

Katie zuckte zusammen. Sie ließ ihre Zigarette fallen, beugte sich nach vorn und lugte durch die Zweige des Holunders am Schuppen vorbei. Aber von hier aus konnte man nur den rückwärtigen Garten sehen, nicht die Haustür.

». . . warne dich zum letzten Mal!«, schrie der Unbekannte. Vorher hatte er einen Namen gerufen, den Katie nicht verstanden hatte. War das einer, der nach Selin suchte, einer von ihrer Sippschaft? Aber würde einer von ihren Leuten nicht eher auf Türkisch nach ihr rufen? Nicht unbedingt. Cetin, der Tontechniker aus ihrer Firma, redete akzentfrei Deutsch und behauptete, kaum Türkisch zu können. Selin sprach ja auch fast ohne Akzent, nur ihr S klang etwas verwaschen. Sollte sie nach vorne gehen und nachsehen? Oder sich lieber hier verstecken und warten, bis der wütende Kerl wieder abzog? Verdammte Scheiße, ich hab es doch gewusst, dass es mit dieser Selin Stress geben wird! Aber nein, Robert musste ja den Gutmenschen spielen und jetzt, wo's brenzlig wird, ist natürlich wieder keiner da!

Das Geschrei hatte aufgehört. War der Kerl gegangen? Hoffentlich. Aber noch während Katie, hinter dem Holunderstrauch verborgen, sich das fragte, kroch ein langer Schatten über den Rasen.

Kommissar Daniel Rosenkranz wuchtete zwei Stapel Akten auf den Schreibtisch seiner Vorgesetzten. »Das sind die Fälle von vermissten Mädchen der letzten fünfzehn Jahre. Und das hier . . .«, er wies auf den kleineren Stapel, ». . . sind die ungeklärten Todesfälle. Weiter zurück bin ich noch nicht gekommen. Ich mache jetzt Feierabend. Ich habe einen Termin beim Friseur.«

»Schon gut, das reicht erst mal«, sagte Petra Gerres. »Danke dir.«

»Wozu brauchst du die eigentlich?«

Die Kommissarin erklärte es ihm und fügte hinzu: »Es ist nur so ein Gefühl . . .«

»Aha«, höhnte Rosenkranz und strich sich durch seine blonden Locken. »Weibliche Intuition, was?«

»Intuition ist weder männlich noch weiblich, es ist die Stimme unseres Unterbewusstseins, das mehr wahrnimmt, als wir glauben. Auch Männer wären gut beraten, wenn sie öfter darauf hören würden«, belehrte Petra ihren jüngeren Kollegen.

»Das brauchen wir nicht«, erwiderte Daniel. »Wir Kerle haben nämlich etwas, das nennt sich Verstand.«

»Raus!«, schnaubte Petra Gerres.

»Schönes Wochenende«, grinste er und war schon aus der Tür.

Petra holte sich noch einen Becher Kaffee, ehe sie sich daranmachte, den Inhalt der Akten zu sichten.

Sie nahm sich zuerst den Stapel der Vermisstenakten vor. Es waren zehn. Sie ging methodisch vor. Bei vier der Mädchen lag der Verdacht nahe, dass sie von zu Hause ausgerissen waren: Sie hatten ihre Papiere, oft auch Geld und ein paar Kleidungsstücke mitgenommen. Zudem gab es Aussagen von Eltern oder Freunden, dass es entweder kurz vor dem Verschwinden oder auffallend häufig Streit in den Familien gegeben hatte. Aus den Akten ging nicht hervor, ob die Mädchen irgendwann wieder aufgetaucht waren.

Sie konzentrierte sich auf die sechs verbliebenen Fälle, betrachtete die Fotos der Mädchen und verglich sie mit dem der ermordeten Sonja Kluge; eine zarte Blonde mit langem Haar und offenen Gesichtszügen. Petra hätte gewettet, dass sie mindestens neunzig Prozent aller Männer attraktiv finden würden. Sie könnte ja morgen mal einen Test mit Daniel Rosenkranz machen.

Petra Gerres hatte es in ihrer Karriere noch nicht allzu oft mit Serientätern – zumindest nicht mit Serienmördern – zu tun gehabt, aber natürlich kannte sie die einschlägige Literatur. Es galt demnach, ein gemeinsames Merkmal zu finden. Petra wollte erst einmal nach dem Offensichtlichen suchen: jung und hübsch als primäres Kriterium und eventuell blond.

Auf Dagmar Körner, einundzwanzig, aus Hildesheim, traf dies alles schon mal zu, allerdings trug sie ihr blondes Haar sehr kurz. Sie war zum letzten Mal am 16. Mai 1996 auf einer Raststätte an der A 7 in Richtung Norden gesehen worden. Laut Aussage einer Freundin hatte sie per Anhalter nach Dänemark reisen wollen, wo ihr Freund studierte. Es gab noch eine verschwundene Tramperin, 1998, doch das Mädchen hatte dunkelbraune Locken und wirkte etwas plump. Petra legte ihre Akte vorerst einmal zur Seite.

Von den verbliebenen vier Mädchen passten zwei in das Raster, wobei die achtzehnjährige Laura Schmidt aus Laatzen, einem Vorort von Hannover, verschwunden am 26. Juli 2004, langes rötliches Haar hatte und die zweiundzwanzigjährige Karola Bergmann aus Hannover-Linden, vermisst seit dem 1. September 2008, nussbraunes. Aber beide waren attraktiv gewesen und noch etwas fiel auf: Beide Mädchen waren auf dem Rückweg vom Sport beziehungsweise einem Besuch bei Freunden verschwunden und alle zwei waren mit dem Fahrrad unterwegs gewesen. Im Fall von Laura Schmidt hatte man das Rad zwei Jahre danach bei einer Umwelt-Säuberungsaktion aus der Leine gefischt. Die Spurensicherer hatten noch feststellen können, dass der hintere Reifen mit einem Messer aufgeschlitzt worden war. Diese Methode, falls es eine war, sagte etwas über den Täter aus: Er beobachtete seine Opfer, womöglich sogar über eine längere Zeit. Er wusste, wo sie wohnten, er kannte ihre Gewohnheiten – regelmäßiger Besuch von Sportstunden wie bei Laura beispielsweise –, er kannte ihr Fahrrad und er kannte ihre Strecken. Die mussten so sein, dass er zuschlagen konnte: einsame Vorortstraßen, dunkle Wege, Parks.

Als Petra mit dem Stapel durch war, waren drei potenzielle Opfer übrig geblieben. Bei Dagmar Körner, der Anhalterin aus Hildesheim, war sich Petra allerdings nicht ganz sicher, sie machte ein Fragezeichen hinter den Namen. Dann wandte sie sich dem anderen Stapel zu: den Leichenfunden. Auch hier sortierte die Kommissarin die Fälle nach ihren Kriterien und es blieben zwei Mädchen übrig. Silvia Zink, neunzehn, aus Isernhagen, wurde seit dem 12. April 2003 vermisst, man fand ihre Leiche im Sommer 2005 im Altwarmbüchener Moor. Die Überreste der zarten blonden Juliette Lazare, einer Zwanzigjährigen aus Lyon, entdeckte der Hund eines Spaziergängers im Jahr 2010 in einer Waldlichtung bei Langenhagen, sie war im Juni 2009 während einer Reise durch Europa verschwunden. Vermutlich war sie per Anhalter gefahren. Auch bei ihr war sich die Kommissarin nicht ganz sicher, da sie nicht von hier stammte und nur ihre Leiche hier gefunden worden war.

Schließlich betrachtete Petra Gerres mit einem seltsamen Gefühl den von ihr aussortierten Aktenstapel und die chronologisch geordnete Liste, die sie nach dem Kriterium jung und hübsch angefertigt hatte:

16.5.1996 Dagmar Körner, 21, verschwunden (?)
1.9.2001, Karola Bergmann, 22, verschwunden
12.4.2003 Silvia Zink, 19, Leiche 2005 Altwarmbüchen
26.7.2004, Laura Schmidt, 18, verschwunden
Juni 2009, Juliette Lazare, 20, Leiche 2010 Langenhagen (?)

Fünf Mädchen.

Wie viel unermessliches Leid steckte hinter diesen Namen und Zahlen. Im Geist sah sie die Eltern in den Zimmern der getöteten Mädchen stehen, hilflos und verzweifelt zwischen all ihren Sachen, den Kleidern, den Büchern, die sie nie wieder benutzen würden. Wie viel Zukunft, wie viel Hoffnung war zerstört worden, von irgendeinem kranken Geist. Und was war mit den Menschen, die nicht einmal wussten, was mit ihrem Kind geschehen war? Die nur ahnen konnten, dass sie ihre Tochter nie wiedersehen würden . . . Die Kommissarin legte den Kopf in die Hände und starrte aus dem Fenster. Wenn es da draußen wirklich ein solches Ungeheuer gab, wieso hatte ihm noch niemand das Handwerk gelegt?

Katie erstarrte, als sie den Mann sah. Er war schon älter – nicht so alt wie Herr Petri, eher so wie ihr Vater. Er war nicht sehr groß und seine Figur . . . Ein eisiger Schrecken durchzuckte sie. Der Mann vom Sonntagabend! Das war er doch, das musste er sein: diese kräftige Gestalt mit dem deutlich sichtbaren Bauchansatz. War er ihr etwa bis hierher gefolgt? Beobachtete er womöglich seit Tagen das Haus? Er kannte ihr Rad, das jetzt gut sichtbar vor der Haustür stand. Er wusste also, dass sie hier wohnte, und vermutlich auch, dass sie gerade allein war. Wer war er? Ein von ihr besessener Triebtäter?

Jetzt versuchte er, durch die Terrassentür in die Küche zu spähen. Er trug ein verschwitztes Hemd, eine Jacke hing über seiner Schulter. Zum Glück – oder auch nicht? – hatte Katie den Garten durch die Haustür betreten. Sonst wäre er jetzt leicht durch die Küche ins Haus gelangt. Er rief etwas, doch die Worte gingen im Vorbeidonnern einer Lastwagenkolonne auf dem Westschnellweg unter. Katie wich zurück. Die hastige Bewegung scheuchte eine Amsel auf, die sich zeternd erhob. Wieder ertönte die laute Stimme des Mannes, und was er brüllte, ließ Katie vor Entsetzen leise aufschluchzen, denn es hatte geklungen wie ». . . bring dich um!« Ihr Herz schlug so heftig, dass es wehtat, gleichzeitig wurde ihr das Absurde der Situation bewusst: Es war taghell, die Sonne schien, Vögel sangen, die Sonnenblumen am Zaun neigten anmutig ihre Köpfe im Sommerwind und dennoch schnürte ihr die Angst die Kehle zu, schlimmer noch als am Sonntagabend, als sie im Dunkeln hinter den Mülltonnen gekauert hatte. Denn jetzt war klar: Er meinte sie! Sie presste sich gegen die warme, raue Holzwand des Schuppens, als wollte sie damit verschmelzen, und hielt den Atem an, obwohl ihr klar war, dass das sinnlos war. Wegen des Dauerrauschens der B6 würde der Mann ihren Atem nicht hören können. Aber das galt ebenso umgekehrt: Sie würde ihn nicht hören können, wenn er näher kam. Hier, im hinteren Teil des Gartens, war sie ihm ausgeliefert. Niemand konnte von außen hineinsehen, niemand würde ihre Schreie hören. Und wenn sie einen Fluchtversuch wagte? Jetzt, solange noch Zeit war? Vielleicht über den Zaun, zu dem leer stehenden Nachbarhaus und von dort aus auf die Straße. Wenn sie nur wüsste, wo er sich gerade befand – nicht, dass sie ihm noch direkt in die Arme lief. Sie musste es wagen, sie musste um die Ecke des Schuppens spähen. Los, Katie, tu was! Aber sie stand da, vor Angst wie gelähmt, und wagte kaum, einen Finger zu rühren. Vielleicht, so ihre Hoffnung, würde er hier hinten nicht nach ihr suchen. Er vermutete sie ja im Haus. Eher würde er doch versuchen, ins Haus zu gelangen, oder? Lieber Gott, lass ihn wieder abhauen, lass nicht zu, dass er mich hier findet, bitte, lieber Gott, bitte nicht!

17.

Das Grab war bereits ausgehoben, der Erdhaufen befand sich hinter dem großen, breiten Gedenkstein, in den stilisierte Rosen eingemeißelt waren. Die Ränder der rechteckigen Grube waren sauber abgestochen und mit grünem Filz bedeckt, davor stand der schlichte schwarze Sarg. Mit dem weißen Blumenbukett darauf sah er sehr elegant aus. In einiger Entfernung lungerten zwei städtische Angestellte vor einem Minibagger herum und warteten darauf, das Grab zuschaufeln zu können.

Der Pfarrer machte es kurz. »Von Erde bist du genommen, zu Erde sollst du werden. Unser Herr Jesus Christus möge dich auferwecken am Jüngsten Tag.«

Robert verfolgte die Vorgänge mit unbewegter Miene, aber als der Sarg schließlich von vier schwarz gekleideten Männern an Seilen hinabgelassen wurde, bemerkte Antonia, dass er feuchte Augen hatte. Sie fand es rührend, dass er um eine alte Dame weinte, die er kaum gekannt hatte.

Der Pfarrer hielt nun ein kleines Schäufelchen in der Hand. Damit warf er Erde auf den Sarg, was ein dumpfes

Prasseln erzeugte. »Erde zu Erde, Asche zu Asche, Staub zu Staub«, zitierte er und dann segnete er die Verstorbene und die Trauergemeinde. Noch mehr krümelige Erde und Blumen wurden auf den Sarg geworfen, auch Robert und Antonia hatten kleine Sträuße aus dem Garten mitgebracht, die sie nun in die Grube warfen. Antonia überkam dabei ein seltsames Gefühl, eine Art Weltschmerz, eine unbestimmte Trauer über all das Traurige, was das Leben mit sich brachte. Sie dachte an ihre Mutter, die sie nachher unbedingt noch einmal anrufen wollte. Vor lauter Freude über das neue Fahrrad hatte sie es vorhin ganz vergessen.

Die Beerdigung war zu Ende, die Leute zerstreuten sich rasch. Nur Robert blieb nachdenklich vor der Tafel stehen und damit zwangsläufig auch Antonia.

Robert seufzte und sagte bitter: »Das ist dann alles, was übrig bleibt: Erde, Asche und Staub.«

Danach schwiegen sie eine Weile.

Schließlich deutete Robert auf eine der Inschriften, die in den grauen Stein der Gedenktafel eingemeißelt worden waren und die Namen derer verkündeten, die hier schon begraben worden waren: Ingrid Kluge, geborene Riefenstahl. Die Goldbuchstaben glänzten noch frisch. Sie war erst im Februar letzten Jahres gestorben.

»Das war ihre Tochter, hat sie mir erzählt«, erklärte Robert. »Und Sonja Kluge war ihre Enkelin.«

Bei Sonja standen unter dem Namen die Daten: 15. 6. 1971 – 28. 7. 1991.

Sie war nur zwanzig Jahre alt geworden, erkannte Antonia, und dennoch hatte ihre Mutter sie fast um zwanzig weitere Jahre überlebt. Und ihre Großmutter alle beide. Das Sterben war in dieser Familie völlig widernatürlich verlaufen.

»Sonja Kluge ist das Mädchen, das in unserem Haus ermordet worden ist«, sagte Robert.

»Im . . . im Dachzimmer?« Der Ausdruck Mörderzimmer, den sie sonst mit wohligem Schaudern oder auch mit einem ironischen Augenzwinkern benutzten, erschien Antonia auf einmal unpassend.

Robert nickte.

Etwas an seiner Haltung verriet Antonia, dass er dieses Mal keine Geschichten erfand. Die verblassten Goldbuchstaben ließen das, was Antonia bisher für eine gruselige Legende gehalten hatte, plötzlich verstörend real werden.

Sie waren die Letzten an der Grabstätte, die Arbeiter, die neben ihrem Minibagger standen, blickten bereits ungeduldig zu ihnen herüber, also wandten sie sich zum Gehen.

Apropos Dachzimmer – Antonia erschien der Zeitpunkt günstig, ein heikles Thema anzusprechen: »Was wird Selin jetzt eigentlich machen? Ich meine, wo geht sie als Nächstes hin?«

»Keine Ahnung.«

»Aber sie muss doch irgendeinen Plan haben«, insistierte Antonia und fügte in Gedanken hinzu: Oder worüber redet ihr, wenn ihr stundenlang auf der Bank hinterm Schuppen sitzt, so wie gestern Abend?

»Das wird sich schon finden.«

»Weiß sie schon, dass sie Ende Juli ausziehen muss?« Antonia ließ jetzt nicht locker.

»Nein. Ich wollte, dass sie sich erst mal wieder einkriegt, bevor ich ihr den Rausschmiss androhe. Sie hat ja viel mitgemacht. Oder denkst du, man steckt es einfach so weg, wenn man von der eigenen Familie verraten und verkauft wird wie ... wie ein Stück Vieh und wenn man sich nicht mehr auf die Straße wagen kann, weil man Angst haben muss, von den eigenen Eltern verschleppt zu werden?« Sein Ton war leidenschaftlich geworden, fast schon zu laut für einen Friedhof.

Im selben Moment begriff Antonia, dass Robert sich in Selin verliebt haben musste. Warum würde er sie sonst so in Schutz nehmen? Ihre Hochstimmung, die sie bis eben noch fast über den Boden hatte schweben lassen, fiel in sich zusammen. Die Seifenblase war geplatzt.

»Du kannst sie nicht leiden, was?«, meinte Robert angriffslustig.

Die Versuchung, ihm von dem Geld zu erzählen, war groß, aber verblendet von Selins Reizen würde er sicher auch dafür eine Erklärung parat haben. Vielleicht wusste er sogar davon. Robert war ja der Einzige, mit dem Selin längere Zeit geredet hatte.

»Sie ist mir unheimlich«, gab Antonia zu. »Sie hat so etwas Verschlagenes an sich. Inzwischen glaube ich ihr die Geschichte von der Zwangsheirat nicht mehr und ich bereue es, dass ich sie hier angeschleppt habe. Ich hatte einfach spontan Mitleid mit ihr und habe mich blenden lassen.«

»Und warum glaubst du ihr jetzt nicht mehr?«

»Nur so ein Bauchgefühl. Weibliche Intuition«, setzte sie hinzu.

»Das nennt man auch Rumgezicke.«

Antonia antwortete nicht. Sie war enttäuscht und gekränkt. Sie hatten das Friedhofstor erreicht, schweigend überquerten sie die Straße und gingen auf das Haus zu.

Ich werde Katie jetzt gleich von dem Geld erzählen, beschloss Antonia, als sie deren Fahrrad neben ihrem neuen roten Flitzer stehen sah. Sie brauchte jetzt dringend eine Verbündete. Robert kramte in seiner Hosentasche nach dem Schlüssel, aber da wurde die Tür von innen geöffnet und Katie stand vor ihnen. Sie war blass wie ein Chicoree und zitterte am ganzen Körper.

»Was ist los?«, fragte Robert.

»Es . . . es war jemand da. Ein Mann, der brüllte hier rum, wegen Selin . . .«

»Wo ist sie?«, rief Robert erschrocken.

Katie zuckte mit den Schultern und bedeutete ihnen mitzukommen. Sie folgten ihr über den Weg aus bemoosten Sandsteinplatten, die der Gärtner kürzlich freigelegt hatte, bis zum Schuppen. »Dahinten«, sagte Katie mit erstickter Stimme.

Robert und Antonia bogen um die Ecke, Katie blieb, wo sie war.

Antonia schrie auf, als sie den Toten sah. Er lag zusammengekrümmt auf der Seite und es war keine Frage, woran er gestorben war: Herrn Petris Heckenschere steckte in seiner Brust, bis fast zu der Stelle, an der sich die langen Scherenhälften kreuzten. Um die Einstichstelle herum hatte sich das hellblaue Hemd mit Blut vollgesogen, ein Schwarm bunt schillernder Fliegen kroch darauf herum. Das Hemd war hochgerutscht, über dem Gürtel wurde weißes Puddingfleisch sichtbar. Robert wandte sich ab, seine Augen waren weit aufgerissen. Er

192

atmete einmal tief durch und sagte in bemüht ruhigem Tonfall zu Katie: »Was ist passiert?«

»Er kam zuerst zur Haustür und brüllte rum, Selin solle rauskommen. Ich hab mich hier versteckt, weil ich Schiss hatte. Dann ist er um die Ecke gekommen, in den Garten, er hat durch die Fenster geguckt und wieder rumgeschrien, er war total wütend. Und dann stand er plötzlich vor mir, hat mich angeschrien, ich solle ihm sagen, wo sie ist, und auf einmal ist Selin aufgetaucht. Sie hat ihn angesprochen, und als er sich zu ihr umgedreht hat, hat sie ihm die Schere in die Brust gestoßen. Das ging blitzschnell! Er ist zusammengeklappt und ich bin weggerannt. Das war vor etwa einer halben Stunde.« Katies Stimme bebte und sie vermied es, den Toten anzusehen.

»Und dann?«, fragte Antonia. In ihrem Kopf rasten die Gedanken und ihre Stimme klang, als hätte sie gerade einen Hundertmetersprint hinter sich.

»Ich hab mich in meinem Zimmer eingeschlossen. Ich wollte nicht die Polizei holen – wegen Selin . . .«

»Wieso hast du mich nicht angerufen?«, fragte Robert.

»Hab ich doch«, antwortete Katie, begleitet von einem unkontrollierten Schluchzer. »Du bist ja nicht rangegangen.«

»Stimmt, ich hab das Ding vorhin in der Kapelle stumm geschaltet.«

Robert legte die Arme um sie und rieb Katie beruhigend über den Rücken. »Schon gut, ganz ruhig«, murmelte er dabei. Dann ließ er sie los. Er schluckte, beugte sich über den Toten und durchsuchte die Seitentasche der Hose und die Gesäßtasche, die gut zu erreichen wa-

193

ren. Sie waren leer. »Wir müssen ihn umdrehen, helft mir mal. Ich muss an die anderen Hosentaschen ran.«

»Ich kann das nicht«, hauchte Katie.

»Ich mach das«, hörte sich Antonia sagen. Sie wusste selbst nicht, woher ihre Kraft kam. Sie nahm den Toten an den Beinen. Er trug dunkelbraune Cordhosen zu hellen Socken und schwarzen Schuhen. Wo die Socken aufhörten, war ein Streifen dunkel behaarter Haut zu sehen. Antonia schauderte. Robert fasste ihn an den Schultern und sie drehten ihn auf die andere Seite. Antonia konnte nicht anders, als in sein Gesicht zu starren. Der Mund stand offen, als wollte er nach Luft schnappen, die schmalen Lippen hatten jede Farbe verloren, ebenso die Augen, die aussahen wie glasig geschmorte Zwiebeln. Antonia hatte das Gefühl, dass sie sie anstarrten. Stolpernd wich sie zurück. Ihr Magen zog sich zusammen, sie atmete flach, um den Brechreiz zu unterdrücken. Außerdem verspürte sie den dringenden Wunsch, sich die Hände zu waschen, aus Angst, es könnte etwas von dem Toten an ihr haften bleiben.

Auch die anderen Hosentaschen waren leer.

»Wo ist Selin?«, fragte Robert erneut.

»Verdammt, ich weiß es nicht«, antwortete Katie ungehalten.

»Geht doch mal in ihrem Zimmer nachsehen.«

»Nein«, wehrte Katie ab und auch Antonia schüttelte den Kopf und sagte mit einer Spur Ironie: »Du hast doch den besten Draht zu ihr, sieh du nach ihr.« Wer stundenlange Unterhaltungen mit ihr führen konnte, konnte sich auch jetzt um sie kümmern, grollte sie insgeheim.

Robert seufzte nur. Aber anstatt sofort ins Haus zu

gehen, beugte er sich über den toten Mann. Es gab ein schmatzendes Geräusch, das Antonia durch Mark und Bein fuhr, als er die Heckenschere aus dessen Brust zog. Auch Katie presste ihre Hand an die Lippen und schauderte. Die Klingen überzog ein roter Film. Robert hielt die Schere weit von seinem Körper weg, als er sie zum Wasseranschluss neben dem Kücheneingang trug. Dort spülte er die Klingen und den Griff sorgfältig ab und lehnte die Schere zum Trocknen gegen die Wand. Dann ging er durch die Vordertür ins Haus. Antonia und Katie folgten ihm und beobachteten, wie er immer zwei Stufen auf einmal nehmend nach oben rannte.

»Verdammte Scheiße!«, hörten sie ihn kurz darauf fluchen. Langsam kam er die Treppe herab. »Sie ist weg. Ihre Sachen auch«, sagt er tonlos. Diese Entdeckung schien ihm mindestens ebenso zuzusetzen wie der Anblick der Leiche vorhin. Er sah Katie vorwurfsvoll an, verkniff sich aber einen Kommentar.

»An ihrer Stelle wäre ich auch abgehauen«, sagte Antonia. Sie und Katie tauschten einen Blick.

»Und jetzt?«, fragte Katie mit angstvoll geweiteten Augen. »Was machen wir jetzt?«

»Ich muss nachdenken.« Mechanisch begann Robert, die Espressokanne mit Kaffeepulver zu füllen. Antonia schäumte sich derweil an der Spüle mit Seife die Hände ein, doch die Erinnerung an die Berührung des Toten blieb. Ihre Hände zitterten. Alle drei fuhren zusammen, als die Haustür aufging und gleich darauf Matthias in der Tür stand, seine Ledermappe unter den Arm geklemmt.

»Hi, Leute!«, rief er munter, aber als er ihre ernsten

Gesichter sah, zog er fragend die kaum sichtbaren Augenbrauen hoch. »Ist was?«

Antonia erklärte ihm in wenigen Worten, was vorgefallen war.

»Ich hab's doch gleich gewusst, dass es mit der nur Ärger gibt!«, stieß Matthias hervor und dann verschwand er in Richtung Garten, um sich, wie er sagte, »die Sache mal anzusehen«.

Ein Schweigen trat ein, während die Espressokanne blubberte und schlurfte.

Matthias kam zurück. »So eine Scheiße!« Er war nun ganz bleich im Gesicht und lehnte sich gegen den Kühlschrank. »Aber wie ein Türke sieht der eigentlich gar nicht aus.«

»Muss er das?«, entgegnete Robert. »Vielleicht haben sie ja einen Detektiv oder so etwas beauftragt. Selin hatte Toni gegenüber mal so was angedeutet.«

»Hatte er keine Papiere bei sich?«, wunderte sich Matthias.

»Seine Taschen waren jedenfalls leer«, gab Robert Auskunft.

Keiner machte den Vorschlag, die Polizei zu rufen. Robert drehte sich eine Zigarette. Seine Finger wirkten dabei weniger sicher als sonst, immer wieder fiel ihm der Tabak vom Papier herunter. Der Kaffee war durch, Antonia nahm die Kanne vom Herd und füllte vier Tassen mit dem schwarzen Sud. »Die Leiche muss auf jeden Fall verschwinden«, sagte sie mit Bestimmtheit.

Matthias und Katie nickten. Matthias holte die Milch aus dem Kühlschrank und sagte dabei: »Wir könnten ihn im Garten vergraben. Unter dem neuen Hochbeet.«

»Nein! Nicht im Garten!«, wehrte Antonia entsetzt ab und auch Katie schüttelte heftig mit dem Kopf.

»Wieso nicht?«

»Und das Gemüse – möchtest du Gemüse essen, das auf so einem Beet wächst?«, fragte Katie erneut schaudernd.

»Nein, das wäre kein so gutes Gefühl«, räumte Robert ein, dabei beobachtete er Antonia, die gerade zwei Scheiben Toastbrot aus der Packung nahm und in den Toaster steckte. »Wie kannst du jetzt was essen?«, fragte er.

»Toastbrot beruhigt meinen Magen«, erklärte Antonia, die das Gefühl hatte, gleich umzukippen, wenn sie jetzt nichts zu essen bekam.

»Aber er muss weg. Und zwar bis morgen früh. Erstens, weil er sonst anfängt zu stinken, zweitens, weil ihn sonst der Petri zu Gesicht bekommt«, sagte Matthias und fügte hinzu: »Und in mein Auto kommt er nicht, das sag ich euch gleich.«

Antonia war Matthias dankbar, dass der das Problem in seiner pragmatischen Art anging.

»Was ist mit dem leeren Nachbargrundstück?«, fragte Antonia. »Da wächst doch nur Unkraut und liegt Müll herum. Das würde doch nicht auffallen, wenn man da etwas vergräbt.«

»Und wenn doch mal was gebaut wird, dann findet man die Knochen«, meinte Katie.

»Na und?«, gab Antonia zurück, aber auch die zwei Jungs schüttelten die Köpfe.

»Das ist mir zu nah bei uns«, meinte Robert. »Da buddelt am Ende mal ein Köter etwas tiefer . . .«

»Wir könnten ihn bis zur Überführung schaffen und dann auf den Westschnellweg werfen, wenn gerade ein paar Laster vorbeidonnern«, schlug Katie vor, aber auch an dieser Idee fand niemand so recht Gefallen.

»Da können wir ihn auch gleich auf ein Bahngleis legen«, murmelte Matthias.

»Was ist mit den Gängen und Höhlen, die angeblich überall unter dem Lindener Berg sind. Gäbe es da kein Versteck?«, fragte Antonia an Robert gewandt.

»Ach, die Geschichte . . .«, stöhnte Matthias und verdrehte die Augen.

»Das gäbe es vielleicht, wenn einer von uns wüsste, wo ein Zugang ist«, antwortete Robert. »Ich kenne aber keinen.«

»Schade«, bemerkte Antonia.

Katie, deren Gesicht langsam wieder etwas Farbe angenommen hatte, überlegte laut. »Und wenn wir einen Anhänger mieten, ihn da reinpacken und ihn dann in der Nacht in die Leine oder die Ihme werfen?«

»Der Polo hat keine Anhängerkupplung«, klärte Matthias sie auf.

»Wie wär's mit einem Mietwagen? Ein Kombi vielleicht . . .«

»Was ist mit dem Lieferwagen von deiner Sozialstation?«, fragte Matthias Robert. »Kannst du dir den nicht noch mal leihen?«

»Theoretisch ginge das. Aber im Grunde wäre es mir lieber, wenn der Kerl so verschwinden würde, dass man ihn nie mehr findet. Wer weiß, in welchem Verhältnis er zu Selin stand, und wenn man ihn identifiziert . . .«

»Ganz bestimmt kannte sie ihn, jede Wette. Zumindest

wusste sie, dass er hinter ihr her war«, sagte Katie rasch. »Vielleicht hat sie ihm seinen Autoschlüssel geklaut und ist mit seinem Wagen abgehauen.«

»Krass«, bemerkte Antonia, den Toaster fixierend, der jeden Moment die gebräunten Scheiben ausspucken musste.

»Wie sollte sie das anstellen? Sie ist sechzehn!«, erinnerte Robert.

»Wissen wir das bestimmt?«, zweifelte Matthias. »Sie kann uns doch wer weiß was erzählt haben. Und jetzt haut sie ab und lässt uns mit dem Schlamassel zurück. Großartig, wirklich großartig!«

»Hör schon auf!«, fuhr ihn Robert an.

Er spielt immer noch den Beschützer, selbst jetzt, wo sie weg ist, erkannte Antonia. Es musste ihn wirklich ganz schön erwischt haben – den erklärten Verächter der romantischen Liebe.

»Der Friedhof«, platzte sie heraus, während ihr die Toastbrote entgegensprangen.

Drei Augenpaare blickten sie fragend an.

»Der Friedhof!«, wiederholte Antonia. »Leichen gehören auf den Friedhof. Könnten wir ihn nicht in das frisch ausgehobene Grab von Frau Riefenstahl legen?«

»Das wird im Moment gerade zugebuddelt.«

»Sie hat recht«, rief Matthias, der von der gestrigen Explosion immer noch ein Summen in den Ohren hatte und deshalb einen Tick zu laut redete. »Die Erde ist noch locker. Keinem Menschen würde es auffallen, wenn man die Stelle heute Nacht noch einmal auf- und wieder zugräbt. Wir könnten ihn in der Schubkarre rüberschaffen.«

»Das Tor ist nachts zu«, meinte Robert. »Aber das kann man aufbrechen.«

»Das Werkzeug dazu besitzt ihr ja«, stellte Antonia fest.

»Ein aufgebrochenes Tor fällt aber auf«, gab Katie zu bedenken. »Kann man ihn nicht auf eine andere Art da reinkriegen? Vielleicht über die Mauer?«

»Unmöglich, die ist zu hoch. Wie sollen wir das denn anstellen?« Robert schüttelte den Kopf und blies einen Rauchkringel in die Luft.

»Dann legen wir eben eine falsche Spur«, sagte Matthias. »Wir platzieren an einer anderen Stelle ein paar Grablichter und ein totes Huhn, damit es aussieht, als hätten irgendwelche Freaks eine schwarze Messe abgehalten. Meinetwegen sprühen wir noch ein paar Pentagramme in der Gegend herum.«

»Was für ein totes Huhn denn?«, fragte Antonia mit vollem Mund. »Ein Tiefkühlhähnchen von Aldi?«

Katie brach in unkontrolliertes Kichern aus.

»Okay, das Huhn streichen wir«, meinte Robert. »Aber sonst ist der Plan gar nicht übel. Allerdings, wenn die arme Frau Riefenstahl das wüsste . . .«

»Sie ist tot. Es ist ihr egal«, meinte Antonia und dachte: Sonst immer den Abgeklärten spielen, der an nichts glaubt, und jetzt plötzlich sentimental werden!

»Was machen wir solange mit . . . ihr wisst schon?«, fragte Katie.

»Wir schaffen ihn in den Schuppen«, sagte Robert.

»Und wenn der Petri doch noch mal zurückkommt?«

»Wird er schon nicht.«

»Im Keller wäre er besser aufgehoben«, meinte nun auch Matthias.

»Ohne mich«, sagte Antonia. »Ich fasse ihn nicht mehr an – höchstens noch heute Nacht«, schränkte sie ein.

»Denkst du, bis dahin sieht er leckerer aus, wenn er noch lange dahinten in der Sonne liegt?«, entgegnete Robert.

Antonia spürte es schon wieder in ihrem Magen rumoren und biss rasch in ihr zweites Toastbrot.

Matthias hatte einen Vorschlag: »Wir wickeln ihn in den scheußlichen Teppich, der im Wohnzimmer vor der Glotze liegt, und schaffen ihn auf die Nordseite des Hauses, hinter das alte Sofa, das da seit Wochen steht, weil Robert immer vergisst, die Sperrmüllabfuhr zu bestellen.«

»Wer wir?«, fragte Robert ahnungsvoll.

»Du und ich«, sagte Matthias.

»Und Katie und ich fahren los und besorgen das Zeug«, willigte Antonia rasch in die Aufgabenverteilung ein.

»Zeug?«, wiederholte Robert verwirrt.

»Grablichter und so Grufti-Kram«, erklärte Katie, die sofort verstanden hatte, was Antonia meinte.

»Okay. Aber heute Nacht, beim Buddeln, seid ihr auch dabei!«

18.

Während Matthias und Robert in Richtung Garten verschwanden, stiegen Antonia und Katie auf ihre Räder. Aber schon nach wenigen Metern, auf der Höhe des Parkplatzes, unter dem der Westschnellweg entlanglief, hielt Antonia abrupt an. Katie, die hinter ihr hergefahren war, bremste ebenfalls. »Was ist?«, fragte sie.

»Wo ist der Autoschlüssel, wo sind die Papiere?« Antonia blickte ihre Freundin streng an.

»Ich weiß nicht . . .«

»Ich weiß, dass der Mann nicht wegen Selin hier war«, sagte Antonia mit fester Stimme mitten in Katies erschrockenes Gesicht. »Und irgendwie muss er ja hierher gekommen sein. Ich tippe auf ein Auto. Da vor unserem Haus keines steht, muss es wohl hier sein.«

Katie zeigte sich beeindruckt von Antonias entschlossenem Auftreten. Sie fasste in ihre Hosentasche und zog einen Autoschlüssel hervor. Antonia nahm ihn und ging damit die Reihen ab. Bei einem roten Audi blinkten die Lichter auf und die Zentralverriegelung klickte.

»Woher wusstest du . . .«, fragte Katie perplex.

»Das nennt man Kombinationsgabe.« Antonia öffne-

202

te die Beifahrertür und inspizierte das Handschuhfach. Ein paar CDs mit Schlagermusik, Papiertaschentücher, Eiskratzer, Tankrechnungen, Sonnenbrille. Konnte man alles drinlassen. Sein Handy, eingeschaltet! Antonia ließ es blitzschnell in ihrer Hosentasche verschwinden. Sonst war nichts im Innenraum, auch der Kofferraum war leer.

»Das Auto muss weg«, sagte Antonia. »Das könnte ein größeres Problem werden als die Leiche.«

»Warte mal!« Katies Augen leuchteten auf, sie zückte ihr Telefon. Wenige Sekunden später war es an Antonia, ihrer Freundin verblüfft zuzuhören. »Seid ihr an einer geilen Karre interessiert? – Pass auf. Die Schüssel ist heiß, die muss sofort von hier verschwinden, und am besten ins Ausland. – Auf dem Parkplatz überm Westschnellweg. Roter Audi, Kennzeichen H-CH 2435. Schlüssel steckt. Und lasst euch nicht zu viel Zeit. – Ja, gerne. Und keine Spritztouren, wie gesagt, die ist heiß!« Sie legte auf und sagte zu Antonia: »Das Problem ist erledigt.«

Sie schauten einander an, mit einer Mischung aus Misstrauen und Bewunderung. Schließlich meinte Katie: »Ich glaube, wir sollten uns mal unterhalten . . .«

Sie wählten dafür eine abgelegene Bank im Von-Alten-Park, der auf der anderen Seite des Schnellwegs lag.

»Du zuerst«, sagte Antonia.

»Okay«, willigte Katie ein. »Aber du musst schwören, dass du niemandem etwas von dem verrätst, was ich dir jetzt sage!«

»Ich schwör's.«

»Das meine ich ernst!« Katies Augen flackerten.

»Ich auch.«

Katie holte tief Luft und sagte: »Du hast recht, der Kerl war nicht wegen Selin hier. Der Typ war wegen mir hier!«

»Wegen dir?«, staunte Antonia.

Katie erzählte ihr von dem Mann, der sie am Sonntagabend verfolgt hatte und der vorhin in den Garten gekommen war. »Und ich hatte so furchtbare Angst. Der hat rumgebrüllt wie ein Irrer. Ich habe mich hinter dem Schuppen versteckt und gehofft, dass er da nicht hinkommt, aber dann stand er plötzlich vor mir, hat mich gesehen und ist auf mich zugestürzt. Da habe ich diese Schere genommen, die da lag . . .« Sie hielt inne, schluckte. »Es hat so ein grässliches Geräusch gemacht, das werde ich nie wieder vergessen. So ein Knirschen, wie . . . wie . . . keine Ahnung, es war das schlimmste Geräusch, das ich je gehört habe. Er ist sofort in die Knie gegangen, hat noch ein paar Mal geröchelt und dann war er tot und das Blut . . .« Katie stockte erneut, sie hatte Tränen in den Augen, ein Beben ging durch ihren Körper. Flüsternd fuhr sie fort: »Was hätte ich denn tun sollen, ihr wart ja nicht da, kein Mensch war da! Ich hatte eine solche Scheißangst! ›Ich bring dich um‹, hat er gerufen, ich schwör's dir. Bitte, bitte, sag niemandem, dass ich es getan habe!«

Antonia legte den Arm um Katies Schultern. »Ist gut, beruhige dich. Ich sag es keinem. Es ist vorbei.«

»Du bist wirklich eine echte Freundin!«, bekannte Katie unter Tränen.

Antonia fragte: »Bist du sicher, dass der Tote derselbe Typ war, der dich am Sonntag verfolgt hat?«

Katie zuckte mit den Achseln. »Ich weiß nicht. Ich

hab den ja nur im Dunkeln gesehen. Aber die Figur war schon so ähnlich.«

»So eine Figur haben aber sehr viele Männer«, gab Antonia zu Bedenken.

»Stimmt auch wieder.«

»Und wo ist Selin?«

»Keine Ahnung. Beim Nachhausekommen habe ich gerufen, ob jemand da ist, aber sie hat nicht geantwortet. Und nachdem das . . . passiert war, bin ich zu ihr raufgerannt. Aber sie war weg, alles war leer. Wahrscheinlich ist sie schon Stunden vorher abgehauen. – Wann hast du sie eigentlich zum letzten Mal gesehen?«, fragte Katie.

»Gestern, beim Abendessen. Danach saß sie mit Robert auf der Bank. Ewig lange!«, schnaubte Antonia.

»Worüber haben sie geredet?«

»Woher soll ich das wissen?«

»Hast du nicht gelauscht?«, fragte Katie in einem Tonfall, als wäre es ein unentschuldbares Versäumnis, andere Menschen nicht zu belauschen.

»Nein, hab ich nicht«, antwortete Antonia entrüstet. »Aber ich habe gehört, wie sie die Treppe hochgegangen ist, das war schon nach elf. Heute Vormittag dachte ich, sie schläft noch. Mittags war ich mit dem Rad unterwegs und danach mit Robert auf der Beerdigung. Robert ist direkt vom Dienst dorthin gekommen. Sie hatte also genug Zeit, um in aller Ruhe zu verschwinden.«

Dann erzählte Antonia ihrer Freundin von dem vielen Geld, das sie in Selins Tasche gefunden hatte.

»Wie viel war es?«

»Keine Ahnung! Viel. Mindestens zehntausend, würde ich mal schätzen.«

Katie pfiff durch die Zähne, sie schien kurz zu überlegen, dann sagte sie: »Weißt du, was ich glaube?«

»Was denn?«

»Das Geld stammt aus einer Postbank in Linden-Nord, die vor ein paar Tagen überfallen wurde. Auf der Arbeit haben sie davon erzählt und es stand auch in der Zeitung. Es gab ein Phantombild und ich könnte schwören, dass das unsere Selin war.«

»Wie viel Geld war es?«

»Das stand nicht drin, das schreiben sie ja nie, um die Leute nicht noch zu ermuntern.« Katie blies vor Empörung ihre Backen auf und stieß die Luft aus. »Die hat uns ganz schön verarscht. Natürlich musste sie ein paar Tage untertauchen! Aber nicht weil ihr Clan sie in die Türkei verheiraten will, sondern weil die Bullen sie suchen.«

»Vielleicht stimmt das mit der Zwangsheirat ja doch und sie brauchte eben dringend Geld«, wandte Antonia ein.

»Glaubst du das wirklich?«

»Nein.« Antonia seufzte: »Wenn das Robert erfährt . . .«

»Wieso Robert?«

»Hast du nicht gemerkt, wie der auf ihr Mandelaugengeklimper abgefahren ist?«

»Doch«, nickte Katie. »Willst du's ihm erzählen?«

»Weiß ich noch nicht. Aber ich bin jedenfalls froh, dass Selin weg ist, sie war mir unheimlich.«

Katie nickte. »Mir auch.«

Stille trat ein. Antonia schaute in den blassblauen Himmel, über den sich ein von der Sonne erhellter Kondensstreifen zog. »Ich muss dir auch was sagen, Katie. Und das muss unbedingt unter uns bleiben!«

»Dein Schweigen gegen meins. Also, was ist los?«

»Der Typ, den du getötet hast . . .«

»Sag so was nicht!«, jammerte Katie. »Das klingt, als wäre ich eine eiskalte Killerin. Ich hatte Todesangst!«

»Ja, ist gut!« Antonia fuhr fort: »Der Typ war nicht wegen dir hier und ich glaube auch nicht, dass es der war, der dir am Sonntag nachgelaufen ist.«

»Und was macht dich da so sicher?«

»Er wollte zu mir.«

»Hä?«

»Der Tote ist Ralph Reuter, der Mann meiner Mutter.« Erst jetzt, als Antonia es aussprach, wurde ihr endgültig klar, dass es Realität war. Fast so, als hätte der Anblick des Toten nicht dazu ausgereicht. Sie knetete ihre noch immer eiskalten Hände.

Katie blinzelte, als müsse sie ein Trugbild verscheuchen. »Wer?«, presste sie heraus.

»Der, der mich neulich angerufen und ins Telefon gebrüllt hat, dass ich nach Hause kommen soll! Hat er denn nicht meinen Namen gerufen?«

»Das konnte ich nicht verstehen, bei dem Krach, den die Straße macht. Obwohl, wenn ich jetzt so nachdenke: Ich glaube, es hat sich so angehört wie ›Toni‹. ›Toni, komm raus oder ich bring dich um!‹ Oh mein Gott!« Katie sah Antonia mit weit aufgerissenen Augen an. »Das . . . das ist ja furchtbar! Ich hab deinen . . . ach du Scheiße! Das tut . . . mir . . .«

»Mir nicht«, stieß Antonia hervor. »Er hat meine Mutter geschlagen. Und wer weiß, was er mit mir vorhatte.«

Sie sahen sich an und Katie fragte: »Aber warum hast du das vorhin nicht gesagt?«

»Wie denn – du hattest doch schon vor Robert behauptet, dass er Selins Namen gerufen hätte und dass es Selin war, die ihn getötet hat. Ich wollte dich nicht verraten.«

»Jaja . . . stimmt, du hast recht. Danke«, stammelte Katie, sichtlich verwirrt.

»Wo sind seine Papiere?«, fragte Antonia.

»In meinem Zimmer.«

Antonia schwieg nachdenklich. Sie versuchte, sich in Katies Lage zu versetzen. Ein Mann kommt in den Garten, brüllt wüste Drohungen. Sie glaubt, es ist ihr nächtlicher Verfolger, der mit ihr wer weiß was anstellen will. Sie versteckt sich, er steht plötzlich vor ihr, sie wehrt sich, der Mann fällt zu Boden, er blutet, er ist tot . . . sie ist geschockt und rennt ins Haus.

So weit war alles nachvollziehbar. Aber: »Wann hast du ihm eigentlich die Papiere und den Autoschlüssel abgenommen?«

Katie antwortete, ohne zu zögern. »Er hatte eine Jacke über der Schulter hängen. Die ist runtergefallen, als er . . . als ich . . . na, jedenfalls wäre ich fast drüber gestolpert, als ich weggerannt bin. Ich habe die Jacke aufgehoben und mit reingenommen. Der Autoschlüssel war rausgefallen, den habe ich eingesteckt, ohne zu überlegen. Drinnen habe ich mir seinen Ausweis angesehen, aber der Name Ralph Reuter hat mir nichts gesagt. Ich glaube, du hast ihn nie genannt.«

Antonia wusste, welche Jacke sie meinte, eine dunkelgrüne Funktionsjacke von Jack Wolfskin mit speckigem Kragen. Ralph hatte sie immer getragen, ob Sommer oder Winter.

208

»Ich habe sie unter meinem Bett versteckt«, gestand Katie.

Ihre Erklärung beruhigte Antonia einigermaßen. Einen schrecklichen Moment lang hatte sie geglaubt, Katie sei ein kaltblütiges Monster, das einen Mann erstach und ihn dann seelenruhig ausplünderte. Sie nahm Ralphs Mobiltelefon aus ihrer Hosentasche. Ein besseres Modell von Nokia, aber kein Smartphone. »Das war noch im Wagen.«

»Das müssen wir sofort ausschalten und verschwinden lassen! Die Polizei kann den Standpunkt noch im Nachhinein genau orten«, flüsterte Katie erschrocken.

»Ja, gleich.« Antonia rief das Protokoll der zuletzt gewählten Nummern auf. Seit heute Mittag neun Anrufe bei seiner eigenen Festnetznummer in kurzen Abständen. Kein Rückruf. Seltsam. Offenbar hatte auch Ralph erfolglos versucht, ihre Mutter zu erreichen. Sie schaltete das Handy aus, nahm die SIM-Karte heraus und warf sie in den Papierkorb neben der Bank.

»Ich würde lieber auch das Handy wegwerfen«, meinte Katie. »Manche haben einen fest installierten GPS-Chip. Die Polizei kann den orten. Wir schmeißen es am besten nachher in die Leine.«

»Okay.« Antonia respektierte Katies Fachwissen auf diesem Gebiet, es kam ihnen in dieser Situation unheimlich gelegen. Siedend heiß fiel ihr jetzt ein, dass sie seit heute früh noch nicht wieder versucht hatte, ihre Mutter anzurufen.

Sie zog ihr eigenes Handy hervor.

»Wen rufst du an?«

»Meine Mutter. Ich will wissen, ob es ihr gut geht.«

Aber wieder klingelte es ins Leere. »Verdammt! Ich mache mir Sorgen.«

»Ich mir auch«, sagte Katie. »Die Polizei wird früher oder später deine Mutter verdächtigen, Ehefrauen werden immer verdächtigt. Und spätestens, wenn sie deine Mutter verhaften, dann wirst du weich und verrätst mich. Blut ist dicker als Wasser«, fügte sie theatralisch hinzu.

An diese Möglichkeit hatte Antonia noch gar nicht gedacht.

Sie war im ersten Moment schockiert und entsetzt gewesen, als sie Ralph mit der Heckenschere in der Brust hatte daliegen sehen. Es hatte etwas Unwirkliches gehabt, fast wie eine Filmszene: das blutige Hemd, sorgfältig gebügelt von ihrer Mutter, die Fliegen, die auf seiner Brust herumkrochen, die toten Augen, der verzerrte Mund . . . Sie würde dieses grausige Bild ihr Leben lang nie mehr aus dem Kopf bekommen. Und doch war ihr der Gedanke, mit diesem Bild im Kopf leben zu müssen, lieber als der, ihre Mutter bei diesem Mann zu wissen. Wenn das der Preis war, dann würde sie ihn gern bezahlen. Und so hatte Antonia nach dem ersten Schock zu ihrem eigenen Erstaunen gespürt, wie eine große Erleichterung von ihr Besitz ergriffen hatte. Nachdem sie sich von dem ersten Schrecken erholt hatte, war sie zu ihrem eigenen Erstaunen in der Lage gewesen, kühl zu überlegen, was zu tun war.

Aber insgeheim musste sie Katie jetzt recht geben. Natürlich würde Antonia nicht zusehen, wie ihre Mutter ins Gefängnis ging, auch nicht für einen Tag.

»Wieso dich verraten?«, entgegnete sie nun. »Es war doch Selin, oder etwa nicht?«

Sie sahen sich an und ein kleines Lächeln stahl sich auf Katies Katzengesicht, als sie sagte: »Toni, du bist ja noch viel böser, als ich dachte!«

Antonia nahm es als Kompliment. »Manchmal muss man eben ein Miststück sein«, meinte sie.

Katies Handy klingelte. »Ja? – Gut so. – Sehr schön, ja Russland ist prima. – Nichts zu danken, Männer.« Sie legte auf. »Das Auto befindet sich schon auf dem Weg nach Osteuropa. Los, komm, wir haben auch noch zu tun.«

Sie erhoben sich von der Bank und fuhren los, um die Requisiten für ihren vorgetäuschten Satanskult zu besorgen und Ralphs Handy loszuwerden. Antonia musste plötzlich an Herrn Petri denken, wie er am Montagmorgen beim Kaffeetrinken in der Küche gesagt hatte, dass in jedem Menschen eine Bestie stecke. Wie recht er doch hatte.

19.

Auf dem Küchentisch brannten sechs Grablichter. Die Zeiger der Küchenuhr bewegten sich auf zwölf Uhr zu, aber dennoch war es draußen noch immer nicht richtig dunkel.

»Muss denn ausgerechnet heute Vollmond sein?«, maulte Robert. »Am Ende treiben sich ja wirklich noch ein paar Irre auf dem Friedhof herum.«

Matthias stand in der Tür. »Jammern hilft jetzt nicht. Komm, erledigen wir erst mal die Sache mit dem Tor.«

Robert folgte ihm in den Flur, wo schon das Brecheisen, eine Zange und ein Bolzenschneider bereit lagen. Beide trugen dunkle Hosen und schwarze Kapuzensweatshirts.

»Wir kommen noch mal her. Ihr könnt schon mal die Schubkarre, Spaten und Schaufeln und das Halloween-Zeugs herrichten«, sagte Matthias zu den Mädchen.

»Steht schon alles vor dem Schuppen«, antwortete Antonia. Nur die Grablichter hatten sie hereingenommen, um sie zur Hälfte abzubrennen, damit es »echt« aussah.

»Wir haben sogar die Pforte nachgeölt«, setzte Katie hinzu.

Matthias nickte anerkennend. »Dann bis gleich.«

Katie und Antonia gingen zum Fenster des Salons. Ohne Licht zu machen, beobachteten sie die beiden. Sie verharrten eine ganze Weile vor der Pforte und behielten die Straße im Blick. Einmal kam ein Auto und sie duckten sich hinter die Rosensträucher, um den Lichtkegeln der Scheinwerfer zu entgehen. Robert hatte recht, das Timing war für ihre Zwecke denkbar schlecht. Es war Freitagabend und eine der wenigen lauen Nächte, die dieser regnerische Sommer zu bieten hatte. Der Himmel über der Stadt war zartorange gefärbt, über dem Friedhof hing ein prächtiger Vollmond. Die Straßenlaternen taten ein Übriges.

»Man hätte ihn genauso gut am helllichten Tag rüberkarren können, es macht kaum einen Unterschied«, murrte Katie.

Nun sah man die beiden über die Straße huschen, dann verschmolzen ihre Gestalten mit den Schatten der Bäume, die den Eingang des Friedhofs säumten. Dennoch blieben die Mädchen am Fenster stehen. Katie trug ein schwarzes Longsleeve. Antonia hatte ein dunkles T-Shirt an, sie würde nachher noch in eine schwarze Strickjacke schlüpfen und eine dunkle Wollmütze über ihr Haar ziehen.

»Hast du Gummistiefel?«, fragte Katie. Unwillkürlich sprach sie leise und auch Antonia antwortete mit gedämpfter Stimme: »Nein, aber Lederstiefel.«

»Arbeitshandschuhe?«

»Ja.«

Sie schwiegen eine Weile und starrten hinaus in die Nacht.

»Wo bleiben die nur so lange?« Antonia trippelte nervös von einem Fuß auf den anderen. Lodemanns Scheune aufzubrechen, war wesentlich schneller vonstatten gegangen, erinnerte sie sich.

»Vielleicht schauen sie noch nach, ob tatsächlich keiner auf dem Friedhof ist.«

So war es auch. Das bestätigte Robert, als er und Matthias nach endlosen zwanzig Minuten wiederkamen.

Es ging los: Matthias, der alle noch einmal ermahnte, während der ganzen Aktion kein überflüssiges Wort zu sprechen und natürlich sämtliche Handys abzuschalten oder besser noch hierzulassen, schob die Schubkarre auf die Nordseite des Hauses, die an das brach liegende Nachbargrundstück grenzte. Laternen- und Mondlicht wurden hier durch das Haus abgeschirmt, entsprechend dunkel war es. Eingerollt in den alten Teppich lag die Leiche hinter dem vergammelten Sofa. Sie hatten die Enden des Teppichs mit Schnur zugebunden, sodass das Ganze die Form eines riesigen Bonbons hatte. Die Jungs brachten die Schubkarre in Position, Katie und Antonia hielten sie an den Griffen fest, damit sie nicht kippte, und auf ein leises Kommando hoben Robert und Matthias den Leichnam hoch. »Verdammt, ist der schwer«, ächzte Robert.

»Pscht«, mahnte Matthias. Ohne dass es abgesprochen worden war, hatte er das Kommando und die Planung der Aktion übernommen. Und er hatte wirklich an alles gedacht: Mit einem Spanngurt wurde der Körper, der nun ziemlich steif zu sein schien, auf der Wanne der Schubkarre fixiert. Die Jungs schoben, die Mädchen trugen die Arbeitsgeräte: zwei Schaufeln, einen Spaten und einen Rechen, um hinterher ihre Fußspuren zu verwischen. Damit das Metall des Spatens und der Schaufeln nicht im Mondlicht aufblitzten, hatten sie sie mit grauen Müllsäcken verhüllt – auch eine Idee von Matthias. Auf den drei Stufen, die man von der Pforte bis zur Haustür überwinden musste, lag ein dickes Holzbrett als Rampe für die Schubkarre.

Der Trupp stoppte davor. Die Pforte stand offen, Robert trat hinaus auf die Straße, spähte ins Dunkel und lauschte, ob sich vielleicht ein Auto näherte. Dann, nach einer Minute, kam er zurück und wisperte: »Wir können.«

Vorsichtig rollten sie die Karre mit ihrer schweren Last über die improvisierte Rampe, dann durch die Pforte, die Antonia noch rasch zumachte, ehe sie weitergingen. Ein prüfender Blick, aber die Straße war noch immer leer.

»Los, schnell!«, flüsterte Matthias. Dies war der kritische Moment. Mit vereinten Kräften bewegten die Jungs die Schubkarre über die Fahrbahn und bis zum Friedhofstor, das Katie nun lautlos öffnete. Ohne anzuhalten, ging es weiter. Antonia war unheimlich zumute. Sie hatte es bisher stets vermieden, nachts auf Friedhöfe zu gehen. Äste ragten wie flehende Arme in den Himmel, Büsche und Grabsteine nahmen im schwachen Mondlicht seltsame Formen an, wurden zu Tieren, zu Fabelwesen, zu Monstern. Irgendetwas raschelte. Vielleicht eine Maus oder ein Igel. Eine Fledermaus kreuzte ihren Weg in wildem Zickzackflug. Eigentlich fehlt nur noch der Ruf eines Käuzchens, dachte Antonia und war froh, nicht alleine hier zu sein.

Frau Riefenstahls Grab lag im oberen, hinteren Teil

des Bergfriedhofes, was für Robert und Matthias eine ordentliche Plackerei bedeutete. Hin und wieder mussten sie die Schubkarre abstellen, um auf dem ansteigenden Weg wieder zu Atem und zu Kräften zu kommen. Auf halber Strecke schob sich eine Wolke vor den Mond. Sie hatten Taschenlampen dabei, aber noch brauchten sie sie nicht, denn mit der Zeit gewöhnten sich die Augen an die Dunkelheit.

»Hier ist es«, sagte Robert schließlich leise. Matthias ließ ganz kurz die Taschenlampe aufleuchten. Ja, das war der Gedenkstein und davor sah man den ordentlich aufgeschütteten Erdhügel an der Stelle, an der man den Sarg hinabgelassen hatte. Ein Kranz lag darauf, weiße Rosenblüten reflektierten das Licht des Mondes, der soeben wieder hinter der Wolke hervorkroch. Sie stellten die Schubkarre neben dem Grabstein ab und machten sich wortlos an die Arbeit. Eine Person sollte Wache halten, Antonia machte den Anfang. Angestrengt horchte sie und versuchte, die Umgebung im Blick zu behalten. Aber nur das leise Knirschen der Schaufelblätter, die in die noch lockere Erde fuhren, war zu hören, und ab und zu ein angestrengtes Atmen und das sanfte Aufprasseln der Erde, die ihre drei Mitbewohner hinter sich warfen.

Antonia behielt den Weg im Blick, während sie ihre Gedanken schweifen ließ. So endet nun also Ralph. Man dringt eben nicht in fremde Gärten ein und brüllt: »Ich bring dich um!« Selber schuld! Was wohl passiert wäre, wenn ich zu Hause gewesen wäre? Ihr wurde flau. Im Grunde musste sie Katie dankbar sein, dass sie sie und vor allen Dingen ihre Mutter von diesem Menschen erlöst hatte. Auch wenn ihre Mutter das vielleicht anders sehen würde – aber sie brauchte es ja nicht zu erfahren. Ob sie ihn wohl immer noch liebte, trotz allem? Und wie würde sie mit seinem spurlosen Verschwinden fertig werden? Irgendwann, das war Antonia klar, würde sie ihr die Wahrheit sagen müssen. Oder besser nur die halbe Wahrheit. Die Selin-Version. Im Lauf des Abends hatte Antonia noch drei Mal bei ihrer Mutter angerufen, immer vergeblich. Sie machte sich inzwischen große Sorgen um sie. Sie ging doch abends nie weg! Wo war sie nur? Lag sie tot in ihrer Küche, auf dem scheußlichen Fliesenboden, ermordet von Ralph? Aber dann hätte er doch nicht versucht, sie neunmal anzurufen. Oder war das Tarnung? Vielleicht hatte er sie nicht erreichen können, durch irgendein Versehen oder einen Defekt am Telefon, dann war er wütend nach Hause gefahren . . . Scheußliche Szenarien spielten sich vor Antonias innerem Auge ab, während hinter ihr die Schaufeln in die Erde stießen und das Grab ihres Stiefvaters aushoben. Vorhin war sie kurz davor gewesen, alle Krankenhäuser der Stadt anzurufen. Hätte nicht Ralphs »Beerdigung« Priorität gehabt, wäre sie noch heute Abend losgefahren, um nach ihrer Mutter zu sehen. Wenn sie morgen früh immer noch nicht ans Telefon ginge, würde sie hinfahren, das hatte sie sich fest vorgenommen. Lieber Gott, bitte mach, dass ihr nichts passiert ist.

»Ablösung«, wisperte Katie in ihr Ohr und drückte ihr den Stiel der Schaufel in die Hand. Antonia drehte sich um. Im Mondlicht gähnte das Grab schon über einen Meter tief. Deutlich erkannte man die Wände, die der Minibagger scharf abgestochen hatte. Robert war in die Grube hinabgestiegen, um weiterzuschaufeln, Matthias gönnte sich eine kleine Atempause. Antonia ließ sich vorsichtig in das rechteckige Loch hinabgleiten. Sie hätte gerne gefragt, wie stabil Sargdeckel denn im Allgemeinen so sind, aber sie befürchtete einen Rüffel von Matthias, also fing sie an zu arbeiten, stumm und wie besessen. Die Bewegung tat ihr gut, sie lenkte vom Grübeln ab. Die noch lockere Erde war gut zu entfernen. Dennoch verfolgte sie die ganze Zeit die Vorstellung, der Sargdeckel könnte unter ihrem und Roberts Gewicht einbrechen.

Robert stieß als Erster mit dem Blatt des Spatens auf das Holz des Sarges. Von da an kratzten sie nur noch ein paar Schaufeln Erde weg und dann halfen ihnen Katie und Matthias wieder hinaus.

Die Schubkarre wurde so nah wie möglich an die Grube herangerollt. Matthias und Robert nahmen den Teppich an seinen Enden und ließen den Körper auf den Sarg fallen, wo er polternd aufschlug. Antonia schauderte dabei und ihr wurde ein wenig schlecht.

Ohne Unterbrechung ging es ans Zuschaufeln.

»Soll ich dich ablösen?«, fragte Matthias, aber Antonia schüttelte den Kopf. »Nein, es geht schon.« Beinahe hätte sie gesagt: »Ich mach das gerne.« Denn so war es. Sie wollte Ralph eigenhändig begraben, sie hatte das Gefühl, mit jeder Schaufel Erde, die sie nun auf seinen Leichnam warf, ein Stück Vergangenheit abzuschütteln. Ein makaberer Humor brach sich plötzlich Bahn und in Gedanken sprach Antonia vor sich hin: eine Schaufel für das Schlagen meiner Mutter, eine Schaufel dafür, dass du ein Tyrann warst, eine Schaufel für das Haustier, das du mir stets verweigert hast, eine Schaufel für das Verbot, die Osterferien bei Tante Linda zu verbringen, eine Schaufel für mehr als tausend einsame Abende in meinem Zimmer, eine Schaufel für die zwei Wochen Hausarrest, nur weil ich mal geraucht habe, eine Schaufel für das Verbot, auf die Geburtstagsparty von Sinas älterem Bruder zu gehen, eine Schaufel für deine widerlichen Essmanieren . . . Schaufel für Schaufel wurde der Mann ihrer Mutter immer mehr zu einem Gespenst, das seinen Schrecken verloren hatte und ihr nicht länger das Leben verderben konnte. Während dieser Beschäftigung ging ihr ein Lied im Kopf herum, das sie als Kanon im Schulchor gesungen hatten: Der Hahn ist tot, der Hahn ist tot . . .

»Toni!«

»Was ist?« Sie drehte sich um zu Matthias, der ihr ins Ohr gezischt hatte.

»Hör gefälligst auf zu summen!«

»'tschuldigung.«

»Und du Katie, pass lieber auf, ob jemand kommt, anstatt hier rumzukichern«, befahl Matthias voller Entrüstung, woraufhin Katie erwiderte, wer denn hier schon kommen sollte, während Robert nur den Kopf schüttelte und »Hühner!« murmelte.

Die Erde, die übrig geblieben war - Ralphs Körper nahm eine ziemliche Menge Raum ein - verteilten sie gleichmäßig in der näheren Umgebung. Zum Schluss legte Robert den Kranz, den die Nachbarn von Frau Riefenstahl gespendet hatten, wieder auf den kleinen Erdhügel. Sie beseitigten ihre Spuren mit dem Rechen und Antonia dachte mit Bedauern an die tote alte Dame. Es tut mir sehr leid, liebe Frau Riefenstahl, dass Sie Ihr

Grab mit so einem Widerling teilen müssen, aber es geht nicht anders. Bitte verzeihen Sie uns.

An einer anderen Grabstätte, nahe der alten Friedhofsmauer, platzierten sie die Grablichter, drei leere Bierflaschen, ein paar Krähenfedern, die die Mädchen heute Nachmittag im Park gefunden hatten, und die Voodoo-Puppe, die Katie unbedingt hatte kaufen müssen. Die Erleichterung über die reibungslos verlaufene Aktion war allen anzumerken, sogar Matthias erlaubte jetzt wieder das Sprechen.

»Ist das nicht ein bisschen zu dick aufgetragen mit der Puppe?«, meinte Robert, aber er ließ sie unangetastet vor dem Grabstein liegen. Matthias schüttelte die Farbdose und sprühte mit schwarzer Farbe ein Pentagramm und die Zahl 666 an die Mauer – einen Grabstein zu besprühen, brachte er dann doch nicht übers Herz. Dann rollten sie die leere Schubkarre den Weg hinunter und zurück zum Haus. Sie entfernten die Holzdiele von den Eingangsstufen, stellten die Werkzeuge wieder in den Schuppen und die Schubkarre an ihren gewohnten Platz, damit Herr Petri nichts merken würde.

Als alles erledigt war, ging Katie zum Kühlschrank und zauberte eine Flasche Prosecco hervor.

»Herzlichen Glückwunsch zum Geburtstag, Robert!«

»Oh verdammt!«, murmelte der verlegen.

Sie gratulierten ihm. Antonia küsste ihn auf beide Wangen und dann, sie wusste selbst nicht, woher sie den Mut dazu nahm, gab sie ihm noch einen kurzen Kuss auf den Mund. Es fühlte sich gut an. Roberts Lächeln geriet etwas schief. Vermutlich dachte er an Selin.

Keiner von ihnen hatte das Bedürfnis, sofort schlafen

zu gehen. Obwohl sie sich zwar müde von der körperlichen Anstrengung fühlten, waren sie gleichzeitig noch immer aufgekratzt. Vielleicht wollten sie auch nur nicht alleine sein, nach all den Schrecken dieses Tages. Ohne ein weiteres Wort zu verlieren, versammelten sie sich im Wohnzimmer und schauten bis vier Uhr morgens mehrere Folgen von Twin Peaks auf DVD an. Dazu aßen sie drei Tüten Chips. Als Antonia endlich auf ihrer Matratze lag, graute schon der Morgen und die ersten Vogelstimmen wurden laut. Ihr letzter Gedanke vor dem Einschlafen war, dass sie gerade mal vor acht Tagen hier eingezogen war. Es kam ihr vor wie ein ganzes Jahr.

20.

Als Antonia wach wurde, war es schon fast Mittag. Wider Erwarten hatte sie nicht schlecht geträumt. Sie hatte gar nicht geträumt, oder wenn, dann wusste sie nichts mehr davon. Die Erinnerung an den gestrigen Tag traf sie dagegen wie eine Faust in den Magen. Meine Mutter! Ich muss sie anrufen.

Beim Aufstehen merkte sie, dass ihre Schultern schmerzten vom Graben. Die Erleichterung, die sie noch gestern Nacht auf dem Friedhof beflügelt hatte, wich einer diffusen Angst. Sie griff zum Telefon. Wieder nur der höhnische Klang des Freizeichens. Antonia spürte, wie die Furcht immer mehr von ihr Besitz ergriff. Ob sie Matthias bitten sollte, sie hinzufahren, um nachzusehen? Sie begnügte sich mit Zähneputzen und einer Katzenwäsche und zog sich an. Auf dem Flur begegnete ihr Katie, der sie ihre Sorge mitteilte.

»Hast du schon mal deine Mails gecheckt?«, fragte ihre Freundin gähnend.

»Meine Mutter schreibt keine Mails. Sie hat keinen Computer.«

»Vielleicht ist sie zu deiner Oma gefahren? Meine

Mutter fährt immer zu ihrer Mutter, wenn sie Krach mit meinem Vater hat.«

An diese Möglichkeit glaubte Antonia zwar nicht, aber Katie hatte sie auf einen anderen Gedanken gebracht. Sie schaltete ihren Laptop ein. Tante Linda hatte doch mit ihrer Schwester telefonieren wollen, das hatte sie zumindest am Dienstag behauptet. Möglicherweise wusste Linda mehr. Am liebsten hätte Antonia ihre Tante angerufen, aber sie wusste ihre Nummer nicht. Und bei Skype war Linda gerade nicht online. Vielleicht stand ihre Festnetznummer auf ihrer Schmuck-Webseite.

Die Mühe, dort nachzusehen, konnte sich Antonia jedoch sparen. Im Eingangspostfach sprang ihr eine neue Nachricht von Tante Linda entgegen. Sie war am Freitag um 16:42 Uhr abgeschickt worden.

Liebe Antonia,

ich soll Dich ganz herzlich von Deiner Mutter grüßen, sie ist seit heute hier, bei mir. Sie hat ihren Mann verlassen. (Das hoffe ich wenigstens!) Falls Ralph bei Dir auftauchen und nach ihr fragen sollte, sag ihm aber nicht, wo sie ist. Der Idiot ist imstande und fliegt ihr hinterher, und das ist das Letzte, was wir jetzt gebrauchen können. Deine Mama ist im Moment ein bisschen durch den Wind. (Man kann es sich kaum vorstellen, aber SIE hat ein schlechtes Gewissen!) Sie wird Dich die Tage sicher noch anrufen, dann sei bitte nett zu ihr. Im Moment weiß sie nicht, wie es weitergehen soll, aber immerhin hat sie den ersten Schritt getan.

Und wie geht es Dir? Wäre es für Dich ein Problem, wenn Deine Mutter ein paar Wochen hierbliebe? Ich denke, das würde ihr guttun, sie braucht dringend etwas Abstand von ihrem »lieben Gatten«. Und ich hoffe, ich kann sie in der Zeit überzeugen, dass sie ihn endgültig verlässt und die Scheidung einreicht.

Es grüßt Dich herzlich

Deine Linda

PS: Morgen fahren wir nach Palma und besorgen Deiner Mutter ein Handy, aber Du kannst sie auch hier erreichen.

Es folgte eine lange Telefonnummer und ganz am Ende noch die Frage: Ist eigentlich mein Geschenk schon angekommen?

Antonia wurde urplötzlich ganz leicht und warm ums Herz. Sie schickte ein stummes Dankgebet zum Himmel und tippte eine kurze Antwort. Das »Geschenk« wäre angekommen, vielen, vielen Dank, und Linda solle bitte ihrer Mutter ausrichten, wie froh sie über ihren Entschluss sei. Sie soll bleiben, so lange sie will. *Ich komme hier gut zurecht. Lass uns die Tage mal skypen,* schrieb sie zurück.

Dann lehnte sie sich gegen die Wand, denn ihr war vor Erleichterung ganz schwindelig geworden. Oder war es, weil sie seit gestern früh nur ein paar Scheiben trockenes Toastbrot gegessen hatte? Ihr Magen knurrte. Frühstück, sofort!

Sie lief die Treppe hinunter und dachte dabei an Ralph. Sie konnte es sich gut vorstellen, wie wütend er war, als er gestern, wie freitags üblich am Mittag, nach Hause kam und entdecken musste, dass sein braves Frauchen das Weite gesucht hatte, anstatt mit dem Essen auf ihn zu warten. Fast war Antonia ein bisschen stolz auf ihre Mutter, dass sie das hinbekommen hatte, den Flug buchen und all das. Die Ehe mit Ralph hatte sie also noch nicht völlig unselbstständig werden lassen. Oder hatte ihr Linda das Ticket besorgt? Ob sie Ralph wohl einen Zettel hinterlassen hatte: »Ich bleibe nicht bei einem Mann, der mich schlägt?« Egal. Hatte Ralph etwa angenommen, seine Frau wäre hier, bei Antonia? Jetzt wurde ihr einiges klar. Er war nicht hergekommen, um seine Stieftochter zurückzuholen, sondern seine Frau. Deshalb auch diese Wut, von der Katie gesprochen hatte. Antonia konnte ihre Angst jetzt gut nachvollziehen. Sie kannte Ralph, wenn er wütend war. Sie musste Katie noch einmal fragen, ob es sein konnte, dass er »Doris« gerufen hatte, denn »Toni«, wie Katie zu hören geglaubt hatte, hatte Ralph sie nie genannt.

In der Küche saßen Robert und Matthias. Robert jammerte gerade: ». . . ich hab so was von keine Lust auf diese Party heute Abend.«

»Warum? Wegen der Leiche oder wegen der Türkentussi?«

»Nenn sie nicht so!«

»Du kannst die Party nicht absagen, das wäre doch auffällig. Es muss alles seinen Gang gehen, als ob nie etwas gewesen wäre.«

»Ja, schon klar!«, maulte Robert und Antonia wünschte beiden einen guten Morgen.

»Moin, moin«, brummten beide im Chor. Antonia setzte Teewasser auf und beeilte sich, den Toaster zu füttern. Zwischen Nutella, Margarine und Kräuterquark lag ein braunes Päckchen, das Antonia nicht weiter beachtete.

225

Sicher für Robert. Verdammt, sie brauchte auch noch ein Geschenk für ihn!, fiel ihr dabei ein.

»Das ist für dich, gerade mit der Post gekommen«, sagte Matthias und schmierte sich dick Nutella auf sein Brot.

»Für mich?«

»Es steht jedenfalls dein Name drauf.«

Sie las den Absender. Tante Linda! Verwundert riss sie es auf. Zum Vorschein kam eine Webcam. Auf einer beigelegten Karte stand: »Damit ich dich besser sehen kann . . . ☺, Linda.«

War bei Linda der Wohlstand ausgebrochen, verdiente man mit selbst gemachtem Schmuck so gut? Erst das viele Geld auf ihrem Konto und nun die Webcam. Hatte sie einen neuen, reichen Freund? Wie dem auch war, Antonia freute sich. Sie würde die Kamera gleich nachher installieren.

»Cooles Teil«, meinte auch Robert, der ihr über die Schulter gesehen hatte.

»Von meiner Tante aus Mallorca«, strahlte Antonia, die fand, dass dieser Tag gut angefangen hatte.

Nach dem Frühstück nahm sie sich erst einmal Katie vor. Immer noch freudestrahlend erzählte sie ihr, dass ihre Mutter wohlbehalten in Mallorca war. Dann fragte sie: »Die Jacke und die Papiere – wo sind sie?«

»Unterm Bett.«

Antonia kniete sich hin und griff sich die Jacke. Sie war voller Staubflusen. »Du könntest mal wieder staubsaugen«, bemerkte sie und fummelte das Portemonnaie aus der Innentasche. Personalausweis, EC-Karte, ein paar Rabattkarten. Sonst nichts.

»Wo ist die Kohle?«

»Welche Kohle?«, fragte Katie, die sich vor einem kleinen Kosmetikspiegel gerade die Wimpern tuschte.

»Ralph hatte immer mindestens hundert Euro bei sich, das war ein Tick von ihm. Und genau genommen gehört das Geld meiner Mutter. Also?«

Katie steckte die Wimpernbürste weg. »Du kannst doch deiner Mutter nicht sagen, woher du es hast.«

»Und du kannst es nicht einfach einsacken!«

»Och Menno!«, seufzte Katie, aber dann lächelte sie listig: »Halbe - halbe?«

»Meinetwegen«, schnaufte Antonia, überrumpelt von so viel Kaltschnäuzigkeit.

Katie fischte einen Fünfzigeuroschein aus ihrer Geldbörse und gab ihn Antonia, die ihn in ihrer Hosentasche verschwinden ließ.

»Geier«, murmelte Katie.

»Selber«, antwortete Antonia. Das war mit Sicherheit weniger als die Hälfte von Ralphs Barschaft, aber sie wollte sich jetzt nicht mit Katie deswegen streiten. »Ich fahre in die Stadt, ich brauche noch ein Geburtstagsgeschenk für Robert. Willst du mitkommen?«

»Ach ja, Roooobert . . . Jetzt, wo Selin weg ist, hast du ja freie Bahn.«

»So ein Quatsch!«

»War ja direkt obszön, wie du ihn gestern abgeknutscht hast.«

»Ich hab ihn nicht abgeknutscht«, stellte Antonia richtig. Hatte Katie im Moment wirklich keine anderen Probleme? Trotzdem machte ihr Herz einen kleinen Sprung. Katie hatte recht: Jetzt, da Selin fort war, konnten die

Karten neu gemischt werden. »Kommst du jetzt mit in die Stadt?«, fragte Antonia.

»Nein, ich muss um zwei zu einer Veranstaltung, Kabel legen«, knurrte Katie. »Irgendeine Schlagerscheiße.«

War sie deswegen so schlecht gelaunt? »Das klingt ja schaurig!«

Katie winkte ab und fragte stattdessen: »Kannst du das Zeug hier verschwinden lassen?«

»Ja, sicher.« Mit spitzen Fingern nahm Antonia Ralphs Jacke und das Portemonnaie an sich und ging damit nachdenklich zurück in ihr Zimmer. Sie hatte Katie eigentlich noch fragen wollen, was sie Robert schenken könnte, aber gerade war dafür nicht der richtige Augenblick gewesen.

Als sie wenig später ihr Rad aufschloss, bog Herr Petri gerade mit einer Schubkarre voller Kompost um die Ecke. Der Anblick der Karre ließ Antonia zusammenzucken, was der Gärtner prompt missverstand: »Entschuldigung, ich wollte dich nicht erschrecken.«

»Kein Problem.«

»Und, wie fährt es?«

»Was? Ach so, das Rad. Gut, sehr gut. Vielen Dank noch mal«, sagte Antonia. »Übrigens . . .«

Er blieb stehen, setzte die Schubkarre ab. »Ja?«

»Selin ist weg.«

»Wer?«

»Selin. Das türkische Mädchen.«

»Ah, Selin«, wiederholte er gedehnt.

»Ich dachte, Sie wissen vielleicht . . .«, begann Antonia.

»Wieso ich?«, fragte Herr Petri ein wenig forsch zurück.

228

»Weil Sie doch gestern Mittag als Einziger hier waren. Ich dachte, vielleicht hat sie zu Ihnen was gesagt.«

»Hat sie nicht.«

»Haben Sie sie weggehen sehen?«

»Nein. Ich war beschäftigt.« Er nahm die Schubkarre wieder auf und verschwand im rückwärtigen Teil des Gartens. Antonia blickte verwundert hinter ihm her. So einsilbig hatte sie ihn noch nicht erlebt. Antonia beschlich das Gefühl, dass er ihr nicht die Wahrheit sagte. Oder ihr etwas verschwieg – was ungefähr auf dasselbe hinauslief. Ist es nicht seltsam, dachte sie, dass jeder in diesem Haus Geheimnisse hat? Sogar das Haus selbst hatte welche – man denke nur an die Mauer im Keller!

Auf dem Weg in die Stadt zermarterte sie sich das Hirn nach einem Geschenk für Robert. Ein schickes Feuerzeug? Zu spießig. Eine CD? Dafür kannte sie seinen Musikgeschmack noch zu wenig. Ein Buch? Aber was? Einen Liebesroman? Bei diesem Gedanken musste sie kichern. Eher ein Fachbuch. Vielleicht: Wie ich einen Gemüsegarten anlege – oder so was in der Richtung.

Sie unterbrach ihre Fahrt kurz vor dem Steintorviertel, auf der Brücke, die über die Leine führte. Sie sah sich um, ob sie auch niemand beobachtete. Kein Fußgänger war auf der Brücke und die Autofahrer würden sich hoffentlich um den Straßenverkehr kümmern und nicht um sie. Sie beugte sich über das Geländer und tat, als wollte sie ins Wasser spucken. Klatsch! Das leere Portemonnaie plumpste in den Fluss, die Jacke segelte hinterher. Beides dümpelte knapp unter der Wasseroberfläche, wurde dann von der Strömung, die stärker war, als es von oben aussah, flussabwärts getragen und verschwand schließ-

229

lich aus Antonias Blickfeld. Gestern noch hatten Katie und sie Ralphs Handy auf eine ähnliche Weise entsorgt, nur von einer anderen Brücke.

Wenig später stöberte Antonia in einer Buchhandlung herum und fand das ideale Geschenk für Robert, zumindest könnte es gut zu ihm passen. Wie sie fand. Es war ein kleiner Band mit dem Titel *Philosophie in der Küche - Kritik der kulinarischen Vernunft*. Das klang auf jeden Fall ziemlich intellektuell. Sie ließ es gleich vor Ort als Geschenk einpacken und radelte nach Hause. Sie war jetzt sehr gespannt auf ihre erste WG-Party.

Robert schnippelte bereits in der Küche an einer Gurke herum und er hatte auch schon eine Küchenhilfe an seiner Seite: Sarah. Antonia gab es nicht gerne zu, aber der Anblick der beiden in offensichtlich vertrauter Zweisamkeit versetzte ihr einen kleinen Stich. Sie bot Robert ihre Hilfe an, was die beiden jedoch freundlich ablehnten. Auch gut. Sie hätte sich ohnehin wie das fünfte Rad am Wagen gefühlt. Als sie die Treppe hinaufging, hörte sie die beiden herzhaft lachen. Der hat sich ja schnell über den Verlust seiner angebeteten Selin hinweggetröstet. Kerle! Was für ein oberflächliches Pack!

Petra Gerres blickte ihren Kollegen Peter Bornholm über den kleinen Tisch hinweg eindringlich an. Vor ihnen standen zwei Tassen Cappuccino, aber noch keiner von ihnen hatte das Getränk angerührt. Petra hatte für das Treffen mit dem Kollegen vom LKA das Café hinter der Kreuzkirche vorgeschlagen: Hier war es sogar heute ziemlich ruhig, denn die samstäglichen Passantenströme wälzten sich zwischen Bahnhof und Markthalle durch die Stadt.

»Fünf Mädchen!«, sagte sie gerade mit Nachdruck und klopfte auf die Liste, die neben ihrer Tasse lag. »Das Aussehen ähnlich, ebenso die Umstände ihres Verschwindens – zumindest bei dreien von ihnen. Wieso ist das bis jetzt noch niemandem aufgefallen? Nicht mal euch Schlauköpfen vom LKA?«

Bornholm quittierte den Ausdruck mit einem breiten Lächeln, während Petra eifrig fortfuhr: »Steinhauer könnte tatsächlich recht haben, es könnte einen Serientäter geben.« Die Möglichkeit, dass es noch mehr unentdeckte Leichen gab, war nicht gering und der Vollständigkeit halber würde sie gleich am Montag auch noch die Jahre 1991 bis 1995 durchforsten.

»Wieso meinst du eigentlich, dass das noch niemandem beim LKA aufgefallen ist?«, erwiderte nun Bornholm. »Es gibt seit Jahren eine Soko, die diese Fälle untersucht. Aber der Täter ist extrem klug. Er hinterlässt keine Spuren. Außerdem waren die beiden Leichen, die man gefunden hat, in einem stark verwesten Zustand. Wir wissen nicht einmal, wie sie getötet wurden oder ob sie vergewaltigt wurden. Schädelfrakturen oder Spuren von Geschossen fand man jedenfalls nicht.«

Petra rührte nachdenklich in ihrer Tasse. »Und warum arbeitet diese Soko offenbar im Verborgenen?«

»Was bleibt uns denn anderes übrig? Wenn wir an die Öffentlichkeit gehen und bekanntgeben, dass möglicherweise ein Serienkiller in Hannover und Umgebung herumläuft, dann gibt es nur einen Mordsaufruhr und Panik und wir haben die Boulevardpresse auf dem Hals.

Das bringt uns nicht voran. Die Zeitungen haben schon ganz von alleine gelegentlich in diese Richtung spekuliert. Nach den drei verschwundenen Mädchen wurde bereits mithilfe von Aktenzeichen XY und ähnlichen Sendungen gesucht. Und es gibt nun mal keinen Beweis, dass diese Mädchen alle demselben Täter zum Opfer gefallen sind. Das Ganze ist nur eine Theorie. Es ist noch dazu vollkommen unklar, ob es noch mehr Fälle gibt.«

»Glaubst du es?«, fragte Petra.

Er zuckte die Schultern. »Ja. Vielleicht auch ganz woanders. Vielleicht ist es einer, der viel rumkommt. Ein Vertreter oder so.«

»Wegen der Anhalterinnen«, kombinierte Petra.

»Ja, genau.«

»Und wie geht es jetzt weiter?«

»Es klingt makaber, aber man kann eigentlich nur hoffen, dass dieser Täter – falls es wirklich diesen einen Täter gibt – das nächste Mal einen Fehler macht.«

Petra nickte.

»Aber wie du auf einen Zusammenhang mit dem Fall Steinhauer kommst, ist mir schleierhaft. Keines dieser Opfer ist in der eigenen Wohnung umgebracht worden wie Sonja Kluge. Und es ist auch kein Bild aufgetaucht, das mit ihrem Blut gemalt wurde.«

Petra rutschte auf ihrem Stuhl nach vorne und wiederholte, was Steinhauer zu ihr gesagt hatte: »Möglicherweise war Sonja so eine Art Initialzündung, eine spontane Tat. Das mit dem Bild kann ein Ablenkungsmanöver gewesen sein.« Je länger sie sich mit den Fällen beschäftigte, desto wahrscheinlicher klang Steinhauers Vermutung für sie.

»Hm.« Peter Bornholm blieb skeptisch.

»Angenommen, es wäre so«, hakte Petra nach, »wenn Sonja Kluge das erste Opfer unseres Mörders gewesen ist, dann wäre es doch möglich, dass er beim ersten Mal einen Fehler gemacht hat. Dass er zum Beispiel DNA-Material am Tatort hinterlassen hat. Oder er hat das Mädchen gekannt! Viele Serientäter wählen ihre ersten Opfer in ihrem Umfeld aus. Erst später, wenn sie zu Wiederholungstätern werden und ihre Taten besser planen, suchen sie sich fremde Opfer und perfektionieren ihre Methode.« Was erzähle ich ihm da, das weiß er doch besser als ich.

»Aber es wurden doch damals jede Menge Zeugen befragt . . .«

»Das stimmt nicht ganz«, unterbrach Petra. »Ja, es wurden die Leute befragt, die Gäste bei dieser Party damals waren, aber das war es dann auch schon. Man hat sich für meine Begriffe ein bisschen sehr schnell auf Steinhauer eingeschossen. Komm, du weißt doch selbst, wie das ist. Man denkt, man hat einen Täter oder eine heiße Spur, also ermittelt man nur noch in diese Richtung, sucht Beweise für die Schuld dieses Hauptverdächtigen, damit alle zufrieden sind, die Staatsanwälte, die Öffentlichkeit, die Presse, dein Chef. In so einem aufsehenerregenden Fall wie diesem war der Druck auf die Ermittler entsprechend groß. Sogar ich kann mich noch erinnern, wie sich meine Eltern tagelang darüber unterhalten haben. Da legt man sich schnell auf einen vermeintlich überführten Täter fest, anstatt über den Tellerrand zu schauen.«

»Wenn du den damaligen Ermittlern ans Bein pinkeln

willst, viel Vergnügen«, unterbrach sie Bornholm. »Dann solltest du dich aber nicht wundern, wenn du bald ins Emsland versetzt wirst.«

Petra runzelte unwillig die Stirn. »Ich will niemandem ans Bein pinkeln – das machen doch nur Rüden. Ich möchte nur Klarheit haben. Für mich passt in der Sache Steinhauer einfach viel zu viel nicht zusammen. Stell dir vor, man fände bei den Asservaten des Falles Sonja Kluge eine DNA-Spur, die nicht von Steinhauer stammt . . .«

»Okay, okay!« Bornholm hob abwehrend die Hände. »Du bist aber auch wie ein Terrier, weißt du das?«

Petra lächelte unschuldig.

»Ich werde dem Leiter der Soko mal ins Gewissen reden. Vielleicht lässt sich da was machen.«

»Fein«, strahlte die Kommissarin. »Und wer ist der Leiter der Soko?«

»Du hast Glück. Das bin zufällig ich.«

21.

12. April 1991

Wir haben einen Neuen in der WG. Vorige Woche ist er in das leere Zimmer gezogen. Er ist schon fast vierzig und Professor für bildende Kunst an der FH, Fachgebiet moderne Malerei. Er hat auch jede Menge Staffeleien angeschleppt. Er malt – klar! Ich meine, er ist zwar Prof, aber er ist auch Kunstmaler und seine Bilder sollen angeblich sauteuer sein. Das hat Baby jedenfalls gesagt, der kennt sich aus mit Bildern, ist ja selbst so ein verhinderter Kleckser. Und der kennt auch den Typen persönlich. Er soll in »der Szene«, was immer das ist, ein etablierter Maler sein, aber sonst ein arroganter Arsch.

Andi und Volker finden es gar nicht so witzig, dass der einfach in das freie Zimmer eingezogen ist, denn eigentlich hat Andi es schon seiner Freundin versprochen. Die ist jetzt sauer auf Andi, aber er kann ja nichts dafür. Wir konnten gar nichts dagegen machen, denn es ist der Typ, dem das Haus gehört.

Was will der in unserer WG? Der hat doch so viel Kohle, der könnte sich ein großes Haus kaufen oder eine riesige Wohnung in der Stadt mieten. Ist er sentimental und hängt an seinem Elternhaus? Er ist frisch geschieden, vielleicht ist das die Midlifecrisis. Hoffentlich fängt er nicht an und motzt, wenn wir laut sind oder einen Joint rauchen. Wenn's unerträglich wird, zieh ich halt aus.

Ach ja, er heißt Leopold (was für ein Scheißname!). Für sein Alter sieht er wirklich noch recht passabel aus. Und er hat so was an sich . . . es ist schwer zu beschreiben, aber wenn der einen ansieht . . . Mir wird dann ganz mau in der Birne.

Antonia war irritiert. Nachdem ihre Anwesenheit in der Küche nicht sonderlich gefragt war, hatte sie sich in ihr Zimmer zurückgezogen. Das schwarze Notizbuch von Frau Riefenstahl lag auf ihrem Schreibtisch, Robert musste es dort deponiert haben. Sie schaute noch einmal auf das Datum des Geschriebenen. April 1991. Frau Riefenstahl war vierundneunzig Jahre alt geworden. Hatte sie vor zwanzig Jahren, mit vierundsiebzig, in einer WG gewohnt, Joints geraucht und sich für einen vierzigjährigen Kunstprofessor interessiert? Und würde eine vierundsiebzigjährige Dame wohl Worte wie Scheißname, arroganter Arsch oder mau in der Birne benutzen? Antonia hatte Frau Riefenstahl zwar nicht gekannt und es mochte ja Senioren geben, die noch recht locker drauf waren, aber eins war sonnenklar: So wenig, wie dieses Tagebuch Robert gehörte, so wenig stammte es von Frau Riefenstahl. Ein Verdacht beschlich sie. Hatte nicht Robert gestern, am Grabstein, erzählt, dass Frau Riefenstahls Enkelin hier in diesem Haus gewohnt hatte? Im

Dachzimmer, wo sie angeblich ermordet worden war. Es könnte ihr Tagebuch sein. Und außerdem – wie hatte Antonia nur so doof sein können? – wäre Frau Riefenstahls Tagebuch doch nicht in einer solchen Handschrift geschrieben worden. Menschen, die so alt waren wie die eben Verstorbene, hatten doch eine ganz andere Schrift! Sütterlin oder Altdeutsch oder was immer es früher gegeben hatte. Höchstwahrscheinlich hätte Antonia dann kaum ein Wort davon lesen können. Sie schüttelte den Kopf, erschüttert über ihre eigene Dummheit. Schon neulich, als ihr das Buch in Roberts Zimmer heruntergefallen war, hätte sie an der Schrift erkennen müssen, dass es auch nicht von Robert stammen konnte. Sie hatte seine Schrift auf den Einkaufszetteln am Kühlschrank gesehen: viel schlampiger, eine typische Jungsschrift eben. Diese dagegen war rund und hing leicht nach links, sie war deutlich und gut lesbar.

Wie hieß Frau Riefenstahls Enkelin noch gleich? Silvia? Nein, Sonja. Sonja Kluge, sie erinnerte sich wieder an die Inschrift auf dem Grabstein und auch an das Todesdatum, den 28. Juli 1991. Sie hatte es sich gemerkt, weil sie noch gedacht hatte, dass es nun fast auf den Tag zwanzig Jahre her war, dass Sonja ermordet worden war. Sie musste das Tagebuch also wenige Monate vor ihrem Tod begonnen haben. Aber wie war es zu Frau Riefenstahl gekommen? Hatte es jemand aus ihrer WG vor dem Zugriff der Polizei gerettet und es Sonjas Großmutter gegeben? Oder Sonja hatte es irgendwo versteckt gehabt. Das würde Antonia wohl nie erfahren. Fast ehrfürchtig blätterte sie ein paar Seiten weiter, ihr Herz schlug vor Aufregung ein paar Takte schneller.

Man hatte ja schließlich nicht jeden Tag das Tagebuch einer Ermordeten in der Hand.

23. Mai 1991

Gestern hat er mir meine Zeichnungen zurückgegeben und gemeint, ich wäre talentierter als mancher seiner Studenten! Man kann sich vorstellen, wie happy ich war! Natürlich werde ich weiter BWL studieren, ein Dasein als Künstlerin, nein, das ist nichts für mich. Aber dass er meine Zeichnungen mag! Er, der große Meister!

Vielleicht verbirgt sich dahinter eine versteckte Botschaft: Nämlich die, dass er mich mag! Das wünsche ich mir so sehr. Ich finde ihn irre sexy! Was er alles weiß! Gegen ihn kommen mir die Jungs aus meinem Semester wie Kinder vor. Ich habe Manu davon erzählt, aber die hat nur gefragt, ob ich einen Vaterkomplex hätte. Was versteht die denn davon? Die denkt, ich steh auf ältere Männer, weil ich meinen Vater so selten sehe. (Ich hoffe, dass er wenigstens dieses Jahr zu meinem Geburtstag kommt!)

L. hat gemeint, ich sollte auch mal mit Acrylfarben malen. Er möchte es mir beibringen. Ich werde mir gleich nächste Woche Farben und Pinsel besorgen. Blöderweise habe ich Baby von den Zeichnungen erzählt, als ich ihn im Café Safran getroffen habe. Auch, dass L. sie gut findet. Der hat gemeint, L. würde das nur sagen, damit ich mit ihm in die Kiste hüpfe. L. wäre so selbstverliebt, der würde Sachen von anderen grundsätzlich nie gut finden. Baby ist so ein Arschloch! Ich habe ihn dann einfach

*stehen lassen. Der geht mir echt auf den Keks! Ich weiß
gar nicht, was ich an dem mal gefunden habe.*

Neben dieser Seite war eine Zeichnung. Ein Männerge-
sicht im Profil. Es kam Antonia irgendwie bekannt vor.
Woher nur? Egal, wer immer es war, er sah nicht schlecht
aus, da musste Antonia dieser Sonja zustimmen. Ihr an-
gebeteter Leopold hatte wohl recht damit, dass sie Talent
zum Zeichnen besaß. Sie blätterte um und musste leise
auflachen. Sonja hatte einen Hintern gemalt und darauf
ein Gesicht, das einen jungen Mann mit einem Schnauz-
bart zeigte. Darunter stand: *Arschgesicht B.*

War dieser »Baby« ihr Exfreund? Die Formulierung
»was ich an dem mal gefunden habe« klang fast danach.
Aber in diesen Professor musste sie ja ziemlich verknallt
gewesen sein. Dabei war der wirklich schon ganz schön
alt für eine Zwanzigjährige! Antonia hatte mit dreizehn
für ihren Englischlehrer geschwärmt. Ein Schuljahr lang
hatte sie ihn angeschmachtet, sich die wildesten Szenen
ausgemalt. Sie hatte ihn wunderschön gefunden, alles,
seine Augen, seine Stimme, sein Lächeln, seine Hände,
seinen Körper, sogar seine Schrift an der Tafel. Oh Gott,
war sie verknallt gewesen! Sie hatte sogar seine hand-
schriftlichen Korrekturen in ihren Arbeiten geküsst. Sie
errötete heute noch vor Scham, wenn sie daran dachte.
Aber Herr Zimmermann war ein vierundzwanzigjähriger
Referendar gewesen, also fast noch jung. Aber dieser L.
war vierzig! So alt war Ralph gewesen, als er und ihre
Mutter sich kennengelernt hatten, fiel Antonia ein. Er
hatte schon damals nicht mehr sehr viele Haare gehabt
und hatte auch sonst genauso beknackt ausgesehen wie

zuletzt. Nie hatte sie begriffen, was ihre Mutter an ihm gefunden hatte. Ob er jemals halbwegs attraktiv gewesen war? Schwer vorstellbar. Es gab ja dieses Sprichwort »Schönheit kennt kein Alter«. Hässlichkeit auch nicht. Manche Menschen wirkten seltsamerweise bis ins hohe Alter anziehend. Zum Beispiel Herr Petri, der Gärtner, das war ein attraktiver Mann, obwohl der wirklich schon echt uralt war. Ein bisschen sah er aus wie der Mann von Sonjas anderer Zeichnung, aber das konnte ja nur ein Zufall sein, ein Professor würde ja wohl nicht hier gärtnern. Wie Herr Petri wohl mit Vornamen hieß?, überlegte Antonia und dann drängte sich – wieder einmal – Robert in ihre Gedanken. Sie stellte sich ihn mit ein paar Falten vor. Die würden ihm vielleicht sogar ganz gut stehen. Graue Schläfen? Bei Männern nicht so schlimm. Eine Glatze? Sie musste kichern bei dem Gedanken an Robert mit Glatze.

Wie diese Sonja wohl ausgesehen hatte? Sie blätterte das Buch durch, ob sie vielleicht ein Foto oder ein Selbstporträt von ihr fand, aber es gab nur eine wenig schmeichelhafte Zeichnung eines anderen Mädchens: Ein etwas flaches Gesicht mit herausquellenden Augen. Fast schon eine Karikatur, sie prangte neben einem Eintrag vom 10. Juni.

Ich könnte platzen vor Wut. Diese dämliche Yvonne ist da! Eine seiner Studentinnen, so eine fette Kuh mit einem Mondgesicht. Sie ist um fünf Uhr gekommen und jetzt ist es neun, und seitdem haben sie sich in seinem Zimmer aufgehalten! Ich habe sie sogar lachen gehört. Sie meckert wie ein Ziegenbock! Ich habe meine Anlage

*laut gedreht, AC/DC, und dann hat er doch glatt an die
Tür geklopft und gerufen, ich solle leiser machen, man
könnte sich nicht unterhalten. Sich unterhalten! Dass
ich nicht lache! Diese Tussi ist so scharf auf ihn, die
sabbert ja schon! Ich bin überzeugt, die vögeln da unten!
Ich könnte dieses Aas umbringen. Und ihn gleich dazu!
Wenn die sich noch mal hierher wagt, dann sag ich ihr
die Meinung! Oder am besten, ich erwürge sie und verstecke sie im Kohlenkeller!*

Antonia musste verwundert lächeln. Bisher hatte sie gedacht, mit zwanzig sei man bereits einigermaßen gereift
und vernünftig und hegte nicht solche Gedanken wie
diese Sonja: Eifersucht, gepaart mit Mordgelüsten. Fast
so wie Antonia im Moment, wenn sie an Robert und
Sarah in der Küche dachte. Schnell schlug sie sich das
Bild wieder aus dem Kopf und las lieber weiter in Sonjas
Memoiren, wie die Sache mit der Rivalin ausgegangen
war. Das lenkte sie zum Glück ein wenig von der ganzen
Robert-Situation ab.

25. Juni 1991

*Es ist alles aus, vorbei, finito, ich hab's vermasselt, ich
doofe Kuh! Vor lauter Wut bin ich gestern Abend noch
mit Manu, Andi und Volker in die Baggi gegangen, ab-
tanzen. Dort haben wir prompt Baby getroffen, und weil
ich noch immer stinksauer auf L. war und außerdem zu
viel von diesem neuen Zeug, es heißt Caipirinha, getrunken hatte, bin ich mit zu ihm gegangen. Wie konnte ich*

nur so blöd sein! Nicht nur weil Baby Sex grundsätzlich mit Konditionstraining verwechselt, sondern weil der jetzt natürlich denkt, ich wäre wieder mit ihm zusammen! Schöne Scheiße, jetzt muss ich sehen, dass ich aus der Nummer wieder heil rauskomme. Und das ist ja noch nicht das Schlimmste. Als ich am Morgen nach Hause kam, war natürlich ausgerechnet Leopold in der Küche und hat mich ganz komisch angesehen. Später haben wir uns gestritten und ich hab eine Tasse nach ihm geworfen. Sie hat zum Glück nur die Scheibe des Küchenschranks getroffen, die hat jetzt einen Sprung. L. meinte, ich wäre »infantil«, und ich hab zu ihm gesagt, er wäre ein alter Lüstling, der es mit seinen Studentinnen treibt. Jetzt ist er stinksauer und ich auch. Und das alles nur wegen dieser blöden Yvonne. Aber ich werde mich nicht entschuldigen, ich nicht!!!

Aber so schnell war die Beziehung dann doch nicht vorbei. Zwei Seiten weiter beschrieb Sonja auf so anschauliche Weise die »Versöhnung« mit Leopold, dass Antonia beim Lesen knallrote Ohren bekam. Leider wurde sie ausgerechnet an dieser Stelle in ihrer Lektüre unterbrochen. Matthias klopfte an ihre Tür und fragte, ob sie ihm beim Aufhängen der Lampions helfen würde.

»Lampions? Wird das ein Kindergeburtstag?«

Er grinste. »Sieht so aus.«

Die Lampions waren eigentlich Lichterketten mit Papierschirmchen um die Glühbirnen. Als es gegen elf Uhr am Abend endlich dunkel geworden war, sah der Garten wirklich sehr stimmungsvoll aus, ebenso wie die über den Rasen verteilten Fackeln und die Windlichter auf den Tischen.

Mittlerweile bevölkerten etwa dreißig Leute den Garten, es gab ein Bierfass, einen großen Pott Pfirsichbowle und ein – natürlich! – rein vegetarisches Buffet. Einige Gäste hatten noch Salate und Süßspeisen mitgebracht. Mathe hatte seine Boxen ins Fenster gestellt, elektronische Klänge waberten durch die Nacht.

Ehe die ersten Gäste eingetroffen waren, hatte Robert Antonias Buch ausgepackt. Im Beisein von Sarah hatte er ihr mit einem schelmischen Lächeln und einem Kuss auf die Wange dafür gedankt. Von Katie hatte er eine selbst gebrannte CD bekommen und Matthias hatte das Bierfass gestiftet. Was Sarah Robert geschenkt hatte, hatte noch nicht einmal Katie, die »Mata Hari vom Lindener Berg«, wie Matthias sie vorhin genannt hatte, herausbekommen.

Inzwischen war es fast Mitternacht. Irgendwie hatte sich Antonia von ihrer ersten WG-Party etwas mehr erhofft. Es ging sehr gesittet zu, um nicht zu sagen: langweilig. Die Gäste standen oder saßen grüppchenweise herum und unterhielten sich. Einige von Roberts Zivi-Kollegen waren dabei und auch Matthias' Kommilitonen waren gekommen. Offenbar kannten sich die meisten, auch wenn sich schon bald Gruppen gebildet hatten. Matthias' Physiker standen im Kreis und erörterten wohl ein fachliches Problem, zumindest hörte es sich so an, als Antonia beim Buffet kurz neben ihnen stand. Nerds!, dachte sie. Die können ja noch nicht mal auf einer Geburtstagparty ihr Studium links liegen lassen. Hinter dem Schuppen roch es nach Gras – die dazugehörigen

Jungs und Mädels sahen ganz nach Kiffer-Schluffis aus. Das mussten die alten Schulfreunde von Robert sein. Antonia schlenderte weiter. Ein bisschen kam sie sich vor wie damals in der Grundschule, wenn sie als Erstklässlerin zwischen die älteren Schüler geraten war und deren Reden und ihre Witze nicht so richtig verstanden hatte. Es schien sich auch keiner für sie zu interessieren. Robert hing viel mit Sarah zusammen, was Katie und Antonia zu ignorieren versuchten.

Schließlich saßen die beiden Freundinnen am Rand einer Biertischgarnitur und fühlten sich ein wenig fehl am Platz. Am Nebentisch unterhielten sich Lynn, Malte und Jan aus der Tierschutzclique. Sowohl Katie als auch Antonia spitzten die Ohren, um mitzubekommen, worum es ging. Plötzlich kam bei den Tierschützern miese Stimmung auf. Lynn hatte gerade ein frisches Bier gezapft und sich dabei eine Weile mit Robert unterhalten. Als Lynn wieder an den Tisch zurückkam, erzählte sie wutschnaubend, dass Sarah bei der »Aktion Schweinestall«, wie sie es nannten, nun doch nicht dabei sein wollte.

»Und wisst ihr, was das Beste ist: Diese blöde Kuh hat das alles mit ihrer Mutter diskutiert! Das muss man sich mal vorstellen!« Ihre sonst eher tiefe Stimme war schrill vor Empörung.

Jan pflichtete ihr bei. »Wenn das so ist, dann können wir die ganze Sache sowieso abhaken.«

»So sieht's aus. Ich hab vielleicht eine Wut auf diese dämliche Tusse!« Lynn schlug mit beiden Fäusten auf die Tischplatte. »Die soll mir heute bloß nicht mehr über den Weg laufen, der knall ich eine!«

Robert, der sich inzwischen zu ihnen gesetzt hatte, nahm Sarah in Schutz: »Sarahs Mutter ist cool, wirklich, ich kenne sie ganz gut. Die verrät uns nicht. Die hat früher als Greenpeace-Aktivistin selbst verdammt riskante Sachen gemacht und wurde dabei nicht nur einmal von der Polizei festgenommen.«

»Na und? Trotzdem hätte Sarah es ihr nicht sagen dürfen. Es war schließlich Geheimhaltung verabredet. Wo kämen wir hin, wenn jeder von uns Mami und Papi einweiht und um Rat fragt?«, giftete Lynn.

Robert antwortete scharf: »Jetzt kriegt euch mal wieder ein! Wenn Sarah da nicht mitmachen will, müssen wir das akzeptieren. Immerhin ist sie schon sehr lange Mitglied in unserer Gruppe und wir leben in einem freien Land!« Auch Robert war jetzt richtig in Fahrt. Wenn man Sarah glauben durfte, sagte er, dann stand ihre Mutter voll und ganz hinter dem Anliegen, etwas gegen exzessive Massentierhaltung zu unternehmen, hatte ihrer Tochter aber von speziell dieser Sache abgeraten. Erstens, weil das Hantieren mit Sprengstoff grundsätzlich gefährlich war, zweitens, weil man damit in den Augen der Behörden schnell zum Terroristen abgestempelt wurde. Und entsprechend hart waren die Strafen, die die Richter in solchen Fällen dann verhängten. Sie wollte verhindern, dass sich ihre Tochter die Zukunft mit einer einschlägigen Vorstrafe verdarb – von einem möglichen Aufenthalt in der Jugendhaftanstalt gar nicht zu reden.

Lynn verschränkte die Arme vor der Brust. »Dann hätte sie ja auch einfach aussteigen können. Wär doch alles okay gewesen! Aber das, was du hier gerade von dir gibst, Robert, das klingt, als hätte sie dich auch schon rumgekriegt. Als wäre unser ganzer Plan plötzlich Scheiße, nur weil Sarahs Mamilein Angst um ihr Töchterlein hat!« Ihre Stimme troff vor Hohn.

Antonia und Katie versuchten, möglichst teilnahmslos zu wirken. Sie nippten an ihren Drinks und taten, als wären sie mit ihren eigenen Dingen beschäftigt, obwohl sie beide gespannt der Diskussion lauschten. Antonia kam es so vor, als würde Lynns Hass auf Sarah nicht erst seit heute Abend schwelen. Kein Wunder, die beiden könnten ja auch kaum gegensätzlicher sein.

Es wurde weitergetuschelt und -gestritten. Lynn sprach von »Verrat«, was wiederum Robert in Rage versetzte.

Warum musste eigentlich er Sarah vor den anderen verteidigen, warum setzte sie sich nicht selbst zu ihnen an den Tisch und stellte sich der Diskussion? Dieses Verhalten fand Antonia feige von Sarah, obwohl sie deren Gründe für ihren Rückzieher schon verstehen konnte. Das ist mal wieder typisch für solche Barbie-Tussen, dachte sie verächtlich: Immer ist ein Kerl da, der für sie die Kastanien aus dem Feuer holt.

Das Streitgespräch wurde unterbrochen. Einer von Roberts Zivi-Freunden kam an den Tisch gestolpert und lallte: »Ey, Leute, da drüben . . . da . . . da steht ein Spanner.«

»Jaja«, machte Robert unwillig und winkte ab, aber sein Kumpel ließ sich nicht abwimmeln.

»Robert! So hör doch mal! Vorm Friedhof . . . da steht so 'n Typ, der hier dauernd rüberglotzt!« Er formte seine Hände wie ein Fernglas, um seine Worte zu unterstreichen.

Antonia wurde hellhörig.

»Ey, nicht dass der gleich die Bullen holt, von wegen Krach und so . . .«

»Ist ja gut, Sven.« Robert stand auf, ebenso Jan. Die beiden folgten Sven um die Ecke, kamen aber gleich darauf zurück und Antonia hörte Robert spöttisch sagen: »Kiff halt nicht so viel, wenn du dann Gespenster siehst, Svenni!«

Kurz nach zwölf verabschiedeten sich schließlich Lynn und Jan. Ganz ausgestanden schien der Streit aber noch nicht zu sein. Robert begleitete die beiden zur Pforte, noch immer diskutierend. Sarah stand derweil mit Malte und Matthias unter dem romantisch erleuchteten Kirschbaum und redete auf die beiden ein. Lynn warf ihr im Hinausgehen einen bösen Blick zu, den sie achselzuckend parierte. Antonia war beunruhigt. War es am Ende ihre Schuld, wenn sich die Gruppe auflöste, weil sie Robert den Tipp mit dem Dynamitlager gegeben hatte?

Zum Glück schienen die anderen Partygäste von den Streitigkeiten nichts mitbekommen zu haben – bemerkenswert, wenn man bedachte, wie laut Robert, Jan und Lynn zwischendurch geworden waren.

Antonia hätte gerne mit Robert geredet, nicht nur wegen dieser Sache. Sie hatte auch noch gar keine Gelegenheit gehabt, ihm mitzuteilen, dass Frau Riefenstahls Tagebuch in Wirklichkeit von ihrer ermordeten Enkelin Sonja stammte. Aber Robert kam nicht an den Tisch zurück, sondern gesellte sich zu Malte, Matthias und Sarah. Mit ernsten Mienen redeten die vier aufeinander ein. Antonia wollte sich nicht einmischen. Irgendwann im Lauf des Abends würde sie ihn schon noch alleine erwischen. Sie aß eine zweite Portion Tiramisu und trank ein drittes Glas Pfirsichbowle. Sonst schien niemand mit ihr und Katie, die ebenfalls einen etwas gelangweilten Eindruck machte, reden zu wollen. Wir sind zu jung, die nehmen uns gar nicht für voll, dachte Antonia und überlegte, ob sie schlafen gehen sollte. Aber dafür war es im Garten viel zu laut. »Wie war eigentlich deine Schlagerveranstaltung?«, wandte sie sich an Katie.

»Das nackte Grauen!«, grunzte Katie und fragte dann unvermittelt: »Hast du die Jacke weggeworfen?«

Antonia nickte, und weil sie sich endlich jemandem anvertrauen wollte, erzählte sie Katie von dem Tagebuch. Schließlich hatte Robert ja nicht gesagt, dass es ein Geheimnis wäre.

Katie war sofort Feuer und Flamme. »Und das ist wirklich von dem Mädchen, das hier ermordet wurde?«, staunte sie.

»Es sieht so aus.«

»Vielleicht steht drin, wer ihr Mörder ist!«, flüsterte Katie aufgeregt.

»Katie, sie hat es vor ihrem Tod geschrieben. Sie hat bestimmt nicht gewusst, dass sie ermordet wird. Außerdem wurde ihr Mörder damals festgenommen. Das hat Robert jedenfalls gesagt.«

»Wer war das eigentlich? Kommt der in dem Tagebuch vor?«

»Ich weiß doch gar nicht, wer sie ermordet hat.«

»Was steht denn da sonst noch so drin?«

»Alles Mögliche.« Antonia grinste. »Auch Sauereien.«

»Das muss ich sehen! Los, komm!«

»Was denn, jetzt gleich?«

»Du kannst ja wieder runterkommen. Ich geh sowieso rauf, ich finde es hier stinklangweilig. Die sind zu alt für uns.«

Antonia musste unwillkürlich lachen. Typisch Katie, es so zu sehen. Für sie war das Glas immer halb voll, niemals halb leer. »Ich komm mit.«

»Lass uns noch Bowle mit hochnehmen«, schlug Katie vor. Auf dem Weg zu den Getränken erzählte Antonia: »Ich wollte auch schon herausfinden, wer sie umgebracht hat. Ich habe den Namen Sonja Kluge gegoogelt, aber es ist nichts dabei herausgekommen. Damals hatten die Zeitungen wohl noch keine Online-Ausgaben.«

»Wir sollten Robert fragen. Der weiß es vielleicht von der alten Frau. Aber im Moment ist der Herr ja schwer beschäftigt«, fügte Katie süßsauer hinzu. Antonia folgte ihrem Blick. Robert stand mit Sarah in der Nähe eines Feuerkorbs, der Schein der Flammen zuckte über ihre eng verschmolzenen Silhouetten. Matthias, der gerade ein frisches Bier zapfte, schaute mit finsterer Miene zu den beiden hin und wandte den Blick erst ab, als ihm Bierschaum über die Hände quoll. Malte saß allein an einem Biertisch und starrte dumpf die Tischplatte an. Mittlerweile hatten sich die Grüppchen ein wenig gemischt, aber es war leerer geworden. Einige von Roberts Gästen standen schweigend im Licht des Feuers, ein paar dunkle Schatten machten sich über die Reste des Buffets her. Was für eine lahme Party, dachte Antonia, dabei war es doch gerade mal ein Uhr.

»Mit schönen Männern gibt's eh nur Ärger«, meinte Antonia.

Katie nickte. »Stimmt. Meine Großmutter sagt immer,

alles, was an einem Mann schöner ist als bei einem Affen, ist Luxus.«

Antonia kicherte leicht beschwipst.

»Aber ich befürchte ja, die Weltverbesserer-Truppe befindet sich gerade in Auflösung wegen des Hormonstaus einiger Mitwirkender.«

Wieder musste Antonia lachen. Es war auch ein Schuss Erleichterung dabei. Heute Morgen, auf dem Weg in die Stadt, hatte sie sich noch Sorgen gemacht, wie Katie das alles wohl verkraften würde. Erst der Schock über ihre Tat und dann diese Nacht-und-Nebel-Aktion auf dem Friedhof. Okay, sie war noch nie ein Sensibelchen gewesen, aber immerhin hatte sie einen Menschen getötet. Jetzt war Antonia froh, dass Katie – vielleicht unter dem Einfluss der Pfirsichbowle – die Einsilbigkeit vom Morgen abgelegt hatte und allmählich ihren bissigen Humor wiederfand. Und während sie ihre frisch aufgefüllten Bowlegläser zurück ins Haus balancierten, kam Antonia zu dem Schluss, dass man einfacher durchs Leben ging, wenn man ein etwas dickeres Nervenkostüm besaß.

22.

Antonia hatte einen Augenblick lang Probleme, sich zu orientieren. Vielleicht hätte es geholfen, die Augen ganz zu öffnen, doch ihre Lider wogen schwer wie Kanaldeckel. Es war hell, aber nicht richtig, das erkannte sie durch den Sehschlitz, den sie sich schließlich hatte erkämpfen können. Vor dem Fenster hing der Himmel herab wie eine graue Decke. Sie selbst hatte ein Messer im Kopf stecken, dessen spitze Klinge sich bei der kleinsten Bewegung tiefer in ihren Schädel bohrte, und ihre Zunge fühlte sich an wie eine tote Ratte. Und was war das eigentlich für ein nerviges Geräusch, das sie geweckt hatte? Ihr Handy! Es lag neben ihrer Matratze. Sie ertastete das lärmende Objekt. Blinzelnd versuchte sie, auf dem Display etwas zu erkennen. Eine unbekannte Nummer. Sie drückte die grüne Taste. Ihr »Hallo?« klang wie das Krächzen einer Krähe.

»Antonia, bist du das?«

»Mama!«

Antonia fuhr in die Höhe, das Messer stieß erbarmungslos zu. »Auahh!«

»Antonia, geht es dir gut?«

251

»Aber ja, Mama, ausgezeichnet. Ich bin nur . . .« Nein, sie konnte ihrer Mutter nicht sagen, dass sie gerade erst aufgewacht war, denn es war sicher schon sehr spät. Und dass sie einen mordsmäßigen Kater hatte, würde ebenfalls nicht so gut ankommen. ». . . ich hab mir nur gerade den Zeh angestoßen. Wo bist du?«

Sie war noch immer bei Tante Linda und sie hatte endlich ein eigenes Handy. Sie erzählte, was Antonia schon von Linda wusste, aber Antonia ließ sie reden, das gab ihr selbst ein wenig Zeit, ins Hier und Jetzt zurückzufinden. Offenbar verspürte ihre Mutter das Bedürfnis, Antonia einiges zu erklären. Was sie letztendlich dazu bewogen hatte, sich von Ralph zu trennen, verschwieg sie zwar, aber Antonia konnte es sich schon denken. Ihre Mutter hörte sich am Telefon ungewöhnlich kleinlaut an. Als müsste sie sich vor Antonia dafür rechtfertigen, dass sie ihren Mann verlassen hatte. Aber vielleicht war es auch nur die späte Reue darüber, dass sie sich überhaupt mit ihm eingelassen und ihrer Tochter und sich selbst ein Leben mit diesem Kerl zugemutet hatte. Antonia gefiel dieser Gedanke, und als ihre Mutter geendet hatte, sagte sie: »Ich finde es gut, dass du bei Linda bist. Das war das Beste, was du tun konntest.«

»Meinst du wirklich?«

»Aber ja. Ralph war ein widerlicher Tyrann.« Hieß es nicht immer, über Tote nichts Schlechtes sagen? Es musste Ausnahmen geben.

»Hat er . . . hast du etwas von ihm gehört?«

Die Frage hatte ja kommen müssen. Antonia war nur leider so vollkommen unvorbereitet, dass sie ihr noch mit Pfirsichbowle getränktes Hirn über die Maßen anstrengen musste, um eine halbwegs plausible Erzählung abzuliefern. Zu behaupten, sie hätte nichts von Ralph gehört, wäre nicht glaubwürdig. Aber zuzugeben, was wirklich passiert war . . . nein, das ging auch nicht. Vermutlich würde ihre Mutter ohnehin sehr bald von der Polizei erfahren, dass Ralph verschwunden war. Aber wäre es nicht besser für sie, die Wahrheit von ihrer Tochter zu hören, damit sie gewarnt war? Ja, vielleicht. Doch es musste sorgfältig durchdacht werden, was und wie viel sie ihrer Mutter erzählen konnte, und dazu war Antonia jetzt beim besten Willen nicht in der Lage. Also antwortete sie: »Er hat angerufen und nach dir gefragt. Ich habe gesagt, ich wüsste nicht, wo du bist. Er hat verlangt, dass ich mich bei ihm melde, wenn ich was von dir höre, und ich habe ihm gesagt, er kann mich mal und er soll seine Probleme mit dir gefälligst ohne mich lösen. Danach war Ruhe.«

Antonia bezweifelte, ob sie wirklich so mit Ralph geredet hätte. Aber es war eine angenehme Vorstellung.

»Wie war er? Ich meine . . . war er wütend oder hat er sich Sorgen gemacht?«

»Er war nur wütend.«

Die Antwort war ein Seufzer, dann Schweigen. Aber eine Sache interessierte Antonia nun doch noch: »Hast du ihm eigentlich gesagt, wo ich bin?«

»Nein. Aber er weiß es. Es hat was mit deinem Handy zu tun, das hat er mir noch unter die Nase gerieben. Du weißt schon, das alte von ihm, das er dir mal geschenkt hat. Es hat eine Funktion, mit der man am Computer sehen kann, wo das Handy gerade ist . . .«

»Ein GPS-Sender?«, rief Antonia, die ihren Ohren

kaum traute. Der Aufschrei versetzte ihr neue Stiche im Kopf, die Antonia aber vor lauter Aufregung ignorierte.

»Ja, kann sein, dass das so heißt.«

»Diese linke Ratte!«, zischte sie und sagte dann zu ihrer Mutter: »Bleib du ruhig noch bei Linda. Das wird dir guttun, ich komme hier prima zurecht.«

»Das beruhigt mich. Dann bleibe ich noch eine Weile hier. Und wenn Ralph auftaucht . . . sei bitte nicht frech zu ihm. Er kann sehr wütend werden und . . .«

»Er wird nicht auftauchen«, schnitt Antonia ihr das Wort ab. »Und sag Linda noch Danke für die Kamera und das Geld.«

»Welches Geld?«

»Sie hat mir doch vierhundert Euro überwiesen.«

Ein kurzes Zögern, dann: »Ah, ja.«

»Oder warst du das? Es stand kein Absender dabei oder wie man das bei einer Überweisung nennt.«

»Nein, nein, ich . . . ich muss jetzt Schluss machen, ich glaube, das Telefonieren ins Ausland ist sehr teuer.«

»Wenn du möchtest, können wir auch mal skypen, das kostet nichts und du kannst mich auch sehen und ich dich.«

»Das hat mir Linda auch schon vorgeschlagen. Werde ich machen. Im Moment bin ich schon froh, wenn ich das Handy bedienen kann.«

»Willkommen im einundzwanzigsten Jahrhundert, Mama«, sagte Antonia, aber dann fiel ihr ein, was der wahre Grund sein könnte, der ihre Mutter von Lindas Webcam fernhielt: Vielleicht hatte ihr Ralph zwischenzeitlich noch mehr Verletzungen beigebracht als das blaue Auge vom Montag. »Bis dann, Mama! Genieß die Zeit auf Mallorca.«

»Ja, bis bald, mein Liebes.«

Antonia legte auf und starrte das Handy an, das sie noch immer in der Hand hielt. Wann hatte Ralph ihr noch mal dieses Handy so großzügig überlassen? Sie erinnerte sich, was für einen Bohei er darum gemacht hatte, weil sie es angeblich wie selbstverständlich angenommen und sich nicht überschwänglich genug dafür bedankt hatte! Das war schon ewig her, fast zwei Jahre. Das bedeutete ja . . . das bedeutete, dass er nicht nur sofort gewusst hatte, wo sie hingezogen war, er hatte schon vorher jeden ihrer Schritte nachvollziehen können. Wann immer er wollte. Sie ballte die Fäuste vor Zorn bei diesem Gedanken. Was für ein absoluter Scheißkerl! Andererseits hatte es in ihrem alten Leben nicht allzu viel gegeben, was er hätte ausspionieren können.

Sie war auf der Suche nach einer Kopfschmerztablette, als im Wohnzimmer der Festnetzapparat losschrillte. Da außer ihr noch niemand auf den Beinen zu sein schien, ging Antonia ran und meldete sich artig mit ihrem Namen.

»Hier ist Frau Jacobi. Bin ich hier richtig bei Robert Söderbaum?«

»Ja, ich bin eine Mitbewohnerin.«

»Ich bin die Mutter von Sarah.« Die Greenpeace-Frau, erinnerte sich Antonia.

Sarahs Mutter hörte sich aufgeregt und unsicher an. »Ich . . . meine Tochter war doch gestern auf der Geburtstagsfeier bei Robert. Ich wollte nur fragen, ob sie dort übernachtet hat. Ich mache mir Sorgen. Sie hat mir keine Nachricht geschrieben, dass sie nicht nach Hause kommt.«

Antonia erklärte: »Die schlafen alle noch, es ist gestern sehr spät geworden.«

Die Frau klang etwas munterer, als sie sagte: »Wärst du so nett, ihr zu sagen, sie möchte mich sofort anrufen, wenn du sie siehst?«

Antonia versprach es. Sie setzte Kaffee auf und machte Toast. Jetzt hätte man Selin und ihren Putzfimmel gut gebrauchen können: Der Mülleimer quoll über und stank, eine Armada benutzter Gläser belagerte die Spüle, in einigen schwammen Pfirsichstücke im Trüben. Antonia wurde übel bei dem Anblick. Vier oder fünf Gläser Bowle musste sie gestern getrunken haben oder waren es mehr gewesen? Katie war sogar noch einmal runtergegangen, um Nachschub zu holen.

Durch die Terrassentür blickte Antonia nach draußen. Es regnete Bindfäden. Ein paar Gläser und Flaschen standen noch zwischen aufgeweichten Pappbechern auf den vor Nässe glänzenden Biertischen. Im Kirschbaum hing traurig die Lichterkette, das Bierfass lag umgekippt auf dem Rasen.

So nett ja eine Fete ist, das Chaos hinterher könnte man sich gut sparen, erkannte Antonia. Und soo toll war es gar nicht gewesen. Aber was hatte sie eigentlich erwartet? Eine rauschende Orgie?

»Moin, moin!«

Matthias kam in die Küche geschlurft, fuhr sich gähnend durchs Haar und klemmte sich mangels sauberer Gläser erst mal unter den Wasserhahn.

»Morgen. Gibt's hier irgendwo Aspirin?«, fragte Antonia.

Matthias machte sich lang und ergriff eine bunte Keksdose, die oben auf dem Küchenschrank gestanden hatte. »Darf ich vorstellen? Die Hausapotheke.«

Sie war mit allerlei Arzneien vollgestopft, auf einigen Packungen war der Preis noch in DM angegeben, aber das Gesuchte war immerhin dabei.

»Sag mal«, fragte Antonia, während sie eine Tablette aus der Packung pulte, »weißt du, ob Sarah hier übernachtet hat?«

»Eifersüchtig?«

»Quatsch! Ihre Mutter hat angerufen. Sie macht sich Sorgen.«

»Hm«, brummte Matthias. Er zog die Espressokanne vom Herd, holte Butter aus dem Kühlschrank, nahm die fertigen Toastbrote in Empfang und reichte ihr mit spitzen Fingern eines davon. Das andere legte er auf seinen Teller. »Ich meine, ich hätte Sarah noch mit dem Rad wegfahren sehen.« Er suchte nach sauberen Messern, fand keines und spülte zwei unter dem Wasserhahn ab. »Ich kann mich aber auch irren, ich glaube, ich war ziemlich voll. Jedenfalls fühlt es sich so an.« Zur Bekräftigung seiner Worte fummelte auch er eine Kopfschmerztablette aus der Verpackung.

Antonia fühlte sich auf einmal wie in einem Horrorfilm nach einem Drehbuch von Stephen King. Äußerlich ist noch alles normal, unbeschwert, fast heiter: eine unaufgeräumte Küche, zwei völlig Verkaterte, die Kaffee trinken und Toast essen und die Geschehnisse des Vorabends Revue passieren lassen. Aber auf der Tonspur

257

setzt schon die leise Musik ein, jene düsteren Klänge in Moll, die das Unheil ankündigen, das dieses Idyll schon in kurzer Zeit zerstören wird.

23.

Selbstverständlich war es nicht erlaubt, Hunde auf dem Bergfriedhof frei laufen zu lassen, auch wenn dieser eher den Charakter eines Parks besaß. An einem so regnerischen Sonntagnachmittag wie diesem hatte Herr Ringelnatz, stolzer Besitzer eines Rauhaardackels, der manchmal auf den Namen Lukas hörte, jedoch keine Lust auf einen großen Spaziergang und der Dackel vermutlich auch nicht. An solchen Tagen bot sich der Bergfriedhof an, der so praktisch in der Nähe lag. Nur Hundebesitzer und Verrückte gingen bei so einem Regen freiwillig raus. Selbst wenn der Hund sein großes Geschäft an unerwünschter Stelle verrichten sollte, würde der Regen alles aufweichen und bis in ein, zwei Tagen wäre von der frevlerischen Tat nichts mehr übrig. Solchen Gedanken hing Herr Ringelnatz nach, während er sein Haustier im Auge behielt. Die Nase am Boden wie ein Staubsauger flitzte Lukas über das weitläufige Grün. An einer frisch aufgeschütteten Grabstelle hielt er sich etwas länger auf, intensiv schnüffelnd. Sie zogen weiter. Als Nächstes verschwand der unternehmungslustige Hund hinter einem steinernen Monument. Es gehörte zu einer Familiengruft, die wohl schon zu Zeiten ihrer Erbauung um die letzte Jahrhundertwende herum als ziemlich protzig gegolten haben mochte. Aber Lukas hatte sich nicht zurückgezogen, um ein Häufchen abzusetzen, sondern er kläffte: aufgeregt und auch ein bisschen ängstlich, wie immer, wenn ihm etwas begegnete, was er nicht einordnen konnte. Herr Ringelnatz rief seinen Namen, zuerst freundlich, dann energisch und von Pfiffen begleitet, aber das Tier gehorchte nicht, im Gegenteil, sein Gekläff steigerte sich noch. Seufzend wich sein Herr vom Weg ab, um nachzusehen, was den Dackel so in Rage versetzte.

Als er es sah, wich er vor Schreck zurück und griff sich an die Stelle, unter der sein Herzschlag gerade ins Stolpern geriet. Reflexartig brüllte er den Dackel an, sofort herzukommen. Knurrend und im Rückwärtsgang bewegte sich der kleine Jagdhund auf seinen Herrn zu, der das Tier mit zitternden Händen anleinte.

Petra Gerres nutzte den verregneten Sonntagvormittag, um Steinhauers Akte einmal ganz in Ruhe zu studieren. So weit ist es schon mit mir gekommen, dachte sie dabei in einem Anflug von Selbstironie, dass ich mir für den Sonntag eine dicke Akte mit ins Bett nehme.

Die Akte enthielt nicht nur die Tatortfotos und Vernehmungsprotokolle, sondern auch Zeitungsausschnitte. Die Presse hatte sich ziemlich rasch auf Steinhauer eingeschossen, die *Bild* nannte ihn hämisch den schönen Leo und später dann den Blutmaler. Sein Privatleben wurde ans Licht gezerrt und ausgebreitet. Er war wenige Monate zuvor geschieden worden, aber wohl auch vorher schon kein Musterehemann gewesen. Einige Exgeliebte kamen in den Boulevardblättern zu Wort und alle wollten irgendwie gespürt haben, dass mit ihm »etwas nicht stimmte« oder »unheimlich« war. Was genau sie so beunruhigt hatte, wurde aber von keiner benannt.

Aber nicht nur für die Presse, auch für die damaligen Ermittler schien seine Schuld von Anfang an festzustehen. Die Mitbewohner der alten Villa am Steinbruch waren verhört worden, ebenso die Partygäste: Steinhauers Studenten und ein paar Professoren und deren Gattinnen. Man hatte am Abend vor dem Mord Steinhauers vierzigsten Geburtstag mit großem Tamtam gefeiert. Die Fragen beschränkten sich im Großen und Ganzen auf den Verlauf des Abends. Natürlich war dies das Erste, was in so einem Fall zu tun war, erkannte Petra, aber danach hätte man doch in die Tiefe gehen und bei jedem einzelnen Gast nachbohren müssen, in welcher Beziehung er tatsächlich zu Steinhauer stand. Ob der Maler zum Beispiel mit einer der Professorengattinnen mal was gehabt hatte. Ob einer der jungen Männer vorher mit Sonja liiert oder noch in sie verliebt war. Ob die vier eingeladenen Meisterschüler ihren Lehrer wirklich uneingeschränkt bewunderten. Und die Professoren-Kollegen: Das waren doch alles selbst Künstler, ihnen musste Steinhauers Erfolg als Maler doch gallenbitter aufgestoßen sein. Gab es vielleicht sonst jemanden, der Steinhauer hasste, jemand, der gar nicht eingeladen worden war? All das war nicht zur Sprache gekommen oder stand zumindest in keinem der Protokolle. Nicht einmal Steinhauer selbst hatte vor den Ermittlungsbeamten einen Verdacht geäußert. Der damalige Leopold Steinhauer wirkte auf die Kommissarin, als wäre er ein ziemlich arroganter Typ gewesen. So selbstverliebt, dass er sich gar nicht vorstellen konnte, dass ihn jemand hasste.

Und was war mit Sonja? Petra blätterte weiter in den Protokollen, die alle noch mit der Schreibmaschine getippt worden waren und einen vergilbten Rand hatten. Aus Sonjas Umfeld war kaum jemand befragt worden, der nicht auf der Party gewesen war. Nur ihre Mutter, Irene Kluge, und ihre Großmutter, Friederike Riefenstahl, aber die beiden wussten wenig über den Alltag und das Liebesleben von Tochter und Enkelin. Beide sagten, Sonja wäre eine fleißige, gewissenhafte Studentin gewesen, die keine Drogen nahm und auch sonst nicht über die Stränge schlug. Sonjas Eltern waren seit 1978 geschieden, der Vater lebte in Spanien und hatte seine Tochter höchstens einmal im Jahr besucht. Die Mutter hatte einen neuen Lebensgefährten, der womöglich der Grund war, weshalb Sonja bald nach ihrem achtzehnten Geburtstag in die WG am Lindener Berg gezogen war. Das stand zwar so nirgends geschrieben, aber Petra las es zwischen den Zeilen des Vernehmungsprotokolls der Mutter. Sonja hatte also vor ihrer Ermordung zwei Jahre lang in der WG gewohnt. Hatte sie während dieser Zeit einen Freund gehabt oder mehrere?

Petra betrachtete ein Foto von Sonja, das kurz vor ihrem Tod an einem Badesee aufgenommen worden war. Sie saß in einem gelben Bikini im Schneidersitz auf einer Decke und lächelte in die Kamera. In der Hand hielt sie eine Eiswaffel. Schlanke Figur, aber nicht zu mager, langes blondes Haar, offener Blick aus strahlend blauen Augen – ein fleischgewordener Männertraum. Petra erinnerte sich an ein Mädchen aus ihrer damaligen Schulklasse, das Sonja ein wenig ähnlich sah. Sie war sogar einmal »Miss Hannover« geworden. Alle Mädchen der Schule hatten sie abgrundtief gehasst, einschließlich Petra.

Es gab eine Manuela Pavlik, die sich als »beste Freundin« von Sonja bezeichnete. Sie hatte sich abfällig über die Beziehung zwischen Sonja und Steinhauer geäußert. Er sei doch ein stadtbekannter Weiberheld und Sonja nur eine seiner Trophäen. Und sie, Manuela, fände es doof von Sonja, dass sie sich einen Sugardaddy hielt.

So viel zum Thema »beste Freundin«, dachte Petra. Manuela hatte die Party gegen zwei Uhr verlassen. Es habe keinen Streit zwischen Steinhauer und Sonja gegeben, im Gegenteil, die zwei hätten »ekelhaft rumgeknutscht«, wie Manuela sich ausdrückte. Petra gab einen verärgerten Knurrlaut von sich, als sie bemerkte, dass die Befragung an dieser Stelle endete. Verdammt, warum hatte man diese Manuela nicht nach Sonjas Liebesleben vor Steinhauer befragt? Keiner der Ermittler war auf die Idee gekommen, nach anderen Spuren oder Motiven zu suchen. Warum auch? Der Beschuldigte selbst hatte ja ein Geständnis abgelegt. Dieser Rat seines Anwalts war offenbar ein sehr schlechter gewesen.

Aber all das nachzuholen, was die Kollegen damals versäumt hatten, war schlicht unmöglich. Man bräuchte Wochen, vielleicht Monate dafür, die alten Freunde, Kollegen, Mitbewohner und Bekannten von Steinhauer und von Sonja aufzustöbern und sie nochmals zu befragen. Vorausgesetzt, dass die Leute noch lebten und überhaupt dazu bereit wären, sich noch einmal zu dem

Fall zu äußern. Dass inzwischen zwanzig Jahre vergangen waren, machte die Sache nicht gerade einfacher. Und wann, bitte schön, sollte Petra das alles tun? In ihrer Dienstzeit ging das nicht, ihr Chef würde ihr was husten. Eine offizielle Ermittlung würde es nicht geben, bei der momentanen Beweislage würde es die Staatsanwaltschaft rundweg ablehnen, den Fall neu aufzurollen. Blieb nur ihre Freizeit . . . Als neues Hobby, sozusagen. Aber wo sollte sie da anfangen, wen wonach fragen? Sie fuhr zusammen, als ihr Mobiltelefon Laut gab. Oh, nein! Das war etwas Dienstliches, sie erkannte es am Klingelton. Sie hatte dieses Wochenende Bereitschaft. »Mist, verdammter«, murmelte sie und nahm das Gespräch an.

Robert reagierte verwundert und besorgt, als Antonia ihm den Anruf von Sarahs Mutter ausrichtete. »Sie hat nicht hier übernachtet. Sie ist nach Hause gefahren.«

Sofort rief er Sarah an, aber auf ihrem Handy meldete sich nur die Mailbox. Antonia bemerkte, wie Robert zunehmend unruhiger wurde. Er tigerte zwischen Küche und Wohnzimmer hin und her, rauchend und fluchend, zwischendurch griff er immer wieder nach dem Handy und versuchte, Sarah zu erreichen.

Antonia, Katie und Matthias standen währenddessen am Wohnzimmerfenster und schauten hinüber zum Eingang des Bergfriedhofs. Dort gingen sehr beunruhigende Dinge vor sich. Vier Streifenwagen parkten neben dem Tor, dazu ein ziviler Audi und ein Transporter, aus dem Männer Alukoffer und Stative ausluden.

»Was ist, wenn sie die Leiche entdeckt haben? Wir hätten sie doch in den Sarg legen sollen!«, sprach Katie nun ihre Sorgen laut aus. Sie kaute nervös an ihren mittlerweile nur noch spärlich lackierten Fingernägeln herum.

»Kann ich mir nicht vorstellen«, murmelte Matthias, aber es klang nicht sehr überzeugend.

»Das ist die Spurensicherung«, erkannte Robert, der jetzt auch ans Fenster gekommen war. Er strich sich mit einer Hand die Haare aus der Stirn.

Trotz des Regens hatten sich einige Schaulustige vor dem Tor versammelt, mit aufgespannten Regenschirmen standen sie davor wie Pilze. Aber der Uniformierte, der davor Wache hielt, ließ außer den Männern mit den Alukoffern niemanden auf den Friedhof.

Jetzt fuhr ein weiterer Wagen vor, ein schwarzer Kombi mit getönten Scheiben.

»Das ist ein Leichenwagen«, flüsterte Antonia. Auch sie wurde von einem diffusen Angstgefühl heimgesucht. Tatsächlich stiegen jetzt zwei Männer aus dem Wagen und luden einen blechernen Sarg aus.

»Meint ihr, sie haben ihn wieder ausgebuddelt?«, fragte Katie erneut.

Robert bedachte sie mit einem Blick, als hätte er eine Kakerlake in seinem Müsli entdeckt. »Sag mal, hast du es noch immer nicht gerafft, Katie? Hier geht's nicht um diesen Penner, der hinter Selin her war, hier geht's um Sarah! Sarah ist heute Nacht nicht nach Hause gekommen!«

»Aber das heißt doch längst nicht . . .« Katie verschluckte den Rest, denn Robert war aus dem Zimmer gestürmt und wenig später sahen die drei, wie er aus dem Haus eilte, über die Straße ging und dann mit dem

265

Beamten diskutierte, der den Eingang des Friedhofs bewachte.

»Verdammt, jetzt dreht er völlig durch«, meinte Matthias.

Offenbar war Robert nicht erfolgreich, denn der Polizist stellte sich breitbeinig mit verschränkten Armen vor das Tor, das Robert Freitagnacht noch selbst aufgebrochen hatte, und schüttelte den Kopf.

»Vielleicht hat er recht«, sagte Antonia, die noch die ängstliche Stimme von Frau Jacobi im Ohr hatte. Sarah war absolut nicht der Typ, der einfach nicht nach Hause kam, ohne eine Nachricht zu hinterlassen. Außerdem war es inzwischen schon drei Uhr nachmittags. Selbst wenn sie woanders übernachtet hätte – aber wo schon, außer hier? –, wäre sie doch inzwischen wach und würde wenigstens ans Handy gehen.

»Hä, was macht er denn jetzt?«, flüsterte Katie entsetzt. Eine blonde Frau, etwa Mitte dreißig, und ein jüngerer Mann mit sehr kurz geschorenem Haar verließen gerade den Friedhof. Kripobeamte, das sah man ihnen irgendwie an. Robert redete auf sie ein, aufgeregt gestikulierend. Die Frau antwortete. Dann zog sie ihr Handy aus der Tasche und hielt es Robert hin. Der betrachtete das Display und erstarrte. Ein paar Sekunden standen die zwei Beamten und Robert da wie eingefroren, dann sagte der junge Mann etwas zu Robert. Der nickte und deutete auf ihr Haus. Es gab einen kurzen Wortwechsel, danach überquerten alle drei die Straße und kamen auf die Pforte zu.

»Scheiße, es muss wirklich um Sarah gehen«, kombinierte Matthias, der blass geworden war. Er drehte sich vom Fenster weg und zischte den Mädchen zu: »Kein Wort von dem Zeug im Keller und kein Wort von der anderen Sache . . .«

»Das ist ja wohl klar«, antwortete Katie. Sie hatte die Augen vor Schreck weit geöffnet und sah aus wie ein Mausmaki.

Antonia nickte nur. Sie kam sich vor wie in einem Albtraum.

»Kriminaloberkommissarin Petra Gerres« stellte sich die blonde Frau vor und deutete mit einer grazilen Handbewegung auf ihren Kollegen: »Kriminalkommissar Daniel Rosenkranz.«

Die vier Bewohner der Villa nahmen auf Vorschlag der Kommissarin am Küchentisch Platz. Beide Ermittler lehnten es ab, sich hinzusetzen, obwohl es noch einen freien Stuhl gab. Roberts Befürchtung hatte sich bestätigt. Es war »vermutlich« Sarah Jacobi, die man tot auf dem Friedhof gefunden hatte. »Vermutlich« deshalb, weil Sarahs Mutter die Leiche noch nicht offiziell identifiziert hatte. Aber Robert hatte ihr Gesicht deutlich auf dem Foto erkannt, das die Kommissarin mit ihrem Handy aufgenommen hatte.

»Man hat ihr den Hals . . . ihr Hals war . . .« Robert schluckte. Matthias griff sich reflexartig an die Kehle, während Antonia und Katie, die den Jungs gegenübersaßen, zusammenzuckten, als hätten sie einen Stromschlag erhalten.

Die Kommissarin trug Jeans und ein schwarzes T-Shirt. Weder an ihr noch an ihrem Kollegen sah man eine Waffe oder Handschellen. Sie lehnte an der Spüle,

267

auf der noch immer die schmutzigen Gläser der Party standen, und fragte nun Robert, ob Sarah seine Freundin gewesen sei.

»Sie war eine Freundin. Aber eine sehr gute.«

»Hatte sie einen festen Freund – im Sinne von Beziehung?«

»Nein, im Moment nicht. Soviel ich weiß«, setzte Robert hinzu.

»Woher kennt ihr euch?«

»Wir waren früher mal Nachbarn, schon als kleine Kinder, als ihre Eltern noch in Isernhagen neben meinen gewohnt haben. Vor fünf Jahren haben sich Sarahs Eltern scheiden lassen und sie ist mit ihrer Mutter nach Linden gezogen. Wir sind aber immer in Kontakt geblieben.«

Antonia staunte, sie hatte nicht gewusst, dass die Freundschaft zwischen Sarah und Robert so tiefe Wurzeln hatte.

Alle vier wurden nun nach dem Verlauf des gestrigen Abends gefragt. Antonias Aussage war kurz. Sie berichtete, dass sie zusammen mit Katie die Party etwa gegen ein Uhr verlassen und sich danach noch zwei Stunden in Katies Zimmer aufgehalten hätte. Katie bestätigte das. Auf die Frage von Daniel Rosenkranz, warum sie nicht geblieben wären, sagte Katie: »Die waren alle älter als wir, die haben kaum mit uns geredet. Außerdem war die Mucke nicht so prickelnd und uns war langweilig. Da haben wir lieber Videos geschaut.«

Das stimmte. Katie, die zu diesem Zeitpunkt schon ziemlich viel Pfirsichbowle intus gehabt hatte, hatte nur kurz in Sonjas Aufzeichnungen geblättert, albern kichernd auf der Suche nach einschlägigen Schilderungen. Antonia hatte ihr daraufhin empört das Tagebuch aus der Hand genommen. Katie war aber nicht beleidigt gewesen, sondern hatte vorgeschlagen »sich mal wieder Titanic reinzuziehen«.

»War da Sarah noch da?«, fragte die Polizistin.

Antonia hatte trotz der Folgen ihres Alkoholkonsums noch deutlich das Bild vor Augen, wie Sarah und Robert neben dem Feuerkorb gestanden hatten, eng umschlungen . . . okay, vielleicht nicht gerade umschlungen, aber doch sehr nah zusammen. »Ja, sie hat mit Robert am Feuer gestanden«, sagte sie.

Die wichtigste Aussage kam von Robert, der sagte, dass Sarah den Garten kurz nach ein Uhr verlassen habe. Sie sei auf ihr Rad gestiegen und davongefahren.

»Wo hatte sie das Rad abgestellt?«

»Außen, am Zaun, gleich neben der Pforte.«

»Bist du mit raus?«

»Ja, ich habe sie verabschiedet.«

»Wo genau?«

Robert runzelte nachdenklich die Stirn. »Vor der Pforte, bei den Stufen. Aber ich bin noch stehen geblieben, bis sie ihr Rad aufgeschlossen hatte und losgefahren ist.«

»War mit ihrem Rad alles in Ordnung?«

Robert sah die Kommissarin bei dieser Frage zwar erstaunt an, aber er sagte: »Ich denke, schon. Das Licht hat jedenfalls gebrannt und sie ist damit weggefahren, den Berg runter.«

»War sie allein?«

»Ja.«

»Ist ihr jemand gefolgt?«

»Ich hab niemanden gesehen.«

»Ist jemand auf der Straße gewesen? Vielleicht auf der anderen Seite?«

»Mir ist nichts aufgefallen. Und da drüben, am Friedhof, da ist es recht dunkel – wenn da einer im Gebüsch rum. . . oh, mein Gott!« Er unterbrach sich.

»Ja, was?«, fragte die Kommissarin.

»Sven, einer von meinen Kumpels . . . er hat behauptet, er hätte so einen Spanner gesehen, der vor dem Friedhofstor rumlungert. Aber als Jens und ich hin sind, um nachzusehen, war da niemand mehr da. Wir dachten, er hätte zu viel gerau. . . äh, getrunken«, verbesserte sich Robert.

»Schon gut, ich bin nicht von gestern«, meinte die Kommissarin. »Wann war das?«

»Viel früher. So gegen zwölf vielleicht.« Robert schüttelte sich voller Entsetzen, schluchzte auf und jammerte: »Ich hab ihr dreimal angeboten, hier zu pennen. Aber sie wollte unbedingt nach Hause, sie meinte, ihre Mutter wäre sonst sauer.« Er ging zur Spüle, riss ein Blatt von der Küchenrolle ab und wischte sich damit über die Wangen.

»Wann seid denn ihr beide ins Bett gegangen?«, fragte Kommissarin Gerres die Jungs. Sie blieb scheinbar unbeeindruckt von Roberts Gefühlsausbruch. Allen war klar, dass das eine mehr oder weniger gut getarnte Frage nach dem Alibi der beiden war.

»So um drei«, schätzte Matthias und Robert verbesserte: »Eher gegen halb vier. Kurz nach drei sind die letzten Gäste in ein Taxi gestiegen. Wir haben dann noch ein paar Minuten aufgeräumt.«

»Ist jemand vor Sarah gegangen?«

Der Frage folgte ein kurzer Blickwechsel zwischen Robert und Matthias, dann sagte Matthias: »Lynn und Jan. So ungefähr um zwölf.«

»Ziemlich früh, oder?«, meinte die Kommissarin und schaute hinüber zu ihrem Kollegen.

Daniel Rosenkranz, der die meiste Zeit schweigend am Kühlschrank gelehnt und nur ab und zu etwas in ein kleines schwarzes Notizbuch geschrieben hatte, wollte nun wissen, mit wem Sarah auf der Party gesprochen hatte und ob etwas vorgefallen wäre, ein Streit vielleicht, eine Eifersuchtsszene oder Ähnliches. Die Jungs tauschten daraufhin wieder einen raschen Blick, dann gab Matthias an, dass alles ganz normal und harmonisch gewesen sei, und Robert bestätigte es. »Sie war die meiste Zeit mit mir zusammen«, fügte er hinzu.

Auch Katie und Antonia sahen sich bei dieser Aussage kurz an, aber sie hielten den Mund. Der Streit wegen des Dynamits, von dem Sarah ihrer Mutter erzählt hatte, hatte sicherlich nichts mit diesem Verbrechen zu tun, dachte Antonia. Zwar waren Lynn und Jan echt sauer auf Sarah gewesen, aber die Vorstellung, dass die beiden Sarah auf dem Nachhauseweg auflauerten und ihr die Kehle durchschnitten, war einfach zu absurd. Nein, das war die Tat eines Wahnsinnigen!, überlegte Antonia. Sie hätte die Polizistin gerne gefragt, ob Sarah vergewaltigt worden war, verzichtete aber aus Rücksicht auf Robert darauf. Solche Details würde man in den nächsten Tagen sicherlich durch die Zeitungen erfahren.

»Wie ist sie überhaupt auf den Bergfriedhof gekommen«, fragte Matthias die beiden Ermittler. »Das ist doch gar nicht ihr Heimweg. Außerdem ist der doch nachts abgeschlossen, oder nicht?«

»Das wissen wir noch nicht«, antwortete Daniel Rosenkranz und die Kommissarin ergänzte: »Das Schloss am unteren Tor wurde aufgebrochen. Ob vom Täter oder von jemand anderem, ist noch unklar. Ist euch vielleicht in den letzten Tagen etwas aufgefallen? Man kann doch den Eingang von euerm Haus aus gut sehen, oder?«

Alle schüttelten die Köpfe.

»Nachts sieht man das Tor nicht, die Bäume werfen zu viel Schatten«, ergänzte Robert.

»Dieser Mann . . .«, platzte Antonia nun heraus, ». . . diesen Spanner, den Roberts Freund gesehen hat – ich glaube, den habe ich auch schon mal gesehen.«

Alle Blicke waren nun auf sie gerichtet.

»Das war letzte Woche Freitag, der Tag, an dem ich eingezogen bin.« Sie schilderte den Schatten, den sie spät in der Nacht vor dem Tor gesehen hatte. Die Beamten fragten nach Details, aber Antonia konnte nur sagen, dass sie glaubte, dass es ein Mann war: »Ich war mir ja nicht einmal sicher, ob da wirklich einer steht«, gab sie zu.

Die Kommissarin bat Robert, ihr die Namen aller Gäste von gestern Abend aufzuschreiben, möglichst mit Adresse und Telefonnummer. Robert griff nach dem Notizblock, der auf dem Küchentisch lag, aber die Kommissarin reichte ihnen allen ihre Visitenkarte und sagte zu Robert: »Mir genügt eine Mail, aber bitte noch heute und möglichst präzise.« Dann verließen sie und ihr Kollege die Küche, zogen ihre feuchten Jacken, die sie an der Garderobe im Flur gelassen hatten, wieder an und verabschiedeten sich mit der Bitte, sich zu melden, wenn einem von ihnen noch etwas einfallen sollte. »Noch etwas: Ich werde Protokolle von euren Aussagen anfertigen, diese müsst ihr dann auf der Polizeidirektion unterschreiben. Ist nur eine Formsache. So ganz ohne Papierkram geht es halt nicht.«

Robert saß am Küchentisch und versuchte, sich eine Zigarette zu drehen, aber seine Hände zitterten so sehr, dass der Tabak immer wieder vom Papierblättchen fiel.

»Lass mich«, sagte Katie und nahm ihm die Packung aus der Hand.

Kein Wunder, dass er fix und fertig ist, dachte Antonia. Nach dem, was er der Polizistin erzählt hatte, war Sarah ja fast so eine Art Schwester für ihn gewesen. Aber auch sie selbst hatte die Nachricht gehörig schockiert. Vor allem die Information, dass man Sarah die Kehle durchgeschnitten hatte. Was für ein brutaler, schrecklicher Tod. Welche Angst sie wohl bis dahin ausgestanden hatte. Oder war es so schnell gegangen, dass sie kaum zum Nachdenken gekommen war. Wie war es überhaupt passiert und wo?

»Das Dynamit muss sofort verschwinden!«, sagte Matthias. Er knetete seine Hände, seine Stimme klang brüchig. Sarahs Tod ging offensichtlich auch ihm sehr nah, obwohl er Anstrengungen machte, dies zu verbergen. »Hat jemand eine Idee, wohin damit?«

»Mir doch scheißegal. Von mir aus könnt ihr es im Maschsee versenken.« Robert nahm die fertig gedrehte Zigarette von Katie entgegen. Sein Lächeln entgleiste, als er zu ihr sagte: »Die ist ja gar nicht krumm.«

»Was heißt ›ihr‹? Du wirst uns schön dabei helfen, Alter«, knurrte Matthias.

»Ist das jetzt dein Problem, oder was?«, fuhr ihn Robert an, aber Matthias antwortete nüchtern: »Im Moment: ja. Wir wissen nicht, ob Sarahs Mutter dichthält. Und wenn nicht, dann sollten die Bullen hier nichts finden.«

Auch wenn es herzlos klang, so pflichtete Antonia doch im Stillen Matthias bei. Der Sprengstoff musste schleunigst aus dem Haus. Hoffentlich, dachte Antonia, hat Sarah ihrer Mutter nicht auch noch gesagt, woher das Zeug kam.

»Okay. Ich bin aber dafür, dass wir es vernichten«, sagte Robert. »Das letzte Mal wärst du fast mit in die Luft geflogen, Mathe. Sarahs Mutter hatte schon irgendwie recht, das Zeug bringt uns noch in Teufels Küche.«

»Das werden Lynn, Jan und Malte aber anders sehen«, gab Matthias zu bedenken.

»Mir doch egal«, zischte Robert und drückte seine halb gerauchte Zigarette aus. »Die haben das Zeug nicht besorgt und es liegt nicht bei denen im Keller. Die können nur immer meckern und klugscheißen. Außerdem kann mir diese Aktion gerade sowieso gestohlen bleiben.«

»Ich weiß einen Tümpel in der Ricklinger Masch«, sagte Katie. »Das ist das Überschwemmungsgebiet der Leine, westlich vom Maschsee, ein richtiger Sumpf mit kleinen Moorlöchern und Tümpeln, die man erst bemerkt, wenn man fast drinsteht, weil so grünes Algenzeug darauf schwimmt. Echt gruselig.«

»Kommt man da mit dem Auto ran?«, fragte Matthias.

»Nein, nicht ganz. Aber wir könnten es ja auf uns vier

aufteilen«, schlug Katie vor. »Jeder nimmt einen Rucksack voll. Und die Kisten verbrennen wir.«

»Gut, dann los«, sagte Robert und irgendwie schienen alle erleichtert zu sein, dass sie etwas zu tun hatten. Das war immer noch besser, als hier zu sitzen und zu grübeln.

24.

Ein gewaltsamer Tod macht einen Menschen selten schöner, aber auf Sarah Jacobi, die nun auf dem Seziertisch in der Rechtsmedizinischen Abteilung der Medizinischen Hochschule lag, traf das nur bedingt zu. Sie war ein sehr hübsches Mädchen gewesen. Nur diese extrem bleiche Haut und die farblosen Lippen, die der Kommissarin schon gestern am Leichenfundort aufgefallen waren, wirkten etwas unheimlich. Und sie hatte eine deutliche Ähnlichkeit mit Sonja Kluge, keine Frage.

Der ganze Tatzusammenhang war wirklich extrem auffällig, da hatte Daniel Rosenkranz völlig recht. Als sie gestern aus der Villa am Lindener Berg aufgebrochen waren, hatten sie schnell klare Zusammenhänge gefunden: Dasselbe Haus, und fast auf den Tag genau zwanzig Jahre später wird ein Mädchen umgebracht, und wieder nach einer Party. Doch Daniels Verdacht, dass Leopold Steinhauer hinter dem allen stecken könnte, war Petra Gerres zu einfach. Dass dieser Mord kaum zwei Wochen nach Steinhauers Entlassung stattfand, war sicherlich kein Zufall. Im Gegenteil. Petra kam es so vor, als wollte jemand mit einem dicken roten Pfeil direkt auf Steinhauer deuten. Doch wenn es nicht Steinhauer war, wer war es dann? Gab es wirklich einen Serientäter und war dies sein jüngstes, grausiges Werk?

Die Autopsie war zum Glück schon vorbei, als Petra Gerres den Sektionssaal betrat. Der Körper des Mädchens war bis zum Hals mit einem grünen Tuch bedeckt.

»Keine typischen Anzeichen einer Vergewaltigung. Ein paar Hämatome an den Armen. Sie wurde mit Äther betäubt, das konnte unsere Pathologin nachweisen«, vermeldete Dr. Kretschmer.

»Todeszeitpunkt?«, fragte Petra Gerres den Mediziner. Kretschmer wand sich wie ein Wurm. »Ganz schwierig, Frau Oberkommissarin, ganz schwierig, da wir nicht wissen, wo sich die Leiche befunden hat, ehe sie auf den Friedhof geschafft wurde. Die Umgebungstemperatur spielt nämlich eine entscheidende Rolle bei der Bestimmung des Todeszeitpunktes.«

»Ungefähr?«

»Zwischen drei und fünf Uhr. Wenn man genau wüsste, wann das Mädchen etwas gegessen hat, könnte man es vielleicht noch mehr eingrenzen.«

Petra rechnete. Der Übergriff musste in unmittelbarer Umgebung der Villa geschehen sein, noch bevor das Mädchen quer durch Linden radeln konnte, denn dort war an einem sommerlichen Samstagabend zu viel los. Sarah hatte die Party aber schon um ein Uhr verlassen. Was war in diesen zwei bis vier Stunden bis zu ihrem Tod geschehen?

Als hätte der Rechtsmediziner ihre Gedanken gelesen, sagte er: »Eine Sache ist noch auffällig: Wir konnten keinerlei Spuren an der Leiche entdecken, keine fremden

Fasern, kein Haar, nichts. Stattdessen fanden wir Rückstände von Desinfektionsmittel auf der Haut und etwas Schmutz, der vom Fundort stammte: Erde und Laubpartikel.«

»Interessant.« Da wollte jemand auf der einen Seite ganz auf Nummer sicher gehen, aber gleichzeitig hielt ihn etwas davon ab, die Leiche verschwinden zu lassen – was für einen Mörder, der solche Sicherheitsvorkehrungen traf, doch eigentlich das erste Gebot gewesen wäre. Wieder erschien es Petra, als sei der Mord nicht um der Tat willen geschehen, sondern um Sarahs Leiche an ebendiesem Ort . . . sie suchte nach dem richtigen Wort . . . auszustellen, ja, so war es. Die Art, wie sie dagelegen hatte, die gekreuzten Unterarme, die geschlossenen Augen . . . das war ein sorgfältig ausgeführtes Arrangement. Irgendetwas wollte der Täter damit sagen.

»Aber noch etwas ist mit dieser Leiche geschehen und das ist mir in meiner ganzen Laufbahn noch nie untergekommen«, verkündete nun der Mediziner, dem man einen gewissen Sinn für Dramatik nicht absprechen konnte.

»Was?«, fragte Petra Gerres pflichtschuldigst.

»Sie war vollkommen ausgeblutet. Wir hatten Mühe, ein paar Tropfen für die toxikologische Untersuchung zu bekommen. Sie hatte übrigens 0,7 Promille Alkohol intus.«

»Ausgeblutet?«, wiederholte die Kommissarin.

»Bis auf den letzten Tropfen. Die Halsschlagader wurde durch den Kehlschnitt durchtrennt und hier . . .« Kretschmer hob die Arme des Mädchens an. ». . . sieht man außerdem an beiden Handgelenken gezielte Schnitte . . . Ist Ihnen nicht gut, Frau Kommissarin?«

Tatsächlich war Petra Gerres bei Kretschmers letzten Worten übel geworden. »Geht schon«, sagte sie und lehnte sich an den benachbarten Stahltisch, der an diesem Montagmorgen noch leer war. Dr. Kretschmer reichte ihr ein Tuch, das scharf nach Pfefferminze roch. Petra atmete tief ein und es half tatsächlich ein wenig.

»Alles okay?«, fragte der Arzt.

»Ja, danke! Entschuldigen Sie.«

»Aber nicht doch. Ich gebe zu, es ist eine scheußliche Vorstellung. Welcher perverse Geist macht so etwas?«

»Das müssen wir herausfinden«, antwortete Petra und verabschiedete sich eilig. Sie musste jetzt dringend an die frische Luft.

»Den Sektionsbericht schicke ich Ihnen per E-Mail, okay?«, rief ihr Kretschmer hinterher.

Petra Gerres nickte und floh aus dem Sektionssaal. »Ausgeblutet« . . . Der Blutmaler . . . Warum war Sarahs Leiche nicht versteckt worden, sondern, im Gegenteil, so auffällig hinter einer Gruft platziert worden, dass nicht nur der erstbeste Spaziergänger sie finden musste, sondern jeder, dem der Fall Steinhauer bekannt war, den Zusammenhang sofort erkennen würde? War das die Absicht des Täters? Hatte Sarahs Ermordung mit den anderen toten und verschwundenen Mädchen zu tun, war es derselbe Täter oder nicht? Oder war es viel einfacher, als sie dachte, so wie Daniel Rosenkranz es angedeutet hatte: Steinhauer war entlassen worden, er war entgegen der Prognose eben doch nicht geheilt und er hatte wieder zugeschlagen. Ein Opfer seiner eigenen

Triebe . . . Sie musste an Bornholms Worte über den »freien Willen« denken, der angeblich so frei gar nicht war. Machte sie sich am Ende nur etwas vor? Wollte sie die Tatsachen nicht wahrhaben, weil sie auf Steinhauers souveräne Art und sein sympathisches Äußeres hereingefallen war? Vielleicht hat er mich mit dieser Ich-weiß-nicht-ob-ich-schuldig-bin-Nummer nur verarscht. Ich hätte auf Daniel hören und Steinhauer gestern schon in die Mangel nehmen sollen. Aber das werde ich sofort nachholen. Falls er nicht schon über alle Berge ist.

Eine halbe Stunde später standen Petra Gerres, Daniel Rosenkranz und zwei kräftige junge Polizisten in Uniform vor dem heruntergekommenen Mietshaus, dessen Adresse sie von Steinhauer bekommen hatte. Petra drückte ein paar der unteren Klingeln, und als der Türsummer ging, traten sie ein und Petra rief: »Citypost!« Nichts regte sich. Steinhauers Name hatte neben keiner der Klingeln gestanden, aber er fand sich auf einem der rostigen Briefkästen im Treppenhaus. Die anderen Namen ließen auf türkische und spanische Bewohner schließen, was in diesem Viertel nichts Besonders war. Der Hausflur sah nicht wesentlich besser aus als die Fassade: durchgetretene Holztreppen, blätternde Farbe, Graffiti in mehreren Sprachen an den Wänden. Immerhin war es einigermaßen sauber. Es ging auf die Mittagszeit zu und der ganze Flur roch – nicht unangenehm – nach angebratenen Zwiebeln. Hinter irgendeiner Tür ertönte Kindergeschrei und dann die keifende Stimme einer Frau.

Die vier stiegen die Treppen hinauf bis unters Dach

und standen vor einer mit Schnitzereien verzierten Tür mit bunten Fensterscheiben im oberen Drittel. Die Kommissarin klingelte erneut. Nichts tat sich.

Nach dem dritten Versuch blickten sich Petra Gerres und ihr Kollege an. Daniel sagte: »Riechst du es auch? Da drinnen riecht es doch verbrannt.«

Petra schnupperte. Die Zwiebeln, die irgendwo im zweiten Stock gebraten wurden, dufteten wirklich verführerisch, jetzt war noch eine Note Speck dazugekommen. »Jetzt, wo du es sagst! Da ist Gefahr im Verzug – wir müssen da rein!«, meinte sie augenzwinkernd, denn sie hatte keine Lust, sich jetzt erst umständlich einen richterlichen Beschluss zu besorgen.

Daniel machte Anstalten, die Tür einzutreten, aber Petra hielt ihn zurück. »Nicht doch! Die schöne alte Tür!« Sie nahm ihre Payback-Karte, die sie ohnehin nie benutzte, aus dem Portemonnaie und Sekunden später war das alte Schloss überwunden. Petra Gerres hielt ihre Pistole mit beiden Händen vor sich, Daniel und die beiden Uniformierten folgten ihrem Beispiel.

»Polizei! Kommen Sie mit erhobenen Händen raus!«, rief Daniel.

Niemand antwortete. Der Reihe nach sicherten sie den Flur, von dem drei Türen abgingen, die spärlich möblierte Küche und das gammelige Duschbad mit dem winzigen Fenster. Nirgendwo war ein Behälter mit Desinfektionsmittel, stellte Petra fest, nachdem sie in Küche und Bad ein paar Schranktüren geöffnet hatte. Im offenen Badezimmerregal standen Körpermilch mit Mandelduft und zwei Sorten Shampoo, eines gegen Schuppen, eines gegen Spliss. Auf der Ablage über dem Waschbecken registrierte sie Rasierschaum, Handcreme, Zahnpasta, zwei Zahnbürsten in einem rosa Becher und daneben lagen eine Haarbürste und eine perlmuttfarbene Haarspange. Noch immer die Waffen im Anschlag, betraten sie das nächste Zimmer. Es war geräumig und sehr hell, der Fußboden bestand aus abgewetzten Holzdielen. Es hatte weiße Wände, eine davon war schräg und wurde fast völlig von drei großen Dachfenstern eingenommen. Ein ausladendes Sofa mit rotem Stoffbezug befand sich auf der langen geraden Seite, darauf ein Kissen und eine Wolldecke. Das Kissen war der Länge nach aufgeschlitzt, die Kunststofffüllung quoll heraus. Ebenso wiesen die Wolldecke und der Sofabezug Stiche und Schnitte auf. Der Couchtisch war leer, aber zwei Weingläser und ein paar Bücher verteilten sich über den Fußboden, einzelne Seiten waren herausgerissen und zerknüllt worden. Es waren Gartenbücher, stellte Petra zu ihrem Erstaunen fest. Eine Stehlampe lehnte mit schiefem Lampenschirm wie ein Betrunkener in der Zimmerecke. Gegenüber, unter der Schräge mit den Dachfenstern, hatte ein Arbeitstisch gestanden, gebaut aus einer langen Sperrholzplatte auf drei Böcken. Die Platte lag am Boden und zwischen den umgestürzten Böcken fanden sich Farbtuben, Dosen, Pinsel, Spachtel, ein ausgelaufenes Glas Terpentin, mehrere Lappen mit Farbresten, Rahmenholz, Leim, kleine Nägel, zusammengerollte Leinwände und das ganze Chaos krönte eine umgestürzte Staffelei.

Zu ihren Füßen bemerkte Petra ein Bild, das mit dem Rücken nach oben dalag. Sie hob es auf, drehte es um und hielt kurz den Atem an. Das Gemälde zeigte einen Drachen oder ein ähnliches geflügeltes Wesen und war in Tiefrot gehalten. Quer durch das Bild verlief ein Schnitt und daneben fanden sich noch ein paar Löcher, als hätte jemand mit einem Messer und mit großer Wut die Leinwand attackiert. Das Rot war eindeutig Acrylfarbe, die dazugehörigen Farbtuben befanden sich in dem Durcheinander. Das ganze Zimmer roch nach frischer Farbe und dem ausgelaufenen Lösungsmittel.

»Schöne Schweinerei«, murmelte einer der Polizisten. »Sieht aus wie in so 'nem Erdbebenfilm.«

»Na ja«, meinte Daniel Rosenkranz gedehnt. »Ich war schon auf Partys, da hat es danach schlimmer ausgesehen.«

»Auf jeden Fall war da jemand stinksauer«, stellte Petra fest.

Oder hatte jemand etwas gesucht? Nein, dann wären Küche und Bad auch in Unordnung gebracht worden. Das hier sah mehr nach einem Anfall von blindwütiger Raserei aus. War Steinhauer durchgedreht und hatte sein eigenes Bild zerstört und die halbe Einrichtung gleich mit?

An der hinteren, schmalen Wand des rechteckigen Raumes gab es eine Tür. Das Schlafzimmer? Eine Abstellkammer? Daniel, noch immer die Waffe im Anschlag, versuchte, sie zu öffnen, aber sie war verschlossen. Der Schlüssel steckte von innen.

Erneut brachte Petra ihre Waffe in Position. »Polizei! Öffnen Sie die Tür!«

Alles blieb still. Petra nickte ihrem jungen Kollegen aufmunternd zu und unter den skeptisch schmunzelnden Mienen der beiden Uniformierten nahm Daniel Rosenkranz kurz Anlauf und trat einmal kräftig dagegen. Es krachte, die Türklinke schlug gegen die Wand und prallte wieder ab, dahinter rieselte Putz. Halb so viel Kraftaufwand hätte auch gereicht. Die Kommissarin hatte richtig vermutet: Es war das Schlafzimmer. Einen Schrank gab es keinen, nur eine Kleiderstange, wie man sie in Kaufhäusern oder auf Flohmärkten sah. Daran hingen wenige Hosen und Hemden und ein Sommerkleid. Die restliche Wäsche lag in einem Karton daneben. In der Mitte des Raums stand ein breites Bett und darauf kauerte eine junge Frau. Nach Petras Schätzung war sie zwischen siebzehn und zwanzig. Ihre schwarzen Locken hingen wie ein Cape um die mageren Schultern, den schlanken Hals zierte eine Goldkette, dünn wie ein Haar. Dunkle, mandelförmige Augen starrten die vier Polizisten verängstigt an und von ihren Händen tropfte Blut auf die weiße Bettwäsche, die bereits großflächig rot getränkt war.

25.

Die Butter weichte immer mehr auf und die Toastschei-
ben wurden langsam hart. Antonia und Katie hatten sich
nicht überwinden können, etwas zu essen. Katie hatte
heute frei, da sie am Samstag gearbeitet hatte. Auch Robert war zu Hause, er hatte sich krank gemeldet. Was
nicht mal gelogen war, er sah wirklich schlecht aus. Er
hatte sich nur eben einen Kaffee geholt und sich dann
wieder in sein Zimmer zurückgezogen. Schon gestern,
als sie wie geplant das Dynamit in einem grün überwucherten Tümpel versenkt hatten, hatte Antonia befürchtet, dass er womöglich auf dem unwegsamen Trampel-
pfad, der dorthin führte, unter dem Gewicht des Ruck-
sacks zusammenklappen würde. Er war schweigsam
gewesen, aber auch die anderen hatten nur das Nötigste
geredet, und als die Tüten mit den Sprengstoffrollen,
von Steinen beschwert, glucksend im sumpfigen Teich
untergegangen waren, hatte keiner einen Scherz oder
eine Bemerkung gemacht. Stumm waren sie zum Auto
zurückgegangen und nach Hause gefahren.

Den Abend hatten sie jeder für sich in ihren Zimmern
verbracht, wobei Antonia noch ein bisschen weiter in

Sonjas Tagebuch gelesen hatte. Das ewige Hin und Her zwischen ihr und diesem Leopold war aber irgendwann ermüdend gewesen und sie hatte das Buch weggelegt. Die Beziehung hatte ständig zwischen »Ich mach Schluss mit dem Scheißkerl« und »Ich liebe ihn, wie ich noch nie einen Mann geliebt habe« hin und her geschwankt. Dazwischen gab es auf beiden Seiten Beziehungen zu anderen Männern und Frauen. Bei Sonja war es unter anderem dieser Typ, den sie Baby – was für ein blöder Spitzname – nannte und der immer dann als Trost herhalten musste, wenn sie auf Leopold sauer war. Waren Sonja und ihr Leo dann wieder versöhnt, wurde Baby kaltgestellt.

»Warum hast du eigentlich der Kommissarin nichts von dem Kerl erzählt, der dich letzten Sonntagabend verfolgt hat?«, fragte Antonia und riss dabei ein trockenes Stück Toast in kleine Fetzen.

Katie zog die Schultern hoch. »Ich weiß nicht. Ich war zu durcheinander, ich habe nicht mehr daran gedacht.«

»Dann mach es doch jetzt. Ruf sie an.«

»Ich weiß nicht«, sagte Katie wieder. »Das bringt doch nichts. Ich habe ihn doch nicht erkannt.«

»Aber es könnte wichtig sein. Ist dir nicht aufgefallen, wie genau sie sich nach Sarahs Fahrrad erkundigt hat?«

Katie nickte.

»Vielleicht ist das die Masche von dem Typ. Fahrradreifen aufschlitzen und die Mädchen dann überfallen, wenn sie zu Fuß gehen«, spekulierte Antonia.

»Aber Sarahs Rad war doch in Ordnung. Robert hat sie doch wegfahren sehen.«

»Robert hat sie ein paar Meter weit fahren sehen, na

und? Da hat sie den Platten womöglich noch gar nicht bemerkt. Sie war doch nicht mehr ganz nüchtern und Robert auch nicht.«

Katie blies sich eine Haarsträhne aus der Stirn. »Du nervst! Soll ich ihnen dann auch gleich von deinem Ralph erzählen?«

Antonia hätte erwidern können, dass das eine mit dem anderen nichts zu tun hatte, aber sie kannte Katies Dickkopf. Je mehr man sie bedrängte, desto sturer reagierte sie.

Katie stand auf und sagte in der Tür: »Ich will nichts mit der Polizei zu tun haben. Ich will meine Ruhe und das alles vergessen.«

Ja, das wollte Antonia am liebsten auch. Was hatte sie bis jetzt vom Tod gewusst? Gar nichts. Der Tod betraf alte Menschen oder Fremde, er kam in Filmen und Büchern vor. Und plötzlich gab es um sie herum nur noch Tote.

Das Auffinden von Ralphs Leiche war zwar für alle vier schockierend und deren Beseitigung irgendwie grotesk gewesen, aber mit Ausnahme von Antonia hatte niemand den Mann gekannt. Er war nur ein toter Körper gewesen, ein ekliges Ding, das verschwinden musste, mehr lästig als tragisch. Selbst für Antonia hatte es sich so angefühlt. Ralph war für sie schon zu Lebzeiten ein Ärgernis gewesen, fast täglich hatte sie sich seinen Tod herbeigewünscht. Und irgendwie war es ganz typisch für ihn, anderen Menschen sogar noch durch seinen Tod Probleme zu bereiten. Und den hatte er sich ihrer Überzeugung nach selbst zuzuschreiben: Hätte er ihre Mutter anständig behandelt, wäre sie nicht weggegangen, und ohne die heimliche Ortung von Antonias Handy hätte er gar nicht gewusst, wo er seine Frau suchen sollte. Und was musste er auch Morddrohungen im Garten herumbrüllen?

Aber mit Sarah war das etwas ganz anderes. Sarahs Tod ging tiefer und quälte sie alle. Vergessen war der Umstand, dass Katie und Antonia zuweilen eifersüchtig auf sie gewesen waren. Sarah war ein Mädchen wie sie und nun lag sie in ein paar Tagen in einem Sarg unter der Erde. Irgendjemand hatte ihr ihre Zukunft geraubt. Zum ersten Mal bekamen sie eine Ahnung, was die Worte nie wieder bedeuteten. Es war, als wäre ein Stück von ihnen selbst mit Sarah gestorben. Und noch war ihr Mörder nicht gefunden und damit gesellte sich zu Schmerz, Wut und Traurigkeit das Gefühl der Bedrohung. Seit dem Sonntagmorgen hatte sich ein Schatten über ihr Leben gelegt.

Mit Handtüchern aus dem Bad hatten sie versucht, die Blutung zum Stillstand zu bringen. Einer der beiden Uniformierten hielt dem Mädchen die Arme in die Höhe, während ihr Petra auf die Wangen klatschte. »Los, bleib bei uns, Mädchen, nicht aufgeben, hörst du, alles ist gut, gleich kommt der Notarzt . . .«

Sie war nach hinten umgekippt wie ein getroffener Kegel in genau dem Moment, als die Polizisten auf sie zugegangen waren. Daniel Rosenkranz hatte sofort den Notruf gewählt. Jetzt sah er sich im Zimmer um. Neben dem Bett lagen ein Teppichmesser mit blutverschmierter Klinge und eine abgewetzte Sporttasche.

»Das sieht nach Selbstmord aus«, konstatierte er.

»Was denkst du denn?«, erwiderte Petra. »Dass er zum Fenster rausgeflogen ist wie ein Wellensittich, als er uns gehört hat?«

Nein, es war klar, dass Steinhauer nicht da war. Es gab in der ganzen Wohnung keinen Platz, wo er sich hätte verstecken können. Kein Schrank, kein Wandschrank, nichts. War er geflohen, vielleicht schon gestern? Und wer war dieses Mädchen, wie kam sie hierher? Warum versuchte sie, sich umzubringen, ausgerechnet in Steinhauers Bett? Noch dazu kam sie Petra Gerres irgendwie bekannt vor. Aber woher nur?

Gepolter an der Tür.

»Hier hinten!«, rief Petra.

Zwei Rettungssanitäter und ein Notarzt schleppten eine Trage und ihre Notfallausrüstung herein.

»Ach du Scheiße«, murmelte der Notarzt angesichts des Blutbades.

»Puls ist da, aber schwach«, sagte der Sanitäter, der zwei Finger auf die Halsschlagader des Mädchens gelegt hatte. Sie wurde auf die Trage gehoben und festgeschnallt, ihr Gesicht verschwand hinter einer Sauerstoffmaske.

»Los, runter mit ihr! Infusion vorbereiten!«

Petra verzichtete auf die Frage, ob sie durchkommen würde, und fragte nur: »Wo bringt ihr sie hin?«

»Ins Siloah«, sagte der Sanitäter und dann verschwand der Trupp mit dem Mädchen aus der Wohnung.

»Sie können jetzt gehen, vielen Dank für die Unterstützung«, sagte Petra zu den beiden Kollegen in Uniform. Die murmelten einen Gruß und machten sich rasch vom Acker. Petra starrte nachdenklich das blutverschmierte Bett an, während Daniel Rosenkranz die Sporttasche untersuchte.

»Jedenfalls wollte sie sich nicht umbringen, weil sie pleite war.« Er hielt Petra zwei dicke Bündel mit Euronoten hin.

»Jetzt weiß ich, woher ich sie kenne!«, rief diese. »Auf unserem Flur hängt ein Fahndungsplakat von ihr. Sie ist vor Kurzem aus dem Landeskrankenhaus geflohen.«

»Klapse? Das erklärt einiges.« Daniel wies hinter sich auf das verwüstete Atelierzimmer.

»Sie heißt . . . fällt mir jetzt nicht ein.«

»Und was macht sie dann hier?«, wunderte sich Daniel.

»Sie und Steinhauer waren im selben Landeskrankenhaus, in Wunstorf. Sie ist abgehauen, nachdem Steinhauer regulär entlassen wurde.«

»Das heißt, die kannten sich. Vielleicht waren sie sogar ein Liebespaar?« Daniel grinste anzüglich. »Eine heiße Romanze in der Klapse. Also, ich muss schon sagen, diese Künstler sind keine Kostverächter. Über vierzig Jahre Altersunterschied . . .« Er schnalzte anerkennend mit der Zunge.

»Und was macht dann das Bettzeug auf dem Sofa?«, zerstörte Petra die Machofantasien ihres Kollegen. »Hoffentlich überlebt sie und ist bald wieder bei Bewusstsein. Vielleicht kann sie uns sagen, wo Steinhauer ist.«

»Und wo er Samstagnacht war«, ergänzte Daniel Rosenkranz, der die Durchsuchung der Tasche beendet hatte. »Keine Papiere, nur Klamotten und die Kohle. Das ist 'ne Menge . . .«

»Knapp achtzehntausend.«

»Woher weißt du das?«, staunte Daniel.

»Ich lese Zeitung und ab und zu sogar die internen Berichte.«

»Streberin.«

»Der Überfall auf die Postagentur neulich«, erklärte Petra. »Die überfallene ältere Dame äußerte die Vermutung, dass die vermummte Gestalt ein Mädchen gewesen sein könnte. Auf unserem Flur hängt ein Bild von ihr, seit die Eltern sie vermisst gemeldet haben.«

»Und was machen wir jetzt?«, fragte Daniel.

»Du redest mit Bruckner und klärst erst mal ihre Identität ab. Dann informierst du die Eltern. Ich fahre ins Krankenhaus und höre mal nach, wie es ihr geht, ob sie durchkommt und wann ich mit ihr reden kann.« In den letzten Satz schrillte ihr Mobiltelefon. »Gerres.« Die Kommissarin hörte kurz zu und sagte dann: »Das ist nicht nötig. Ich komme vorbei, ich bin gerade in der Nähe.« An Daniel gewandt sagte sie: »Planänderung. Einem der Mädchen aus der alten Villa ist noch was eingefallen. Ich fahr hin und höre mir das an. Geh du ins Krankenhaus. Wir treffen uns dann wieder im Präsidium.«

Katharina Buchmann, genannt Katie, schien hinter der Haustür gelauert zu haben. Jedenfalls war sie schon an der Tür, als Petra noch auf den Stufen zwischen Pforte und Haustür war. Sie warf einen Blick auf das Pistolenholster unter Petras Jacke und die Handschellen, die an ihrem Gürtel hingen.

»Heute schwer bewaffnet«, stellte sie mit einem unsicheren Lächeln fest.

»Nicht deinetwegen«, beruhigte sie Petra.

Die Küche war inzwischen aufgeräumt worden und man hatte sogar Kaffee gekocht. Katies Mitbewohnerin, Antonia Bernward, nahm drei frische Tassen aus dem Schrank. Offenbar war sie im Bilde über das, was Katie ihr zu sagen hatte. Beide waren etwas blass. Schatten unter den Augen zeugten von schlechtem Schlaf. Der Tod von Sarah Jacobi schien ihnen wirklich nahezugehen. Von den jungen Männern war keiner zu sehen.

Petra nahm die angebotene Tasse Kaffee an und fragte dann: »Und? Was wolltest du mir sagen?«

Katie schilderte, wie sie am Sonntag vor acht Tagen nach ihrem Dienst in der Kneipe einen Platten am Fahrrad bemerkte und es stehen ließ. Auf dem Heimweg war sie offenbar von einem Mann verfolgt worden. »Und der ist nur weg, weil drei Typen vorbeikamen. Das ist mir noch eingefallen – weil Sie doch gefragt haben, ob Sarahs Rad in Ordnung war.«

Petra Gerres notierte sich den Namen der Kneipe. »Und du bist ganz sicher, dass dir dieser Mann gefolgt ist?«

Katies Finger mit den vielen Ringen fuhren durch ihr fransig geschnittenes dunkles Haar. Sie nickte heftig. »Ja, absolut. Der ist nicht nur zufällig da lang. Wenn ich mich umgedreht habe, ist er stehen geblieben und hat sich weggedreht. Ich bin immer schneller gegangen, am Schluss bin ich fast gerannt und trotzdem kam der immer näher. Ich hatte eine Scheißangst! Der Typ von der Fahrradwerkstatt hat gesagt, der Reifen wäre mit Absicht zerschnitten worden«, setzte Katie hinzu.

Das Mädchen sagte die Wahrheit, erkannte Petra. Sogar jetzt, wo sie sich an das Ereignis erinnerte, flackerte der Blick ihrer türkisblauen Augen nervös hin und her und ihre Finger verknoteten sich ineinander. Ihre Freundin Antonia bestätigte Petras Eindruck, indem sie anmerkte: »Katie ist sonst kein Angsthase!«

Leider konnte Katie den Mann nicht beschreiben, außer, dass er mittelgroß und nicht ganz schlank war. »Und ich glaube, er war schon älter.«

»Wie alt?«

»Vierzig, fünfzig, so ungefähr.«

»Auch sechzig?«

Sie zuckte mit den Achseln. »Es war dunkel . . .«

»Hast du einen Verdacht, wer es sein könnte? Ist dir vielleicht in der Kneipe in letzter Zeit ein Gast aufgefallen, der dich angestarrt hat oder sich sonst irgendwie seltsam benommen hat? Jemand, der dir vielleicht schmierige Komplimente gemacht hat oder besonders großzügig mit dem Trinkgeld war? Wollte einer unbedingt ein Gespräch mit dir anfangen? Es kann auch einer sein, der sehr nett und vertrauenerweckend rüberkommt«, fügte Petra hinzu, die an Steinhauers gewinnende Art dachte. Aber Steinhauer war nicht korpulent, nicht mal im Ansatz.

»Das hab ich mir auch schon überlegt, aber ich könnte nicht sagen, dass mir da einer besonders aufgefallen wäre«, antwortete Katie.

»Diese drei Jungs, die da langkamen – kennst du die?«

»Nein«, kam es rasch.

»Kannst du die beschreiben?«

»Es waren Türken, glaube ich. Die Sorte mit Kapuzenpullis, dicker Gürtelschnalle und offenen Sneakers.«

»Wie alt?«

»Keine Ahnung«, kam es zögernd von Katie. »Ich habe nicht auf sie geachtet, ich bin gleich weitergerannt.«

Türkische Hoodies, na großartig! So sah die Hälfte der Jugendlichen in Linden aus. Das unter Jugendlichen sehr verbreitete Tragen von Kapuzenpullis trug nicht gerade zur Vereinfachung der Verbrechensaufklärung bei, das musste Petra in letzter Zeit oft feststellen.

»Glauben Sie, dass das derselbe Kerl war, der Sarah getötet hat«, fragte nun die andere, Antonia, und setzte hinzu: »Vielleicht war es ja der, den ich neulich nachts herumstehen sah. Vielleicht hat er das Haus schon länger beobachtet.«

»Möglich.« Petra trank ihren Kaffee aus. »Es war gut, dass du mir das gesagt hast«, lobte sie Katie. »Auf jeden Fall solltet ihr in nächster Zeit sehr vorsichtig sein. Keine Alleingänge bei Dunkelheit, ja? Und wenn irgendwas ist, ruft ihr sofort mich an oder den Notruf. Lieber einmal zu viel.«

Sie nickten und Antonia lächelte ihrer Freundin aufmunternd zu. Die Kommissarin erwog, die beiden zu fragen, ob sie über das Verbrechen Bescheid wussten, das vor zwanzig Jahren in diesem Haus geschehen war. Aber sie wirkten ohnehin schon verängstigt. Also beschloss sie, es vorerst sein zu lassen. Katies Informationen waren interessant, er hatte es offensichtlich schon einmal versucht. Das Mädchen hatte verdammtes Glück gehabt. Jedenfalls mehr als Sarah.

Während ihres Gesprächs hatte Petra Gerres mit dem Rücken zur Terrassentür dagesessen, aber jetzt, im Aufstehen, warf sie einen Blick in den Garten. Der frisch gemähte Rasen leuchtete sattgrün, die Biertische waren verschwunden. Für einen Garten, der von vier Jugendlichen betreut wurde, sah der hier sehr gepflegt aus. Vor einem Hochbeet, in dem sich nichts als Erde befand, stand ein Mann mit dem Rücken zu ihr. Kurzes graues Haar, breite Schultern, schlanke Gestalt. Er trug eine olivgrüne Hose mit aufgesetzten Taschen an den Seiten und ein Hemd in derselben Farbe, das sich kaum vom Grün des Gartens abhob. Noch während Petra Gerres darüber nachdachte, wer das wohl sein könnte und wieso er ihr bekannt vorkam, drehte er sich zur Seite und bückte sich nach einem mit Erde gefüllten Joghurtbecher.

Beinahe hätte Petra Gerres aufgeschrien. Stattdessen wich sie langsam in Richtung Flur zurück und winkte die Mädchen zu sich heran.

»Hierher, schnell!«

»Häh?«

»Wieso?«

Für Diskussionen und Erklärungen schien Petra jetzt nicht der rechte Augenblick zu sein. »Hierher, sofort!« Ihr harscher Ton ließ keinen Widerspruch zu. Die beiden verließen mit verdatterten Gesichtern die Küche und blieben im Flur vor der Treppe stehen.

»Was macht dieser Mann da draußen?«

»Das ist Herr Petri, unser Gärtner!«, sagte Katie und grinste. »Der tut nix.«

Da hatte die Kommissarin so ihre Zweifel. »Der Mann heißt Leopold Steinhauer und ist ein Mörder«, klärte sie die Mädchen in reichlich verkürzter Form auf. »Wo sind die anderen beiden?«

»Mathe bringt das Leergut weg und Robert ist oben,

in seinem Zimmer. Aber was . . .« Antonia verstummte, denn Petra Gerres hatte inzwischen ihre Waffe gezogen und ging auf die Haustür zu.

»Ihr zwei bleibt hier stehen und rührt euch nicht von der Stelle, verstanden?«

Die Mädchen nickten eingeschüchtert.

Petra überlegte, ob sie nicht lieber Verstärkung rufen sollte. »Herr Petri« hatte nicht den Eindruck vermittelt, als wollte er jeden Moment flüchten. Andererseits war er jetzt ahnungslos und sie hatte zum Glück auch ihre Dienstwaffe dabei.

»Nicht rühren!«, sagte sie noch einmal. Dann öffnete sie, so leise es ging, die Haustür. Sie musste ihm auf jeden Fall den Fluchtweg abschneiden und das Öffnen der Terrassentür hätte er womöglich gehört. Aber der Mann schien sehr vertieft zu sein in seine Arbeit, die offenbar darin bestand, winzige Pflänzchen in das vorbereitete Beet zu setzen. Gefühlvoll, fast zärtlich drückte er die Setzlinge in die Erde. Er reagierte erst, als sich Petra bis auf zwei, drei Meter an ihn herangeschlichen hatte, die Waffe auf ihn richtete und ihn aufforderte, sich mit erhobenen Händen hinzuknien.

Er fuhr zusammen. Dann wandte er sich um, sah sie und die Pistole und zog erstaunt die Augenbrauen hoch. »Hab ich was verbrochen?«, fragte er mit leisem Spott.

Natürlich hatten sich Antonia und Katie nicht eine Sekunde lang an die Anweisung der Kommissarin gehalten. Kaum war diese durch die Haustür geschlüpft, rannten sie die Treppe hinauf und stürmten in Roberts Zimmer. Der lag auf dem Bett, ein Buch auf den Knien.

»He, könnt ihr nicht anklopfen?«

Ohne ihn zu beachten, stürzten sie ans Fenster. Ächzend wie ein alter Mann stand Robert auf und gesellte sich zu ihnen. »Was, zum Teufel . . .« Der Anblick, der sich ihm im Garten darbot, verschlug ihm die Sprache. Der Gärtner kniete am Boden und die Polizistin hielt ihm die Pistole an den Kopf, als wollte sie ihn exekutieren. Mit der freien linken Hand legte sie ihm Handschellen an und dann telefonierte sie.

»Wisst ihr, was da abgeht?«, fragte Robert.

»Keine Ahnung«, meinte Katie. »Sie hat den Petri im Garten gesehen und ist auf einmal voll ausgerastet. Sie sagte, er würde Leopold Stein. . . irgendwas mit Stein heißen und er wäre ein Mörder. Und dann zog sie ihre Pistole und ist rausgegangen. Mann, was ist hier eigentlich seit ein paar Tagen los, nimmt das denn kein Ende?«

»Steinhauer«, murmelte Robert. »Das soll Steinhauer sein?«

»Wie bitte, du kennst den Namen?«, sagte Katie, ohne den Blick von dem Genannten zu nehmen, der inzwischen auf dem Rasen saß und missmutig vor sich hin starrte.

»So hieß der Mann, der damals das Mädchen aus dem Dachzimmer ermordet hat. Frau Riefenstahl hat ihn mir mal genannt. Leopold Steinhauer, er war Kunstmaler.«

»Das ist der Mann aus Sonjas Tagebuch!«, platzte Antonia heraus.

»Sonjas Tagebuch?«, wiederholte Robert erstaunt und Antonia fiel siedend heiß ein, dass sie Robert ja noch immer nicht über die wahre Verfasserin des Tagebuchs aufgeklärt hatte. Im Durcheinander der letzten Tage hatte sie es vollkommen vergessen. »Das Tagebuch ist nicht von Frau Riefenstahl geschrieben worden, sondern von Sonja. Ich habe das meiste schon gelesen. Dieser Leopold war ihr Geliebter, sie hat ihn gezeichnet!«

»Womöglich hat das Schwein auch Sarah umgebracht«, flüsterte Robert.

Nach diesen Worten herrschte Stille. Sie sahen einander erschrocken an.

»Was für ein Pyscho, sich hier einzuschleichen unter einem falschen Namen! Ihr könnt froh sein, dass es keine von euch erwischt hat«, setzte er hinzu.

Hätte es ja beinahe, dachte Antonia und Katie, die offenbar den gleichen Gedanken gehabt hatte, sagte: »Aber der Petri . . . ich meine, der Gärtner, das ist nicht der Typ, der mich am Sonntag verfolgt hat. Der war kleiner und dicker!«

»Wer hat dich verfolgt?«, fragte Robert.

Katie erklärte ihm dasselbe wie vorhin der Kommissarin.

»War das der Abend, an dem du so erschrocken bist, als ich dich vor der Tür angesprochen habe?«

»Genau.«

Antonia stand noch immer am Fenster und schaute hinunter zu dem Mann, der auf dem Rasen kauerte, bewacht von der Kommissarin. »Der Petri soll ein Mörder sein? Ich fand ihn immer total nett!«

»Das war Jeffrey Dahmer angeblich auch«, versetzte Robert.

»Wer?«

»Dahmer. Ein Massenmörder und Menschenfresser aus Wisconsin.«

298

»Was weißt du noch über ihn – ich meine, diesen Steinhauer?«, fragte Antonia Robert, ohne den Blick von dem Geschehen im Garten abzuwenden.

»Frau Riefenstahl sagte, dass er hier gewohnt hat, in der WG ihrer Enkelin, und eines Morgens fand man sie mit durchgeschnittener Kehle in ihrem Bett und er war weg. Zuvor hatte er aber noch mit ihrem Blut ein Bild an die Wand gemalt. Die Presse nannte ihn deswegen den Blutmaler. Später, nachdem man ihn festgenommen hatte, hat er die Tat gestanden und wanderte in den Knast. Oder nein, es war die Psychiatrie. So was tut ja auch nur ein Irrer.«

»Aber wo ist denn das Bild geblieben?«, fragte Katie.

»Das wird der Krüger schon weggewischt und die Stelle gründlich überstrichen haben, ehe er die Bude vermietet hat«, sagte Robert giftig. »Oder denkst du, der lässt das dran, als besondere Attraktion?«

»Hat er dir überhaupt was davon gesagt?«, wollte Antonia wissen.

»Nein, natürlich nicht. Mit so was geht man doch als Vermieter nicht hausieren. Ich habe die Geschichte erst von Frau Riefenstahl erfahren. Und ehrlich gesagt, ich war nicht sicher, ob da nicht ihre Fantasie mit ihr durchgeht. Es klang einfach zu abgedreht.«

Antonia fiel etwas ein. »Hat eigentlich einer von euch mal den Vermieter angerufen und nachgefragt, ob mit dem Gärtner alles in Ordnung ist?«

Robert schüttelte den Kopf. »Nein. Ich wäre mir irgendwie blöd dabei vorgekommen. Aber einmal war der Krüger doch da und wollte den Gärtner sehen, war das nicht so?«

»Stimmt!«, erinnerte sich Antonia. »Selin hat ihn für einen Detektiv gehalten. Du hast doch mit ihm geredet. Was hat er denn gesagt?«

»Nur, ob der Gärtner da wäre, was nicht der Fall war, und dann hat er irgendwas vor sich hin gemurmelt und ist gegangen.«

»Ob der Krüger wohl weiß, wen er da angeheuert hat?«, rätselte Katie.

»Nie im Leben«, wehrte Robert ab. »Ich nehme sogar an, es war umgekehrt. Petri – vielmehr Steinhauer – wird dem Krüger erzählt haben, dass wir ihn angeheuert haben.«

»Aber was will er hier?«, fragte Katie.

»Na was wohl? Der hat gewusst, dass hier Mädchen wohnen, genau wie damals, und er hat gesehen, dass welche aus- und eingehen, Lynn und Sarah, und dann hat das Dreckschwein auf eine günstige Gelegenheit gewartet . . .«

Katie unterbrach ihn: »Was ist eigentlich mit Selin? Kann es sein, dass er die auch auf dem Gewissen hat?«

Antonia fiel ein, wie wortkarg, fast ärgerlich der Gärtner reagiert hatte, als sie ihn am Samstagvormittag nach Selin gefragt hatte.

Robert sah Katie entsetzt an. »Oh, mein Gott, Selin!« Er wandte sich vom Fenster ab, seine Augen wurden schmal. »Am liebsten würde ich runtergehen und ihn zu Brei schlagen!«

»Lass. Sie haben ihn ja jetzt.« Katie legte ihm die Hand auf den Arm.

Wie um ihre Worte zu bestätigen, stapften nun vier schwer bewaffnete Polizisten in schwarzen Anzügen über den Rasen, auf die Kommissarin und Steinhauer zu. Sie nahmen ihn in ihre Mitte und führten ihn ab. Er leistete keinerlei Gegenwehr. Die Kommissarin folgte ihnen, wobei sie schon wieder telefonierte.

»Hoffentlich sperren sie ihn dieses Mal bis an sein Lebensende ein!«, zischte Robert und gestand: »Wenn man mich im Augenblick fragen würde, ob ich dafür bin, die Todesstrafe wieder einzuführen, würde ich glatt Ja sagen.«

»Für solche Schweine auf jeden Fall«, stimmte ihm Katie zu.

Antonia beobachtete, wie Steinhauer mit gesenktem Kopf und von Polizisten umringt davonging. Die Kehle durchgeschnitten. Wie bei Sarah. Und diesem Mann hatte sie vertraut, hatte ihm von ihrem unbekannten Vater erzählt und von Ralph und ihrer Mutter. Sie hatte von ihm Ratschläge und Trost angenommen – und das Fahrrad. Unglaublich! Sie bekam nachträglich einen Schrecken, wenn sie darüber nachdachte, dass sie mit ihm allein im Haus Kaffee getrunken hatte! Kaffee mit einem Mörder! Aber warum war er hier, ausgerechnet hier? Stimmte die abgedroschene Volksweisheit vielleicht doch, wonach es einen Täter an den Tatort zurücktrieb?

26.

Es ist mein Haus und mein Garten«, erklärte Steinhauer ruhig. »Das Haus hat schon immer meiner Familie gehört, es wurde nie verkauft. Mein Galerist hat es für mich verwaltet und ist den Mietern gegenüber als Besitzer in Erscheinung getreten. Es sollte ja niemand verschreckt werden.«

»Und deshalb haben Sie sich den jungen Leuten auch als ›Herr Petri‹ vorgestellt?«, ergänzte Petra. Sie hatte Steinhauer die Handschellen abgenommen und ihn ins Vernehmungszimmer bringen lassen.

»Als ich sah, wie verkommen der Garten war, musste ich etwas unternehmen. Ich konnte das Grundstück nicht einfach so verfallen lassen.«

»Warum haben Sie mir Ihre Gärtnertätigkeit verschwiegen, als Sie letzte Woche bei mir waren?«, fragte Petra streng.

»Weil Sie sicherlich kein Verständnis dafür gehabt hätten.«

Damit hatte er recht. War der Mann eigentlich so unverschämt oder so naiv oder beides?

»Herr Steinhauer, sagt Ihnen der Name Rana Masaad etwas?«

Petra hatte sich vor der Befragung beim Kollegen Bruckner von der Vermisstenstelle über das Mädchen, dessen Fahndungsplakat im Flur hing, informiert. Sie hatte vor zwei Wochen das Landeskrankenhaus Wunstorf verlassen. Von einer »Flucht« konnte man genau genommen nicht sprechen, denn Rana Masaad war nicht, wie Steinhauer, im Maßregelvollzug untergebracht gewesen, sondern in der »normalen« psychiatrischen Abteilung. Borderline-Persönlichkeitsstörung lautete ihre Diagnose. Sie litt unter starken Stimmungsschwankungen, außerdem hatte sie Probleme mit zwischenmenschlichen Beziehungen und neigte zu selbstverletzendem Handeln, dem sogenannten Ritzen. Sie war im Januar auf Wunsch ihrer Eltern in die Klinik eingewiesen worden, nachdem sie ihren dritten Selbstmordversuch unternommen hatte. Im Mai dieses Jahres war sie achtzehn geworden, sie hätte also die Klinik auch regulär verlassen können. Sie ging aber einfach, ohne jemandem Bescheid zu sagen. Ihr Fehlen wurde am Morgen nach Steinhauers Entlassung bemerkt. Die Klinikleitung alarmierte sofort die Eltern. Die Masaads stammten aus dem Iran, lebten aber schon seit zwanzig Jahren in Hannover-Herrenhausen in gut situierten Verhältnissen. Als Rana nicht zu Hause auftauchte, machten sich die Eltern große Sorgen und meldeten ihre Tochter als vermisst.

Als Steinhauer ihren Namen hörte, seufzte er tief und nickte. »Ich kann nichts dafür«, sagte er mit treuherzigem Augenaufschlag. »Sie ist überzeugt davon, dass ich ihr Seelenverwandter bin. Das war schon in der Klinik so, sie ist mir vom ersten Moment an nachgelaufen wie ein kleiner Hund. Wir waren viel zusammen im Garten. Ich gebe zu, dass ich sie mochte – zumindest, solange sie regelmäßig ihre Medikamente nahm. Ohne die war sie launisch, hysterisch und unausstehlich. Sie war schockiert, als ich ihr von meiner bevorstehenden Entlassung berichtet habe. Hat rumgeheult und gemeint, ohne mich würde sie die Klinik nicht ertragen. Dummerweise hatte ich ihr Wochen zuvor einmal von der Villa erzählt. Dort ist sie letzte Woche aufgetaucht. Ich habe sie weggeschickt. Aber sie hat sich hinter meinem Rücken bei den jungen Leuten mit einer falschen Identität eingeschlichen . . .«

Da ist sie ja nicht die Einzige, erkannte Petra und hatte Mühe, ihr Erstaunen zu verbergen. Davon hatten die Bewohner kein Sterbenswörtchen gesagt. »Wie bitte, sie war in der Villa?«

»Ja. Sie hat sich als Türkin ausgegeben und behauptet, ihre Familie wolle sie in die Türkei verschleppen und dort zwangsverheiraten. Rana kann sehr überzeugend sein und diese gutmütigen, leichtgläubigen jungen Leute haben sie natürlich prompt bei sich aufgenommen. Ich habe ihr mehrmals deutlich zu verstehen gegeben, dass das nicht geht, dass sie zurückmuss, in die Klinik oder zu ihren Eltern. Aber vergeblich. Am Freitagmorgen habe ich ihr dann ein Ultimatum gestellt – wenn sie nicht sofort ginge, würde ich die Polizei informieren. Daraufhin hat sie die Villa verlassen. Aber sie muss mir gefolgt sein, als ich gegen Mittag nach Hause gegangen bin. Kurz danach stand sie jedenfalls vor meiner Tür.«

»Warum haben Sie da nicht die Polizei gerufen? Oder ihre Eltern?«

»Ich hoffte, sie würde von selbst zur Vernunft kommen. Jedenfalls habe ich zwei Tage lang versucht, sie zu überzeugen. Heute Morgen habe ich ihr erneut gesagt, dass sie nicht bleiben kann. Bin ich deshalb hier? Ich habe mir nichts zuschulden kommen lassen. Außerdem ist sie schon achtzehn, nicht wahr?«

»Wussten Sie, dass sie kurz nach ihrer Flucht aus dem Landeskrankenhaus eine Postagentur überfallen hat?«

»Was? Nein.«

Er schien überrascht zu sein, aber Petra glaubte ihm nicht. »Sie hatte eine Sporttasche bei sich, darin lag die Beute, fast achtzehntausend Euro. Sie haben doch bestimmt mal in ihre Tasche geschaut, als sie bei Ihnen gewohnt hat.«

Steinhauer runzelte die Stirn. »Warum hätte ich das tun sollen, wofür halten Sie mich? Denken Sie, ich bin scharf auf Mädchenunterwäsche?«

Statt einer Antwort hielt Petra ihm eines der Fotos hin, das die Spurensicherer aufgenommen hatten. Es zeigte Sarahs wächsernes, lebloses Gesicht. »Kennen Sie dieses Mädchen?«

Die lässig-spöttische Haltung, die er bis jetzt an den Tag gelegt hatte, fiel schlagartig von ihm ab. Er blickte zuerst das Foto, dann die Kommissarin erschrocken an. Hatte er bis dahin etwa wirklich geglaubt, es ginge nur um Rana?

»Nein, die kenne ich nicht.«

»Wirklich nicht? Sehen Sie genau hin!«

Seine Saphiraugen hefteten sich erneut auf das Foto.

305

»Nein!«, wiederholte er heftig.

Sie zeigte ihm ein Foto der noch lebendigen Sarah. »Jetzt vielleicht?«

Er nickte. »Ich glaube, ich habe sie einmal vor dem Haus gesehen. Aber ich bin nicht sicher. Was ist passiert?«

Liest der Mann keine Zeitung, hört der kein Radio? Hatten die Bewohner der Villa heute Morgen nichts über Sarah zu ihm gesagt? Es schien so zu sein. Oder Steinhauer konnte sich sehr gut verstellen. Petra schilderte ihm in groben Zügen, was mit Sarah geschehen war, und beobachtete dabei seine Reaktion. Er wurde blass. Das grüne Hemd zeigte plötzlich feuchte Flecken unter den Achseln.

»Sie sieht Sonja Kluge ziemlich ähnlich, nicht wahr?«, stichelte sie.

»Ich weiß, was Sie jetzt denken. Sie müssen ja so denken, Sie sind schließlich Polizistin: Ich schleiche mich unter falschem Namen als Gärtner in mein eigenes Haus ein und warte nur auf eine Gelegenheit, ein Mädchen, das dort verkehrt, zu ermorden. Aber das habe ich nicht getan! Ich habe es damals nicht getan und heute auch nicht. Fragen Sie Rana, die war das ganze Wochenende bei mir. Ich habe gemalt. Ich bin nicht einen Schritt aus dem Haus gegangen. Fragen Sie sie!«, wiederholte er eindringlich und blickte Petra dabei direkt in die Augen.

Das beeindruckte die Kommissarin nicht. Sie bedauerte: »Das geht leider nicht. Wir haben sie heute Mittag auf Ihrem Bett gefunden. Mit geöffneten Pulsadern.«

Jetzt schnappte er erschrocken nach Luft. Seine Stimme klang gehetzt, als er fragte: »Ist sie tot?«

»Wir konnten noch rechtzeitig den Notarzt rufen.«

»Sie wird also durchkommen, ja?«

»Wir hoffen es.« Petra hatte noch keine Gelegenheit gehabt, mit Daniel zu sprechen. Das Mädchen konnte bereits tot sein. Doch das hätte er ihr sicher mitgeteilt. »Aber für Sie sieht es gar nicht gut aus, Herr Steinhauer. Das Alibi einer kriminellen Borderlinerin, die offensichtlich auf Sie abfährt, ist nicht gerade das, was Staatsanwälte von ihrer Unschuld überzeugt.«

»Aber auch nicht von meiner Schuld«, antwortete Steinhauer und ein harter Zug spielte dabei um seinen Mund.

Damit hatte er allerdings recht. Die Behörden mussten ihm seine Schuld beweisen, nicht er seine Unschuld.

Er wurde wieder freundlicher: »Darf ich mal etwas anderes fragen?«

»Bitte.«

»Haben Sie Ihre Hausaufgaben gemacht?«

»Was meinen Sie damit?«

»Sie wollten herausfinden, ob und wie viele verschwundene Mädchen es während der Zeit meiner Inhaftierung gegeben hat.«

Petra hatte keine Lust, die Kontrolle abzugeben und von ihm verhört zu werden. Andererseits – er hatte ja recht gehabt mit seiner Vermutung. Und vielleicht wurde er kooperativer, wenn er davon erfuhr.

»Es gibt fünf Fälle, die eventuell dafür in Betracht kommen. Das LKA arbeitet an der Sache.«

»Soso, das LKA arbeitet«, wiederholte er spöttisch und Petra bereute ihr Entgegenkommen. So charmant er manchmal war, so arrogant konnte er auch sein. Besonders jetzt, als er fragte: »Haben Sie eigentlich einen Haftbefehl gegen mich? Gibt es Beweise, dass ich es war, der diese Sarah getötet hat?« Seine Stimme war wieder fest und kalt und seine Frage musste die Kommissarin zähneknirschend verneinen.

»Dann kann ich also gehen, ja?« Er war jetzt sichtlich verärgert und das konnte ihm Petra nicht einmal verübeln. Im Grunde hätte sie das Recht gehabt, ihn noch vierundzwanzig Stunden dazubehalten und in dieser Zeit bei der Staatsanwaltschaft einen Haftbefehl zu beantragen. Aber auf welcher Grundlage? Dass er sich in seinem eigenen Garten unter falschem Namen aufgehalten hatte, war ungewöhnlich und in Anbetracht der Vergangenheit auch irgendwie geschmacklos, aber mehr auch nicht. Seine Festnahme, als sie ihn im Garten der Villa gesehen hatte, war reflexartig erfolgt und ihrer Überraschung geschuldet. Sicher wäre er auch freiwillig mit zur Befragung gekommen, das sah sie nun ein.

»Sie können gehen«, knirschte Petra. »Aber wie heißt es so schön: Verlassen Sie bitte nicht die Stadt.«

»Wie bitte, du hast ihn an seinem alten Tatort aufgestöbert, ihn festgenommen und wieder laufen lassen?« Daniel blickte Petra an, als hätte sie nicht mehr alle Tassen im Schrank.

»Was hätte ich denn tun sollen? Gärtnern im eigenen Haus unter falschem Namen ist nicht strafbar. Für einen dringenden Tatverdacht ist das zu wenig.«

»Du glaubst also immer noch, dass er ein Unschuldslamm ist?«

Petra wurde sauer. »Herrgott, was ich glaube, spielt

doch gar keine Rolle. Wir haben keine Beweise, Punkt! Geht das jetzt endlich rein in deinen rasierten Dickschädel?«

»Was hast du gegen meine Frisur?«

»Nichts. Ich fand nur die Löckchen hübscher.«

»Ich will nicht hübsch sein, sondern männlich!«

»Ist klar, mein Süßer. Themawechsel: Wie geht es dem Mädchen?«

»Besser. Aber ich darf erst morgen mit ihr reden, so ein Drachen von einer Stationsärztin hat mich rausgeworfen.«

»Kannst du bitte beim Chef beantragen, dass sie bewacht wird? Nicht, dass sie uns wieder abhaut, bevor wir sie fragen können, wo Steinhauer am Samstagabend war.«

»Hab ich bereits veranlasst!«

Ehe Petra ihm ihr Lob aussprechen konnte, fuhr er fort: »Ich habe mal die Bewohner dieser Villa und einige der Partygäste überprüft. Da gibt es ein paar, die schon mal auffällig geworden sind, und zwar . . .« Er zog sein Notizbuch aus der Hosentasche und las vor: »Robert Söderbaum, Matthias Lanz, Lynn Meisner, Malte Grindel, Jan Wiese – und Sarah Jacobi.«

»Wenn sie mal mit einem Joint erwischt worden sind, interessiert mich das jetzt wenig«, wiegelte Petra ab.

»Nein, nein, nein!« Daniel wedelte mit seinem Büchlein abwehrend vor ihrem Gesicht herum. »Es geht um Sachbeschädigung, Beleidigung, unangemeldetes Demonstrieren, üble Nachrede, Erregung öffentlichen Ärgernisses . . . Kurz gesagt, die fünf sind der harte Kern einer Tierschutzgruppe, die schon einige gesetzwidrige Aktionen durchgeführt hat. Zum Beispiel haben sie den Dienstwagen unseres Landwirtschaftsministers mit Kuhdung beschmiert, um damit für ein Verbot langer Tiertransporte zu kämpfen. Ein andermal haben sie sich mit nichts als einer Hühnermaske auf dem Kopf und mit Tierblut beschmiert in Käfige gesetzt, mitten in der Fußgängerzone und natürlich ohne Genehmigung. Und in einem Pelzgeschäft wurde das Schaufenster mit ›Tierquäler‹, ›Mörder‹ und anderen Beleidigungen besprüht, ebenso die Lieferwagen einer Metzgereikette.«

»Ist ja furchtbar«, meinte Petra ironisch und verkniff sich ein Grinsen bei der Vorstellung des mit Kuhscheiße beschmierten Ministergefährts.

Sie empfand Sympathie für Jugendliche, die für einen guten Zweck etwas riskierten, auch wenn es mal nicht so ganz legal war.

»Ich sag's ja nur«, meinte Daniel leicht eingeschnappt. »Und noch was: Die Reifenspuren, die man auf dem Friedhof sichergestellt hatte, gehörten zu einem Fahrzeug der städtischen Friedhofsverwaltung, am Freitag hat es dort eine Beerdigung gegeben. Steinhauer hat außerdem kein Auto, ich habe es überprüft.«

»Du warst ja wirklich schon sehr fleißig heute. Dann beginnt jetzt die Ackerei«, seufzte Petra. »Wir laden alle Partygäste vor, außerdem noch einmal Sarahs Mutter, sämtliche Freunde und Exfreunde und jeden, der in Sarahs Adressbuch steht . . .«

»Auch ihre dreihundert Facebook-Freunde?«, unterbrach Daniel.

»Wenn es sein muss, auch die!« Sie würde nicht dieselben Fehler machen wie die Ermittler damals bei Sonja. Ihr Handy klingelte.

Es war Peter Bornholm, der Kollege vom LKA. »Du hattest recht.«

»Freut mich. Womit?«

»Es gibt eine zweite DNA auf Sonjas Nachthemd. Nachgewiesen in einem Tropfen Schweiß, der nicht von Steinhauer stammt. Aber leider haben wir in unserer Datenbank keine Probe, die dieser entspricht.«

Wäre ja auch zu einfach gewesen.

»Petra? Bist du noch dran?«

»Ja. Ja, vielen Dank. Das ist . . . toll! Gute Arbeit!«

»Vielleicht hilft dir diese Information im Fall Sarah Jacobi weiter. Wie sieht's denn aus?«

Petra setzte ihn ins Bild. Sie hörte, wie er die angehaltene Luft ausstieß und ungläubig ihre Worte wiederholte: »Im Garten der Villa?«

»Ja. Stand da und setzte in aller Ruhe Pflänzchen in ein Beet.«

»Ich sag dir eins: So cool kann nur ein psychopathisch veranlagter Täter sein!«

»Oder ein Unschuldiger«, konterte Petra. »Du, ich muss weitermachen, ich hab heute noch einiges zu tun.«

»Wenn ich dir helfen kann, sag Bescheid.«

27.

Antonia erwachte aus einem wirren Traum, in dem ihr Herr Petri eine dreibeinige Katze geschenkt hatte, Ralph wie ein Zombie seinem Grab entstiegen war, ihre Mutter ihr offenbarte, dass Selin ihre Schwester sei, und Robert das Tagebuch von Sonja dazu benutzte, um ein Kaminfeuer anzufachen.

Noch immer leicht verwirrt richtete sie sich auf. Das Nachthemd klebte schweißfeucht an ihrem Rücken. Schon halb elf. Sie entwickelte sich allmählich zur Langschläferin. Als sie aufstand, fiel ihr Blick auf das Tagebuch, das aufgeblättert auf ihrem Schreibtisch lag. Eigentlich war es ja Sonjas Schreibtisch, fiel ihr dabei ein. Vielleicht hatte sie das Tagebuch dort verfasst. Ein gruseliger Gedanke. Antonia und Robert hatten gestern Abend zusammen Sonjas Tagebuch gelesen, gründlich vorn vorne bis hinten. An den Stellen, an denen es recht detailliert um Sex ging, war Antonia jedes Mal bis unter die Haarwurzeln errötet, was Robert ein Lächeln entlockt hatte – vermutlich das erste seit Sarahs Tod. Trotzdem war es wahnsinnig peinlich, so etwas zusammen mit einem Jungen zu lesen, in den man heimlich verliebt war. Einmal hatte er sogar den Arm um sie gelegt und Antonia war fast das Herz stehen geblieben. Aber mehr war nicht passiert – leider.

Die Stelle, die noch aufgeschlagen war, waren die letzten beiden Einträge. Wenige Tage vor der Geburtstagsfeier ihres Geliebten Leopold und vor ihrem Tod.

23. Juli 1991

Am Freitag nach der Uni hat mir Baby in der Mensa aufgelauert und Zeichnungen gezeigt, die er von mir gemacht hat. Wie nicht anders zu erwarten war, habe ich darauf völlig beknackt ausgesehen. Irgendwie eckig und die Proportionen stimmten gar nicht. Und überhaupt: Was bildet der Kerl sich eigentlich ein, mich nackt zu zeichnen? Andererseits – wenn er nicht gerade meinen Namen darunterschreibt, erkennt kein Mensch, dass ich das sein soll. So viel zu seinem Talent. Dieser Stümper hält sich offenbar immer noch für einen verkannten Künstler. Denkt der etwa, er kommt an L. heran? Ich hab ihm deutlich gesagt, dass er von Leopolds Genialität Lichtjahre entfernt ist, und außerdem, wohin er sich seine Zeichnungen schieben kann. Der war vielleicht sauer! Aber anders kapiert er wohl nicht, dass unser gemeinsames Kapitel für mich endgültig erledigt ist. Noch dazu glaube ich, er hat was von der Fete am Samstag läuten hören. Er hat mich gar so scheinheilig gefragt, was ich Samstagabend mache. Er ist nicht eingeladen, zum Glück.

Aber die Fete, die wird super! Ich freu mich total darauf, ich hab mir schon ein Kleid dafür gekauft. Es ist blau. L. sagt, Blau steht mir am besten, wegen meiner Augen. Hoffentlich regnet es nicht, damit ich es ohne Jacke anziehen kann. Oh, ich werde sehr sexy darin aussehen, es wird ihm heiß und kalt werden, wenn er mich ansieht! Ich weiß aber noch nicht, was ich ihm schenken soll, mir muss unbedingt noch was Originelles einfallen. Hilfe!!!

Der letzte Eintrag stammte vom 25. Juli, drei Tage vor ihrem Tod.

Ich glaube, B. macht jetzt mit Manu rum. Sie hat jedenfalls gefragt, ob sie JEMANDEN zu Leos Fete mitbringen darf, und als ich sagte, nur wenn es nicht Baby ist, da ist sie beleidigt abgerauscht. Dämliche Ziege! Nicht, dass ich eifersüchtig wäre. Ich bin ja froh, wenn er endlich eine Neue hat und mich in Ruhe lässt. Auch wenn es nicht unbedingt Manu sein müsste. Egal.

Aber ich will nicht, dass der hier auftaucht. L. kennt nämlich Baby von früher, aber er weiß nicht, dass ich mal was mit dem hatte, und das muss er auch nicht erfahren. Er wäre zwar nicht eifersüchtig, so ein Gefühl kennt der gar nicht, aber er würde mich wahrscheinlich auslachen. Wie peinlich! Ach, übrigens, ich werde L. eine Zeichnung schenken, eine von mir. Ein Selbstporträt. Hoffentlich packt er es nicht vor allen anderen aus.

Danach kamen nur noch leere Seiten.

Antonia hatte diese Sätze schon gestern gelesen, aber es schauderte sie erneut. Letzte Worte einer Todgeweihten, dachte sie in einem Anflug von Pathos. Ihr Handy klingelte. Es war ihre Mutter, wie das Display verriet. Antonia wappnete sich für neues Ungemach.

Frau Reuter klang sehr aufgeregt. Die Polizei hatte bei Linda angerufen und nach ihr gefragt. Es ginge um Ralph. Er wäre verschwunden. »Sie wollten auch dich sprechen, aber du hast dich noch nicht umgemeldet, deshalb konnten sie dich nicht finden.«

Gut so, dachte Antonia.

»Sie werden sicher bald bei dir vorbeikommen und dich fragen. Ich wollte nur, dass du Bescheid weißt und keinen Schrecken bekommst.«

Einen Schrecken, weil Ralph verschwunden ist? Oder weil die Polizei vor der Tür steht? Wenn sie wüsste, dass die Kripo hier inzwischen Dauergast ist und gestern das SEK im Garten auf Mörderfang war . . .

Antonia tat überrascht und fragte nach dem Wie und Wann, hauptsächlich, um herauszufinden, was die Polizei schon wusste.

Seit Tagen versuchte Ralphs Arbeitgeber, ihn zu erreichen, und heute früh hatte der Mann schließlich die Polizei benachrichtigt. Eine Nachbarin, die ständig am Fenster hing, hatte den Beamten verraten, dass Frau Reuter am Freitag das Haus mit einem großen Koffer verlassen hatte. Sie wusste auch, dass Doris Reuter eine Schwester hatte, die auf Mallorca lebte. Die Polizei hatte sich Lindas Adresse besorgt und dort angerufen.

»Die sagen, am Freitagnachmittag hat man ihn zuletzt im Dorf gesehen, da ist er mit dem Auto weggefahren«, schluchzte ihre Mutter. »Ich hätte nicht gehen sollen, es muss ihm furchtbar gehen, was ist, wenn er sich etwas angetan hat?«

Antonia stöhnte genervt auf. Auch das noch! Das hätte man ahnen müssen, dass der Schuss nun nach hinten losging.

»Du hast genau das Richtige getan«, sagte Antonia ruhig, aber natürlich ließ sich ihre Mutter nicht so einfach überzeugen.

»Hör zu, Mama. Ralph ist nicht der Typ, der Selbstmord begeht«, beharrte sie.

Es wurde für eine Sekunde still in der Leitung, dann sagte Frau Reuter, etwas gefasster: »Komisch, das sagt Linda auch.«

»Siehst du. Also, beruhige dich, Mama.« Antonia fragte sich im selben Moment, wer hier eigentlich die Mutter und wer das Kind war. »Der taucht schon wieder auf«, meinte sie lässig und dachte: Nur das nicht!

»Am besten ist es, ich komme so bald wie möglich zurück!«

»Nein!«, rief Antonia erschrocken. »Wieso denn? Verdammt, Mama, du hast ihn verlassen, du kommst jetzt nicht zurück! Das mit dem Verschwinden ist doch bloß eine Masche von ihm, damit du wiederkommst. Bleib, wo du bist, Mama, es kommt schon alles in Ordnung.«

Antonia kam sich ein wenig gemein vor, aber wirklich nur ein klein wenig. Sie erinnerte sich, wie Ralph immer abfällig die Nase gerümpft hatte, wenn sie einen ihrer Heulanfälle bekommen hatte. »Das ist doch bloß eine Masche von ihr, damit sie erreicht, was sie will«, hatte sie seine gehässige Stimme noch immer im Ohr.

»Das sagt Linda auch«, räumte ihre Mutter zögernd ein.

»Na bitte! Also hör auf uns. Lass die Polizei ihre Arbeit machen, und wenn sie was von dir wollen, dann sollen sie gefälligst nach Mallorca fliegen. Wann bist du eigentlich hingeflogen?«, fragte sie in beiläufigem Ton.

»Am Freitagmittag«, jammerte sie. »Wir hatten am Vorabend so einen schlimmen Streit . . .«

»Kann ich mir denken«, sagte Antonia. Gott sei Dank, sie hat ein Alibi!

»Ich bin einfach am Morgen aufs Geratewohl mit der S-Bahn zum Flughafen gefahren und habe mir ein Ticket für die nächste Maschine besorgt. Ich wusste gar nicht, dass man einfach so Tickets kaufen und losfliegen kann. Wann war das noch mal, als Ralph dich angerufen hat? War das nicht auch am Freitag gewesen?«

Antonia wurde heiß. Diese Lüge mit dem Anruf war ein Fehler gewesen, das hatte sie inzwischen erkannt. Die Polizei würde früher oder später die Verbindungsdaten von Ralphs Handyprovider und dem Festnetzanbieter überprüfen, so wie man es immer in den Krimis sah. Vor allen Dingen Handys waren verräterisch: Man konnte nicht nur jeden Anruf, jede SMS, sondern auch jede Bewegung, die der Besitzer damit gemacht hatte, im Nachhinein zurückverfolgen. Dann würde man zum einen sehen, dass Ralph sie an dem bewussten Freitag nicht angerufen hatte, aber auch, dass er sich in der Nähe der alten Villa aufgehalten hatte.

Am besten wäre es, jetzt schon mal ein paar Schritte in Richtung Wahrheit zu gehen. Früher oder später musste Antonia ihrer Mutter ohnehin reinen Wein einschenken, sonst würde sie für alle Zeiten denken, sie selbst sei schuld daran, dass Ralph sich etwas angetan hatte. Notfalls müsste Antonia eben die Wahrheit sa-

317

gen – oder versuchen, ihr die Selin-Version zu verkaufen.

Doch das alles musste sorgfältig und überlegt eingefädelt werden. Sie musste wahnsinnig aufpassen, was sie der Polizei sagte und was ihrer Mutter.

»Das stimmt nicht ganz, Mama. Ralph hat nicht angerufen, er war am Freitagnachmittag hier und hat herumgebrüllt. Ich wollte dich nur nicht beunruhigen.«

»Um Himmels willen!«

»Ich habe nicht aufgemacht und einfach so getan, als ob ich nicht zu Hause wäre. Er hat gerufen, er würde dich umbringen, wenn er dich findet!«

Soll sie ruhig die Wahrheit erfahren über ihren Göttergatten, dachte Antonia.

Am anderen Ende wurde es still.

»Sei froh, dass du ihn los bist!«

»Vielleicht hast du recht«, kam es kleinlaut.

Na also! Geht doch!

»Und sonst? Ist bei dir alles in Ordnung?«

»Ja, klar Mama! Alles bestens. Du kannst ganz beruhigt sein.«

»In der Zeitung – also im Internet – steht, dass in Linden ein Mädchen umgebracht worden ist.«

Scheiß Internet, scheiß neue Medien!

»Ja, das stimmt. Aber mach dir keine Sorgen, ich pass schon auf mich auf. Ich geh abends nie alleine weg, nur mit Katie oder den anderen.«

Das war vielleicht der erste ehrliche Satz dieses Gesprächs, erkannte Antonia mit schlechtem Gewissen.

»Versprich mir, dass du das auch in Zukunft tust.«

»Ich verspreche es, Mama«, sagte Antonia aufrichtig.

»Linda meint, du könntest uns ja mal besuchen. Es gibt doch Billigflüge . . . und die Schule hat auch noch nicht angefangen.«

»Ich muss mich erst mal hier einleben«, wich Antonia aus, aber dann räumte sie ein: »Aber eigentlich ist das keine üble Idee. Die Ferien dauern ja noch lange. Ich schau mal. Tschau, Mama.«

Sie legte auf, ihr schwirrte der Kopf. Es war so eine Sache mit den Lügen. Eine davon zog die nächste nach sich und die übernächste . . .

Auf dem Weg ins Bad roch Antonia Kaffee. Robert war also da. Sie war froh darüber.

Er saß am Küchentisch und starrte nachdenklich in den Garten, Asche fiel von seiner Zigarette auf die Tischplatte, er beachtete sie nicht. Antonia legte das Tagebuch vor ihn hin, goss sich Kaffee ein und so saßen sie eine Weile schweigend da, bis Antonia sagte: »Bist du sicher, dass der Petri oder wie immer er wirklich heißen mag ein Mörder ist?«

»Was weiß ich? Ich meine, der war doch nicht umsonst fast zwanzig Jahre in der Klapse.«

»Es soll auch schon vorgekommen sein, dass der Falsche eingesperrt wurde.«

Robert nahm einen tiefen Zug vom letzten Stummel seiner Zigarette. »Das Schlimme ist: Ich mochte ihn sogar. Er kam mir so sensibel vor, besonders wenn er über Pflanzen redete.«

»Ich mochte ihn auch«, räumte Antonia ein. »Und ich glaube nicht, dass er der Mörder von dieser Sonja war. Wenn man das Tagebuch liest . . . Okay, sie haben sich gestritten, dass die Fetzen flogen, aber sie haben sich doch wirklich geliebt. Klingt zumindest ziemlich nach großer Liebesgeschichte.«

»Jetzt kommt aber wieder deine romantische Ader durch«, meinte Robert skeptisch. Sein Mund verzog sich zu einem schwachen Grinsen. »Der Kerl war zwanzig Jahre älter als sie, vielleicht hatte er Angst, sie zu verlieren. Es heißt doch immer: Frauen töten, um jemanden loszuwerden, Männer töten, um jemanden zu behalten.«

Davon hatte Antonia zwar noch nie gehört, aber es könnte etwas Wahres dran sein. Sie blätterte noch einmal im Tagebuch, bis zu der Seite mit den beiden Zeichnungen. Ja, jetzt, wo sie es wusste, war die Ähnlichkeit mit dem Gärtner unverkennbar. Dieses hagere Indianergesicht mit der scharfen Nase und den stechenden Augen. Aber dieser Baby, dessen Gesicht Sonja als Hintern dargestellt hatte, war ihr nach wie vor fremd.

»Ich finde, dass dieser Baby viel verdächtiger ist«, sagte Antonia. »Der muss doch rasend vor Eifersucht und Wut gewesen sein. Sonja hat nicht nur seine Bilder runtergemacht, sondern sie war auch noch mit dem Mann zusammen, der der bessere Maler war. Und das hat sie ihm auch noch unter die Nase gerieben. Also, wenn ich Polizist wäre und dieses Tagebuch lesen würde, dann würde ich diesen Baby verhaften.«

»Anscheinend hat die Polizei das Buch damals nicht gelesen.«

»Aber das sollte sie jetzt tun!«, fand Antonia. »Wenn es dieser Baby war . . .«

Robert unterbrach sie: »Du hast eine lebhafte Fantasie, aber du hast eines übersehen: Steinhauer hat den Mord an Sonja gestanden!«

320

»Und wenn das Geständnis falsch war?«, entgegnete Antonia.

»Warum sollte jemand etwas gestehen, das er nicht getan hat?«

Darauf wusste Antonia auch keine Antwort. »Wir sollten das Tagebuch trotzdem der Kommissarin zeigen, meinst du nicht?«

»Denkst du, die interessiert sich für einen zwanzig Jahre alten, abgeschlossenen Mordfall?«

»Aber das hängt doch alles zusammen! Sonja wohnte hier, Sarah war hier oft zu Besuch. Und Steinhauer schleicht sich hier als Gärtner ein . . . das sind doch alles keine Zufälle!«

»Hm.« Robert strich sich durch die dunklen Locken und Antonia ertappte sich bei der Frage, ob er sich vielleicht jetzt, wo Sarah nicht mehr zwischen ihnen stand, doch noch in sie verlieben könnte. Sie schämte sich für diesen Gedanken – aber der Wunsch blieb.

»Ich bin um drei Uhr auf der Polizeidirektion vorgeladen, zum Verhör. Da könnte ich das Tagebuch ja mitnehmen«, sagte Robert jetzt.

»Zum Verhör?«

»Ja, das ist Routine. Du kommst sicherlich auch noch dran.«

Er hatte es sicher nicht so gemeint, aber seine Worte hatten in Antonias Ohren einen bedrohlichen Klang.

28.

Am nächsten Morgen wurde Antonia kurz nach neun von zwei Polizisten in Zivil aus dem Bett geklingelt. Es waren nicht Kommissarin Gerres und ihr Kollege, den Katie als »ziemlich lecker« bezeichnet hatte, sondern ein älterer Herr, der ihr seinen Dienstausweis zeigte und sich mit »Hauptkommissar Bruckner« vorstellte. Den genuschelten Namen seines jüngeren Kollegen verstand Antonia nicht. Sie wollten wissen, wann Antonia ihren Stiefvater zum letzten Mal gesehen hatte.

Antonia, die rasch in Jeans, Sneakers und das T-Shirt von gestern geschlüpft war, bat die beiden in die Küche und sagte: »Am vergangenen Freitagnachmittag.«

»Wann genau und wo?«

»Er war hier. Um vier oder fünf, ich weiß es nicht so genau. Ich war in meinem Zimmer und sah ihn durch die Pforte gehen. Aber ich habe nicht aufgemacht.«

»Warum nicht?«

»Ich konnte mir denken, was er wollte: Er suchte meine Mutter. Die ist aber zu ihrer Schwester nach Mallorca geflogen und meine Tante hatte mich gebeten, ihm nicht zu sagen, wo meine Mutter ist. Sie hat ihn nämlich verlassen.«

»Weißt du, warum?«

»Sie hatten Streit, ständig, mehr weiß ich nicht.« Es war ihr unangenehm, von den Misshandlungen zu berichten, und außerdem würde das ihre Mutter nur verdächtig erscheinen lassen.

»Was passierte dann?«

Sie erzählte dem Polizeibeamten dasselbe wie ihrer Mutter gestern: dass er sehr wütend gewesen sei und »Doris, ich bring dich um« gerufen habe.

»Und du hast ihm also nicht geöffnet.«

»Nein, sag ich doch. Ich hatte Angst vor ihm. Ich wollte schon die Polizei rufen. Wenn er noch länger da rumgetobt hätte . . .« Antonia fand, dass sie ziemlich überzeugend klang. Fast hätte sie sich selbst geglaubt. Auch die beiden Beamten hegten offenbar keinen Zweifel an ihrer Aussage.

»War sonst noch jemand im Haus?«

Antonia überlegte. Einen Zeugen zu haben, wäre sicher nicht schlecht. »Ja, meine Freundin Katie. Katharina Buchmann. Die hat das mitgekriegt. Sie ist jetzt aber bei der Arbeit.«

»Wo?«

Antonia nannte ihnen die Firma und der Jüngere machte sich eine Notiz.

»Gut und was geschah dann?«

»Nichts. Als er merkte, dass ihm keiner aufmacht, ist er wieder gegangen.«

»Hast du eine Idee, wo er sich jetzt aufhalten könnte?«

»Nein.« Sie zuckte mit den Achseln. »Keine Ahnung.«

»Hat er dich seit Freitag mal angerufen?«

»Nein. Nur mal eine Woche vorher. Wir hatten keine so enge Beziehung.«

Die beiden verabschiedeten sich und Antonia atmete auf. Dass es so einfach werden würde, hätte sie nicht gedacht. Kaum war die Haustür hinter ihnen zugefallen, rannte sie nach oben. Sie musste sofort Katie anrufen und mit ihr ihre Aussage abstimmen. Fast hätte sie Robert umgerannt, der nur mit seiner Unterhose bekleidet auf der Treppe stand.

»'tschuldige«, murmelte sie und wollte sich an ihm vorbeidrängeln.

»Halt!« Sein Ton hatte eine nie zuvor bei ihm gehörte Strenge. Antonia wurde flau. »Was ist denn?«

»Waren das eben zwei Bullen?«

»Ja.«

»Und was hast du denen für einen Stuss erzählt?«

»Gar nichts«, sagte Antonia erschrocken. »Es geht um . . . eine Familienangelegenheit. Lass mich mal durch, ich muss telefonieren.«

Aber Robert hatte anscheinend alles gehört und er war außerdem nicht auf den Kopf gefallen. Breitbeinig und mit verschränkten Armen blockierte er die Treppe. »Dein Stiefvater war also am Freitagnachmittag hier und hat rumgebrüllt . . . sehr interessant. War das etwa dein Stiefvater, den wir in der Nacht beerdigt haben?«

Es hatte keinen Sinn mehr zu lügen. Sie setzte sich mit Robert in die Küche und erzählte ihm alles, angefangen bei ihrem Auszug ohne Ralphs Wissen bis hin zu Katies Kurzschlusshandlung. »Sie kannte Ralph ja nicht, sie dachte, es wäre der Kerl, der sie ein paar Tage zuvor durch halb Linden verfolgt hat. Es war nicht ihre Schuld. Ich kenne Ralph, wenn er wütend ist, da kann man echt Angst kriegen.«

»Es hatte also gar nichts mit Selin zu tun?«, fragte Robert erstaunt.

»Nein. Katie hat gesagt, Selin wäre schon weg gewesen, als sie nach Hause gekommen ist.«

»Verdammt noch mal, ihr dämlichen Hühner! Warum habt ihr uns nicht die Wahrheit gesagt?«

»Ich weiß es nicht«, stammelte Antonia, und das war ausnahmsweise wirklich die Wahrheit. »Es war mir . . . so peinlich.«

»Peinlich«, schnaubte Robert. Er war sehr sauer, das konnte man sehen, und Antonia war den Tränen nahe. Sie versuchte dieses Mal auch nicht, sie zurückzuhalten

»Warum habt ihr nicht die Polizei gerufen, wenn es doch Notwehr war? Jetzt kommen wir noch alle in Teufels Küche!«

»Es tut mir leid!«, schluchzte Antonia.

»Ah, *fuck!* Die Heulerei kannst du dir jetzt auch sparen! Ich hätte auf Mathe hören sollen, der hat gleich geahnt, dass da was faul ist.« Er hantierte mit groben, zornigen Bewegungen an seiner Espressokanne herum.

»Ich bin gleich wieder da, ich muss nur kurz Katie anrufen.« Antonia witschte blitzschnell aus der Küche und nach oben, in ihr Zimmer, wo ihr Telefon lag. Zum Glück erreichte sie Katie sofort, denn die hatte gerade Frühstückspause. Dass Robert nun Bescheid wusste, verschwieg Antonia vorsichtshalber. Das würde sie noch früh genug erfahren und Katie sollte gegenüber den beiden Beamten nicht aufgeregt wirken. Antonia schilderte ihr genau, was sie den Polizisten erzählt hatte, und Katie versprach, dasselbe zu sagen. Es war schließlich auch ganz in ihrem Interesse.

»Bleib ganz cool, ich krieg das schon hin«, sagte Katie zu Antonia, ehe sie das Gespräch beendete.

Antonia überlegte, ob es vielleicht besser wäre, Robert aus dem Weg zu gehen, bis der sich ein wenig abgeregt hatte. Aber der Gedanke, dass er wütend auf sie war, war ihr unerträglich. Sie wollte, dass die Sache ins Reine kam, und zwar sofort, um jeden Preis. Es erschien ihr plötzlich, das Allerwichtigste auf der Welt zu sein. Aber als sie in die Küche zurückkam, war er nicht mehr da, nur seine halb ausgetrunkene Kaffeetasse stand noch auf dem Tisch und auf dem Fußboden lag sein Feuerzeug. Sie hob es auf. Unschlüssig verharrte sie in der Küche und wartete. Bestimmt hatte er sich erst mal angezogen, wer wollte schon in Unterhosen Streitgespräche führen? Mehr aus Gewohnheit als aus Hunger steckte sie zwei Brote in den Toaster. Als sie eines davon gegessen hatte, hörte sie ihn die Treppe herunterpoltern. Aber er kam nicht in die Küche, sondern ging direkt zur Haustür, die er lauter als nötig zuschlug. Antonia ließ sich auf den Küchenstuhl fallen, legte das Gesicht auf die Unterarme und ließ ihren Tränen freien Lauf. Was für ein Schlamassel! Ihretwegen konnte er ruhig zur Polizei gehen und alles erzählen, es war ihr gleichgültig. Es war ihr auf einmal alles ziemlich egal. Nur Robert nicht.

Nach einer weiteren Heulattacke beruhigte sie sich allmählich wieder. Sie ging ins Bad und wusch sich das Gesicht mit kaltem Wasser ab. Falls er zurückkam, wollte sie einigermaßen wiederhergestellt aussehen. Aber davon war sie weit entfernt, das stellte sie nach einem Blick in den Spiegel fest. Ihre Lider waren rot und dick und die Tränensäcke aufgequollen. Im Gefrierfach des Kühlschranks fand sie Eiswürfel, aus denen sie mithilfe zweier Plastikbeutel kühle Kompressen herstellte. Sie hatte die Beutel noch immer auf den Augen, als sie hörte, wie sich im Schloss der Haustür ein Schlüssel drehte.

Er war zurück! Schnell weg mit den Dingern. Ihre Sicht war noch leicht getrübt, aber sie ging ihm dennoch tapfer entgegen. Nicht, dass er sich erst wieder stundenlang in seinem Zimmer verkroch. Sie wollte, dass er ihr verzieh, jetzt, sofort! Doch die Gestalt, die im Halbdunkel des Flurs stand, war nicht Robert. Antonia wich erschrocken zurück.

»Hallo!«, sagte der Mann und streckte die Hand nach ihr aus.

Mit weit ausholenden Schritten durchquerte Robert den Vorgarten, sprang die Stufen hinab, stieß die Pforte auf und warf sie heftig zu. Er hatte kein bestimmtes Ziel, er wollte nur weg. Den Kopf freibekommen. Einer alten Gewohnheit folgend, lenkte er seine Schritte auf den Friedhof. Dorthin ging er manchmal, wenn er draußen sein und gleichzeitig seine Ruhe haben wollte. Die Atmosphäre dort übte stets eine beruhigende Wirkung auf ihn aus. Nur heute klappte das nicht.

Dass ihn Antonia so dreist und eiskalt belogen hatte, enttäuschte ihn sehr. Katie – ja, das wunderte ihn nicht, aber von Antonia hatte er das nicht erwartet. Aber sie war nicht die Einzige, die ihn benutzt und ausgenutzt hatte. Gestern, auf der Polizeidirektion, hatte er

327

von Oberkommissarin Petra Gerres die wahre Geschichte über Selin erfahren, die in Wirklichkeit gar nicht Selin hieß, sondern Rana Irgendwas. Unter anderem erwähnte die Polizistin auch die Sache mit dem Überfall auf die Postagentur. Na, super! Eine kriminelle Verrückte und er war prompt auf sie hereingefallen. So viel zu seiner Menschenkenntnis. Beinahe hätte er sich sogar in sie verliebt. Jedenfalls hatte er sie wunderschön gefunden und sich kaum sattsehen können an ihren Mandelaugen, ihren ungezähmten Locken, dem schlanken Hals und der Eleganz ihrer Bewegungen. Wie eine Märchenfigur aus Tausendundeine Nacht war sie ihm vorgekommen und hatte einige wilde und nicht ganz jugendfreie Fantasien bei ihm ausgelöst.

Aber da war immer etwas zwischen ihnen gewesen, eine Fremdheit, eine von ihr ausgehende Unnahbarkeit, und eine Stimme tief in seinem Inneren hatte ihm gesagt, dass es besser wäre, sich nicht mit ihr einzulassen. Manchmal schienen die Instinkte doch besser zu funktionieren als der Verstand.

Aber was Antonia anging, da hatte ihn nichts vorgewarnt. Ihr hatte er vertraut, er hatte sie für ein naives, unschuldiges Ding gehalten, und ja, verdammt, er hatte sie sehr gern gemocht. Falsch, er mochte sie immer noch sehr, vielleicht sogar mehr, als er sich bisher eingestanden hatte, sonst wäre er jetzt wohl nicht so enttäuscht von ihr. Wie kaltschnäuzig sie zugesehen und mitgemacht hatte, als sie ihren Stiefvater in Frau Riefenstahls Grab beerdigt hatten! Hatte sie nicht sogar fröhlich vor sich hin gesungen? Okay, dieser Mann war ein Schwein gewesen, das Frauen schlug, er war verachtenswert und ekelhaft, aber trotzdem . . . Sie hatte ihn gekannt, hatte jahrelang in seinem Haus gewohnt . . . Erschütternd, wie kalt Frauen sein konnten, wenn sie jemanden hassten. Und genauso rücksichtslos waren sie offenbar, wenn sie jemanden liebten. Selin, vielmehr Rana, hatte sie alle ausgenutzt und sogar ein Verbrechen begangen, nur um in der Nähe von Steinhauer zu sein. Einem alten Mann, einem Mörder! Frauen – irgendwie eine seltsame Spezies.

In den letzten Tagen hatte Robert immer mehr das Gefühl, dass das, was bisher sein Leben ausgemacht hatte, über ihm zusammenbrach. Am Anfang stand der Tod von Frau Riefenstahl, die er ebenfalls gerngehabt hatte. Dann diese Streiterei innerhalb der Tierschutzgruppe und natürlich das Allerschlimmste: der Tod von Sarah, die ihm von Kindheit an vertraut war, als wäre sie seine kleine Schwester.

Ihm fiel ein, dass er Antonia noch gar nicht die zweite Sache erzählt hatte, die gestern auf dem Polizeirevier zur Sprache gekommen war: das Dynamit. Was sie befürchtet hatten, war prompt eingetreten: Sarahs Mutter hatte in einem ihrer Gespräche mit der Kommissarin den Sprengstoff erwähnt, von dem ihr Sarah berichtet hatte. Das konnte er der Frau nicht einmal verübeln. Um den Mörder ihrer Tochter zu finden, klammerte sie sich an jeden Strohhalm, an jede noch so kleine Spur, das würde jeder in ihrer Lage tun.

Darauf angesprochen hatte Robert wohl oder übel zugeben müssen, was es damit auf sich hatte und was sie ursprünglich damit vorgehabt hatten.

»Junge, Junge, Junge«, hatte Kommissarin Gerres gemurmelt und dabei den Kopf mit dem blonden Pferdeschwanz geschüttelt. »Da habt ihr ja gerade noch einmal die Kurve gekriegt!«

Denn Robert hatte ihr auch berichtet, dass der Inhalt der zwei Kisten inzwischen auf dem Grund eines Tümpels in der Ricklinger Masch lag. Er hatte ihr sogar die Stelle auf Google Earth gezeigt und vermutlich war die Feuerwehr gerade dabei, das Zeug rauszuholen, um sicherzugehen, dass er die Wahrheit gesagt hatte.

»Auf dich wird eine Anzeige wegen Einbruchdiebstahls zukommen«, hatte ihm die Kommissarin eröffnet. »Und wenn ich dir einen Rat geben darf: Sag kein Wort darüber, was ihr damit vorhattet. Sonst bekommt das gleich eine ganz andere Dimension. Stichwort: Terrorismus. Ist dir das klar?«

Ja, das war Robert sehr wohl bewusst und er war der Kommissarin dankbar, dass sie nichts davon in ihrem Protokoll vermerkte. So sah es einfach nur aus wie ein Dummejungenstreich. Wenn er Glück hatte und einen gnädigen Richter, kam er vielleicht mit ein paar Stunden Sozialdienst davon. Eine kleine Lüge hatte er sich allerdings doch noch erlaubt. Er hatte felsenfest beteuert, den Einbruch und den Diebstahl der zwei Kisten ganz alleine begangen zu haben.

»Und woher wusstest du überhaupt davon?«

»Antonia hat es erwähnt, aber nur aus Zufall. Sie hatte keine Ahnung, dass wir über einen Anschlag auf die Schweinemastanlage nachdachten. Ich habe sie nur geschickt ausgehorcht.«

»Gut, das will ich dann mal so glauben«, hatte Petra Gerres genickt, aber man hatte ihr angesehen, dass sie Zweifel an dieser Aussage hegte. Vermutlich war es Roberts und auch Antonias Glück, dass die Ermittlerin in erster Linie an der Aufklärung des Mordes an Sarah interessiert war und dieser Einbruchdiebstahl für sie eine Nebensächlichkeit darstellte.

Robert stand jetzt an dem Ort, an dem man Sarahs Leiche gefunden hatte. Man erkannte es an einem Rest des rot-weißen Flatterbandes, das in einer Zypresse hängen geblieben war. Ihn fröstelte und er ging rasch weiter.

Beinahe hätte Robert am Ende des Verhörs versäumt, der Kommissarin das Tagebuch zu geben. Er war schon an der Tür gewesen, als es ihm doch noch einfiel. »Von Sonja Kluge? Woher hast du das?«, hatte sie mit leuchtenden Augen gefragt.

»Frau Riefenstahl hat es mir kurz vor ihrem Tod gegeben, keine Ahnung, warum.« Noch eine kleine Schwindelei, aber darauf kam es ja nun wirklich nicht an. Robert wollte nicht auch noch dastehen wie einer, der eine Tote beklaute.

Seitdem hatte er von der Kommissarin nichts mehr gehört.

Antonia kam langsam zu sich, aber es nützte nichts, die Augen aufzumachen. Es war dunkel. Stockdunkel. Nicht der winzigste Lichtstrahl drang von irgendwoher zu ihr durch und nicht das leiseste Geräusch war zu hören. Nur ihr eigener Atem. Sie spürte, dass sie auf einem Steinboden lag. Ihr war kalt. Wieso konnte sie sich nicht bewegen? Etwas schnitt in ihre Handgelenke. Sie war gefesselt. Der Mann! Mit einem Schlag wich ihre Benommenheit. Sie erinnerte sich an das Geräusch des Schlüssels im Schloss, an einen Schatten und eine Hand, die ihr einen übel riechenden Lappen ins Gesicht drückte. Noch während sie vor Schreck erstarrt war, hatte sie gespürt, wie sie hinüberglitt in ein dunkles Nichts.

Und dort schien sie noch immer zu sein. Panik ergriff sie.

»Hallo? Hiiiiilfeeeee!« Ihre Stimme hinterließ keinen Widerhall. Der Raum, in dem sie sich befand, war demnach nicht allzu groß. Es roch dumpf und etwas muffig. Antonia hatte das unbestimmte Gefühl, dass sie in einem Keller lag. Jedenfalls unter der Erde. Aber vielleicht war das nur Einbildung. Ihre Hände waren auf dem Rücken zusammengebunden. Es musste Klebeband sein, so fühlte es sich jedenfalls an, als sie daran zerrte. Sie versuchte, die Beine zu bewegen, aber das Band war fest um ihre Fußknöchel gewickelt. Sie schaffte es dennoch, sich hinzusetzen.

»Was soll das?«, rief sie. »Lass mich raus, du Mistkerl! Hilfe!«

Vielleicht lauerte der Mann irgendwo. Vielleicht gab es geheime Infrarotkameras, durch die er sie beobachtete. Plötzlich war sie da: die Angst. Sie ging vom Magen aus, sie schnürte ihr die Kehle zu, sie brachte ihren Puls zum Rasen, und obwohl es kühl war, brach ihr der Schweiß aus allen Poren. Sarah! War sie das nächste Opfer von Sarahs Mörder? Würde er auch ihr die Kehle durchschneiden? Aber warum hatte er es noch nicht getan? Was hatte er mit ihr vor?

Irgendwie musste sie diese Fesseln loswerden! Zwar waren ihre Füße an den Knöcheln zusammengebunden, aber sie konnte die Knie öffnen, und wenn sie sich jetzt weit nach vorne beugte . . . Ja! Sie erreichte das Klebeband mit dem Mund. Antonia riss die vielen Lagen Klebeband mit den Zähnen in winzige Fetzen. Der Anfang war schwierig, das Zeug war einfach zu zäh. Aber irgendwann hatte sie dem Material den ersten Riss beigebracht und ab da ging es schneller. Es war sehr anstrengend und zwischendurch musste sie immer wieder den Oberkörper aufrichten und durchstrecken. Immer wieder schnitten ihr die Fäden des Klebebandes schmerzhaft in die Lippen. War das Feuchte, was ihr den Hals hinunterlief, Blut oder Speichel? Egal. Die Angst trieb sie an und die Hoffnung. Wenn sie erst herumlaufen konnte, vielleicht fand sie etwas, woran sie die Handfesseln durchscheuern konnte. Sie nagte so lange, bis das Band zerriss. Sie konnte jetzt die Beine bewegen, sie konnte aufstehen! Ganz langsam und vorsichtig setzte sie Fuß vor Fuß. Nach der unbequemen Haltung kribbelte es in ihren Beinen, als sie ihre Füße auf den Boden setzte. Sie hätte gern die Arme nach vorn ausgestreckt, wie man es im Dunkeln automatisch macht, doch das war ja wegen der Fesseln nicht möglich. Also tastete sie vor jedem Schritt mit dem Fuß in der Luft herum, ehe sie ihn aufsetzte. Ihr Atem ging keuchend, aber dieses mühsame Erforschen der Umgebung war zugleich ein gutes Mittel gegen ihre Angst. Zumindest lenkte es sie zeitweise ab. Denn wenn er sie gefesselt hatte, dann war es vielleicht auch möglich, hier herauszukommen – sonst bräuchte er sie ja nicht zu fesseln, sagte sich Antonia und hoffte inständig, dass an dieser Logik etwas dran war. Ihr Fuß stieß gegen etwas Hartes. Sie trat etwas fester dagegen.

Es klang hölzern. Sie lehnte sich dagegen. Raues Holz. Eine Ecke aus Metall. Die andere Ecke. Es schien eine Art Tisch zu sein, ein roher Werktisch, der aus alten Brettern zusammengezimmert worden war. Antonia tastete vorsichtig die Kanten ab. Das Holz jagte ihr einen Splitter in die Finger, doch immer noch hoffte Antonia auf ein Werkzeug, das dort herumliegen könnte. Da! Ein leicht hervorstehender Nagel. Er war nicht sonderlich scharf, aber vielleicht konnte sie damit das Klebeband durchscheuern. Sie musste sich verrenken, um mit den Händen an die Nagelspitze heranzukommen. Verdammt, wenn sie nur etwas sehen könnte! Sie hörte, wie einzelne Fäden des Bandes rissen. »Ja, so ist es gut, so klappt das«, ermunterte sie sich selbst. Es dauerte keine fünf Minuten und sie hatte ihre Hände frei. Erleichtert entfernte sie die letzten Fetzen Klebeband von den Handgelenken. Das rohe Holz hatte an einigen Stellen ihre Haut verletzt, sie blutete. Jedenfalls fühlte es sich klebrig an. Sie wischte sich die Hände an ihrer Jeans ab. Halt, was war das da in ihrer Tasche? Etwa ihr Handy? Roberts Feuerzeug! Vor Freude stieß sie einen kleinen Jubellaut aus. Sie erinnerte sich, wie sie es nach seinem erbosten Abgang vom Küchenboden aufgehoben hatte. Sie musste es in Gedanken eingesteckt haben. Lieber Gott, lass es nicht leer sein!, betete Antonia. Dann machte sie es an und schaute sich um. Sekunden später wünschte sie, sie hätte es nie getan.

29.

Warum konnte sich der Mann nicht endlich mal ein Handy zulegen? Petra Gerres stand vor Steinhauers Wohnungstür und klingelte vergeblich. Sie hatte fast den ganzen Tag mit Vernehmungen zugebracht: die Gäste von Roberts Geburtstagsparty, Freunde und Bekannte von Sarah. Es war schon fünf Uhr, als sie es endlich geschafft hatte, sich aus der Polizeidirektion davonzustehlen.

Wo konnte der Maler sein? Sicher nicht im Garten der Villa. Im Krankenhaus, Rana besuchen? Dorthin wäre sie ohnehin als Nächstes gegangen, also stieg sie die vier Treppen wieder hinab und legte die kurze Strecke bis zum Klinikum Siloah zu Fuß zurück.

Auf der Station angekommen, nickte sie dem Polizisten zu, der das Krankenzimmer von Rana Masaad bewachte. Der ließ rasch und verlegen die *Bild*-Zeitung sinken und grüßte zurück. Dennoch hatte die Kommissarin noch die Schlagzeile des Lokalteils lesen können. *Ist das der Vampir vom Lindener Berg?* lautete die fette Überschrift. Darunter war ein altes Foto von Steinhauer zu sehen. *Hat der Blutmaler wieder zugeschlagen?* Den Rest schenkte

335

sich Petra, denn sie konnte sich denken, wie es weiterging. Der Vampir vom Lindener Berg! Ging es vielleicht noch dämlicher? Und woher wusste die verdammte Presse schon wieder das mit dem Blut? Diesen Tatumstand hatte sie doch extra zurückhalten wollen, um falsche Geständnisse von irgendwelchen Irren, die es in solchen Fällen immer reichlich gab, herauszufiltern. Verdammt noch mal, es musste ein Leck in der Dienststelle geben oder in der Rechtsmedizin. Sie hatte jetzt aber weder Zeit noch Lust, sich länger darüber zu ärgern, sondern fragte den Beamten: »Hatte sie schon Besuch?«

»Nur ihre Eltern.«

Sie deutete auf die Zeitung. »Falls dieser Typ – er ist jetzt allerdings zwanzig Jahre älter – hier auftaucht, dann rufen Sie mich bitte sofort an.« Sie reichte ihm ihre Karte, klopfte kurz und betrat das Krankenzimmer, ohne auf ein »Herein« zu warten. Es wäre auch vergeblich gewesen.

Das Mädchen lag im Bett und hörte Musik aus einem MP3-Player, und zwar ziemlich laut, sogar Petra konnte mithören. Sie sah gesund aus, nur die zwei dicken Verbände um die Handgelenke zeugten noch von ihrer Tat. Auf dem Nachttisch lagen Pralinen und ein Stapel Schulbücher und Romane.

Die Kommissarin bedeutete Rana, die Stöpsel aus den Ohren zu nehmen. Dann stellte sie sich vor.

Rana machte einen aufgeräumten Eindruck und beantwortete Petras Fragen ohne Umschweife. Ja, sie kannte Leopold Steinhauer aus dem Landeskrankenhaus. Sie hatte sich für sein Gartenprojekt interessiert und hatte oft mit ihm zusammengearbeitet.

Sie schien ihn zu mögen und zu bewundern, das merkte Petra ihren Erzählungen an. »Warum hast du die Klinik verlassen?«

»Die helfen mir dort nicht. Die pumpen mich nur mit Pillen voll, aber wenn ich die nehme, dann fühle ich mich wie ein Zombie. Und ohne Leopold war es dort nicht mehr zum Aushalten. Diese Dr. Tiedke, die ging mir so was von auf den Keks mit ihrem ›Wie fühlst du dich heute?‹ Da bin ich eben abgehauen. Ich war ja schließlich freiwillig dort.«

»Und warum bist du nicht zu deinen Eltern zurück?«

»Weil die mich wieder zurückgebracht hätten, ist doch wohl logisch!« Ein kleiner trotziger Unterton hatte sich eingeschlichen.

»Was wolltest du eigentlich in der alten Villa?«

»Dort wohnen. Ich dachte nämlich erst, er wohnt auch dort. Er hat mir davon erzählt. Von dem Garten hauptsächlich. Aber dann, als ich dort war, hat er gesagt, dass ich verschwinden soll.«

»Und da hast du den Bewohnern diese Geschichte mit der Zwangsheirat erzählt.«

Sie grinste. »War ganz easy. Die haben das sofort geglaubt. Türkin – Zwangsheirat – ist ja klar!«

»Und dann?«

Ihre Schilderung der Geschehnisse der nächsten Tage deckte sich mit der von Steinhauer. Sie hatte die Villa am Freitag gegen Mittag verlassen, hatte ihm aufgelauert und war ihm bis zu seiner Wohnung gefolgt.

»Was habt ihr am Wochenende gemacht?«

»Nichts.«

»Was heißt, nichts?«

337

»Er hat die ganze Zeit gemalt, ich hab gechillt. Abends haben wir was gekocht. Es war alles gut, ich weiß nicht, warum er mich wegschicken wollte! Aber gestern Morgen ist er gegangen und hat gesagt, er will mich nicht mehr hier sehen, wenn er wiederkommt. Da bin ich durchgedreht und . . .« Sie hob die verbundenen Hände in die Höhe. »Es ist seine Schuld! Er hätte nicht so gemein sein dürfen!«

»Hat er am Wochenende mal das Haus verlassen? Nachts vielleicht, als du geschlafen hast?«

Sie schüttelte den Kopf. »Nein. Wir haben immer bis zwei, drei Uhr Videos geschaut und gequatscht.«

Sie machte einen ahnungslosen Eindruck. Offenbar wusste sie noch nichts von dem toten Mädchen. Oder sie schauspielerte sehr gut. Raffiniert genug dazu war sie ja, sonst hätte sie die jungen Leute in der Villa nicht tagelang täuschen können. Wenn sie die einzige Zeugin für Steinhauers Unschuld war, dann sah es schlecht für ihn aus. Der Staatsanwalt würde das Mädchen vor Gericht als geschickte und notorische Lügnerin darstellen und das vielleicht nicht einmal zu Unrecht.

»Rana, sagt dir der Spitzname Baby etwas? Hat Leopold Steinhauer mal von jemandem mit diesem Namen erzählt?«

Petra hatte die halbe Nacht damit zugebracht, Sonjas Tagebuch zu lesen, und war zu demselben Schluss gekommen wie Antonia: Dieser Baby hätte durchaus Gründe für den Mord an Sonja gehabt. Eifersucht und Hass auf Steinhauer. Nur wer war Baby? Sie wusste aus eigener Erfahrung, dass Spitznamen oft seltsame Ursprünge hatten, die ein Außenstehender unmöglich nachvollziehen konnte. Der Zeichnung nach, die Sonja von Baby angefertigt hatte, konnte es ein Mann mit einem runden, etwas dicklichen Gesicht sein. Aber vielleicht hatte sie auch übertrieben, um ihn als »Arschgesicht« darzustellen.

Rana schüttelte den Kopf. »Er hat immer nur von dem Garten erzählt. Aber nie von einem Typ, der Baby heißt. Was soll das überhaupt für ein beschissener Name sein?«

»Ein Spitzname. Baby war der Freund seiner damaligen Geliebten Sonja. Hat er diesen Namen mal erwähnt, als er dir von der Villa erzählt hat, oder andere Geschichten von früher? Es ist wichtig. Es könnte deinem Freund sehr helfen.«

»Den Namen hat er nie genannt.«

»Hat er mit dir über Sonja gesprochen?«

Sie schüttelte den Kopf. »Er hat wenig von früher erzählt. Und diese Sonja kenn ich nicht. Was soll die Fragerei? Ich dachte, Sie sind wegen mir hier, wegen der geklauten Kohle . . .«

Anscheinend konnte Rana es schwer ertragen, nicht im Mittelpunkt des Interesses zu stehen. Petra hatte den Überfall auf die Postagentur ganz bewusst nicht zur Sprache gebracht. Das war nicht ihre Angelegenheit, dafür waren die Kollegen vom Raub zuständig. »Nein«, sagte Petra. »Ich bin hier wegen eines Mordes.«

Sie verabschiedete sich. Noch auf dem Krankenhausflur rief die Kommissarin Daniel Rosenkranz an. Sie hatte ihm schon heute Morgen eine kleine Fleißaufgabe gegeben: Er sollte die aktuellen Adressen sämtlicher Zeugen aus der Steinhauer-Akte herausfinden. Vor allen Dingen die von Andreas Bartnik und Volker Dannenberg, den ehemaligen Mitbewohnern, und – ganz oben auf der Liste – von Manuela Pavlik, die Sonja im Tagebuch »Manu« nannte. Wenn es stimmte, was Sonja geschrieben hatte, dass Manu mit Baby »rumgemacht« hatte, dann wusste die ja wohl seinen richtigen Namen. Sie musste diese Frau unbedingt finden.

Als ihr Kollege ans Handy ging, richtete sie noch eine weitere Bitte an ihn: »Hör zu: Geh zum Chef und schleim ein bisschen rum. Ich möchte, dass Steinhauers Haus beobachtet wird und dass man mir sofort Bescheid gibt, wenn er dort auftaucht.«

»Der wird mich fressen! Eine Observierung bei dem Personalmangel!«

»Sag ihm, es wäre wichtig. Wenn er rumzickt, ruf mich an. Aber du kriegst das schon hin, mein Süßer. Tschau, tschau«, flötete Petra.

Leopold Steinhauer war zu dem Schluss gekommen, dass die Anschaffung eines Mobiltelefons eventuell doch ganz praktisch sein könnte. Es war schließlich Zeit, sich den Gegebenheiten seines neuen Lebensabschnitts zu stellen. Also war er heute Vormittag, nachdem er die Verwüstungen, die Rana in seiner Wohnung hinterlassen hatte, notdürftig in Ordnung gebracht hatte, in die Stadt gegangen, hatte sich beraten lassen und sich dann ein Prepaid-Handy gekauft.

Die Stunden bis zur Freischaltung hatte er im Sprengel-Museum und bei einem Spaziergang um den Maschsee verbracht. Nun saß er in einem Café an der Marktkirche, ganz in der Nähe von Krügers Galerie. Er wählte Ranas Nummer. Sein Anschluss schien mittlerweile zu

340

funktionieren, jedenfalls ertönte das Freizeichen und wenig später war sie dran.

»Wie geht es dir?«

»Geht so.« Kurzes Schweigen. »Bist du sauer, wegen deiner Wohnung? Ich räume alles wieder auf, versprochen!«

»Oh nein!«, wehrte er entschlossen ab und fuhr in milderem Tonfall fort: »Ich bin nicht sauer, mach dir keine Gedanken. Hauptsache, dir geht es wieder gut.«

»Meine Eltern waren da, Riesentheater.«

»Sie machen sich Sorgen, kein Wunder. Du darfst nicht immer so eine Scheiße machen.«

»Ich versuch es ja. Hey – ich komm mir vor wie eine Verbrecherin. Vor meiner Tür sitzt ein Bulle!« Es klang, als wäre sie stolz auf diese besondere Art der Aufmerksamkeit.

»Ich weiß.« Er war heute Morgen dort gewesen, aber der Uniformierte vor der Tür hatte ihn von einem Besuch des Mädchens abgehalten.

»Und vorhin war noch eine Kommissarin hier.«

»Wegen deines Postraubes?«

»Nein, wegen dir.«

»Eine Frau Gerres?«

»Genau. Sie wollte wissen, was wir am Wochenende gemacht haben. Ich habe es ihr gesagt. Dann wollte sie noch wissen, ob du einen Typen kennst, der Baby heißt.«

»Baby?«

»Ja, genau. Ich habe ihr gesagt, dass ich den Namen noch nie gehört habe. Stimmt ja auch, du hast ja nie viel von dir erzählt. Wer ist denn das, wieso ist der so wichtig?«

»Keine Ahnung«, antwortete er. »Ich komm dich bald besuchen. Mach keine Dummheiten, ja.«

Antonia hielt das Feuerzeug fest umklammert. Was sie sah, versetzte sie in maßlose Angst, aber sie wollte auch nicht mit dem, was da war, im Dunkeln sein. Sie befand sich in einem Raum mit Wänden aus rohen Backsteinen, er war ungefähr zehn Meter lang und nicht ganz so breit. Nirgends gab es ein Fenster, nur eine Stahltür. An den Wänden hingen großflächige Bilder. Sie hatten kein erkennbares Motiv, allenfalls konnten sie als abstrakte Kunst durchgehen, aber nach Antonias Dafürhalten waren es nur Schmierereien. Sie hatten eines gemeinsam. Sie waren rot. Antonia wusste es, auch wenn die Farbe im Schein des Feuerzeugs nicht richtig zu sehen war und eher bräunlich wirkte. Doch sie erinnerte sich an Roberts Worte: der Blutmaler.

Ihr Blick wanderte zur Decke. Sie war aus Beton und in der Mitte, in etwa drei Metern Höhe, war ein großer, eiserner Fleischerhaken eingelassen.

Antonia stieß bei dieser Entdeckung einen spitzen Schrei aus, rannte zu der Stahltür, rüttelte an der Klinke und trommelte verzweifelt dagegen. Sie bohrte die Fingernägel ihrer freien Hand zwischen Tür und Rahmen, aber da war kein Millimeter Platz. Doch sie fand etwas anderes neben der Tür: einen Lichtschalter. Sie legte ihn um. Es flackerte, dann flammten drei vergitterte Neonlampen auf und spendeten ein grelles, kaltes Licht, das Antonia schmerzhaft blendete. Nachdem sich ihre Augen an die plötzliche Helligkeit gewöhnt hatten, erkannte Antonia, dass das Licht diesen schrecklichen Ort noch viel grausiger machte.

Die Bilder waren groß, ungefähr zwei Meter hoch und fast so breit. An jedem hing, mit Nadeln angepinnt, ein Schild aus Pappe. Darauf standen seltsame Bezeichnungen. Lauras Feuer, Silvia die Leuchtende, Smiling Juliette, Sweet Caroline, Dagmars Versuchung . . . Sie zählte elf Bilder und las die Schildchen. Auf keinem stand der Name Sarah. Noch nicht.

Auf einem großen Metalltisch in der Ecke lagen seltsame Utensilien: Spritzen, Schläuche, Plastikbehälter, wie sie sie von Infusionen im Krankenhaus kannte, und braune Glasflaschen, wie sie früher in Apotheken verwendet worden waren. Es gab ein paar unbenutzte Pinsel, aber keine Farben. Ob Sarahs Blut in den Glasflaschen aufbewahrt wurde? Antonia konnte sich nicht überwinden, die Flaschen anzuheben.

Sie versuchte, die Bilder und die grässlichen Utensilien zu ignorieren. Fieberhaft begab sie sich auf die Suche nach einem Werkzeug, mit dem man die Tür aufhebeln könnte. Aber da war nichts, was stabil genug gewesen wäre, und sie bezweifelte ohnehin, dass es klappen würde. Die Tür hatte kein Schlüsselloch. Also musste sie von außen mit einem Riegel verschlossen worden sein. Die Wände waren aus alten Ziegeln, genau wie die im Keller der Villa. Vielleicht ließen die sich lockern? Aber auch dazu bräuchte sie Werkzeug, einen Meißel oder so etwas. Nein, sie musste anders vorgehen. Sie brauchte kein Werkzeug, sie brauchte eine Waffe! Einen Vorteil hatte sie: Ihr Feind wusste nicht, dass sie ihre Fesseln gelöst hatte. Sie musste sich eine Waffe suchen, auf ihn warten

343

und ihn dann überwältigen. Eine Spritze? Nicht so gut. Sie fand eine leere braune Glasflasche und zerschlug sie auf dem Boden. Ja, das könnte klappen. Die Ränder waren scharf, der Flaschenhals war zwar etwas kurz, um ihn gut greifen zu können, aber besser als nichts. Doch jetzt kam das Schlimmste: Sie musste das Licht wieder ausmachen, denn es hätte sie verraten. Sie musste im Dunkeln auf ihren Mörder warten.

»Manuela Pavlik ist einundvierzig Jahre alt, sie heißt seit 1994 Krüger mit Nachnamen und wohnt mit ihrem Gatten, einem Galeristen, im Zooviertel«, hatte Daniel Rosenkranz herausgefunden. Er hatte auch die Adressen der beiden Mitbewohner von Sonja ermittelt, allerdings waren die weggezogen, Andreas Bartnik nach Hamburg und Volker Dannenberg nach München.

Die Heirat hatte sich für Frau Krüger, geborene Pavlik, offenbar gelohnt, das stellte Petra Gerres fest, als sie vor der imposanten Gründerzeitvilla stand. Es gab nur zwei Wohnungen in dem Haus, die ganze obere Etage sowie das Dachgeschoss schienen den Krügers zu gehören. Sie läutete, doch niemand öffnete. Nach zwei weiteren Versuchen bemühte sie ihr Smartphone und fand die Adresse der Galerie Krüger heraus. Sie lag in der Nähe der Marktkirche. Petra gönnte sich ein Taxi und ging das letzte Stück durch die Altstadt zu Fuß. Sie hatte Glück. Eine brünette Dame um die vierzig, fitnessgestählte Figur, Designerjeans, High Heels, war gerade dabei, die Tür der Galerie abzuschließen. »Manuela Krüger, geborene Pavlik?«

Die Frau richtete sich auf. »Ja?«

Der Ausschnitt ihres T-Shirts in Raubtierprint ließ tief blicken. Petra hielt ihr den Dienstausweis unter die gepuderte Nase. »Gerres, Mordkommission. Ich hätte ein paar Fragen an Sie. Können wir noch mal reingehen?«

Die Frau blickte sie missbilligend an. »Dauert das lange? Wir erwarten heute Gäste zu Hause.«

»Tut mir leid, aber es ist sehr wichtig.«

Genervt seufzend sperrte sie die Tür wieder auf. Petra schaute sich um, während Frau Krüger nervös ihre Hände knetete.

»Die Galerie gehört Ihrem Mann?«

»Uns beiden.«

Dass man sich mit so einem Laden einen repräsentativen Wohnsitz im noblen Zooviertel verdienen konnte, wunderte die Kommissarin. Die ausgestellten Werke kamen ihr nicht gerade spektakulär vor und die Namen der Künstler sagten ihr nichts. Bis auf einen. Er stand unter einem kleinen Gemälde in Acryl, das überwiegend in Blau und Grün gehalten war und den Titel *Am Seerosenteich* trug. Die Kommissarin hatte Mühe, ihre Verblüffung zu verbergen. »Sie vertreten Leopold Steinhauer?«

»Ja. Geht es um ihn? Er war gerade hier, vor einer halben Stunde etwa.«

Mist, verdammter! »Was wollte er?«

»Meinen Mann sprechen. Aber der ist heute zu einer Auktion nach Hamburg gefahren.«

»Seit wann arbeitet Ihr Mann mit Steinhauer zusammen?«

Sie winkte ab. »Eine Ewigkeit. Schon vor Steinhauers Verhaftung. Mein Mann hat in der ganzen Zeit immer

345

zu ihm gehalten und ihm seine Bilder abgenommen, als er in der Klinik saß.«

»Und nach Abzug einer fetten Provision zu guten Preisen verkauft, nehme ich an.«

»Das ist so üblich«, versicherte Frau Krüger kühl. »Diese . . . Geschichte damals tat seiner Popularität keinen Abbruch. Im Gegenteil. Die Leute reißen uns Steinhauers neue Bilder geradezu aus den Händen. Für die roten Bilder gibt es sogar Wartelisten. Das Makabre daran übt anscheinend einen besonderen Reiz auf die Kundschaft aus.«

Petra verkniff sich einen Kommentar dazu. Ihr fiel etwas ein: »Hat Ihr Mann für Steinhauer auch dessen Haus verwaltet?«

»Ja, den Gefallen hat er ihm getan. Der Mieter wegen, Sie wissen schon . . .«

»Ich verstehe. Frau Krüger, Sie waren damals mit Sonja Kluge eng befreundet, nicht wahr?«

»So eng nun auch wieder nicht. Rollt die Polizei jetzt diesen alten Fall wieder auf?!« Frau Krüger verdrehte die Augen.

»Ja, aus aktuellem Anlass: Wir haben ein Tagebuch von Sonja gefunden. Darin werden auch Sie erwähnt.«

»Tatsächlich?« Das Lächeln ihrer bordeauxroten Lippen gefror.

»Es wird darin auch ein junger Mann erwähnt, dessen Spitzname Baby lautet. Wir müssen dringend wissen, wie der Mann richtig heißt.«

Ihre Lider flatterten. »Ich erinnere mich an niemanden, der so heißt.«

»Das glaube ich Ihnen nicht, Frau Krüger. In dem Ta-

346

gebuch steht wörtlich, Sie hätten mit diesem Mann – er müsste damals Mitte zwanzig gewesen sein – ›rumgemacht‹. Was immer Sonja darunter verstand. Also kannten Sie ihn. Und anscheinend auch recht gut. Sie müssen sich doch daran erinnern können, mit wem Sie zu der Zeit, als Sonja ermordet wurde, liiert waren.«

»Dann hat Sonja Unsinn geschrieben. Ich war damals mit niemandem zusammen.«

»Bitte, es ist sehr wichtig. Er trug vermutlich damals einen Schnäuzer und hatte vor Steinhauer ein Verhältnis mit Ihrer Freundin Sonja. Versuchen Sie, sich zu erinnern, wer das gewesen ist! Es geht um einen aktuellen Mordfall, der möglicherweise mit dem Mord an Sonja Kluge in Verbindung steht.«

Ihr Mund wurde zum Strich, aus dem sie hervorpresste: »Es tut mir leid. Ich weiß nicht so viel über Sonjas alte Liebschaften. Wie gesagt, so eng waren wir gar nicht befreundet. Ich weiß nur, dass sie nicht gerade die Tugend in Person war, wenn Sie verstehen, was ich meine.«

Du sicher auch nicht! Selten war Petra so überzeugt davon, dass sie angelogen wurde, wie in diesem Moment. Vielleicht würde es helfen, die Frau mit aufs Revier zu nehmen? Sie beschloss, es vorerst sein zu lassen. Es gab ja noch die zwei früheren Mitbewohner von Sonja. Musste man eben die auftreiben, vielleicht würden die redseliger sein.

»Kann ich jetzt gehen? Ich habe zu Hause noch einiges vorzubereiten.«

»Ach ja, die werten Gäste!«, sagte Petra, triefend vor Sarkasmus, und dachte: Hoffentlich bewahrt mich ein gnädiges Schicksal davor, jemals Gast bei solchen Leuten zu sein.

Petra hinterließ ihre Karte, trat auf die Straße und beobachtete, wie Frau Krüger die Alarmanlage einschaltete, sorgfältig die Tür abschloss und dann eilig in Richtung Landtag davonstöckelte.

»Tussi«, murmelte die Kommissarin.

30.

»Wann bist du wieder hier gewesen, Robert?«

»Um zwölf. Und als ich weg bin, war es zehn.« Er wollte vor den anderen nicht zugeben, dass er sich mit Antonia gestritten hatte. Vielleicht saß sie irgendwo und schmollte – aber doch sicher nicht den ganzen Tag.

»Und jetzt ist es gleich sieben. Wo soll sie bitte schön so lange sein? Ohne ihr Handy.« Katie blickte Matthias und Robert der Reihe nach an und legte ihre Stirn in Falten.

»Bist du noch nie aus dem Haus und hast dein Handy vergessen?«, entgegnete Matthias.

»Schon. Aber ihr Rad steht auch vor der Tür. Da stimmt doch was nicht!«

»Vielleicht hat sie sich mit Freunden von früher getroffen?«, sagte Robert matt. Er glaubte selbst nicht daran.

»Das könnte man rausfinden«, überlegte Katie. »Sie müsste sich ja irgendwie mit denen verabredet haben. Meint ihr, es wäre vertretbar, wenn ich mal ihr Handy und ihre Mails checke?«

»Du wirst es doch sowieso tun«, erwiderte Matthias.

349

»Aber du hast recht. Dass sie einfach so weg ist und so lange, ist beunruhigend, also sieh nach.«

Schon war Katie auf dem Weg in Antonias Zimmer. Zehn Minuten später kam sie zurück in die Küche. »Nichts. Keine SMS, keine Anrufe. Der letzte Kontakt zu ein paar Mädchen aus ihrer Dorfclique war vor mehr als einer Woche über Skype.«

Robert biss sich auf die Lippen. »Dann rufen wir jetzt die Kommissarin an. Lieber ein falscher Alarm als . . .« Den Rest konnte er unmöglich aussprechen.

Vor einem Lokal gegenüber der Marktkirche standen Tische und Stühle, die Leute genossen das schöne Wetter und den Feierabend mit Cocktails und Bier. An einem der Tische saß Leopold Steinhauer. Petra Gerres erkannte ihn trotz der Sonnenbrille, die er trug. Sie blieb wie vom Blitz getroffen stehen.

Auch der Maler hatte sie mittlerweile entdeckt. Er legte das Messer hin, mit dem er an einer Pizza herumgesäbelt hatte, hob die Hand und lächelte verhalten.

Petra trat an seinen Tisch. »Was machen Sie hier?

Er erhob sich höflich. »Frau Gerres, einen schönen guten Abend. Wollen Sie sich nicht setzen?«

Vor lauter Verblüffung plumpste Petra tatsächlich wie Fallobst auf den freien Stuhl ihm gegenüber. Beinahe wäre der Rotwein aus dem Glas geschwappt, das neben seinem Teller stand.

»Ich wollte meinen Galeristen besuchen, habe ihn aber nicht angetroffen. Und nun esse ich zu Abend. Gibt es daran etwas auszusetzen?«

»Nicht das Geringste«, antwortete Petra.

Er nahm die Sonnenbrille ab. Womöglich hatte ihn der Rotwein in eine redselige Stimmung versetzt, denn er erklärte ungefragt: »Ja, er und ich kennen uns schon lange, er hat mal bei mir studiert, aber nur zwei Semester, dann hat er wohl eingesehen, dass er kein kreatives Potenzial hat. Seine Talente liegen woanders: Baby hat ein Händchen für Geld und ist ein guter Verkäufer. Er verhökert meine bescheidenen Werke für stattliche Summen an die oberen Zehntausend dieser Stadt und streicht dabei selbst eine Menge Geld ein.« Steinhauer seufzte. »Nun ja, soll er es tun. Leben und leben lassen . . .«

Petra, die ihren Ohren fast nicht traute, unterbrach ihn: »Baby? Haben Sie eben Baby gesagt?«

»Ja. Sie suchen doch nach Baby – wie ich hörte.« Er lächelte süffisant. Er muss mit Rana gesprochen haben, kombinierte die Kommissarin.

»Ihr Galerist Arnold Krüger ist also Baby«, fasste sie, noch immer verblüfft, zusammen.

»Ja«, bestätigte Steinhauer. »Ich gebe zu, es ist kein sehr origineller Spitzname und er hört ihn auch nicht gern. Früher wurde er immer so genannt, weil er aussah wie ein Riesenbaby: Er war etwas dicklich und sein Gesicht war rund wie der Vollmond.«

»Wussten Sie, dass Sonja Kluge mit Baby ein Verhältnis hatte – vor Ihnen und auch noch manchmal, wenn Sie und Sonja sich gestritten hatten?«, fragte Petra.

Er hob erstaunt die Augenbrauen. »Tatsächlich?«, fragte er süßsauer. »Woher wissen Sie das?«

»Sonjas Tagebuch ist aufgetaucht.« Petra blickte ihn prüfend an. »Baby – Arnold Krüger . . . Ist Ihnen nie der

351

Verdacht gekommen, dass er Sonjas Mörder gewesen sein könnte?«

Er schob den Teller mit der halben Salamipizza von sich. An seinem Gesicht war abzulesen, dass ihn ihre Vermutung überraschte. Und Petra sah auch, wie fieberhaft es nun in seinem Kopf arbeitete. Ihr Mobiltelefon klingelte. Ausgerechnet jetzt! »Entschuldigen Sie bitte.«

Es war Robert Söderbaum.

Als sie hörte, was er zu sagen hatte, schloss sie für einen Moment die Augen und atmete schwer. Nein, das durfte doch nicht wahr sein! »Ich komme sofort.« Sie stand auf.

»Was ist los?«, fragte Steinhauer.

»Es ist schon wieder ein Mädchen verschwunden. Antonia Bernward aus der Villa am Steinbruch wird seit heute Vormittag vermisst.«

Antonia hatte jegliches Zeitgefühl verloren. Wie lange war sie schon hier? Hatte sie Hunger? Nein, das nicht, obwohl sich ihr Magen leer anfühlte. Durst schon eher. Aber all diese Empfindungen wurden überlagert von einer fiebrigen Angst. Sie lehnte neben der Tür im Dunkeln und versuchte, die Angst in den Griff zu bekommen, indem sie leise vor sich hin sang. Sie hatte eine gute Stimme, sie war im Schulchor gewesen und hatte sogar schon bei einer Schulaufführung solo gesungen. Aber gegen die Todesangst anzusingen, war schwer. Immer wieder vergewisserte sie sich, dass sie die Flasche noch in der Hand hielt. Wenn sie gerade nicht sang, dann betete sie flüsternd. »Lieber Gott, hol mich bitte heil hier raus! Bitte, mach, dass ich hier nicht sterbe.

Ich will auch nie wieder lügen, ich werde meiner Mutter die Wahrheit sagen, was mit Ralph passiert ist, damit er ein ordentliches Begräbnis bekommt. Aber bitte . . .« Sie hielt inne. Was war das? Etwas quietschte. Da war ein Lichtstrahl. Die Tür! Es war so weit. Antonia presste sich gegen die Wand, sodass sie hinter der Tür stehen würde, wenn er sie öffnete. Die zerbrochene Flasche hielt sie fest umklammert. Ihr war klar: Die nächsten Sekunden würden über Leben und Tod entscheiden. Ihr Leben. Ihren Tod. Vielleicht half ihr das Überraschungsmoment, wenn er das Licht anmachte und den leeren Raum sah. Was Antonia allerdings nicht bedacht hatte, war, dass sie es war, die erst einmal nichts sah, als das Licht anging. Es dauerte mehrere Sekunden, ehe sich ihre Augen an das grelle Neonlicht gewöhnt hatten. Als sie den Schatten vor sich wahrnahm und ausholte, spürte sie einen Schlag gegen ihr Handgelenk. Die Flasche fiel klirrend zu Boden. Und dann setzte ihr Herzschlag aus, als sie erkannte, wer vor ihr stand.

Steinhauer redete ununterbrochen, während er in der einen Hand die Taschenlampe hielt und mit der anderen Antonia mit eisernem Griff am Arm. Antonia stolperte ihm hinterher. Es ging durch ein sehr altes Gewölbe, das nach feuchten Steinen roch.

»Hast du gewusst, dass im Mittelalter ganz Hannover mit Gängen unterhöhlt war? Das ist im Grunde nichts Besonderes, das ist bei fast allen mittelalterlichen Städten so. Die Gänge verbanden wichtige Gebäude, zum Beispiel das Schloss und die Kreuzkirche. Einige führten aus dem Inneren der Stadtmauer hinaus, als Fluchtweg bei einer Belagerung. Im Krieg und beim Bau der U-Bahn und der Abwasserkanäle sind allerdings die meisten dieser alten unterirdischen Gewölbe zerstört oder verschüttet worden. Nur hier, in Linden, ist das Tunnelsystem noch erhalten. Wir haben als Kinder oft auf dem alten Friedhof und auf dem Hanomag-Gelände gespielt, trotz der Verbote unserer Eltern. Das war unser Abenteuerspielplatz, alle Jungs aus der Gegend wussten, wie und wo man hineinkam. Es gibt sogar einen Gang, der direkt in den Keller der alten Villa führt, genauer gesagt, in den Luftschutzkeller. Aber der ist schon vor langer Zeit verschlossen worden, das hat mein Vater noch veranlasst. Die meisten Eingänge sind mit der Zeit zugemauert worden. Aber nicht alle . . .«

Die Mauern waren jetzt eng zusammengerückt, die Decke so niedrig, dass Antonia ab und zu sogar den Kopf einziehen musste. Spinnweben streiften ihr Haar. Jeder Schritt, den sie tat, kostete sie Kraft. Den Boden bedeckte Schutt und immer wieder mussten sie über Steine steigen, die aus der Mauer gebrochen waren. Der Gang führte nun leicht bergauf, machte eine Biegung und dann folgte eine steile Treppe, die im Nichts endete. Steinhauer zog sie die letzten Stufen hinauf und ließ dann ihre Hand los. Sie befanden sich in einem kleinen Raum, an dessen Wänden auf beiden Seiten Behältnisse aus Granit standen. Steinerne Fratzen grinsten teuflisch von den Wänden herab, dazwischen hing ein gekreuzigter Jesus aus Holz mit rot aufgemalten Wundmalen.

»Eine uralte Familiengruft«, klärte Steinhauer sie auf. »Sie ist eigentlich abgeschlossen, aber das Schloss ist ein Witz, man kriegt es mit einem krummen Draht auf, das haben wir schon als Kinder gemacht. Es gibt noch einen weiteren Zugang zum Tunnelsystem, der liegt auf dem Hanomag-Gelände und lässt sich sogar mit einem Auto erreichen. Durch diesen Gang bist du wahrscheinlich hergebracht worden.«

Antonia wollte im Augenblick viel lieber wissen, wie sie hier wieder hinausgelangte. Da drückte Steinhauer die schwere Holztür der Gruft auf. Ein mildes Licht drang durch den Spalt. Antonia schlüpfte hindurch. Sie roch Gras und Laub, sie sah die alten Grabsteine, die lange Schatten warfen, sah das rötliche Leuchten hinter den Bäumen, deren Blätter sich schwarz gegen den Abendhimmel abzeichneten. Eine Amsel pfiff ihr Abendlied. Noch nie hatte Antonia etwas so Schönes gesehen wie diesen Friedhof im Abendlicht. Ihre Lebensgeister kehrten zurück. Sie war frei, sie war am Leben!

Nach einigen Metern, die sie rennend und stolpernd zurückgelegt hatte, merkte sie, dass ihr Retter nicht mit nach draußen gekommen war. Sie wandte sich zu ihm um. Er stand am Eingang der Gruft und beobachtete sie mit undurchdringlicher Miene.

»Was ist? Kommen Sie doch!«, rief Antonia.

»Du bist doch mutig, du schaffst es doch auch allein bis nach Hause, oder?«

»Ja, aber . . . und Sie?«

Er drehte sich um. »Ich gehe zurück. Ich werde da unten auf ihn warten.«

31.

Vor etlichen Jahren hatte Leopold Steinhauer den Fehler gemacht, seinem Galeristen von den Tunneln zu erzählen. Er hatte die Idee gehabt, dort unten eine Ausstellung zu machen. Die Leute gierten ja immer nach besonderen Events und eine Vernissage in den Katakomben des Lindener Bergs hätte auf jeden Fall die Presse angelockt ... Es war dann aber nie etwas daraus geworden, Krüger hatte immer neue Bedenken geäußert und ihm den Plan schließlich ganz ausgeredet. Jetzt war klar, warum.

Dass dieses kranke Hirn sich hier unten sein Gruselkabinett einrichten würde, auf diesen Gedanken hatte ihn erst die Kommissarin gebracht. Diese spurlos verschwundenen Mädchen ... Wo konnte der Täter die Leichen, die man nie gefunden hatte, gelassen haben? Das war in einem zivilisierten Land gar nicht so einfach. Steinhauer hatte sich überlegt, wo er anstelle des Täters die Leichen lassen würde. So war er auf die Idee gekommen, in den Gängen unterhalb des Friedhofs nachzusehen. Den Zugang in der alten Gruft, den sie als Kinder entdeckt hatten, gab es erstaunlicherweise immer noch. Leichen hatte er zwar keine entdeckt, dafür die arme

Kleine. Wäre Krüger vor ihm hier gewesen, wäre es wohl auch für dieses Mädchen zu spät gewesen.

Als Steinhauer seinem Studenten Arnold Krüger vor etwa dreiundzwanzig Jahren in aller Deutlichkeit sagte, dass er mangels jeder Spur von Talent am besten mit dem Malen aufhören sollte, hatte er wirklich keine Ahnung gehabt, dass ihn sein Exstudent seitdem abgrundtief hasste. Im Gegenteil. Wie konnte ihn ein Mann hassen, der jahrelang so gut an ihm verdient hatte? Im Grunde musste Krüger ihm doch dankbar sein, dass er ihn rechtzeitig auf den für ihn viel besseren Weg gebracht hatte, nämlich Bilder zu verkaufen, anstatt welche zu malen. Krügers erste Galerie, die er kurz darauf in der Nordstadt eröffnet hatte, war von Anfang an gut gelaufen. Arnold war kein sonderlich attraktiver Typ gewesen, aber weil er immer Geld hatte und mit Künstlern verkehrte, hatte er doch auch genug Frauen abgekriegt. Dass darunter auch seine damalige Geliebte Sonja gewesen war, hatte Steinhauer nicht gewusst. Das hatte sie ihm wohlweislich verschwiegen

Krüger, Baby! Der musste über die Jahre total durchgeknallt sein. Wahrscheinlich hielt er sich für einen bahnbrechenden Künstler. Dass er Bilder aus Blut malte, war schon verrückt genug, aber das hatten andere Spinner vor ihm auch schon gemacht – in der Regel mit Tierblut. Dass Krüger dafür Menschen tötete, junge Mädchen, das war, kurz gesagt, Wahnsinn im fortgeschrittenen Stadium. Ein Psychopath, wie er im Lehrbuch stand. Aber davon einmal abgesehen – die Bilder, die in diesem alten Bunker hingen, waren einfach nur schlecht. Untalentiertes, dilettantisches Gekrakel eines

Irren. Mit solchen Gestalten kannte sich Steinhauer nach zwanzig Jahren Psychiatrie bestens aus.

Er hatte jetzt das Deckenlicht ausgemacht und nur die Taschenlampe an, um die Scheußlichkeiten nicht länger sehen zu müssen. Nun verharrte er ruhig und geduldig auf dem Holztisch sitzend. Er hatte zwanzig Jahre gewartet, er würde auch die letzten paar Stunden noch ertragen. Krüger, auch wenn er offensichtlich geistesgestört war, würde bezahlen: für zwanzig gestohlene Jahre, für den Mord an Sonja und die Morde an all den anderen. Er zog ein Messer aus der Tasche und prüfte mit dem Daumen die Schärfe der Klinge. Es würde teuer werden für Krüger. Und sehr schmerzhaft.

Antonia rannte, wie sie noch nie in ihrem Leben gerannt war. Sie hatte sich so sehr gewünscht, Steinhauer würde sie wenigstens bis vor die Tür begleiten. Was, wenn ihr nun der andere hier, auf dem Weg durch den Friedhof, begegnete? Vielleicht lauerte er schon hinter irgendeinem Grabstein? Aber es waren nur ein paar ältere Spaziergänger unterwegs, die dem rennenden Mädchen mit missbilligendem Kopfschütteln nachsahen. »Das ist ein Friedhof!«, hörte sie einen von ihnen schimpfen.

Mit jedem ihrer weit ausholenden Schritte wich die Angst. Sie spürte, wie ihr Herz das Blut durch ihre Adern pumpte. Sie lebte, sie konnte rennen, sie konnte atmen, sie war frei! Schon erreichte sie das Tor, das noch immer kein neues Schloss erhalten hatte. Sie ließ den Friedhof hinter sich und überquerte die Straße. Dann blieb sie atemlos keuchend vor der alten Villa stehen. Düster und erhaben stand sie da, im samtenen Licht der Abendsonne, schwarz verschmolzen die Schatten der Sträucher ineinander, der Kirschbaum beherrschte den Garten wie ein dunkler Riese. Dieses Haus hatte ihr keine Sicherheit geboten, im Gegenteil. Der Fremde war dort eingedrungen. Wie sollte sie es jemals wieder betreten, wie sollte sie sich jemals wieder darin sicher fühlen?

Aber die anderen sind doch bestimmt zu Hause. Katie, Robert . . . Denk doch an Robert!

Sie machte einen Schritt auf die Pforte zu, aber sie schaffte es nicht, sie zu öffnen und an der Tür zu klingeln. Sie machte kehrt und rannte die Straße hinunter.

Die Stahltür öffnete sich mit einem leisen Quietschen, das Deckenlicht flackerte auf. Steinhauer, der hinter der Tür stand, weidete sich für einen Moment an Krügers Entsetzen. Dass das Mädchen weg war, schien er im ersten Moment gar nicht zu bemerken.

Es war etwas anderes, das ihn erstarren und dann aufjaulen ließ wie einen getretenen Hund. Die Bilder. Es hingen nur noch Reste der Leinwände in den Rahmen. Seine Werke lagen in Fetzen über den Fußboden verstreut. Krüger sank auf die Knie, bückte sich nach den blutigen Puzzleteilen und begann zu heulen wie ein kleines Kind.

»Sie waren so schlecht! Du bist und bleibst ein Stümper.«

Krüger fuhr herum. Im selben Moment zertrümmerte ihm Steinhauers Faust das Nasenbein. Noch ein paar Schläge und Krüger konnte nur noch japsen. Mit der Kraft von zwanzig Jahren aufgestauter Wut wuchtete Steinhauer den Galeristen auf den Tisch. Die scharfe

Klinge seines Messers blitzte auf. Er lächelte. »Und jetzt wirst du erfahren, wie das ist, wenn man langsam ausblutet«, verkündete er, als er ein Geräusch hinter sich wahrnahm.

»Steinhauer, legen Sie das Messer weg und treten Sie zurück, sofort!« Zusammen mit Petra Gerres drängte sich ein halbes Dutzend schwer bewaffneter Männer des Sondereinsatzkommandos in den Raum. Alle hatten ihre Pistolen auf ihn gerichtet.

»Sie gönnen einem aber auch gar nichts!«, stellte Steinhauer missmutig fest. Er ließ Krüger los und steckte sein Messer wieder ein. Unter den aufmerksamen Blicken der SEK-Leute entfernte er sich vom Tisch.

Die Kommissarin wandte sich an ihre Begleiter. »Es ist gut, runter mit den Waffen.« Sie wies auf den wimmernden Krüger. »Für den da Handschellen und einen Krankenwagen. Und Sie, Herr Steinhauer, begleiten mich jetzt nach oben. Sie hatten ja Ihren Spaß.«

»Und sein Messer?«, fragte einer der Uniformierten.

»Das darf er behalten. Los, kommen Sie, ehe ich hier unten noch Platzangst kriege. Ich hasse Höhlen und Tunnels!«

Steinhauer ging voran, die Kommissarin blieb dicht hinter ihm, beide hielten ihre Taschenlampen in der Hand. Keiner von ihnen sprach ein Wort. Erst als sie oben angekommen waren und aus der Gruft hinaus auf den Friedhof traten, der inzwischen in der Dunkelheit lag, seufzte Steinhauer: »Hat die Kleine also doch geredet. Das kommt davon, wenn man Frauen hilft!«

Die Kommissarin schnaubte ärgerlich. »Sie sollten ihr dafür dankbar sein. Es hätte mir leidgetan, wenn Sie wegen dieses Dreckskerls für ein paar Jahre in den Knast gewandert wären.«

Steinhauer lächelte und rieb sich dabei die schmerzenden Knöchel seiner rechten Hand, mit der er Krüger verprügelt hatte.

»Brauchen Sie einen Arzt?«

»Nein.«

Die Kommissarin verkniff sich ein Lächeln, als sie meinte: »Die Verletzungen Krügers, die sind doch entstanden, als er sich der Festnahme widersetzt hat, sehen Sie das auch so?«

Der Maler nickte. »Wenn Sie es sagen. Wie geht es Antonia?«

»Sie bleibt über Nacht zur Beobachtung in der Klinik, aber es geht ihr gut. Na ja, die Nerven, der Schock . . . sie wird schon noch eine Weile daran zu knabbern haben. Und ich werde hier noch eine Weile zu tun haben. Herr Steinhauer, kommen Sie bitte morgen in mein Büro. Ich brauche Ihre Aussage, schriftlich.«

»Sie werden groß rauskommen«, prophezeite Steinhauer.

Die Kommissarin ließ den Kopf hängen und zuckte mit den Achseln. »Mir wäre es lieber, Sarah und die anderen Mädchen würden noch leben.«

Beide hingen für einen Moment ihren Gedanken nach.

»Schlafen Sie gut«, sagte sie und sah ihm nach, wie er in der Dunkelheit verschwand. Dann griff sie seufzend zu ihrem Mobiltelefon, um die Spurensicherung anzufordern und den Kollegen Bornholm vom LKA zu informieren, dass er seine Soko jetzt auflösen konnte. Als

das geschehen war, ertönte hinter ihr ein Räuspern. Es
war einer der SEK-Leute. »Frau Gerres? Da ist was, das
sollten Sie sich ansehen . . .«

32.

Antonia genoss die Sonnenstrahlen auf ihrer Haut. Sie schloss die Augen und horchte auf die typischen Strandgeräusche. Kindergeschrei in Deutsch und Spanisch, irgendwo plärrte ein Radio. Dazu die Wellen. Sie liebte das Geräusch der anbrandenden Wellen. Der Duft von Sonnencreme und Gegrilltem wehte herüber. Es war Sonntag, der Strand war entsprechend voll, aber das machte ihr nichts aus, sie genoss den fröhlichen Trubel.

Als plötzlich etwas Kaltes ihren Bauch berührte, fuhr sie erschrocken in die Höhe.

»Ein Eis gefällig?« Robert streckte ihr ein Magnum entgegen. Seine Locken waren vom Wind zerzaust, Schultern und Nase zeigten einen leichten Sonnenbrand. Er warf eine Ansichtskarte, die er gerade gekauft hatte, auf die Decke. »Wir sollten Steinhauer eine gute alte Karte schreiben, was meinst du?«

»Unbedingt«, fand Antonia.

Sie waren seit Freitag auf Mallorca. Robert hatte kurz entschlossen seine Eltern um Geld angepumpt und vier Billigflüge gebucht. »Nach all der Aufregung brauchen wir etwas Abstand, vor allen Dingen Toni«, hatte er beschlossen. Antonia war nach ihrer Entlassung aus dem Krankenhaus zwar wieder in die Villa eingezogen, aber sie hatte noch keine Nacht allein in ihrem Zimmer zugebracht, sondern bei Katie geschlafen. Sobald die anderen außer Haus gingen, fuhr sie lieber mit dem Fahrrad durch die Gegend.

Katie und Matthias würden morgen wieder zurückfliegen. Katie, die ihre Lehrstelle erst vor ein paar Wochen angetreten hatte, durfte noch nicht so lange Urlaub nehmen und Mathe hatte einen Ferienjob. Im Moment übte er sich im Wellenreiten.

Robert hingegen hatte gemeint, er würde gern noch eine oder zwei Wochen mit Antonia hierbleiben, wenn das möglich wäre.

Linda hatte ihnen angeboten, so lange zu bleiben, wie sie wollten, und Antonia dabei zugezwinkert.

»Das ist aber ein ganz Süßer, dein Freund«, hatte sie schon am ersten Abend zu Antonia gesagt.

»Er ist nicht mein Freund.«

»Nicht? Ich dachte . . . so, wie er dich manchmal ansieht«, hatte sich Linda gewundert.

»Echt?« Antonias Herz machte einen Sprung.

»Ja, echt. Glaub deiner alten Tante. Er braucht nur noch ein bisschen Zeit, ehe er es selbst merkt.«

Antonia seufzte. Diese Zeit gab sie ihm gerne.

»Ich glaube, deine Mutter hat Katie verziehen.« Robert deutete auf die Strandbar. Dort saßen Antonias Mutter, Tante Linda und Katie vor ihren Eisbechern und unterhielten sich. Ab und zu lachten sie – sogar Antonias Mutter.

Katie hatte Frau Reuter gleich am Abend ihrer Ankunft alles gestanden, was den Tod ihres Mannes betraf. Nach allem, was passiert war, wollte sie nicht länger mit diesem Geheimnis herumlaufen. Zu Hause wollte sie sich der Polizei stellen, aber es war ihr wichtig gewesen, es zuerst Antonias Mutter zu sagen. Nach Katies Beichte hatte diese sich fast vierundzwanzig Stunden lang in ihrem Zimmer eingeschlossen, sodass sich alle schon große Sorgen um sie machten. Aber am Abend darauf war sie ruhig und gefasst zum Essen erschienen und hatte Katie genauso freundlich behandelt wie die anderen. Wie sie zu Ralphs Tod stand, darüber hatte sie noch nichts verlauten lassen.

Robert und Antonia saßen eisessend auf der Decke, als Linda und Katie zu ihnen zurückkamen.

»Antonia, deine Mutter möchte mit dir reden«, sagte Linda.

Frau Reuter saß an einem ruhigen Tisch in der Ecke der Strandbar. Der Aufenthalt hier war ihr gut bekommen. Sie war leicht gebräunt, ihre Augen hatte das alte Leuchten wieder, das Antonia so lange an ihr vermisst hatte.

Auf dem Tisch lag Lindas Laptop, den ihre Mutter nun zu Antonias Verwunderung öffnete. »Setz dich neben mich«, sagte sie.

»Okay«, sagte Antonia. Sie war leicht verunsichert. Was kam jetzt? Hatte sie Wind von der Sache mit dem Blutmaler bekommen? In einem Nebenraum von Krügers unterirdischem Versteck hatte die Polizei die Leichen dreier schon seit Langem vermisster Mädchen gefunden. Außerdem hatte man das Blut von zwei der Bilder zwei weiteren Mädchen zuordnen können, deren Leichen in der näheren Umgebung von Hannover durch

Zufälle entdeckt worden waren. Momentan prüften die Behörden bundesweit alle Vermisstenfälle bzw. Leichenfunde und verglichen, soweit es möglich war, deren DNA-Spuren mit dem Blut der anderen sechs Bilder. Es war gut möglich, dass Krüger in seinem Wahn, der Jahrhundertkünstler zu sein, noch mehr Mädchen auf dem Gewissen hatte.

Natürlich las Linda über das Internet deutsche Zeitungen, doch die Polizei hatte sehr darauf geachtet, Antonias Identität vor der Presse zu schützen. Und Antonia hatte gefunden, dass ihre Mutter all das nicht unbedingt jetzt und hier erfahren musste. Sie würde noch früh genug davon hören, wenn in einigen Monaten der Prozess gegen Krüger begann, bei dem Antonia als wichtigste Zeugin aussagen musste.

Doris Reuter nahm einen tiefen Atemzug. »Zuerst möchte ich mich bei dir entschuldigen, dass ich dir jahrelang einen Stiefvater wie Ralph zugemutet habe. Es tut mir sehr leid. Ich wusste anfangs nicht, was für ein Charakter er ist. Vielleicht wollte ich es auch nicht wissen. Ich sehnte mich nach Sicherheit, nach Verlässlichkeit . . . Ich war schwach, er hat mich noch schwächer gemacht und mich in dem Glauben gelassen, von ihm abhängig zu sein. Er hat es vielleicht nicht verdient, so zu sterben, wie es gekommen ist, aber ich glaube deiner Freundin, dass sie bei seiner Wüterei in Panik geraten ist. Er hat mir einmal, das ist schon eine Weile her, im Streit gedroht, er würde mich eher umbringen, als mich gehen zu lassen. Er kann . . . konnte mehr als beängstigend sein, wenn er erst einmal in Fahrt war.« Sie hielt inne, wischte sich eine Träne von der Wange.

Antonia ergriff ihre Hand. »Es ist gut, Mama. Du hast ihn verlassen. Du hast den Mut dazu gehabt und wir brauchen jetzt keine Angst mehr vor ihm zu haben.«

Antonias Mutter nickte und lächelte etwas schief. »Ein Freund von Linda hat mir hier in Palma eine Stelle in einem Reisebüro angeboten. Wenn du möchtest, könnten wir hier leben. Du könntest an eine deutsche Schule gehen.«

Hier leben? Fast immer schönes Wetter, das Meer, die spanische Leichtigkeit . . . es klang verlockend. Sie schaute hinüber zu Robert, der dabei war, sich mit Sonnenmilch einzuschmieren. Er bemerkte ihren Blick und lächelte ihr zu.

»Also, ich weiß nicht . . .«, begann Antonia.

»Aber du kannst auch in Hannover bleiben. Ich überlasse die Entscheidung dir. Ich würde dann so bald wie möglich wieder zurückkommen. Aber erst mal möchte ich den Job annehmen. Die Stellensuche ist einfacher, wenn man schon einen Job hat. Und ich muss ja auch von etwas leben, jetzt, wo Ralph nicht mehr da ist.«

»Ich komme schon zurecht«, sagte Antonia.

Frau Reuter seufzte. »Du kannst es dir ja noch überlegen.« Sie begann, umständlich auf den Tasten des Laptops herumzutippen, wobei sie auf ihrer Unterlippe herumkaute, wie immer, wenn sie sich sehr konzentrierte.

»Kann ich vielleicht helfen?«, fragte Antonia.

»Ja, bitte!« Resigniert schnaubend schob sie den Laptop zu Antonia hinüber.

»Du lernst das alles noch«, meinte diese zuversichtlich.

»Muss ich wohl. Geh mal auf YouTube oder wie das heißt.«

367

Antonia folgte der Anweisung. »Okay. Und jetzt?«

»Es gibt eine irische Band, die heißt Pawlow's Cats. Und frag mich jetzt nicht, wie man auf so einen saudummen Namen kommt.«

Antonia fand die Band. Sie bestand aus vier männlichen Mitgliedern, die alle schon ein wenig in die Jahre gekommen waren, aber so alt wie die Rolling Stones waren sie noch nicht. Antonia klickte einen der Titel an. Schrille Töne schepperten aus den Lautsprechern des Laptops. »Hey, Mum, seit wann stehst du auf irischen Punkrock?«, wunderte sie sich.

»Mach mal leiser«, sagte ihre Mutter, denn ein paar Gäste drehten sich schon nach ihnen um. Antonia verringerte die Lautstärke.

»Siehst du den Sänger und Gitarristen?«

»Klar.« Ein schmaler Typ mit roten Haaren und einem sympathischen Grinsen um den Mund.

»Das ist dein Vater. Die Band tingelte damals durch Deutschland, in Hannover waren sie auch – aber nur für eine Woche.«

Antonia hatte es die Sprache verschlagen. Tausend Gedanken schwirrten ihr durch den Kopf.

»Er heißt Gary O'Donell, er lebt in Dublin, hat heute eine Frau und zwei Söhne. Vor zwei Wochen habe ich mit ihm telefoniert und ihm gesagt, dass du jetzt aufs Gymnasium gehst und nicht mehr bei mir wohnst. Er wollte deine Kontonummer und dir Geld schicken . . .«

»Wollte er mich denn nie sehen?«, stieß Antonia heftig hervor.

Ihre Mutter machte eine beschwichtigende Handbewegung. »Ich hab ihm erst vor ein paar Monaten von dir erzählt. Linda hat mir gesagt, dass sie seine Band im Internet gefunden hätte und seine Mailadresse. Sie hat ihm geschrieben – in meinem Namen sozusagen.«

Antonia war überwältigt und starrte auf das Display. »Aber warum konntest du mir das nicht sagen? Das ist doch nichts Schlimmes. Ich meine – hey, mein Vater ist ein Punkrocker, das ist doch megacool!«

Ihre Mutter wischte sich erneut über die Wangen. »Das ist es ja«, flüsterte sie. »Ich hatte Angst, wenn ich dir von ihm erzähle, dann würdest du vielleicht zu ihm ziehen wollen. Mit einem Rockmusiker – wie hätte ich da jemals mithalten sollen?« Sie senkte beschämt den Blick. »Ich weiß, dass das falsch und egoistisch von mir war, aber ich hatte solche Angst, dich zu verlieren.«

Antonia überlegte. Ja, sie hatte nicht ganz unrecht mit ihrer Befürchtung. Zu Zeiten von Ralph wäre sie sicherlich ohne einen Blick zurück zu ihrem richtigen Vater nach Irland geflohen.

»Er möchte dich gerne kennenlernen. Das war übrigens der Grund für meinen schrecklichen Streit mit Ralph, aber das nur nebenbei. Wenn du möchtest, fliegen wir zusammen nach Irland und besuchen ihn, noch bevor die Schule anfängt.«

Antonia nickte. Sie fiel ihrer Mutter um den Hals. Oh, Mist, jetzt war schon wieder so eine Heulattacke im Anrollen! Dabei hatte sie doch geglaubt, diese blöde Flennerei überwunden zu haben. Sie atmete durch, wartete ein wenig, und tatsächlich, die Tränen versiegten. Sie stand auf und drückte ihre Mutter noch mal fest an sich. »Danke, Mum.«

Mit dem Laptop unter den Arm geklemmt ging Antonia durch den warmen Sand auf ihre drei Freunde zu, die auf der Decke saßen und unter viel Gelächter und albernen Scherzen dabei waren, die Karte an Steinhauer zu schreiben. Ihre Haltung war stolz und aufrecht. Jetzt wusste sie also, woher sie ihre rötlichen Haare hatte und ihr Talent zum Singen. Endlich fühlte sie sich wie ein ganzer Mensch. Sie hatte einen Vater!

Sie setzte sich zu den anderen, klappte den Laptop auf und sagte lächelnd: »He, Leute, soll ich euch mal was echt Cooles zeigen?«

Das Böse hat seine guten Seiten – Die Arena Thriller

Susanne Mischke

Auch als Hörbuch

Nixenjagd

Bei einem mitternächtlichen Badeausflug zum See kippt die ausgelassene Stimmung, als plötzlich eine aus der Clique fehlt: Katrin war hinausgeschwommen und nicht zurückgekehrt. Ein Badeunfall? Franziska, Katrins beste Freundin, kann das nicht glauben. Doch auf der Suche nach einer Erklärung gerät sie selbst in Gefahr und muss bald feststellen, dass sie niemandem trauen kann – nicht einmal sich selbst ...

200 Seiten • Klappenbroschur
ISBN 978-3-401-06088-0
www.arena-thriller.de

Hörbuch
Sprecherin: Katja Amberger
3 CDs im Schuber
ISBN 978-3-401-26088-4

Das Böse hat seine guten Seiten – Die Arena Thriller

Susanne Mischke

Zickenjagd

Josy ist schön, klug und beliebt. Gemeinsam mit ihren drei Freundinnen gibt sie in ihrer Schule den Ton an. Wen die Clique nicht leiden kann, der hat nichts zu lachen. Ines dagegen hasst ihr Leben. Ihr unscheinbares, plumpes Äußeres. Den täglichen Spießrutenlauf in der Schule. Aber als ein tragischer Unfall geschieht, ändern sich die Rollen. Und Ines wird klar, dass sie ohne Josy nicht mehr leben kann.

264 Seiten • Klappenbroschur
ISBN 978-3-401-06414-7
www.arena-verlag.de